LES DAMES DE BRIÈRES

Depuis son prix Femina en 1981 pour *Le Grand Vizir de la nuit,* Catherine Hermary-Vieille fait alterner les biographies et les romans avec le même succès. Parmi ses textes les plus connus, *La Marquise des ombres, L'Infidèle* (Prix RTL), *Un amour fou* (Prix des Maisons de la Presse) et *La Piste des turquoises.*
Elle vit aujourd'hui aux Etats-Unis.

Paru dans Le Livre de Poche :

La Piste des turquoises

La Pointe aux tortues

Le Rivage des adieux

L'Étang du diable

Les Dames de Brières t.2

CATHERINE HERMARY-VIEILLE

Les Dames de Brières

ROMAN

ALBIN MICHEL

A Jeanne, ma petite Creusoise,
avec beaucoup de tendresse,
et à mes chères dames de Tours-sur-Marne
de qui je tiens le goût de raconter des histoires.

Chacun de nous porte en soi
le ciel et l'enfer.

O. Wilde

Ecoutez pleurer en vous-mêmes
Les histoires du temps passé
Le grain terrible qu'elles sèment
Mûrit de poème en poème
Les révoltes recommencées.

Aragon

PROLOGUE

Lorsque éclata le troisième orage, juste avant les premières lueurs de l'aube, maître Tabourdeau se signa à trois reprises. « Ceci échappe aux causes ordinaires », s'inquiéta-t-il. La veille, la troisième et dernière brebis de la vieille Léonarde avait gonflé comme une outre avant de trépasser et le troisième coq du village avait été découvert devant la porte de la grange à chanvre à moitié dévoré par les corbeaux.

Incapable de retrouver le sommeil, maître Tabourdeau songea à la conversation qu'il avait eue la veille avec frère Toussaint et Antoine Le Bossu, clerc de justice. « Sorcellerie et œuvre du Malin ! » avait décrété le religieux. « J'ai mon idée là-dessus », avait ajouté Le Bossu. « Il va falloir agir. Et vite. Pas plus tard que la semaine dernière, la Denise a commandé une aiguille magique au maréchal-ferrant pour percer le cœur des chrétiens. »

Les murs de la maisonnette suintaient d'humidité. Un vent aigre faisait grincer les branches du chêne ombrageant l'aire où l'on battait le grain que cernaient des touffes de genévrier bleu. L'hiver avait été long et calamiteux. En février, juste après les Cendres, on avait trouvé Bernard, le berger, mort dans un creux de rocher. Les loups avaient dévoré ses bras et son visage. Quand le père

Genche était venu à sa recherche avec son garçon Martin, la silhouette d'Etiennette s'enfonçait dans la forêt. Martin avait juré que, dociles comme des chiens, des loups la suivaient. Le chef de meute, une grosse bête au poil rouge comme les yeux du Malin, lui léchait même les mains.

Maître Tabourdeau sentit la frayeur le gagner. Si l'Etiennette était meneuse de loups, sa mère Denise et sa fille Margot ne le lui cédaient en rien en mauvaiseté et amitié avec le diable. Le Bossu avait raison, il fallait agir avant que ne se répande sur les chrétiens la contagion du Mal. « Demain, nous allons tenir conseil », résolut le meunier.

A cet instant, un formidable coup de tonnerre ébranla la maison. Les yeux écarquillés d'effroi, maître Tabourdeau vit la foudre frapper une branche maîtresse du chêne qui s'abattit avec fracas. « Le diable défend ses adoratrices, balbutia-t-il en s'enfouissant sous la couverture de laine brune, mais, avec l'aide de Dieu, nous lui ferons rendre gorge. »

Le deuxième orage éveilla Etiennette. Il fallait rentrer les chèvres restées au piquet, vérifier la porte du poulailler. A côté d'elle, Denise et Margot dormaient à poings fermés sur la paillasse. Rejetées à la lisière de la forêt, les trois femmes avaient appris à vivre comme des hommes. Levées à l'aube, elles besognaient jusqu'à la nuit, ne parlant à personne.

La violence du vent cloua Etiennette sur le pas de sa porte. « Un message du Tout-Puissant, pensa-t-elle. L'avertissement d'une vengeance prochaine. » Tout autant que sa mère et sa fille, elle connaissait les signes, comprenait le non-dit. Loin des êtres humains, on oubliait leur langage pour en apprendre d'autres, le parler secret des humiliés qui renversait les pouvoirs. « Le parler du diable », ricanait la vieille Denise.

Etiennette serra autour de ses épaules la pièce de toile de chanvre qui lui servait de protection contre les froidures. Le vent soulevait sous son bonnet des touffes de ses cheveux roux. A trente ans, elle était une vieille comme la Denise, sa mère, qui l'avait eue à seize ans, comme le serait Margot dans quelques années. Une fatalité parmi d'autres.

Le bouc s'était empêtré dans sa corde et gisait sur le flanc, dans la boue. Etiennette désentrava la bête qui, épouvantée, sauta par-dessus la barrière et, rapide comme l'éclair, s'enfuit à travers prés.

De gros nuages noirs cachaient par intermittence la pleine lune, ne laissant entrevoir que la masse de la forêt, la surface sombre du Bassin des Dames et au loin l'ombre des premières maisons du hameau. « Cré Dieu ! » jura Etiennette. Le lendemain, il faudrait courir derrière la bête, la chercher peut-être jusqu'au village, subir regards méprisants et paroles désobligeantes. Trente années qu'on les tenait à l'écart comme des chiennes, du jour de la mort de son père Nicolas Lefaucheux. Avec le lait de Denise, elle s'était nourrie de colère et d'une rancune devenue haine lorsque, après avoir pris son plaisir sur elle, le colporteur s'était escamoté.

Etiennette referma la barrière clôturant la haie d'épineux. L'orage s'éloignait. La nuit, elle avait rêvé qu'un loup cherchait à lui dire quelque chose, le gros à poil roux, celui qui avait appris à les respecter, elle et son bâton. Que signifiait ce songe ? Il faudrait en parler à Denise.

— Le bouc des diablesses est venu cette nuit ravager mon potager ! lança maître Tabourdeau. Il pue comme Satan, son maître, et en a la malignité. Sûr qu'elles l'ont envoyé pour nous ensorceler.

Frère Toussaint opina dévotement du chef. Débusquer les sorcières et les soumettre au jugement de Dieu l'enflammait.

— Il faut agir selon la volonté de Notre Seigneur Jésus-Christ. Tentons une ultime fois de les ramener au sein de notre communauté chrétienne. Mais si elles persévèrent dans l'hérésie et la diablerie, frappons fort. La branche pourrie doit être élaguée et jetée au feu.

La corde de la cloche tombait du plafond de la petite église aux murs chaulés qu'un grand christ en bois de noyer tachait de sombre. D'un geste rapide frère Toussaint moucha la chandelle de suif qui dégageait une âcre senteur.

— Je vais en référer à l'évêché, décida-t-il. Si monseigneur de Chabin m'accorde sa confiance, je n'y faillirai pas. En attendant, je prierai la Vierge Marie pour ces âmes égarées.

Maître Tabourdeau jeta un regard oblique à la vieille Fortunée qui, l'oreille tendue, s'attardait à épousseter l'autel dans la lumière blafarde du petit jour. L'affaire devait rester secrète. Que les femmes Recollé en aient vent et elles fileraient. Depuis qu'il était enfant, le meunier se méfiait du sexe féminin. Dernier-né de dix enfants, il avait reçu de sa mère plus de taloches que de baisers. Marié d'office à seize ans à Jeanne Beaujard, la fille unique, naine et bossue, du meunier qui recevait en dot le moulin et s'était éprise de lui, il avait éprouvé pour cette nabote une répulsion intensifiée par son insatiable appétit sexuel et son incapacité à lui donner un fils. Après l'avoir portée en terre, il s'était juré de ne point se remarier. Le moulin tournait, l'ouvrage ne manquait pas. Il était prospère et respecté dans la paroisse.

— Je prierai avec vous, assura-t-il d'une voix feutrée, et discuterai tantôt de notre affaire avec Antoine Le Bossu. Le support du greffier de la justice de paix sera fort utile à notre sainte entreprise. Vous le comprenez, n'est-ce pas ?

— Que Dieu vous entende, souffla le frère.

Avec un déhanchement grotesque, la vieille Fortunée remonta l'allée. Elle en savait assez pour nourrir des heures de conversation au hameau. Tout autant que maître Tabourdeau et le frère Toussaint, elle détestait les femmes Recollé, trois sorcières qui faisaient remonter le lait des vaches dans leurs cornes et donnaient des coliques aux gorets. Et la Margot, avec ses cheveux cuivrés et ses yeux verts, devenait trop belle. Comme on le chuchotait partout, elle était bien la fille du diable que sa mère chevauchait à chaque pleine lune au sabbat. Il lui avait joliment rempli le ventre avec sa semence maudite !

Aussitôt la porte de la sacristie refermée sur Fortunée, maître Tabourdeau se leva. La perspective de la proche expiation des femmes Recollé effaçait la fatigue d'une nuit sans sommeil et l'ennui de jours trop semblables. Débusquer et terrasser le Malin confirmerait son autorité dans la région. Peut-être le sire de Foulque, en témoignage de reconnaissance, lui confierait-il les grains de ses métairies. Et pourquoi pas monseigneur l'évêque ?

— Je vous attendrai chez moi après l'angélus, frère Toussaint, lança-t-il d'une voix grave. De ce pas, je vais convoquer pareillement Antoine Le Bossu et François Dentu. La présence de l'intendant du sire de Foulque est indispensable.

Demeuré seul, frère Toussaint se mit à genoux sur le pavé de l'église face au grand christ qui, la tête rejetée en arrière dans un dernier spasme d'agonie, exposait de terribles blessures qu'une peinture rougeâtre rendait plus hideuses encore. Près du tabernacle, la veilleuse éclaboussait d'une lueur jaunâtre les planches de l'estrade. Frère Toussaint se signa. Il allait prier pour ces trois malheureuses égarées par Satan, tenter de les faire revenir au sein de l'Eglise. Mais il était sans illusions. Ces femelles impures resteraient impudiques et immondes, honnies du Père, du Fils, de l'Esprit saint et surtout de la Vierge Marie qu'aucun homme n'avait souillée. Devenu prêtre à seize ans, frère Toussaint était resté vierge, froid et rigide, invectivant les filles qu'il surprenait à forniquer dans les meules, jetant des pierres aux gamins qui se pinçaient déjà en sortant du catéchisme. C'étaient les filles qui portaient le péché, provocantes, bestiales, dans leur chair épanouie, leur ventre et leurs seins ronds, leurs cuisses pleines. Jusque dans ses rêves, ces drôlesses venaient le provoquer et il devait se priver de sommeil pour s'en débarrasser. « Sainte Vierge, mère immaculée de Dieu, murmura-t-il, que votre volonté soit faite. »

Après avoir raccompagné le meunier jusqu'à sa porte, François Dentu se laissa choir dans un fauteuil au coin de l'âtre. La discussion l'avait troublé et il voulait y réfléchir avant d'en référer au comte de Foulque. Guéret était à quatre lieues et il ne prendrait pas la route à travers la forêt de Saint-Vaury infestée de loups en plein hiver sans avoir une opinion sensée à défendre auprès de son seigneur. Tabourdeau avait évoqué des faits précis qu'il connaissait fort bien : la mort insolite, trente années plus tôt, de Jean Recollé, époux légitime de Denise qui commettait alors le péché de fornication avec Nicolas Lefaucheux, journalier venu d'on ne sait où qui l'avait séduite, puis celle de Bernard, le berger, découvert dans un trou de roc, les malédictions frappant le bétail pâturant près de la cabane des trois femmes, les feux follets aperçus par maints témoins encerclant leur enclos les soirs d'équinoxe de printemps et d'automne, les odeurs sulfureuses, les loups obéissants comme des chiens, le coq saigné et cloué sur la grange du père Genche, sans parler des coliques, tournis et autres maux frappant les villageois avec régularité, surtout durant la période des chaleurs d'été où les diables se sentaient bien à l'aise. Tout cela était certes inquiétant et constituait d'irréfutables preuves. Mais les femmes Recollé n'avaient jamais eu la possibilité de se défendre. Elles n'adressaient la parole à personne, se claquemuraient dans leur cabane. Fallait-il les interroger en privé avant de lancer à leurs trousses la justice de Dieu ?

François Dentu tisonna les braises qui jetaient des lueurs mouvantes sur les solives du plafond. Derrière le fauteuil, un grand buffet de chêne faisait une masse noire se découpant sur les murs de torchis juste badigeonnés de chaux que trouaient deux fenêtres à petits carreaux opaques. Une odeur un peu âcre d'eau vinaigrée montait des carreaux de terre rouge recouvrant le sol.

L'intendant du comte de Foulque resta un moment le tisonnier à la main. D'où venait la contrariété qui le tourmentait depuis le départ de maître Tabourdeau ? Etait-ce d'imaginer brûlant au feu de justice la jolie Margot avec sa peau laiteuse et ses yeux pers ? Etait-elle vierge comme elle le lui avait prétendu le soir de la Saint-Jean quand il l'avait rencontrée au carrefour de la Pie Huche et avait voulu la culbuter sur le talus ? « Fascinante et dangereuse, pensa-t-il. Une chatte sauvage qui rentre ses griffes. » Les lui rogner était une chose, la jeter au bûcher avec sa mère et sa grand-mère, une autre.

Au cours de son enfance, François Dentu avait assisté à l'exécution par le feu de sorcières à Guéret, deux hideuses et malpropres vieilles qui, au milieu des flammes, jetaient encore malédictions et obscénités. Mais le spectacle l'avait dégoûté. Dans Son infinie bonté, Dieu ne pouvait ordonner un châtiment si cruel. Satan, que nul ne pouvait prétendre dépasser en malignité, avait été précipité par Lui du haut du ciel sans tourments ni tortures. Si les villageois exigeaient des coupables pour les maux qu'ils subissaient, leur livrer les femmes Recollé était équitable. Mais le procès et l'arrêt de justice ne les conduiraient pas forcément au bûcher. Les exposer au pilori sur la place publique avec le cortège de quolibets et de crachats suffirait sans doute. Un court instant, François Dentu imagina le dos nu de Margot zébré des morsures du fouet, entendit ses sanglots. Une sorte de jouissance l'envahit.

Avec difficulté, Denise s'extirpa de sa paillasse. Froidure et humidité rompaient ses genoux et ses épaules, torturaient chacun de ses doigts. La vie pourtant l'avait rendue rude et dure à la peine. Mis à part l'année où elle avait vécu avec Jean Recollé, son époux, jamais elle n'avait goûté à un couvre-pieds de plumes ou à un bol de lait chaud au lever.

Après les orages, l'aube était noire et silencieuse. A peine discernait-on la lisière de la forêt. Denise chaussa ses sabots, rassembla quelques brindilles, deux bûches qu'elle entassa dans l'âtre. La journée de travail achevée, elle n'aurait plus qu'à battre le briquet, faire chauffer la bouillie d'orge et de légumes, tirer trois écuelles du bahut de noyer, celui qu'avait confectionné pour elle Nicolas du temps qu'ils s'étaient aimés. Dehors les six poules caquetaient, attendant leur pitance, la truie grognait. Avec le bouc qu'Etiennette avait laissé s'échapper et une chèvre, les femmes Recollé ne possédaient d'autres biens que quelques ares de terre caillouteuse arrachés à grand-peine à la forêt.

— Je pars derrière le bouc, annonça Etiennette.

— Et tu feras bien de le ramener, avertit Denise. Pour peu qu'il coure devant la maison de Tabourdeau, on aura encore des ennuis !

Elle haïssait le meunier qui refusait de moudre leur grain, comme si l'orge qu'elles mangeaient pouvait souiller son blé.

Un instant Denise suivit des yeux la silhouette déjà déformée de sa fille. Qui aurait pu penser qu'elle était l'enfant de l'amour et de la mort ? Le jour où l'on avait tué son Nicolas à coups de bâton et de pierres, elle n'avait plus eu qu'elle à aimer. Même Dieu la dégoûtait d'avoir permis une telle abomination. Chassée du village, elle avait colmaté la cabane du père Turpin, le bûcheron, mort d'un coup de sang l'été précédent, et n'avait plus adressé la parole à personne. Comme une bête sauvage, elle avait accouché seule d'Etiennette, et seule l'avait élevée. Quinze ans plus tard, Margot était venue. Une rencontre sur un talus, un colporteur un peu farceur qui se moquait de culbuter une fille en guenilles avant de disparaître lui laissant le ventre plein. Mais Margot était belle. Singulièrement, l'enfant du hasard avait plus de joliesse que celle de l'amour.

Denise se dirigea vers l'enclos où bêlait la chèvre. Toute noire avec des yeux dorés troués de biais, elle ressemblait au Diable et Denise s'amusait de la peur des villageois qu'elle croisait lorsqu'elle l'amenait à la pâture près du bois des Petites Chapelles. Pour les effrayer davantage encore, elle aimait pointer vers eux deux doigts en roulant des yeux furibonds. Avec l'âge, la solitude et la misère, son esprit se détraquait. Elle parlait seule, avait de grands éclats de rire, gesticulait sans raison. Etiennette la grondait comme une enfant, s'énervant parfois jusqu'à la bousculer. Margot observait sa mère, l'expression de ses yeux verts dure comme un silex. La fillette venait d'avoir treize ans. Longue et fine, elle avait déjà des formes rondes, une beauté sauvage qui promettait d'être éclatante. Fascinés et effrayés, les gars du village lui tournaient autour, mais Margot se défendait avec furie. « Une louve qui ne perd rien pour attendre », ricanait le fils Genche. Un jour prochain, ils la guetteraient à plusieurs derrière la grange des Recollé qui jouxtait le cimetière et on verrait bien alors si elle ne ravalerait pas ses grands airs et ses mots orduriers.

D'une resserre aux planches disjointes, Denise tira une botte de foin qu'elle jeta à la chèvre. Peloton, le chat, revenait de ses errances nocturnes. Noir comme de la suie et maigre comme un épouvantail, il avait été recueilli par Margot à moitié crevé des coups reçus au village. Peu à peu, elle l'avait apprivoisé. La bête sauvage était devenue câline, toujours entre ses jupes.

Le soleil se levait. Denise ajusta le licou de la chèvre et jeta un coup d'œil sur le chemin troué de flaques boueuses. Etiennette tardait. Elle n'aimait pas cela. Rien de bon ne pouvait venir du village. Peut-être le bouc était-il égorgé à cette heure ? Une belle bête qui valait au moins six sous et engendrait des chevreaux superbes. Avec soin, Denise essuya ses mains à la jupe de laine crue où le suint se mêlait à la crasse. Si on avait tué le bouc, elle se vengerait, non pas de ses mains, mais avec les mots secrets appris de la vieille Suzon qui ramassait les fagots dans la forêt au temps où, jeune femme, elle avait été chassée du village. Suzon venait la visiter de temps à autre avec un lapin pris au collet, un peu de miel ou un sac de noisettes. Elle vivait seule, elle aussi, dans une cabane au milieu des bois, parlait à peine mais savait les secrets... Un jour, on l'avait trouvée morte dans un sentier, la tête dans un buisson de ronces, une bande de corbeaux aussi noirs que Satan posés sur son dos comme des gardiens funèbres. Le curé ayant refusé de lui donner une sépulture chrétienne, on l'avait enterrée derrière le mur du cimetière. Longtemps Denise s'était glissée la nuit jusqu'au village pour poser quelques fleurs sur le carré de terre. Mais depuis que le fossoyeur l'avait surprise et traitée de sorcière, elle avait renoncé.

Tout en marmonnant des imprécations entre ses dents, la vieille femme se dirigea à pas pesants vers le poulailler où survivaient au milieu des courants d'air glacés six poules et une paire de lapins. Margot s'y trouvait déjà, distribuant des fanes de raves.

— Où est maman ? interrogea la jeune fille.

La pièce de laine jetée sur sa tête et ses épaules accentuait l'éclat vert de son regard. Denise en avait peur parfois. A force de solliciter l'alliance du diable, finirait-elle par le voir rappliquer ? En vitesse, la vieille se signa, non par dévotion mais afin de contrôler le Malin. Bien que son aide fût nécessaire, il ne fallait pas pour autant qu'il se croie des droits sur elle. Suzon lui avait appris les mots qui l'attiraient et ceux qui le tenaient à distance mais les choses devenaient confuses dans sa mémoire et elle avait peur de tout embrouiller.

— Ta mère court derrière le bouc qui s'est sauvé pendant les orages.

— Et s'il traîne dans les rues du village ?

— Etiennette sait ce qu'elle a à faire. Ce n'est pas à elle qu'on va s'attaquer, sois tranquille.

— Est-ce que les gars lui tournaient autour lorsqu'elle avait mon âge ?

— Les hommes sont comme les porcs. Il faut les traiter à coups de pied.

Denise jeta aux poules le trognon du chou qui avait constitué leur soupe de la veille, avec le gras d'une marmotte attrapée dans sa tanière. La chair avait été cuite en ragoût avec des tubercules.

— C'est pas ce que tu as fait avec Nicolas Lefaucheux.

La vieille s'immobilisa. Même après si longtemps, le nom de l'homme qu'elle avait si fort aimé la retournait encore. Quelques jours de plus et ils se sauvaient ensemble pour s'établir en Ardèche, là d'où venait Nicolas. Sans fin, ils avaient causé de ce grand projet et il avait fallu qu'elle voie son corps disloqué sur la place du village pour comprendre qu'il n'y aurait pas de ferme pour eux à Privat. Trois jours plus tôt, on avait porté en terre Jean Recollé, son époux.

— Parle pas de lui !

— Eh bien, moi, jeta Margot en toisant son aïeule, j'oserai ce que ni toi ni maman n'avez eu le courage de faire. Je me sauverai d'ici. J'irai à Guéret pour me louer comme fille de peine, servante, n'importe quoi. J'économiserai chaque liard et avec mon magot, je m'achèterai une vraie maison avec des fenêtres et une cheminée en brique, comme celle de maître Tabourdeau. Et personne n'osera plus me traiter de diablesse, de pouilleuse et de chienne !

Avec colère, Margot jeta aux lapins les dernières feuilles de raves, retroussa son tablier pour s'essuyer les mains.

— Mais avant, je veux que tu m'apprennes comment on jette les sorts.

— Tu as envie de voir le diable ?

— Il ne me fait pas peur. Ce que je veux, c'est faire mourir le Martin Genche et François Dentu.

— Ils ne t'ont pas troussée au moins ?

Une haine sourde s'exprimait dans la voix de la vieille femme. Si un homme du village osait toucher à sa Margot, c'est elle qui jetterait le sort.

— Ils m'épient, avoua la jeune fille. Le Dentu m'a

promis une belle robe et un bracelet d'argent si je le laissais faire. Il dit qu'il rêve de moi la nuit, que je l'ai ensorcelé.

Denise cracha sur le sol.

— Je ne veux plus que tu ailles au village.

— Et il y a aussi le frère Toussaint, continua Margot. Il m'a menacée d'aller droit en enfer parce que je ne suis pas baptisée et n'ai pas fait ma communion. Il a ajouté que tant que je ne serai pas chrétienne, je serais comme une bête, qu'un jour on me trouverait marchant à quatre pattes et montée par le bouc, comme ma mère.

Le ciel se dégageait. Chauffés par un beau soleil d'hiver, les prés soufflaient une haleine irisée. Derrière le poulailler, une bande de corneilles juchées sur les ruines d'une vieille bergerie se partageaient les lambeaux de chair encore accrochés à une carcasse de belette.

— C'est le curé qui est un bouc ! jeta Denise.

Le vent apportait la senteur âcre de la chèvre mêlée aux miasmes du poulailler et du tas de fumier adossé à la cabane. Margot ramassa le seau en bois posé à ses pieds. Elle haïssait ce coin de terre marécageux où toutes trois croupissaient, elle haïssait l'avilissement de la misère et du mépris. Depuis son plus jeune âge, elle avait appris à se cuirasser, rendre coup pour coup, injure pour injure. Personne ne voulait la fréquenter et elle ne frayait avec personne. Mais la nuit, sur la paillasse qu'elle partageait avec son aïeule et sa mère, les rêves revenaient, de plus en plus intenses et douloureux. Elle devait fuir, se sauver quand il était temps encore, briser la chaîne qui la liait à sa famille, survivre seule. Jamais un homme ne la posséderait, jamais elle n'enfanterait. Toutes ces saletés de la chair la dégoûtaient. C'était l'œuvre du diable, pas de Satan que chacun prétendait l'amant de sa mère mais du diable pervers, hypocrite et brutal, tapi dans le ventre des hommes.

Maître Tabourdeau versa du cidre dans chacun des gobelets d'étain que la servante avait disposés sur la table. Le soleil de midi entrait par une des fenêtres ornées de beaux carreaux et se posait sur le coffre de chêne sculpté, le tapis de table brodé sur lequel frère Toussaint osait à peine poser les manches de sa robe de bure élimée. La vieille servante allait et venait, portant une assiette de beignets, des quartiers de pomme et du miel. Par Fortunée, elle savait que le sort des trois sorcières allait se jouer. Cette résolution la remplissait d'aise. Denise et Etiennette étaient des suppôts de Satan. Quant à la Margot, il valait mieux ne pas en parler. Pas un gars du village qui ne soit envoûté. Si on pouvait établir un degré à la malignité, celle-là était encore plus dangereuse que les autres.

— Tu peux t'en aller, Léonarde, ordonna Tabourdeau.

François Dentu et Antoine Le Bossu s'étaient mis en frais pour le visiter et cette marque d'amitié le remplissait d'orgueil. Réunir autour de sa table l'intendant du sire de Foulque et un clerc de justice sachant lire le latin et le grec scellait sa réussite sociale.

— Nous avons été trop tolérants, annonça-t-il d'une voix résolue, mais la patience a ses limites. Si nous n'agissons pas vite et avec fermeté, le diable tirera profit de notre indolence pour s'emparer de ce village, tuer la foi, faire tomber notre église.

— C'est cela, martela frère Toussaint. Depuis que ces femmes nous empoisonnent, il n'y a pas une âme au village, pas une bête qui soit en sécurité. Elles ont le diable dans le corps, elles puent le diable !

— Patience, frère Toussaint, tempéra François Dentu. Si nous voulons rendre justice, il faut garder un souci d'équité, oublier les jugements prématurés. En ma conscience, je ne pourrai sinon demeurer parmi vous.

Sous la férule du religieux, le bûcher serait dressé avant la fin de la semaine et il ne trouverait pas le temps d'y soustraire Margot.

— C'est bien mon avis, renchérit Antoine Le Bossu. Que ces femmes soient des sorcières, je n'en doute nullement, mais il faut qu'un procès se prépare, se déroule selon des règles humaines et divines auxquelles nous devons obéir. Notre évêque ne tranchera que si je lui soumets un acte dûment rédigé, appuyé par des témoignages solides.

— Nous sommes ici pour œuvrer ensemble dans cette direction, susurra maître Tabourdeau. Monseigneur de Chabin sera satisfait.

Frère Toussaint garda un instant le silence. Mais dans les affaires de sorcellerie comme dans les mystères de la foi, il n'y avait pas trop à réfléchir. Ces messieurs étaient, certes, plus éduqués que lui, mais vingt ans de prêtrise lui avaient appris à être impitoyable envers le Mal. Le Méchant se riait de la tolérance et des bons sentiments. Que les purs baissent les bras et la boue déferlerait en torrent sur la chrétienté. La lutte était âpre et quotidienne, Satan rusé. Il savait prendre des airs matois pour mieux imposer ses voluptés de damné. Ses sortilèges étaient partout, dans les esprits, dans les cœurs, jusque dans la chair impure des femmes que sa virginité de prêtre lui montrait sans l'aveuglement du désir.

— Je ne chercherai qu'à faire triompher la volonté de Dieu, assura-t-il enfin.

Une poussière de soleil tombait sur le bois ciré,

éclairant l'étain des gobelets, les feuilles rousses brodées sur la toile bise du tapis de table.

— Nous procéderons tout d'abord à l'arrestation des femmes Recollé, déclara Antoine Le Bossu, et les incarcérerons aussitôt afin de les couper de toute intelligence avec des forces naturelles ou surnaturelles. L'ordre en viendra de monseigneur l'évêque et du sire de Foulque, représentant la justice du monde et celle de Dieu. Si je leur adresse dès ce soir un placet exposant l'affaire, nous devrions avoir les mains libres pour agir à la fin de la semaine.

— Quels seront les chefs d'accusation ? interrogea François Dentu.

— Sorcellerie, envoûtements, hérésie, accouplements multiples avec Satan, dont la plus jeune des trois est le fruit, martela frère Toussaint.

— Un fruit appétissant ! s'exclama Dentu.

Le frère lança à l'intendant un regard furieux.

— Les succubes se font toujours désirables pour s'emparer de l'âme des hommes.

— Aurons-nous des témoins ? interrogea Le Bossu.

Tabourdeau passa la langue sur ses grosses lèvres vermeilles.

— Tout le village.

— Pourquoi tant de haine ? s'étonna François Dentu. Les femmes Recollé ne fréquentent personne.

— Mais elles corrompent notre communauté. Depuis que la Denise, envoûtée par un serviteur de Satan, a été convaincue d'avoir empoisonné feu son époux Jean Recollé, le Mal s'agite en elle comme un brouet immonde.

— Si la femme Recollé avait été convaincue d'empoisonnement, comment a-t-elle pu échapper à la justice ? s'étonna l'intendant.

— Ce genre d'affaire n'est pas clair et limpide,

expliqua Tabourdeau. Tout le village était persuadé de sa culpabilité mais Lefaucheux, son amant et adorateur du diable, a su embrouiller les pistes. Alors qu'il rentrait son foin, Recollé est tombé à la renverse, le visage noir comme de l'encre. Deux jours plus tard, la Denise faisait son baluchon pour suivre Lefaucheux auquel la liait la plus répugnante lubricité. Elle était enceinte de ses œuvres et Recollé avait menacé de la jeter dehors. Léonarde, qui s'apprête à donner son témoignage, l'avait entendu traiter sa femme de chienne la veille de sa mort. Honnête laboureur, cet homme n'avait ni maladie ni infirmité. Gros travailleur, homme probe et pieux, il jouissait au village de l'estime de tous.

— Jetée dehors, la Denise était libre de suivre son amant, fit remarquer Dentu. Pourquoi s'acharner sur le mari ?

— Parce qu'un peu plus tard, juste avant l'angélus du soir, un autre témoin, Nicolette Fortier, la sœur de Fortunée, a entendu Recollé jurer à sa femme qu'il allait plutôt l'enchaîner dans la grange comme une louve en chaleur aussi longtemps que Lefaucheux traînerait dans la région.

— N'oubliez pas de préciser, intervint frère Toussaint, que Jean Recollé avait très clairement annoncé à Denise son intention de livrer à la justice son amant, reconnu sorcier par maints témoins prêts à jurer qu'ils avaient identifié Lefaucheux, vêtu de noir et masqué, se rendant au sabbat au rond-point de la Lanterne des Morts. Lefaucheux a communiqué à sa putain les secrets de magie noire pour qu'elle supprime le mari. En s'enfuyant, leur forfait accompli, les marauds espéraient-ils échapper à la justice divine ? Lefaucheux a été exterminé et Denise chassée, comme une gueuse qu'elle était.

François Dentu jouait avec son gobelet où restait un mince filet de cidre doré.

— J'entends bien, annonça-t-il d'une voix posée, mais l'affaire est ancienne. Y a-t-il eu des morts depuis le bannissement de Denise Recollé ?

— Aucune mort d'homme jusqu'au décès du berger, monsieur l'intendant, admit Tabourdeau, cependant une suite ininterrompue de faits étranges et malfaisants, des soupçons devenus certitudes quant à la fornication des trois femmes Recollé avec des boucs noirs à longue queue fourchue. Le diable habite chez elles et y prend son plaisir à sa convenance. Ce matin même, elles l'ont lâché sur le village, et sur moi en particulier.

Antoine Le Bossu se leva. Il en avait assez entendu pour rédiger un placet convaincant à l'intention de monseigneur de Chabin, évêque de Guéret. L'affaire serait promptement menée. Pour gagner sa terre, il devait contourner la masure des sorcières, une bauge à truies qui empestait. Débarrassé de ces sorcières, il s'approprierait leur lopin et planterait des noyers qui offriraient un bon rapport. Chacun se féliciterait de l'éradication de cette vermine humaine.

Tandis que Jacquot Fortier se servait une chopine de poiré, sa femme Nicolette touillait l'épais brouet qui constituait le repas du soir : couenne de porc, racines et herbes mélangées à une grosse poignée de millet. Autour de la table patientaient déjà leurs quatre enfants, deux garçons et deux filles âgés de quatorze à huit ans, marmots mal embouchés que le frère Toussaint pourchassait à travers prés et vergers pour les contraindre à assister aux offices.

— On raconte que le clerc va s'intéresser aux sorcières, jeta Jacquot en s'essuyant la bouche d'un revers de manche.

La cuillère de Nicolette s'immobilisa. Depuis que sa sœur, Fortunée, lui avait appris la nouvelle, une grande agitation secouait son habituelle torpeur mentale. Voilà des années que les femmes Recollé suscitaient un malaise au village, une inquiétude mal définie devenue agressive au fil du temps. En chassant Denise, chacun s'attendait à un repentir suivi d'une misérable déchéance. Mais les choses avaient tourné autrement. Loin de supplier qu'on lui pardonne, la veuve Recollé s'était enfermée dans la solitude et l'impiété, vivant comme une bête dans sa tanière avec Etiennette, le fruit de son péché. Puis des bruits avaient commencé à courir : le sabotier avait vu un diable rôder autour de leur masure avant la grande sécheresse. L'eau du puits avait ensuite donné des fièvres et des coliques, décimé le bétail. Et depuis la naissance de Margot, tout était allé de mal en pis. Vaches et moutons étaient atteints de tremblote, les truies avortaient, deux enfants étaient nés au village avec un bec-de-lièvre. Processions et offrandes à la Vierge n'ayant fourni aucun résultat, on avait commencé à soupçonner les femmes Recollé. Les langues s'étaient déliées. Le fils des Genche avait vu de ses propres yeux Etiennette montée par son bouc et l'aîné des Fortier, après avoir suivi Margot un soir de septembre, s'était retrouvé au carrefour des Petites Chapelles au beau milieu d'un sabbat. Le spectacle était si affreux que, rentré chez lui, il avait été pris de convulsions. Harcelé par Nicolette, Jean avait évoqué des prières à Satan, une Margot nue dansant sous la lune. Pour lui faire reprendre ses sens, on avait dû le purger et lui poser une douzaine de sangsues.

— J'ai entendu ça, approuva Nicolette, et c'est tant mieux ! Aussi longtemps que ces femmes rôderont autour du village, les chrétiens ne pourront dormir tranquilles. Fortunée en a parlé souvent au frère Toussaint. Mais, seul, il ne pouvait rien entreprendre.

Derrière la lucarne, les deux pourceaux des Fortier barbotaient dans l'eau grasse où nageaient les fanes des raves du souper. Après les orages inhabituels de la veille, la nuit était sèche et claire. L'outil à l'épaule, les derniers paysans regagnaient leur masure.

— On va enfin rabaisser le caquet à ces gueuses, se réjouit Jacquot en tranchant la large miche de pain de son sur laquelle il venait de tracer une croix avec la pointe de son couteau. Pas plus tard que ce matin, l'Etiennette m'a craché dessus lorsque je l'ai croisée avec son bouc dans la rue Haute.

Jean ricana devant son écuelle. Si les histoires d'Etiennette et de son bouc le rendaient nerveux, la pensée de Margot le surexcitait davantage encore. Elle avait un an de moins que lui mais prenait des airs de femme qui l'enflammaient. Avec ses amis Colin et Denis, ils avaient décidé de la coincer derrière le cimetière où elle venait ramasser de l'herbe à lapins. A trois, ils la maîtriseraient sans trop de peine et pourraient la posséder à tour de rôle. Cette simple pensée tendait son sexe sous les chausses de grosse laine brune. Mais si on l'appréhendait, il fallait faire vite. Dès la soupe achevée, il filerait parler à ses amis.

— C'est vrai que Margot est la fille du diable ? interrogea-t-il d'un air sournois.

— Sans doute, assura Jacquot après avoir avalé une large cuillerée de soupe, avec ses yeux de chatte sauvage et ses cheveux flamboyants, on n'a pas à se creuser la tête pour comprendre.

Nicolette s'essuya les mains à sa cotte et s'installa la dernière à table. La déconfiture des sorcières arrangeait les femmes du village. De savoir ces trois-là, vieilles et jeune, vivant sans hommes, leurs époux et fils nourrissaient de mauvaises pensées. Elles avaient la damnation dans leurs guenilles et c'était justice si on les jetait au feu. Le bon Dieu avait créé les femmes pour servir leurs maris et mettre au monde de bons chrétiens, pas pour vagabonder dans le seul but de se satisfaire.

— Fortunée m'a bien recommandé de ne dire mot sur cette affaire, avertit-elle. Si les sorcières apprennent qu'on va s'emparer d'elles, sûr qu'elles vont décamper pour accomplir ailleurs leurs mauvaisetés.

Les yeux arrondis, les trois plus jeunes enfants en oubliaient d'avaler leur soupe. Ces histoires de sorcières et de diables les terrifiaient et les fascinaient. Partout le Mal les guettait : lorsqu'ils baguenaudaient dans la campagne au lieu d'assister au catéchisme, frère Toussaint les menaçait de l'enfer, décrivant avec force détails d'horribles tourments. A la moindre sottise, leur mère promettait d'appeler le charbonnier qui les fourrerait dans son sac pour les amener dans son antre. Qu'ils longent l'étang après la nuit tombée, et les mauvaises fées qui y demeuraient les entraîneraient dans l'eau pour les noyer. Un vol de chauves-souris signifiait l'arrivée immédiate de Satan, une lumière dans la nuit et c'était le meneur de loups qui rôdait, la biche blanche rencontrée après minuit était signe de malheur imminent. Chouettes, serpents, pierres à coliques, taupes, boucs formaient une ronde infernale dans les imaginations enfantines et sans les objets magiques qui les protégeaient, il leur aurait été impossible d'échapper longtemps aux forces maléfiques.

— On va brûler les sorcières ? interrogea la petite Sylvaine.

— C'est pas nous qui décidons, jeta Jacquot avec fermeté. Alors tais-toi et mange ta soupe.

La vieille Léonarde jeta un regard oblique sur son petit-fils qui ricanait avec Colin Gautier et Jean Portier. Deux bons à rien qui exerçaient sur son Denis l'ascendant de leur fainéantise. Au lieu de prendre des airs importants, le Jacquot ferait bien de surveiller son fils. Quant à Colin Gautier, orphelin élevé par son oncle, sabotier, il était voué au vice et à la potence. Léonarde se doutait bien de la raison qui égayait autant les trois dadais. Depuis la veille, le village ne s'entretenait plus à mots couverts que des sorcières, et la décision courageuse de maître Tabourdeau d'extirper une fois pour toutes le mal satisfaisait chacun.

Jusqu'au jour où une de ses brebis avait été prise de tremblote, la veuve Jovart n'avait éprouvé qu'indifférence pour les trois pouilleuses du Bassin des Dames. Mais en mars de l'année précédente, juste avant la semaine sainte, en menant au pré son petit troupeau, elle avait croisé Etiennette, un fagot sur le dos. Tout de suite, elle avait ressenti un malaise, une sorte d'étourdissement, et ses bêtes étaient devenues nerveuses. Pas un mot cependant n'avait été échangé, pas un regard, mais le mauvais œil porteur de maladie et de malheur était tombé sur elle. Etiennette lui avait jeté un sort. Avant la Saint-Georges, toutes ses brebis étaient mortes.

— Allez fricoter vos mauvaisetés ailleurs, jeta-t-elle avec irritation et laissez les bons chrétiens dormir tranquilles !

Elle en avait plein la tête de ces histoires de sorcières. Le plus vite on en serait débarrassé, le mieux ce serait. La Margot devenait trop belle. C'est elle qui envoûtait son petit-fils et lui tourneboulait la cervelle au point qu'il avait oublié de servir la messe le dimanche précédent. Il fallait bien être la fille du diable pour tourmenter les gars à ce point. Si son Denis tombait entre ses griffes, elle ne lui laisserait pas une once de peau sur les os.

— N'y va pas, lança Etiennette avec mauvaise humeur. J'ai pas confiance. Les gens du village m'ont tout l'air de mijoter un mauvais coup contre nous. Le moins on se montrera, le mieux on se portera.

Margot haussa les épaules. Depuis l'enfance, elle vagabondait sans contrôle et n'était pas prête à céder aux menaces de sa mère.

— Il faut que j'aille à l'herbe pour les lapins.

— Tu n'iras pas !

Cassée en deux, Denise piochait un coin de terre pour y repiquer des choux. On n'entendait que le grincement de la bêche qui soulevait des mottes de terre noire et caillouteuse. Au loin, sonnait l'angélus de midi.

— Qu'est-ce que tu t'imagines ? lança Margot. Les gens du village n'ont rien à nous reprocher. On les laisse tranquilles, ils nous laissent tranquilles. Je vais pas voler leur herbe. Le cimetière est à tout le monde.

— Laisse-la aller, jeta Denise en relevant la tête avec peine. Les lapins ont besoin d'herbe.

— Et les ragots ? protesta Etiennette. Quand j'ai croisé Tabourdeau, hier, au village, j'ai vu quelque chose de pas normal dans son regard. Comme de la haine joyeuse.

— Tabourdeau qui vient de trois fois rien est devenu vaniteux comme un paon depuis que sa défunte, la naine, lui a donné le moulin en dot, jeta Denise. Avec moi qui l'ai connu enfant, pieds nus et en guenilles, le ventre vide, il ne prend pas ses grands airs, crois-moi !

Le travail de la terre avivait la douleur dans ses épaules, ses mains, ses poignets, mais la vieille femme n'avait pas la possibilité de se dorloter. Sans homme pour assurer les travaux pénibles, elles devaient toutes être dures à la peine.

— On ne peut pas se terrer chez nous parce que Tabourdeau t'a regardée de travers, continua-t-elle. C'est pas lui qui va faire bouillir notre marmite !

Etiennette renonça. Sa mère avait raison, on ne devait pas retenir Margot. Comme le colporteur qui l'avait engendrée, c'était un farfadet, une sauvageonne refusant la chaîne. Elle posait les collets, ramassait champignons et baies sauvages, pêchait des truites à main nue, se hasardait jusqu'à l'étang pour attraper des anguilles. Elle ne craignait ni loups, ni serpents, ni hommes.

— Sois de retour avant none. Je ne veux pas me ronger les sangs à cause de toi.

Les abords du cimetière étaient déserts. Frère Toussaint, sa messe du matin achevée, prenait sa soupe au presbytère, servi par Fortunée, et le froid vif chassait les dévotes des tombes familiales. L'avant-veille, on avait inhumé le petit des Turpin, mort à trois mois de coliques, et le carré de terre encore fraîche, raviné par les orages, se tachait d'une herbe rare que la neige de janvier avait roussie. Margot aimait cet endroit ; elle y était assez proche du village pour en deviner l'animation et suffisamment éloignée pour se sentir en sécurité. Quoique toujours prête à braver sa mère, ses appréhensions l'avaient troublée. Instinctivement, la jeune fille flairait un vague danger suspendu sur elles, différent des quolibets et méchancetés ordinaires.

Margot jeta un regard alentour. Au loin la forêt maculait de sombre l'horizon qui longeait prés et labours cernés de haies vives. Derrière un vallon planté d'arbres fruitiers communaux, l'autre rive du Bassin des Dames s'arrondissait, cernée de joncs, ronces d'eau et bosquets de saules dont les feuilles mortes encore attachées aux branches étaient dorées de lumière. Avec ses vasiers où se faufilaient les anguilles, les anses où se chauffaient au soleil les carpes, les brumes légères mêlées aux eaux verdâtres, elle s'y sentait princesse d'un évanescent royaume. Pieds nus dans l'herbe ou la boue, elle contemplait les hérons bleus guettant leur proie dans une majestueuse immobilité, les colverts, plumes gonflées, posés comme endormis sur la surface de l'eau, le tapis des racines grouillant d'une vie secrète même au cœur de l'hiver sous la croûte de feuilles mortes et de fougères séchées, les huttes des rats musqués aux branches habilement entrelacées. Là, les yeux dans les nuages, Margot oubliait sa misère et ses rancœurs. Un jour viendrait où elle serait riche et vivrait seule, en princesse, au bord de son étang. Elle deviendrait l'amie des fées qui la protégeraient des hommes.

A gestes précis, Margot faucha de sa serpette une touffe de plantain qu'elle fourra dans le sac de jute. Tout était calme, d'une paix triste coupée par les croassements des corbeaux. L'attention de la jeune fille fut attirée par un mulot se faufilant entre deux dalles disjointes. La petite bête cherchait fébrilement son trou, on ne voyait plus que sa queue mince balayant les graviers.

— Qu'est-ce que tu regardes ? demanda une voix derrière elle.

Margot se retourna. L'air goguenard, Jean Fortier, Colin Gautier et le Denis de la Léonarde la contemplaient. Elle prit peur.

— Une souris, jeta-t-elle d'un ton qu'elle s'efforçait de rendre indifférent.

— Pour la donner à ton chat noir ?

Margot ramassa le sac de jute, serra la serpette

au creux de sa main. Si les garçons l'attaquaient, elle se défendrait.

— Ou plutôt ton bouc ? continua Colin. Il faut rendre son membre plus vigoureux pour qu'il vous contente, ta mère et toi.

— Laisse-moi, jeta Margot. J'ai mieux à faire que d'écouter tes sottises.

— Nous aussi, ricana Jean, on pense que tu as mieux à faire. Beaucoup mieux.

Avec promptitude, le jeune garçon baissa sa culotte, exhibant un sexe tendu.

— Viens un peu câliner ça.

Margot voulut faire demi-tour, mais Denis et Colin lui barraient la route.

— Fais pas ta farouche, lança Colin. On sait bien que tu lèches le cul du diable chaque sabbat.

Le sac d'herbes reçu en pleine figure surprit le garçon qui recula d'un pas. Profitant de ce sursis, Margot prit la fuite, filant le long du mur du cimetière. Un roncier la retint un instant, mais à pleines mains, sans craindre la brûlure des épines, elle se dégagea. Le bois était à deux pas, derrière le champ de chènevis du père Genche. Là, avec le taillis inextricable, les roches éboulées offrant des caches, le refuge des arbres morts abattus le long du ruisselet, elle serait en sécurité. Quand la première motte de terre l'atteignit dans le dos, Margot chancela. Etourdie, elle ralentit sa course, serrant plus fort encore sa faucille au creux de sa paume. Une deuxième motte effleura ses cheveux puis une pierre lui arriva en pleine échine, si fort qu'elle tomba sur les genoux.

— Tiens-la donc ! hurla Denis. La diablesse va nous lancer des coups de pied.

Jean s'abattit sur la jeune fille, mais d'un mouvement brusque elle se dégagea. La faucille siffla, fendant la chemise. Incrédule, Jean tâta la blessure ; elle n'était pas profonde mais saignait avec abondance. A pleines mains, il saisit les cheveux de Margot que ses deux amis avaient à nouveau plaquée au sol.

— Tu vas me payer ça, ricana-t-il.

La souffrance était insupportable. La bouche obstruée d'herbe et de terre, le nez brisé à coups de pierres, le sang ruisselant le long de ses cuisses dénudées, Margot n'avait plus qu'une demi-conscience où subsistait la sensation atroce d'être écrasée, éventrée, étouffée. Des mains la maintenaient au sol, des sexes, puis un bâton l'avaient fouillée. La brûlure, fulgurante au premier accouplement, ne laissait plus qu'une douleur obsédante broyant l'âme et le corps.

Au silence, Margot devina qu'elle était seule. Au-dessus d'elle, le ciel promenait de légers nuages poussés par une brise qui faisait voltiger les feuilles mortes. Autour de la jeune fille, une odeur fade de moisi et de fange stagnait entre les fougères séchées et les hautes bruyères où elle était prostrée.

— Nous allons procéder au dernier interrogatoire des accusées, annonça Antoine Le Bossu. Si les femmes Recollé persistent à nier, avec l'approbation de monseigneur l'évêque et du sire de Foulque, nous les soumettrons alors à la question.

— Lisons, s'il vous plaît, le rapport des premiers interrogatoires, demanda maître Tabourdeau. Pour prendre une honnête décision, l'esprit doit être clair.

François Dentu se racla la gorge. Depuis le début du procès, il était troublé et dormait mal. Les témoignages égrenés par les villageois étaient trop effrayants pour être tout à fait crédibles. Crachant sa haine, la famille Fortier s'était présentée la première. Leur Jean, envoûté par la plus jeune des sorcières, en avait perdu le boire et le manger. Par ruse et maléfice, la diablesse l'avait entraîné derrière le cimetière et blessé à coups de serpette avant de s'exhiber comme une truie. Puis Fortunée, la sœur de Nicolette Fortier, qui ne sortait du presbytère que pour nettoyer l'église ou cancaner avec ses voisines, avait parlé de sabbats au carrefour des Petites Chapelles. Jean avait confirmé y avoir vu Etiennette montée par le diable tandis que Margot lui léchait le derrière. Léonarde avait évoqué ses brebis, toutes mortes de la tremblote en quelques jours, des bêtes superbes qui n'avaient jamais eu la moindre colique, tandis que le père Genche et son Martin donnaient d'innombrables détails sur Bernard, le berger trouvé dans un trou de roche, ce qui restait de son visage violacé, presque noir, les bras, le cou à moitié dévorés par des loups soumis aux sorcières. On avait même fait venir de Guéret Thomas Orion, le louvetier du sire de Foulque qui avait confirmé l'existence de meneurs de loups, des hommes ou des femmes démoniaques se changeant en loups-garous à chaque pleine lune pour sucer le sang des chrétiens. Charles Gautier, sabotier porté sur les chopines, avait juré avoir trouvé un hibou cloué à sa porte. Interrogé par Le Bossu sur les conséquences de cette malveillance, il avait montré ses mains : depuis ce jour, elles étaient prises de branlotte et il avait grand-peine à confectionner ses sabots. Quant à Colin, son neveu, il était devenu un fainéant ne pensant qu'à trousser les filles et se soûler.

Sans broncher, François Dentu prenait note des dépositions tandis que frère Toussaint marmonnait des prières destinées à éloigner Satan et que Tabourdeau se frottait les mains, comme réjoui de tant d'ordure. Pourquoi était-il le seul à éprouver une sorte de nausée ? A cause de Margot ? La jeune fille avait changé depuis le début du procès, parfois jusqu'à lui faire peur. Mais il allait tenter de la sauver malgré elle. Si elle acceptait de s'établir à Guéret sous sa protection, il se faisait fort d'obtenir sa grâce auprès de monseigneur de Chabin et du sire de Foulque qu'il servait depuis plus de vingt ans.

D'une voix forte, il prononça :

— « Ces deux dernières semaines, les trois femmes ont comparu à maintes reprises pardevant nous et leurs réponses ont été consignées par Antoine Le Bossu. Se sont entêtées à nier les évidences et n'ont eu que moqueries face aux accablants témoignages. Ont confessé cependant qu'elles se plaisaient à fuir la société des humains, plus cruelle, prétendent-elles, que celle des diables. Aveu a donc été fait de leur amitié pour ceux-ci. Adjurées par frère Toussaint de se remettre entre les mains de Notre Seigneur Jésus-Christ, se sont obstinées à prétendre que Dieu est tout autant dans le cœur des pauvres gens que dans une église où nulle charité n'est enseignée. Conjurées avec ardeur de se confesser, elles ont gardé un silence plein de dédain. Aucun des juges durant ces deux semaines n'a pu déceler chez ces âmes égarées le moindre signe ou parole de repentir. Conclusion a donc été tirée que les femmes Recollé appartiennent à Satan. »

François Dentu garda un instant le silence.

— Poursuivez, demanda Tabourdeau d'une voix onctueuse.

L'intendant du comte de Foulque se gratta à nouveau la gorge. Ce qu'il avait à lire l'embarrassait.

— « Questionnée sur son accouplement avec le diable l'ayant rendue grosse de sa fille, Etiennette Recollé n'a rien répondu. Interrogée à son tour, Margot a craché par terre puis déclaré d'une voix claire que "quel que soit son géniteur, il ne pouvait être que diabolique". Denise Recollé a été prise alors d'un grand courroux et a réprimandé sa petite-fille : "Tu nous perds avec tes sottises. Veux-tu brûler sur un bûcher ?" Ce à quoi icelle a répondu : "Mieux vaut mourir cent fois que de vivre comme des bêtes." Pressée d'avouer ce que ces mots signifiaient, l'accusée a gardé le silence. "Décrirais-tu la société de Satan ?" a interrogé frère Toussaint. L'accusée s'est obstinée dans son silence. »

— Cette lecture nous encourage à achever avec célérité notre tâche, se réjouit maître Tabourdeau. Il est aisé aujourd'hui de distinguer le Bien du Mal et la vérité du mensonge. La dernière interrogation que nous allons mener offrira aux accusées une ultime chance d'implorer leur pardon au Seigneur. Dans sa miséricorde, il peut les éclairer et nous prierons avec frère Toussaint pour la rémission de leurs péchés. Quant au pardon humain, il ne peut guère être envisagé. Les gens de ce village cherchent justice et justice doit leur être rendue.

Un mot du sire de Foulque remis la veille gonflait le meunier d'orgueil. Le comte le félicitait de sa diligence à débusquer le Mal dans son fief et l'assurait qu'il saurait s'en souvenir. Dieu l'avait inspiré, concluait-il, dans ce combat plein de pièges où aucune miséricorde ne devait faciliter les ruses du Malin. Il accordait également sa pleine confiance à son intendant François Dentu, au clerc de justice Antoine Le Bossu et au frère Toussaint dont la réputation de grande piété lui était parvenue.

— Justice..., murmura Dentu.

Il n'était pas sûr de saisir avec clarté la signification de ce mot.

Enchaînées les unes aux autres, les trois femmes se parlaient peu. Après deux semaines d'incarcération, l'apathie les clouait sur leur paillasse. La rancœur même s'émoussait, avec l'inquiétude de laisser leurs maigres biens à l'abandon. La vie peu à peu s'ingéniait à les dépouiller et la perspective d'une mort prochaine ne leur semblait plus que l'inexorable aboutissement de ce lent processus.

Les interminables interrogatoires avaient ôté à Denise ce qui lui restait de bon sens. Sur le grabat où grouillaient des blattes, elle chantonnait de vieilles complaintes de sa jeunesse parlant de pucelles allant aux champs et d'amoureux fidèles. En vain Etiennette cherchait à la faire taire. « Laisse-la, demandait Margot, elle est bien où elle est à présent. » Si sa grand-mère survivait par l'absence, elle-même n'échappait à la folie que par la haine qu'elle nourrissait contre ses juges, Dentu en particulier qui contrefaisait la bienfaisance afin de mieux l'abuser. Depuis les violences subies au cimetière, ses dernières velléités de nouer des liens normaux avec autrui s'étaient dissipées. La vie n'était que violence, méchanceté et injustice. Elle avait été folle de rêver une existence meilleure : devenir une journalière à Guéret, économiser liard après liard, avoir du feu dans son âtre et de la viande chaque semaine dans son écuelle, se vêtir de drap et non de laine crue empestant le suif, apprendre à lire peut-être... tout cela n'était que farce et balivernes. Avec un amant de passage, sa grand-mère avait engendré sa mère, qui l'avait mise au monde selon les lois du hasard, de la misère ou de la malchance, et aujourd'hui elle-même se savait enceinte. Un mot, et elle échapperait au bûcher, au moins jusqu'à ses couches, mais ce mot elle ne le prononcerait pas. Leur malédiction trouverait son terme au milieu des flammes.

Il était grand matin et le soleil ne se glissait pas encore à travers les fenêtres de la demeure de François Dentu où siégeait la chambre de justice. Au-dehors, un fort vent charriait de gros nuages faisant ployer les branches des saules et des sorbiers où s'éveillaient des volées de moineaux.

— Prions, demanda frère Toussaint, puis nous ferons comparaître devant nous ces malheureuses.

Les juges se mettaient à genoux quand, hors d'haleine, le grand Jean Fortier fit son apparition. Il avait couru d'un trait depuis sa masure.

— Les sorcières ont tué mon père ! jeta-t-il dans un souffle.

Le Jacquot avait été pris dans la nuit d'horribles convulsions. Des fourmis le mangeaient hurlait-il, il en avait par tout le corps. C'était une douleur pire que les tourments de l'enfer. Affolée, Nicolette avait aspergé son homme du contenu du bénitier. Mais au contact de l'eau, le moribond avait semblé devenir fou. C'étaient des serpents qui désormais l'étouffaient, il devinait leur peau visqueuse, sentait le venin lui pénétrer le corps, sa face était devenue violette, les yeux lui sortaient de la tête. Puis la langue avait jailli de la bouche, une langue blanche piquetée de rouge, et il avait rendu l'âme.

— Seigneur Jésus, ayez pitié de nous ! murmura frère Toussaint.

Atterrés, les quatre hommes se regardaient. En n'ayant pas agi avec assez de célérité, étaient-ils responsables de cet ultime drame ? Mais trois semaines étaient un temps trop bref pour entreprendre un procès, le soutenir et prononcer une juste sentence. Le sire de Foulque comme monseigneur de Chabin avaient insisté sur le caractère légal de l'affaire. Ils ne toléreraient pas d'injustice sur l'étendue de leur juridiction. Chacun avait en mémoire l'exécution sommaire de deux sorcières trois années plus tôt à La Roche-Taillade qu'on avait découvertes innocentes une fois leurs corps réduits en cendres. Le sire de Foulque avait dû prendre à son service leur fils et frère tandis que monseigneur l'évêque célébrait à Guéret une grand-messe à l'intention des malheureuses. Avant d'être brûlées, les femmes Recollé seraient jugées selon la loi.

— Va chercher ta mère, demanda enfin Antoine Le Bossu. Nous voulons des détails sur cette affaire.

— Dis-lui que nous mettrons Jacquot en terre demain après matines, ajouta frère Toussaint, juste après le petit des Gratier qui est mort hier aussitôt né. Fortunée va aller causer au fossoyeur.

— C'est Margot qui a ensorcelé mon père, insista Jean. Il y a plus de maléfices en elle que dans les deux autres réunies.

Avoir possédé la jeune fille si brièvement le torturait. La nuit, il rêvait de ce corps à peine entrevu, de la masse souple des cheveux roux. Il fallait qu'elle paye pour l'obséder ainsi.

— Qu'en sais-tu ? interrogea Dentu. La Margot est enfermée dans la cave de Tabourdeau.

— Les sorcières s'échappent à la nuit sous forme de hibou, de chauve-souris ou de chat noir, le morigéna frère Toussaint. L'ignorez-vous ?

— Si elles s'échappent, pourquoi revenir en prison ? s'irrita Dentu.

— Parce que l'aube les y ramène irrémédiablement comme la lumière attire l'ombre.

— C'est bien cela ! s'exclama Jean Fortier. La Margot est venue chez nous cette nuit sous forme d'un serpent. J'ai reconnu ses yeux verts.

Un frisson parcourut le jeune homme. Ce serpent luisant et souple ressemblait à un sexe dont il aurait voulu pénétrer Margot encore et encore.

— Prenez note, Le Bossu ! s'écria Tabourdeau. Ceci est un témoignage considérable.

Il se souvenait que sa défunte épouse refusait que l'on tue les serpents, les prétendant utiles contre les rongeurs. Les femmes avaient toutes la sorcellerie en elles.

Jean Fortier était reparti en courant. On entendait ses sabots claquer dans la rue. Puis le silence revint.

— Il faut se taire, ordonna Etiennette, ne pas raisonner contre ces messieurs. Si nous nous montrons dociles, peut-être nous laisseront-ils tranquilles. Les hommes, c'est comme les loups, s'ils menacent, il vaut mieux se tenir coi.

Denise chantonnait. Ne supportant plus son bonnet, elle restait tête nue, ses cheveux gris hirsutes. Il fallait qu'Etiennette la tance pour qu'elle accepte de rester vêtue. Une rage débile la poussait à arracher ses hardes comme si celles-ci la brûlaient.

— On n'a rien à dire, jeta Margot. Notre langage n'est pas le leur.

Etiennette ne répondit pas. D'avoir laissé derrière elle son poulailler, son potager, la truie, le bouc, la chèvre et les lapins la rongeait. Le peu de bonheur qu'elle avait eu dans sa vie, elle l'avait éprouvé au contact de la terre et des bêtes. De l'aube à la nuit, elle s'échinait à en tirer leur subsistance, rêvait de s'acheter une vache, un petit troupeau d'oies. La terre lui avait offert la dignité et le courage de vivre. Qu'allait-il en advenir si on les jetait au bûcher ? Plus que la mort, cet abandon la terrorisait. Certainement Le Bossu guignait leur lopin pour le joindre à ses terres. Mais elle se défendrait. Denise lui avait appris les sorts qui châtiaient.

— La méchanceté de vos maléfices a atteint son comble, tonna maître Tabourdeau. Quel mal vous avait fait Jacquot Fortier ?

— Une vengeance ! explosa Nicolette, que la Denise mijotait depuis trente ans, quand mon pauvre homme était encore garçon. C'est Jacquot qui l'avait surprise en train de fricoter avec le journalier, presque sous la barbe de Jean Recollé, son époux devant Dieu.

— Nicolas Lefaucheux..., prononça à haute voix Denise.

Le visage de son amant lui revenait en mémoire avec ses boucles brunes, sa peau claire, sa bouche sensuelle qui parlait si bien d'amour.

— La pécheresse ne regrette toujours pas son crime, s'indigna frère Toussaint et, après tant d'années, reste toujours attachée aux forces du Mal !

Denise, qui n'entendait rien, sourit. Son esprit avait quitté la salle du tribunal pour s'évader dans la campagne le joli jour de mai où Nicolas Lefaucheux lui avait adressé la parole pour la première fois. C'est à cet instant qu'elle était venue au monde, non seize années plus tôt dans la masure de parents désolés d'avoir engendré encore une fille.

— Mais regardez donc ! La diablesse se moque de nos paternelles remontrances ! s'emporta frère Toussaint.

— Je veux que justice me soit faite ! hurla Nicolette Fortier.

— La justice est en route, ma fille, assura frère Toussaint, et nulle force venue des enfers ne pourra l'entraver.

La cheminée où brûlait un feu de bois et de tourbe dégageait à chaque rafale de vent une fumée noire qui prenait à la gorge. Sur un des murs blanchis à la chaux, à côté de l'échelle menant au grenier, frère Toussaint avait pendu un crucifix où le Christ, les membres tordus, agonisait.

— Procédons aux interrogatoires, décida Antoine Le Bossu. Pour cette ultime confrontation, nous avons convoqué le père Genche et son fils Martin, Léonarde, veuve Jobart, Charles Gautier et Fortunée Bertou. Chacun aura la possibilité de préciser et compléter ses précédentes dépositions. Nous nous appuierons sur ces derniers témoignages pour prononcer notre sentence et la faire aussitôt exécuter.

— Au bois joli, chantonnait Denise, les pucelles vont se promenant.

Dehors, juste derrière les fenêtres de la salle de justice, la servante de Tabourdeau donnait du grain aux poules qui caquetaient et se battaient à coups de bec. Une tourterelle penchée sur le rebord d'un linteau roucoulait.

Nicolette, qui pleurait dans un coin de sa jupe, relevait parfois la tête pour observer les accusées. Toujours elle avait détesté les trois femmes, Etiennette et Margot en particulier dont la liberté de bêtes sauvages l'offensait. Dieu ne pouvait permettre à des femelles de vivre ainsi et il fallait qu'elles soient bien mauvaises pour être réduites à un état dont la seule pensée la désorientait. Toutes devaient disparaître, cesser de troubler les bons chrétiens. Son Jacquot haïssait Denise. Une belle fille autrefois, claironnait-il parfois lorsqu'il avait ingurgité plusieurs chopines, qui aurait mieux fait de l'aimer plutôt que de se livrer à Lefaucheux, un inconnu, un journalier de passage. Les filles du village appartenaient aux hommes du village.

— Tais-toi ! ordonna Tabourdeau à Denise. Ne peux-tu avoir la décence d'écouter les juges ?

Denise arrêta de chantonner. Tout s'apaisait autour d'elle. Nicolas était mort, elle était seule, indifférente, hors d'atteinte.

— Le loup qui a à moitié dévoré Bernard, le berger, n'était pas une bête ordinaire, assura le père Genche, et maître Thomas Orion, louvetier de notre sire, a affirmé n'avoir jamais vu d'empreintes aussi grosses.

— Il pouvait s'agir d'un fort mâle, jeta Dentu.

— Non pas.

— Quoi alors ? s'irrita l'intendant.

— La Grand'Bête, murmura Genche.

Chacun garda le silence. Les loups-garous jetaient l'épouvante. Venus du fond des légendes, un peu humains, un peu diables, un peu animaux, ils erraient la nuit dans les campagnes, et malheur à qui croisait leur chemin ! Le pauvre Bernard avait dû avoir cette malchance.

— Laquelle d'entre vous a lancé le loup-garou sur Bernard ? interrogea Tabourdeau.

Etiennette rajusta son bonnet. Elle avait du mal à ne pas clore le bec à ces corbeaux. Si elle avait eu du pouvoir sur la Grand'Bête, c'est sur Tabourdeau et Le Bossu qu'elle l'aurait lancée, pas sur ce benêt de Bernard qui s'égayait à leur jeter des cailloux dans le dos. Il avait été frappé d'apoplexie dans son trou et les loups en avaient profite.

— Etiennette, Genche t'a vue près du cadavre et Martin, son fils, en est témoin. Ton entêtement à refuser d'avouer ne te sauvera pas.

— Si j'étais m'neuse de loups, explosa enfin Etiennette, les bêtes seraient à mon service alors que je bataille rudement pour les tenir éloignées de nos poules et de nos lapins ! Tout le monde doit se souvenir au village que j'ai tué de mes mains un gros mâle gris l'hiver dernier.

— Réfléchis bien, Etiennette, susurra frère Toussaint, et cherche la vérité au fond de ton cœur. N'aurais-tu pas occis ce loup parce qu'il s'opposait à ton pouvoir ? Je vais te raconter une histoire susceptible de t'embarrasser et de démonter ton arrogance.

« En janvier de l'année dernière, juste avant la fête des Rois, Jean Fortier et sa sœur Madelon cherchaient du petit bois dans la forêt de Saint-Germain. En arrivant au carrefour des Petites Chapelles, ils t'ont aperçue marchant au loin sur le sentier des Genêtes, une meute de loups sur tes talons, aussi dociles et soumis que des chiens de berger. Madelon, qui a l'oreille fine, t'aurait entendue jouer d'un instrument de musique, flûte ou mirliton...

— Frère, interrompit Etiennette d'un ton jovial, jamais je n'ai su extirper une note de musique d'un simple brin d'herbe ! Ma mère et ma fille en sont témoins.

— Tu possédais une flûte lorsque j'étais enfant.

La voix calme de Margot désorienta Etiennette. Une vive rougeur lui monta aux joues.

— Pourquoi mens-tu ? s'indigna-t-elle. Veux-tu ma mort ?

— Je veux m'en aller d'ici, jeta Denise de sa voix chevrotante, la soupe va brûler.

Dentu et Le Bossu échangèrent un regard. Les femmes Recollé cédaient enfin. Leur misérable orgueil, leur dédain, leur ardeur belliqueuse, tout était balayé.

— Ne vois-tu pas que notre mort est déjà décidée ? jeta Margot. Alors, pourquoi ergoter ? Ces hommes instruits, leurs femmes, leurs enfants, le prêtre lui-même sont contre nous.

Frère Toussaint blêmit.

— Je suis le défenseur de tous les chrétiens, rétorqua-t-il d'une voix tremblante, riches comme pauvres, puissants ou humbles ! Mais je dois me montrer impitoyable contre leurs erreurs. Les ronces qui ne sont pas arrachées envahissent les champs et étouffent les récoltes. Une seule racine intacte et le pays meurt. Quand la douceur, l'arme préférée de Dieu, se montre inefficace, il faut savoir oublier toute miséricorde. Dieu n'en a pas pour les impies. Il les brûle.

— Eh bien, brûlez-nous à l'instant ! hurla Margot. Et taisez-vous. Vos mensonges et radotages viennent de Satan qui vous hante.

— Blasphème ! hurla frère Toussaint. Cette enfant est possédée.

Dans la salle, les témoins avaient reculé pour s'entasser près de la porte. Avec ses yeux verts qui flamboyaient, ses cheveux rouges, Margot était bien la fille de Belzébuth. La terreur de voir le Malin jaillir hors de sa bouche, de sa poitrine, de son ventre ou de son sexe leur ôtait tout bon sens.

— Il est là ! hurla Madelon Fortier. Il me regarde avec ses yeux de braise.

Terrassée par des convulsions, la fillette tomba sur le sol.

— Jetez de l'eau bénite, frère Toussaint, implora Fortunée. J'en ai ici deux burettes.

Ne quittant pas les accusées des yeux, la servante approcha à pas prudents. Un geste suspect, et c'est elle qui lancerait l'eau sainte.

Le frère s'empara des deux fioles de verre mal soufflé, fit le signe de la croix.

— Satan, déclama-t-il, je t'ordonne, au nom du Christ, notre maître et le tien, de quitter cette enfant !

Puis, d'un geste lent et solennel, il versa sur le visage de la petite Madelon, ses épaules et sa poitrine, le contenu des deux fioles. Tout d'abord, il ne se passa rien. Puis une sorte de grognement animal s'échappa des lèvres closes et les yeux s'entrouvrirent.

— Je souffre, balbutia la fillette, quelque chose me déchire la poitrine. Cela brûle très fort.

Elle poussa un hurlement et se redressa si brusquement que frère Toussaint, toujours accroupi près d'elle, tomba à la renverse.

— Le feu me quitte, hoqueta enfin Madelon. Il s'en va, il rentre dans les yeux de Margot.

Nicolette, qui s'était précipitée, berçait sa fille entre ses bras. La mort de son Jacquot puis cet envoûtement étaient plus qu'elle n'en pouvait supporter. Incapable de contrôler davantage ses nerfs, elle jeta un cri suraigu.

— Ouvrez une fenêtre, ordonna François Dentu. Nous étouffons ici.

A pas de loup, l'intendant descendit l'escalier menant à la cave où les trois accusées avaient été reconduites. Le temps pressait. Après la déposition des témoins, la croix tracée en face de leur nom et le résumé des charges pesant contre les femmes Recollé lu à haute voix, un verdict serait annoncé le soir même et l'exécution bâclée en moins de quarante-huit heures, aussitôt obtenues les signatures du sire de Foulque et de monseigneur de Chabin. Dentu n'avait plus la possibilité de s'opposer à la sentence, simplement le désir de sauver Margot des flammes. Qu'elle fût dangereuse n'était pas pour lui déplaire. De trente ans son aîné, il saurait la dompter et transformer ses grossiers sortilèges en une science raffinée de la magie amoureuse. La tirer d'affaire à ce moment du procès était malaisé, mais possible. La jeune fille devrait avouer ses péchés, s'en repentir, implorer l'absolution et se consacrer à Dieu en s'enfermant dans un couvent de nonnes. Une fois en sécurité à Guéret, il dresserait des plans auxquels le sire de Foulque, qui était un peu libertin, ne s'opposerait guère.

La cave était obscure et humide. Tout d'abord on ne distinguait que la voûte où étaient suspendus des outils agricoles et de gros sacs de jute, puis des murs faits de pierres jointes d'où suintaient des gouttes d'eau malodorantes. Son œil s'habituant aux ténèbres, François Dentu remarqua une planche posée sur deux tréteaux et une paillasse où se serraient les trois femmes. Il n'avait pas imaginé une telle misère et en resta embarrassé.

En l'apercevant, Denise s'était tassée contre le mur. On entendait une plainte étouffée comme celle d'une bête qui souffre. A son côté, Etiennette s'était redressée, l'œil inquiet. Une de ses mains chercha sa fille et s'y accrocha.

— Que voulez-vous ? interrogea Margot.

Dentu approcha sans hâte. L'odeur d'excréments le prenait à la gorge.

— Te parler.

— Allez-vous-en ! siffla la jeune fille. Je n'ai plus rien à dire.

L'intendant eut un petit rire. Ce jeu de chat et de souris n'était pas pour lui déplaire.

— M'écouteras-tu ?

— Laissez ma fille, jeta Etiennette. Votre méchanceté est déjà assez grande pour ne pas vous entêter à la tourmenter.

— Je viens la sauver, prononça Dentu d'une voix calme.

Etiennette passa un bras autour des épaules de Margot et la serra contre elle. Elle n'avait pas été une mère attentive, sa fille avait grandi comme une plante sauvage, mais elle la chérissait plus encore que sa terre et ses bêtes.

— Pour qu'elle soit votre putain ?

— Pour la mettre en religion.

Dentu fut surpris par la perspicacité d'une rustaude comme Etiennette. Il avait préparé un petit discours parlant d'amitié paternelle et se trouvait le dos au mur avant d'avoir prononcé un mot.

— Votre couvent, je n'en ai rien à foutre, décida Margot. Allez-vous-en !

— La petite n'a pas même été baptisée, expliqua Etiennette.

— Vraiment ? Voilà un aveu néfaste pour votre affaire. Mais je suis prêt à me taire. Mon silence contre Margot.

Denise s'était relevée et écoutait l'intendant avec une grande attention. Elle avait déjà entendu ces mêmes mots des années auparavant, et c'était Fortier qui les prononçait. Elle était dans la paille avec Nicolas, dans ses bras, dans son cœur, et il la menaçait. Silence contre docilité. Elle lui avait craché à la figure et Nicolas était mort.

— Dis oui, Margot, prononça-t-elle d'une voix ferme. Les femmes payent trop cher leur obstination.

Sa vie durant, elle n'avait cessé de lutter, mais aujourd'hui la chandelle s'éteignait. Elle était lasse, elle voulait s'endormir.

— Dis oui, répéta-t-elle.

Puis à nouveau elle se mit à chantonner.

— Je ne suis pas ton ennemi, murmura Dentu. Fais-moi confiance. Si tu te confesses au frère Toussaint et montres grand repentir de tes péchés, tu n'iras pas au bûcher et je te conduirai à Guéret.

Margot cacha son visage entre ses mains. Tout ce dont elle avait rêvé, être libre, vivre en ville, assumer sa subsistance, tenter de devenir une demoiselle, retombait dans la fange. Si les sorcières se plaisaient à nuire aux hommes, alors elle était fière d'en être une.

— Je suis à Satan et grosse de ses œuvres ! le défia-t-elle. Si tu me prends, je t'envoûterai et te ferai périr de terrible mort.

Dentu recula d'un pas. Le visage de Margot montrait une telle expression de haine qu'il en fut terrifié. Cette fille disait la vérité, elle appartenait à Satan.

— Le feu, murmura-t-il, le feu purificateur...

Dans moins d'une semaine, il serait débarrassé de ses obsessions.

— « Trois morts connus, énuméra Antoine Le Bossu, Jean Recollé, Bernard, le berger, et Jacques Fortier, probablement davantage si l'on dénombre les enfants à la mamelle, quantité de bétail, vaches et veaux, moutons et pourceaux, des femmes stériles ou se vidant de leur sang, des possessions diaboliques comme celle, récente, de Madelon Fortier, les signes de Lucifer infestant notre village, les témoignages sincères d'horribles sabbats où les femmes Recollé copulaient avec le diable, l'aveu fait à François Dentu par Margot qu'elle était présentement grosse des œuvres du Malin, grossesse confirmée par Fortunée qui l'a explorée et a trouvé sur elle, comme sur sa mère et son aïeule, les marques du diable. Accusées de sorcellerie, de maléfices et d'amitié avec Satan, les femmes Recollé ont déclaré que les tourments à elles infligés par les hommes étaient bien plus terribles que ceux de l'enfer et qu'elles ne craignaient pas de mourir. Interrogées sur leurs sortilèges, elles ont blasphémé. Adjurées de faire honnête et totale confession de leurs fautes au frère Toussaint, elles se sont entêtées à garder le silence. En conclusion de quoi, l'assemblée, ici présente, requiert que les trois femmes Recollé fassent amende honorable devant la porte principale de notre église où elles seront conduites tête et pieds nus par l'exécuteur de haute justice, Charles Gautier, ayant chacune une torche de deux livres de cire ardente et à genoux devant dire et déclarer qu'avec mauvaiseté et obstination, elles ont renoncé à Dieu leur Créateur pour se donner au diable et fréquenter en sa compagnie les sabbats des sorcières. Ajouteront qu'elles se repentent, demandent pardon à Dieu et seront menées par leur exécuteur au bord du Bassin des Dames, au lieu-dit Les Bruyères où elles seront brûlées vives et leurs corps réduits en cendres. Leurs biens seront confisqués et acquis par qui les voudra.

« Prononcé par nous, Antoine Le Bossu, bailli de la terre, justice et châtellenie de Guéret en la présence des vénérables messires Tabourdeau, meunier, François Dentu, intendant de notre sire de Foulque, et frère Toussaint, représentant l'autorité spirituelle de monseigneur de Chabin, notre évêque, le jeudi, troisième jour de mars mille deux cent quatre-vingt-trois, à l'heure de onze de la matinée. »

La lueur d'un quartier de lune pénétrait par la mince lucarne qui aérait la cave. Au loin, on entendait le sifflement du vent, l'appel d'un loup. D'une main tâtonnante, Denise chercha le carré de tissu qui lui servait de fichu. « C'est assez d'avoir massacré mon Nicolas, pensa la vieille femme, moi, je vais m'évader. » Depuis la veille et l'annonce de la sentence de mort, cette idée fixe lui avait même arraché un sourire. C'était un bon tour qu'elle allait jouer à ses juges. Ni Dieu ni diable ne lui faisaient peur. Serrée contre sa mère, Margot dormait sur la paillasse. Le lendemain, toutes trois seraient réunies. C'était bien ainsi. Elle devait les attendre, leur montrer le chemin. Elle leur devait cela.

En s'appliquant à ne faire aucun bruit, Denise noua un coin du fichu au barreau de la lucarne. C'était un bout de la vieille jupe qu'elle avait portée autrefois, quand elle était belle. De ses mains, elle l'avait cousue alors que, jeune mariée à Jean

Recollé, elle venait de rencontrer Nicolas. Un grand garçon fort et beau, pas fainéant à l'ouvrage. Le père de François Dentu, le vieil Amédée, l'avait embauché au chanvre et au lin, puis le beau-père de Tabourdeau pour porter les grains au moulin. C'était alors qu'elle avait cédé à l'amour, à la fin de l'été, avec les premières pluies, l'odeur de terre mouillée, de champignons et de romarin sauvage. Il l'avait entraînée dans la grange disant qu'il se mourait d'amour et elle l'avait enfermé entre ses bras. Chaque jour, ils s'étaient retrouvés. Sa vie était devenue légère et joyeuse, même quand Recollé la tançait parce qu'elle avait gaspillé du lard ou cassé une cruche. Rien n'avait d'importance, elle était devenue un oiseau et voyait la terre de très loin, une série de points minuscules et dérisoires. Le soir où elle lui avait appris qu'elle était enceinte, Nicolas et elle avaient décidé de s'enfuir.

Le nœud tenait solidement et Denise eut un rire étouffé. Cette fois-ci, on ne la rattraperait pas. Soudain la vieille femme s'immobilisa. Au loin, on entendait l'appel d'un loup. Etait-ce le gros mâle gris qui venait rôder autour de leur cabane ? Elle lui jetait de temps en temps un os, un croûton de pain. Son insistance à revenir l'avait troublée. Et si l'âme de Nicolas avait pris cette forme pour l'approcher ? Dans les yeux de la bête s'allumait parfois une tendresse presque humaine. Elle l'avait nommé Bel Amant et il semblait comprendre son nom. « Je suis là, murmura-t-elle, ne t'inquiète pas. » Si on les disait meneuses de loups, Etiennette, Margot et elle, c'est parce qu'elles échappaient aux pouvoirs des hommes.

La veille, Denise avait repéré un tonnelet crevé abandonné contre un mur. Tout vermoulu, il était encore assez solide pour la supporter un instant. Sans se hâter, la vieille femme s'en empara, le posa au pied de la lucarne. La lune en croissant était laiteuse, translucide, comme un sourire. Denise sourit à son tour. « Je suis là », répéta-t-elle. Mais elle ne se souvenait plus très bien à qui elle s'adressait. Le nœud coulant était autour de son cou. Pour être libre, il suffisait de sauter du tonnelet. Pourquoi n'y avait-elle pas songé plus tôt ?

Le hurlement sinistre d'un loup éveilla maître Tabourdeau et tous les gens du village. C'était un cri obsédant, terrifiant comme un avertissement ou, pis encore, l'annonce d'un châtiment.

— Nous mettrons le cadavre sur une claie que nous traînerons à travers le village jusqu'au bûcher où il sera livré aux flammes, décida Le Bossu. S'ôter soi-même la vie est un péché plus abominable encore que celui de sorcellerie. Il n'y a pas de pardon. En témoignage de notre indignation et colère, les deux complices seront ôtées du feu avant d'être réduites en cendres et pendues au lieu-dit Les Bruyères.

Frère Toussaint gardait mains jointes et yeux baissés. Le suicide de Denise Recollé l'affligeait. Il avait espéré un repentir au pied du bûcher, une scène impressionnante où les condamnées auraient baisé la croix du Christ. Un tel spectacle aurait frappé l'imagination de ses paroissiens, indiqué avec clarté que le Mal devait et pouvait être terrassé. En ajoutant un nouveau crime aux précédents forfaits, la veille même de rendre des comptes à leur Créateur, les femmes Recollé laissaient la fâcheuse impression que Satan pouvait triompher. Loin d'édifier la population, leur procès et leur supplice la désorienteraient.

— Je me rendrai cependant à l'exécution, se décida-t-il enfin. Les voies de Dieu sont impénétrables. Ce n'est pas à nous, mortels, de les juger. Tandis que ces malheureuses rendront l'âme, je tenterai une ultime prière à leur intention.

Depuis l'aube, les villageois travaillaient à dresser le bûcher, chacun apportant son fagot, de l'étoupe ou des briquettes de tourbe. Le temps était clair. Tabourdeau avait promis du vin chaud, du cidre aux épices. Ce serait une belle fête.

— J'ai reçu une missive de mon maître le sire de Foulque, annonça soudain François Dentu. Margot sera étranglée sur le bûcher avant que ne soit allumé le brasier. Cette mesure de clémence est due à l'âge de la criminelle, qui n'a que treize ans.

Il prenait sur lui le péché de mensonge. Mais sa décision était irrévocable : Margot ne souffrirait guère, et sa propre conscience serait en paix.

— Notre sire a l'âme bien miséricordieuse ! nota Tabourdeau d'un ton amer.

Seule Etiennette connaîtrait le supplice du feu et, des trois sorcières, elle était celle qu'il haïssait le moins.

— Ainsi sera-t-il fait, approuva Antoine Le Bossu et je consignerai la décision du sire de Foulque dans les écritures du procès. Nous allons maintenant tirer les deux inculpées de leur prison pour les livrer au bras de la justice. Que la volonté de Dieu s'accomplisse !

Etiennette ne voyait pas les villageois assemblés autour du bûcher, ne percevait aucune de leurs exclamations de joie ou de surprise. Le choc terrible du suicide de sa mère et du proche supplice de sa fille, sa propre mort la coupaient déjà du monde. Mais jusqu'au dernier souffle, elle poursuivrait ses bourreaux. Leur châtiment serait implacable. A l'aube, devant le corps pendu de Denise, elle avait pour la première fois invoqué le diable et s'était donnée à lui. Une ombre, un souffle, une présence tiède et enjôleuse, une force terrible aussi, déchirant des pans entiers de sa mémoire, reconstituant avec une précision étonnante incantations et rituels enseignés à sa mère par la vieille Suzon lorsqu'elle n'était qu'une enfant. Accroupie près de l'âtre, elle avait écouté avec passion mais l'âge venu, avec les travaux et les peines, elle pensait avoir oublié. Maintenant elle avait hâte d'en finir, de mourir en jetant son sort. Œil pour œil, dent pour dent.

Avant que frère Toussaint, son crucifix à la main, ait eu le temps de grimper l'échelle appuyée contre le bûcher, Margot s'était affaissée sous le lacet. De chaque côté d'Etiennette liée au poteau gisaient deux cadavres légers et fragiles comme des fleurs coupées. Un instant, la mémoire de la condamnée s'arrêta sur la maisonnette adossée à la forêt, sur les bêtes et le lopin de terre cultivé avec tant d'amour. Mais déjà ce qui lui avait procuré les seuls bonheurs de sa vie s'estompait, devenait lointain et irréel.

Seul l'instant présent s'imposait avec une intensité tragique. A deux pas, le Bassin des Dames, demeure des fées, déroulait ses rives arrondies, ponctuées des taches brunes des herbes aquatiques et de celles encore rose et mauve des bruyères. En faisant le choix de ce lieu pour leur supplice, les bourreaux avaient commis une erreur. Asile féminin, le sanctuaire des Dames se situait hors des frontières du Bien et du Mal.

Le feu prenait de l'ampleur et chacun s'étonnait du silence de la suppliciée quand une voix formidable, couverte par le crépitement et le craquement des brindilles, s'éleva du bûcher. Quoique aucun mot ne fût audible, l'assistance resta pétrifiée. Une épaisse fumée, où beaucoup devinaient la silhouette de Satan, monta alors de l'amas de bois, se contorsionnant avec lubricité, et plusieurs personnes, dont Tabourdeau, jurèrent qu'elles l'avaient entendue ricaner.

Dès le lendemain, Antoine Le Bossu s'octroya les biens des suppliciées dont les cadavres à moitié calcinés pendaient aux branches d'un orme se reflétant sur la surface grise du Bassin des Dames. La masure des femmes Recollé rasée, on ne découvrit ni grimoires, ni amulettes, pas trace d'une quelconque amitié avec le diable, mais le clerc de justice se garda bien de le divulguer. Les pires maléfices n'étaient-ils pas ceux qui demeuraient dissimulés au fond du cœur des hommes ?

1

Maître Raoul Dentu ouvrit en personne la porte de son bureau pour accueillir le jeune ménage qui venait de pénétrer dans l'étude. Dès le petit matin, tandis que son épouse s'activait aux fourneaux à côté de la cuisinière et que Léopold, le jardinier, fauchait l'herbe, taillait les buis, nettoyait les vasques, il s'était employé à régler avec minutie chaque détail de cette signature, apothéose de sa carrière de notaire.

D'un coup d'œil, Dentu jaugea le couple. La femme était charmante, très jeune, avec sous le léger chapeau une masse de cheveux blonds noués en chignon d'où s'échappaient des friselis que le soleil teintait de roux, des yeux noisette, une bouche charnue qu'étirait un joli sourire, l'allure aristocratique. Jean-Rémy Fortier, quant à lui, ressemblait au reste de sa famille creusoise, des traits affirmés, un menton accusé, mais il était plus grand, avec des mains fines que l'on devinait sous les coûteux gants de chamois.

— Chère madame, monsieur Fortier ! C'est un honneur de vous accueillir, prononça-t-il d'une voix onctueuse. Veuillez entrer.

De grosses mouches bourdonnaient autour de la suspension d'opaline qui éclairait le bureau des clercs. L'horloge du clocher sonna onze coups.

Avec curiosité, Valentine Fortier découvrit le

modeste bureau de maître Dentu. Tout l'amusait depuis son départ de Paris : le voyage en train, les auberges, le spectacle d'une province calme et laborieuse, la découverte de cette région délicieuse où, tout de suite après leurs noces, son mari et elle avaient décidé d'acquérir des terres, une demeure où passer les étés, voir grandir des enfants, recevoir leurs amis. En une épuisante semaine, ils avaient visité dix châteaux, les uns des ruines antiques hantées de chauves-souris et de courants d'air, d'autres des bâtisses sans confort jouxtant des fermes malodorantes, d'autres enfin trop modernes, rêves mégalomanes de boutiquiers enrichis puis ruinés. Et, soudain, Brières s'était dressé devant eux au bord de son étang bordé d'iris et de salicaires, comme la demeure secrète de fées. « C'est ici ! s'était-elle écriée. Voilà notre maison ! »

Maître Dentu ajusta ses besicles et s'empara du dossier posé devant lui. La décision des Fortier d'acquérir Brières dans les plus brefs délais l'avait bousculé dans ses habitudes et contraint à expédier l'affaire. C'était Germaine qui finalement l'avait décidé à demeurer discret. Pourquoi effrayer ce jeune ménage susceptible de répandre des largesses sur leur région en rapportant de vieilles histoires ? « Un passé quand même un peu inquiétant, avait-il hasardé. Les Fortier l'apprendront tôt ou tard. Eh bien, qu'ils l'apprennent tard ! s'était exclamée Germaine. Installés et heureux, ils se moqueront du tiers comme du quart du fils de la comtesse et du pauvre père confesseur. — Et l'incendie ? avait-il rappelé. — Les incendies étaient courants dans le vieux temps. Je pourrais citer dix maisons dans notre commune qui ont été réduites en cendres par fatalité, maladresse ou malveillance. Ne fais pas le bête, Dentu, et laisse-les signer le contrat. »

— « La propriété, lut le notaire, comprend deux

cents hectares en ferme, bois, prairies, étang et parc d'agrément cerné de murs de brique et pierre. Certaines parties nécessiteront des réparations. La gentilhommière, dite "château de Brières"... »

Maître Dentu leva les yeux et regarda le jeune ménage assis en face de lui.

— Brières, vous l'ignorez peut-être, est une déformation du mot « bruyère » qui désignait un lieu-dit Les Bruyères, au bord de l'étang appelé Bassin des Dames.

— Bassin des Dames ! s'exclama Valentine. C'est charmant. Je suppose que les femmes de ce village aimaient s'y promener.

— Sans doute, marmonna Dentu qui reprit aussitôt : « Le château, construit en 1785, comporte dépendances, bûcher, écuries, saloir, laverie et remise, une cave et les ruines d'un pigeonnier détruit à la Révolution. Les lieux sont libres de toute occupation, sans hypothèque ni servitude d'aucune sorte... »

A travers la fenêtre, Valentine voyait une poignée d'hirondelles posées sur le toit de la maison d'en face. Le bonheur l'attendait ici, elle en était sûre. Jean-Rémy s'y épanouirait, élaborerait une grande œuvre littéraire. Elle l'encouragerait, le protégerait, saurait créer et animer un milieu privilégié où régneraient talent et joie de vivre.

— Il a été convenu que la somme correspondant au prix de vente serait transférée en totalité à mon étude avant la fin de ce mois.

— Vous l'aurez dans la semaine, assura Jean-Rémy Fortier. J'ai reçu ce matin un télégramme de mon père me le confirmant.

— Parfait, conclut le notaire. Et maintenant, allons chez moi où sans nul doute s'impatiente mon épouse. Vous êtes désormais nos concitoyens et c'est un honneur qui se doit d'être fêté avec le cœur.

Après le dessert, une tarte aux fraises des bois couronnée de crème fouettée, Germaine Dentu précéda ses invités dans le salon. Le repas s'était bien déroulé et elle avait constaté avec satisfaction que Jean-Rémy Fortier, en dépit de la fortune considérable de son père, était resté sans façons. Avec une grâce aristocratique, sa jeune épouse, quant à elle, savait conquérir les cœurs.

Le salon de campagne des Dentu était tapissé d'un papier à petites fleurs un peu fané, et meublé d'un canapé tendu de velours grenat encadré de fauteuils à médaillons recouverts de tapisserie. Aux murs étaient suspendus le portrait d'un homme à favoris et celui d'une femme sévère sanglée dans une robe de taffetas gris. Sur un meuble-jardinière s'étiolait une fougère.

— On vous dit cousine des Foulque de Guéret, observa le notaire tandis que sa femme servait le café.

— Eloignée, précisa Valentine. Mon arrière-grand-mère Lavigne était née Foulque. Mais serait-ce ce lointain lignage qui m'aurait rendue amoureuse d'un Creusois et de la Creuse ?

— Les Foulque n'ont plus qu'une fille un peu retardée qui vit enfermée à Guéret avec ses parents, expliqua Raoul Dentu. Avec elle s'éteindra une race très ancienne. La famille possédait beaucoup de terres jusqu'au dix-huitième siècle, où leur fortune fut dissipée par un fils joueur et libertin.

— Et que savez-vous des Morillon qui ont construit Brières ? interrogea Valentine pour couper court à cette histoire qu'elle connaissait par cœur.

Germaine jeta un regard sévère à son mari. Avoir mis le sujet sur les généalogies locales était d'une grande maladresse.

— Peu de chose, déclara-t-il d'un ton enjoué. Le comte de Morillon eut la malchance de construire le château quelques années seulement avant la Révolution. Très amoureux de sa femme, il cherchait une retraite paisible où ils pourraient passer des jours heureux, loin de Versailles. La comtesse y accoucha d'un fils, Pierre-Henri, et, charmée par Brières, décida d'y demeurer. Le parc était à l'anglaise alors et vous pourrez sans peine le reconstituer. Si vous le désirez, j'embaucherai pour vous un excellent jardinier...

— Et qu'advint-il d'eux à la Révolution ? coupa Jean-Rémy, devinant que ce sujet intéressait sa femme bien davantage que des questions de personnel à engager.

Dentu avait l'impression d'être assis sur des charbons ardents.

— Le comte, hélas, n'y survécut pas, mais la comtesse et son fils purent émigrer en Allemagne. A la Restauration, ils demandèrent la restitution de leurs terres et revinrent à Brières.

— Pourquoi avoir vendu ? s'étonna Valentine.

— Un événement malheureux, prononça le notaire d'une voix dont la douceur cherchait à ôter aux mots toute aspérité. La comtesse perdit son fils et décida de se séparer du domaine.

— Comme c'est triste, murmura Valentine. Et après ?

— Brières est resté inoccupé jusqu'en 1850, lorsque la propriété fut acquise par des religieuses désirant y ouvrir un pensionnat de jeunes filles. C'est la raison pour laquelle vous avez vu dans le château des pièces morcelées, un hall d'entrée un peu amputé. Tout ceci pouvant fort aisément être remis dans son état originel. Après la guerre de 1870, le pensionnat ferma ses portes et le domaine fut remis en vente dès 1880, voici donc vingt et un ans.

— Et aucun acheteur ne s'est présenté ? s'étonna Jean-Rémy.

— La région est très pauvre, déplora Germaine Dentu en passant une boîte de porcelaine de Limoges où étaient alignées des truffes en chocolat. Les gens ont plutôt tendance à quitter le département qu'à venir s'y installer. Et c'est grand dommage !

L'épouse du notaire soupira de soulagement. Dieu merci, Raoul avait su taire l'incendie de la première bâtisse édifiée à Brières et l'accident survenu au malheureux père confesseur du pensionnat, Firmin Gautier. Maintenant le sujet était clos.

— Allons au jardin, voulez-vous ? proposa-t-elle. Les premières roses viennent d'y éclore et j'aimerais que madame Fortier en accepte un bouquet.

Une bouffée de vent passait à travers la fenêtre entrouverte. Il sembla à Valentine qu'elle lui apportait l'odeur de Brières. Aussitôt libérés des Dentu, elle entraînerait Jean-Rémy dans leur domaine pour s'y promener sans contrainte. Le bonheur manqué de la comtesse de Morillon serait leur. Eux s'y aimeraient jusqu'à la fin de leurs jours.

Tandis que son mari causait avec le fermier accouru aux nouvelles, Valentine s'assit au bord de l'étang. Comme le soleil était chaud, la jeune femme avait ouvert son ombrelle et contemplait avec bonheur la danse des libellules, le passage du vent dans les hautes herbes aquatiques. Il faudrait tailler les églantiers, dégager les taillis, ouvrir des perspectives, créer un potager, un verger, des allées de chasse pour Jean-Rémy, un kiosque où elle pourrait venir dessiner. Brières serait son œuvre à elle tandis qu'à son côté Jean-Rémy construirait la sienne. Chacun reconnaîtrait vite qu'elle avait eu raison de l'aimer. Son père demanderait pardon pour ses méchants mots et sa mère pour un silencieux dédain plus blessant encore. Etre la bru d'un entrepreneur ne la mortifiait pas, bien au contraire. Il fallait que les sangs se mélangent et que l'amour triomphe. La fortune des Fortier remontait par ailleurs à deux générations, quand Honoré, l'ancêtre maçon, était monté de la Creuse à Paris. Les siens alors vivotaient dans leur château normand, jusqu'au jour où une toiture à refaire avait contraint ses grands-parents à vendre. Alors que l'étoile des Fortier montait pour atteindre son apogée sous le second Empire, celle des comtes de Naudet s'éclipsait. En dépit de leurs grands airs, ses parents vivaient dans la gêne, se contentant d'une bonne quand les Fortier avaient majordome, cocher et cinq domestiques. Mais auraient-ils été aussi pauvres qu'eux, elle aurait aimé Jean-Rémy de la même façon.

Derrière l'étang, le soleil commençait à descendre, jetant une tendresse voilée sur la surface de l'eau. Devant le perron du château, Jean-Rémy et le père Genche conversaient toujours. Au bas de l'escalier, les herbes poussaient librement, ensevelissant les jambes d'une statue de Diane chasseresse. Un peu plus loin, érables, ormes et chênes formaient une futaie infranchissable qu'aucune allée ne perçait plus.

« *Et sous les ormes aux branches enlacées*
Nous unirons nos lèvres pour un tendre baiser. »

A la fin du poème récité timidement dans le salon de sa tante, Valentine avait senti son cœur battre. Jean-Rémy Fortier était un grand artiste et il s'étiolait dans le milieu prosaïque où il vivait. Il lui fallait une muse, une femme qui le pousse jusqu'au sommet de la gloire, et cette femme, ce serait elle...

Depuis lors, elle avait bataillé contre la terre

entière, sa grand-mère, ses parents et leurs proches pour obtenir la permission d'épouser Jean-Rémy. Sans cet amour, sa vie n'aurait plus de sens, s'était-elle entêtée à répéter. Elle avait gagné, obtenu le consentement paternel et, à défaut d'enthousiasme, la capitulation des Fortier, heureux de voir leur cadet prendre enfin son envol. Dédaigneux des affaires paternelles, haïssant pierre, mortier et plâtre, Jean-Rémy avait été un enfant délicat et solitaire. Pour qu'il se fortifie et s'aguerrisse au contact de la nature et du travail de la terre, on l'avait expédié à quatorze ans chez une grand-tante dans la Creuse. Mais, loin de retrousser ses manches, l'adolescent s'était davantage isolé, passant ses journées à écrire poèmes, bouts de roman, pièces de théâtre ne dépassant pas le premier acte. Emerveillés de ce talent précoce, son oncle et sa tante avaient supplié le père Fortier de reprendre son fils et de le pousser vers l'Académie. Avec leur fortune et leurs relations, l'affaire pouvait être envisagée. Le nom des Fortier deviendrait ainsi immortel. De retour à Paris, Jean-Rémy avait commencé un long poème épique, vécu sa vie de garçon au milieu de cercles littéraires, entrepris un voyage en Italie, un autre en Irlande et avait rencontré chez madame de Mortange, qui ouvrait son salon chaque mercredi aux jeunes talents, Valentine de Naudet, sa nièce et filleule, dont il était tombé aussitôt amoureux.

Le mariage conclu, l'un et l'autre avaient décidé de fuir Paris aussi souvent que possible. Valentine s'était aussitôt enthousiasmée. Ils achèteraient une demeure et ouvriraient leur porte à tout ce que la France comptait de talents. On s'y amuserait, dans une atmosphère inspirée par le génie, comme chez George Sand à Nohant. Loin des préjugés du monde, leurs enfants y grandiraient libres et heureux.

Le soleil baissait. Valentine se leva. Déjà elle

aimait cette terre à peine acquise, sa terre. Jean-Rémy venait vers elle. Même si durant les nuits qu'ils avaient partagées elle n'avait pas éprouvé le bonheur attendu, elle l'aimait de tout son cœur. Quelle importance avaient finalement les plaisirs de la chair quand ceux de l'esprit et de l'âme étaient aussi forts ?

— N'as-tu pas froid au bord de cet étang ? interrogea-t-il.

Valentine prit sa main et se serra contre son mari.

— Comme il fait humide ici, insista Jean-Rémy. Je gèle, allons-nous-en.

— Ne veux-tu pas te promener dans le parc ? s'étonna Valentine. Nous venons à peine d'arriver.

— Pas aujourd'hui. J'ai froid, partons.

Valentine n'osa protester. La main de Jean-Rémy tremblait dans la sienne. Il était pâle.

— Nous reviéndrons demain, promit-il. Je me sentirai mieux. Le déjeuner des Dentu était trop copieux, mais cette brave femme avait fait de son mieux pour nous recevoir et il était impossible de lui ôter son plaisir.

Derrière l'étang, le soleil éclairait la prairie où s'élançaient des herbes folles et des buissons de ronciers, incendiait un bouquet de saules qui s'accrochaient aux rives.

— Regarde comme c'est beau ! s'écria Valentine en les montrant du doigt. On dirait qu'ils flambent, dans la lumière.

2

— C'est incompréhensible ! se révolta Valentine. L'édition moderne ne compterait-elle que des incompétents ?

Leur dernier invité, Georges Belcourt, fondateur des illustres éditions Belcourt, venait de prendre congé. Avec diplomatie, il avait annoncé qu'il ne pourrait, « à son grand regret, publier l'*Ode au Bassin des Dames* ». La poésie, hélas, ne trouvait guère de lecteurs et quoique l'ouvrage de Jean-Rémy fût de qualité, son inspiration provinciale n'était plus au goût du jour. En cette aube du vingtième siècle, le public appréciait le réalisme, l'exotisme, un brin de persiflage même. Les mœurs, la religion, le gouvernement, tout pouvait désormais se prêter aux sarcasmes. Même s'il le regrettait, les choses étaient ainsi et les éditions Belcourt devaient s'y adapter.

— Tu aurais dû protester, reprocha Valentine en ôtant quelques épingles de son chignon, exiger une lecture plus attentive.

Jean-Rémy restait au milieu du salon dont les deux fenêtres étaient ouvertes sur le parc Monceau. Plutôt que de débattre de ce sujet avec sa femme, il aurait préféré se réfugier en lui-même, sortir seul faire quelques pas. Ce genre d'échec, si personnel, ne pouvait se partager. Pire qu'un insuccès, c'était une confusion que l'obstination de Valentine intensifiait jusqu'à la souffrance. L'accueil que lui avait fait Pierre Belcourt dans son bureau de la rue de Verneuil quelques semaines plus tôt avait été pourtant très chaleureux. Il avait promis de lire lui-même l'*Ode au Bassin des Dames* dont le sujet attirait sa curiosité. Breton d'origine, tout ce qui concernait le merveilleux le touchait et il estimait le public prêt à s'enthousiasmer pour un retour à des sources païennes. La France attendait un écrivain capable de faire peur et de faire rêver, une plume ne craignant pas d'être outrancière. Mais en abandonnant son manuscrit aux mains du grand éditeur, Jean-Rémy était resté perplexe. Son *Ode au Bassin des Dames* réunissait-elle ces qualités ? Il avait tenté de reproduire une œuvrette du dix-huitième siècle découverte chez un libraire de Guéret en y associant son amour de l'eau, des bêtes, de la forêt et d'une Valentine mythifiée régnant sur l'étang.

— Belcourt a lu deux fois mon manuscrit, expliqua-t-il d'une voix qu'il s'efforçait de garder sereine.

— Eh bien, propose-le à un autre éditeur ! Nous n'en manquons pas à Paris. La bêtise de l'un fera la fortune de l'autre.

— Veux-tu me voir tirer les sonnettes ? protesta Jean-Rémy.

Sur le point de rétorquer que les Fortier avaient bien su solliciter des protections pour s'enrichir, Valentine préféra se taire, confuse d'avoir eu cette pensée, la première aussi négative, sur sa belle-famille. Ce soir, elle devait être fatiguée.

— Je vais me coucher, décida-t-elle. Demain, nous y verrons plus clair. Raymond m'a assuré avoir beaucoup aimé l'*Ode*, et ton frère n'est pas poète, n'est-ce pas ? S'il l'apprécie, le commun des mortels pourra bien l'aimer.

Son beau-frère la déconcertait. Grand et athlétique, peu porté sur le monde des arts ou des idées, il se dégageait de lui un appétit pour la vie faisant défaut à Jean-Rémy. Quoique ses plaisanteries, lestes jusqu'à frôler la vulgarité, eussent le don de l'irriter, que son obsession de faire prospérer l'entreprise familiale, d'entasser plus de bien et de pouvoir encore, lui semblât indigne, elle s'amusait cependant de sa compagnie. Raymond avait sur ses semblables une opinion un peu moqueuse et, mieux que quiconque, savait déceler les vanités de ses puissants amis. Raymond et Jean-Rémy se nuisaient. A côté de son jeune frère, Raymond semblait lourdaud, tandis que Jean-Rémy apparaissait fade et timoré. Mieux valait qu'ils aient le moins de relations possible.

— Bonne nuit, souhaita Jean-Rémy. Quant à moi, je n'ai pas sommeil et vais faire quelques pas sur le boulevard.

Brières, en pleins travaux, lui manquait. Quelle importance avait cette gloire à laquelle tenait autant sa femme ? L'essentiel pour lui était de laisser vagabonder ses pensées, de vibrer aux émotions, à la musique, de se sentir libre, désentravé. Dans sa jeunesse, ses parents l'avaient étouffé. Dominateurs, sévères, ils ne lui avaient laissé qu'un espace minuscule où se réfugier, avaient nourri pour lui des ambitions qu'il se savait incapable d'atteindre. Enfant souffreteux, il avait été examiné par les médecins les plus célèbres. Expédié chez sa grand-tante dans la Creuse, il avait pêché dans les étangs, musardé sans fin dans la forêt ou le long des chemins creux. Bonne mine et appétit lui étaient revenus ainsi que la vocation d'écrivain, le désir de vivre une existence sans contraintes ni mondanités, une vie vouée à la nature et à la poésie. Rentré à Paris, il avait décidé de découvrir l'Irlande, l'Italie, projetait une exploration de la Turquie. Mais les voyages lui avaient vite fait peur. C'est alors qu'il avait songé à une femme qui puisse le comprendre, l'encourager et le protéger, un être aimant comme lui la campagne et la poésie.

Seuls quelques fiacres vides remontaient le boulevard de Courcelles vers Levallois. Des chats errants se battaient le long des grilles du parc. Il y avait quelque chose d'angoissant et d'apaisant dans ce vide au milieu de la ville, une tristesse que Jean-Rémy goûtait. « Je ne sais quoi dire à Valentine, pensa-t-il. Si je prône mon *Ode*, elle me pressera de la faire publier, si je la dénigre, elle me méprisera. » Il fallait temporiser, promettre qu'après avoir retravaillé son texte, il s'occuperait avec ardeur de convaincre un nouvel éditeur. A ce moment, Brières serait prêt à les accueillir et tout serait oublié.

Valentine passa une chemise de nuit et commença à brosser ses cheveux. Jean-Rémy était dans la lune et elle devait le ramener sur terre. Aucun écrivain ne pouvait parvenir à la célébrité à son corps défendant. Il fallait maintenir des rapports avec les lecteurs, entretenir une correspondance, développer des liens amicaux avec les éditeurs, fréquenter d'autres artistes. Comment retenir des célébrités à Brières si Jean-Rémy fuyait leur compagnie pour se réfugier dans les bois ? Pour séduire, il fallait être plaisant, intéresser, intriguer ou amuser. L'*Ode au Bassin des Dames* était charmante, un peu mièvre peut-être, mais d'une inspiration originale et pleine de mystères. Pourquoi ne pas la retravailler avec Jean-Rémy ? Elle avait quelques idées, des points de vue personnels sur ce thème. Ensemble, ils procéderaient à des coupures, feraient des rajouts, cisèleraient le style. L'idée d'une étroite collaboration avec son mari remplit Valentine de joie. Plus que l'égérie, elle serait la partenaire du grand poète, son double indissociable, la main dont il se servirait pour écrire. Mais elle resterait dans l'ombre, sa gloire serait de s'effacer derrière l'homme qu'elle admirait. Une sérénité délicieuse envahit la jeune femme. Jean-Rémy lui appartenait corps et âme.

La maison était silencieuse. Jean-Rémy devait

errer le long du parc, la tête pleine de nuages. « Un petit garçon, pensa Valentine en entrouvrant les draps de son lit. Que serait-il devenu si je ne l'avais pas rencontré ? »

— Te rends-tu compte de ce que tu me demandes ?

D'un geste nerveux, Jean-Rémy repoussa sa tasse de thé. Il était dix heures déjà et le soleil entrait à profusion dans la salle à manger ouverte sur le parc Monceau. Le début de l'été donnait aux marronniers une splendeur mûrissante. Une odeur fruitée montait des parterres du parc arrosé par les jardiniers où s'épanouissaient soucis orange et giroflées rousses le long des allées sablées encore désertes. N'ayant pas anticipé la résistance de son mari, Valentine en fut surprise. Elle avait pourtant soigneusement pesé ses mots, présenté leur future collaboration sous un jour enchanteur. Ecrire à quatre mains serait l'aboutissement de leur amour, sa substance, une aventure enivrante que seuls des êtres d'élite pouvaient goûter. Mais ce raz de marée prêt à emporter leur destin se trouvait soudain immobilisé.

— Qu'ai-je dit de si déplaisant ? protesta la jeune femme. J'estime tout au contraire t'offrir là une belle preuve d'amour.

Jean-Rémy jeta sa serviette sur la table. Semaine après semaine, Valentine devenait plus autoritaire et possessive. Comme avec sa mère, il étouffait.

— Enivre-toi de tes propres mots si ma poésie ne te touche pas. Je regrette d'être jugé mauvais par ma femme, mais ne changerai pas pour autant ma manière d'écrire.

— Je pensais être ton double, la moitié de toi-même, mumura-t-elle enfin en buvant une gorgée de thé. N'en parlons plus.

Une angoisse lui serrait le cœur. Malgré déceptions et doutes, il fallait réagir, poursuivre le but qu'elle s'était fixé, retrouver Brières et le Bassin des Dames. Là-bas, elle serait dans son royaume et parviendrait à convaincre Jean-Rémy. Bien plus qu'à Paris, dans la Creuse il lui appartenait.

— Partons pour Brières, supplia-t-elle d'une voix tendre. La maison me manque, et tant pis pour les travaux !

Elle entoura Jean-Rémy de ses bras, posa d'un geste amoureux la tête sur son épaule. Les artistes étaient susceptibles. Il fallait leur laisser le temps de réfléchir. Elle saurait patienter. Jean-Rémy serra sa femme contre lui. Même si cette dépendance l'effrayait, il avait besoin d'elle. Ce qui l'avait poussé vers Valentine, ce qui l'attachait à elle aujourd'hui le dépassait. Ils pouvaient se quereller, pas se séparer. Là où elle allait, il irait.

— Oui, retournons chez nous, chuchota-t-il. A Brières, nous vivons pour nous aimer. Là est l'essentiel.

3

Avec satisfaction, Valentine replia la lettre que venait de lui remettre Bernadette, la toute jeune femme de chambre embauchée par Germaine Dentu avant son arrivée à Brières. Albert Michaux-Chenard annonçait son arrivée et cette marque d'intérêt de l'historien pour Jean-Rémy la gonflait d'orgueil. « Pourvu que Raymond ne s'incruste pas », pensa-t-elle. La perspective de réunir son beau-frère et l'académicien l'inquiétait, mais il était impossible de changer les plans.

Harcelés par Valentine, les ouvriers avaient presque achevé les travaux de modernisation du château. Les murs élevés à l'époque du pensionnat avaient été abattus, restituant au vestibule sa splendeur d'antan et aux chambres de plus dignes proportions. Sous de fausses cloisons, on avait retrouvé des boiseries, quelques fresques représentant de fraîches scènes pastorales que les religieuses avaient estimées trop légères, des passages secrets rapprochant les appartements. Valentine avait arpenté chaque pouce de sa demeure, tentant d'imaginer Angèle de Morillon, sa manière de vivre, la façon dont elle avait marqué Brières de son amour, les odeurs, les couleurs qu'elle prisait. Revus à maintes reprises, les Dentu étaient réticents à évoquer le comte et son fils et, en dépit d'une discrète insistance, elle n'avait pu tirer d'eux le moindre détail sur les circonstances de leur fin tragique. La fureur révolutionnaire, un accident... Mais le notaire et son épouse étaient intarissables sur les charmes de la région, les êtres de qualité qui s'y étaient attachés. Après Tristan l'Hermite, George Sand et Jules Sandeau, Jean-Rémy Fortier laisserait un nom dans le panthéon des lettrés amoureux de la Creuse. Les Fortier avaient fait souche à Saint-Germain-Beaupré depuis des temps immémoriaux. D'abord cultivateurs, ils étaient, comme bien d'autres Creusois, devenus maçons, avaient effectué des migrations saisonnières, jusqu'au moment où le grand Honoré était monté à Paris.

— Un début d'incendie a inexplicablement pris tantôt dans la réserve à tonneaux et Monsieur est parti très en retard accueillir son frère à Guéret, annonça Bernadette. Il m'a demandé de faire servir le dîner plus tard.

La pensée de l'arrivée imminente de Raymond ternit la satisfaction éprouvée un instant plus tôt par Valentine. Son beau-frère l'impatientait mais l'attirait. Comment occuper cet homme actif pendant deux semaines, quelle conversation lui tenir ? Il allait prendre possession de son espace, de ses pensées, de son temps.

— J'ai demandé cent fois à Emile de balayer les remises, fit remarquer Valentine d'un ton acerbe. A quelle heure dînera-t-on ce soir ? C'est exaspérant !

Bernadette observait sa nouvelle patronne à la dérobée. Au village, les jeunes épouses n'avaient pas sa nervosité, des versatilités affichant une anxiété difficile à interpréter. Doux et tranquille, Jean-Rémy Fortier était pourtant à la dévotion de sa femme. Il s'enfermait dans son bureau ou partait dans les bois, la laissant maîtresse chez elle. Que pouvait-elle espérer qu'elle ne possédât déjà ?

— Au lieu de rester plantée là, s'impatienta Valentine, va vérifier que la chambre de Monsieur Raymond est prête.

En dépit de sa bonne volonté, Bernadette était mal dégrossie. Valentine en voulait à Germaine Dentu de la lui avoir imposée. Elle allait devoir la former, la réprimander, la contrôler, toutes choses qu'elle détestait faire. La vie quotidienne devait se dérouler autour d'elle harmonieuse et tranquille, sans éclats de voix, colère ou rancune, afin de laisser son esprit disponible pour les grandes aventures. Jean-Rémy retravaillait son *Ode*. Elle n'avait pas encore réitéré sa proposition mais notait en secret quelques bouts de vers, des idées inspirées par le Bassin des Dames lorsqu'elle se promenait sur ses rives. De l'étang montaient un mystère et une force qui la stimulaient, lui insufflaient l'audace d'échapper aux conventions du monde. Juchée sur un vieux tronc d'acacia devant joncs et lentilles d'eau, dans l'odeur de menthe et de romarin montant des herbes folles, la jeune femme s'imprégnait de cette vie secrète. Avait-elle épousé Jean-Rémy par amour ou pour narguer la société de ses parents ? Croyait-elle vraiment en son génie ou lui servait-il de prétexte pour asseoir son propre prestige ? Et qu'espérait-elle de l'existence ? Ecrire des poèmes sous le nom de Fortier ?

— Pourquoi ne pas nous mettre à la pêche à la ligne ? ironisa Raymond. La campagnarde que vous prétendez être aurait-elle peur de se salir les mains ?

Aussitôt Raymond installé, sa voix, ses bruyants éclats de rire avaient investi Brières. D'abord occupé à parcourir le parc, il avait vite décidé d'explorer la région de ses ancêtres où il séjournait pour la première fois. Gagnée par l'énergie de son beau-frère, Valentine avait fini par accepter de l'accompagner. Tandis que Jean-Rémy travaillait, ils partaient tous deux dans le buggy à la découverte des églises, ruines médiévales, grottes, ponts ou vestiges gallo-romains. Un paysan leur servait parfois de guide, expliquant dans un français mêlé de patois des légendes qui toutes parlaient de fées, de diables, de sorcières entraînant les hommes vers leur abîme. Sur le chemin du retour, tandis que Raymond s'égayait de tant d'ingénuité, Valentine, encore troublée par l'évocation de ces forces surnaturelles, restait songeuse. Les naïfs récits suggéraient une sensualité équivoque, des désirs inavouables que la présence charnelle de son beau-frère rendait plus ambigus encore. Ces diables s'accouplant aux femmes, ces sorcières se dénudant sous la lune la fascinaient avec une intensité qui l'horrifiait. Se pouvait-il qu'après quatre mois de mariage elle songeât déjà à un autre corps que celui de Jean-Rémy, à de nouvelles caresses ? Mais la vie n'était-elle pas une aventure magnifique faite de découvertes enthousiasmantes, de chutes suivies de progressions ? Se pourrait-il que le mariage l'emprisonne d'une façon définitive ? Son adolescence rêveuse et exaltée l'avait guidée vers une union parfaite que nulle difficulté ne serait susceptible d'ébranler, où elle aurait une place solide et irrévocable. Brières avait été choisi, acquis, aménagé pour servir d'écrin à cet amour idéal mais, loin de la rapprocher de Jean-Rémy, il semblait que le domaine les arrachait l'un à l'autre.

— Avez-vous fait une jolie promenade ?

Jean-Rémy semblait de bonne humeur et Valentine s'en réjouit. La nouvelle version de l'*Ode* devait s'achever et bientôt elle exigerait une lecture à voix haute, un soir, sur la terrasse. Elle avait besoin de valoriser son mari en face de Raymond, d'être fière d'appartenir à l'un plutôt qu'à l'autre.

— Valentine, figure-toi, m'a emmené jusqu'à Saint-Vaury. Nous nous sommes assis là où l'ermite priait, ou plus probablement ne pensait à rien, et avons admiré le panorama.

— Tant mieux si tu te plais ici, fit Jean-Rémy.

Seule Valentine nota la froideur soudaine du ton.

— Au lieu de moisir dans ton bureau, tu devrais visiter les environs, insista Raymond. Pourquoi veux-tu toujours faire le contraire de ce qui plaît aux autres ?

Jean-Rémy ne répondit rien. Comme souvent entre les murs du château, il avait un peu froid, se sentait las. Valentine, il le sentait, éprouvait du plaisir à la compagnie de son frère et ce bonheur le blessait. Raymond l'avait toujours dominé. Enfant, il décidait des jeux, l'obligeait à y prendre part. Ses stratégies de batailles longues et compliquées l'ennuyaient. Il gelait en guettant un ennemi imaginaire au fond du jardin de la maison familiale place Saint-Sulpice, n'éprouvait aucun enthousiasme à vaincre, aucun regret d'être défait. Lorsque Raymond avait commencé à s'impliquer dans l'entreprise Fortier, leur père s'était rapproché de son aîné au détriment du cadet toujours dans ses rêves. Souvent le soir, ils passaient ensemble de longs moments dans le fumoir, causant contrats, accords à obtenir, expansions et bilans tandis que lui-même lisait au salon à côté de sa mère. A l'âge d'homme, Raymond dînait en ville, flattait d'importants hommes politiques pouvant offrir aux Fortier des marchés, courtisait leurs femmes, avait une maîtresse, fumait le cigare et appréciait les grands crus tandis que lui-même, toujours vierge à dix-huit ans, découvrait la nature chez sa tante Fortier de Bourganeuf, goûtait le silence et se perdait dans ses songes. Jean-Rémy ignorait toujours s'il admirait ou haïssait son frère.

— Passons à table, décida Valentine pour rompre le silence. Bernadette attend pour servir.

Avec goût, la jeune femme avait décoré la salle à manger de tapisseries d'Aubusson et de meubles anciens en bois de fruitiers. Le sol restait carrelé comme dans le réfectoire des pensionnaires mais elle avait fait restaurer les boiseries blondes entourant une jolie cheminée Louis XVI au-dessus de laquelle elle avait accroché un pastel de sa grand-mère Naudet.

— Paris étend ses faubourgs d'année en année, nota Raymond en se servant de tourte au jambon. Dans moins de dix ans le village de Passy, la plaine de Neuilly seront urbanisés. Si nous agissons avec détermination, nos marchés n'auront pas de limites. Tu devrais t'y intéresser en achetant des titres.

— Pour que je me torture l'esprit sur des gains possibles ou de probables pertes ! J'ai mieux à faire.

— Et quoi donc ? Rimailler sur la campagne creusoise !

Les heures passées en compagnie de Valentine rendaient plus frappante le peu d'ambition de son frère. De la jeune femme se dégageait une grande vivacité alliée à une sensualité retenue qui le troublait.

Valentine aurait voulu que d'une riposte amusante, l'arme des gens d'esprit, Jean-Rémy contre-attaque mais, la mâchoire crispée, il se contenta de blêmir.

— Vous êtes ignorant de l'art et des artistes, Raymond, intervint-elle en conservant un ton enjoué, c'est un défaut bien Fortier. Avec la fortune de votre père, j'aurais réuni une collection de tableaux modernes, je convierais à ma table écrivains et comédiens, m'enorgueillirais d'encourager les créations architecturales et musicales. Au lieu de quoi, vous vivez en bourgeois désuets, acharnés à empiler poutres et plâtras. Ce choix, mon cher Raymond, exclut la faculté de juger les artistes.

Mieux qu'ironique, le petit sourire que Raymond lui adressa était un appel sensuel. Valentine sentit le rouge lui monter aux joues. Son beau-frère ne la traitait pas en femme d'esprit mais en femelle désirable. C'était indigne, mais troublant.

Quand Valentine ouvrit ses volets le lendemain, le soleil se levait à peine. Elle avait mal dormi. Au-delà de la terrasse, la campagne s'étendait dans la gloire du petit matin avec ses collines, la forêt et la tache encore sombre du Bassin des Dames. Le ciel était d'un bleu piqué de minuscules nuages, l'air déjà doux, parfumé des moissons qui venaient de s'achever. Derrière la ligne de la nappe d'eau bordée de hautes tiges, on devinait les toits du village, le coq planté en haut du clocher. Les yeux perdus à l'horizon, la jeune femme s'accouda à l'appui de sa fenêtre. Son domaine l'émerveillait, l'envoûtait. Là, elle osait des pensées qui l'auraient gênée à Paris, imaginait des jouissances inconnues dans les bras de Jean-Rémy. Elle était reine à Brières, elle décidait. Aucune règle n'existait, sinon celle d'être heureuse.

La jeune femme se détourna. Sans attendre les services de Bernadette, elle allait se vêtir, partir se promener au bord de l'étang.

L'escalier de la terrasse menait à une allée bordée de roses où aboutissaient plusieurs sentiers. Le jardinier avait fait de son mieux, mais le parc restait sauvage encore, avec des taillis impénétrables, des clairières secrètes, des tapis de fleurs sauvages.

Passé le parterre de roses, Valentine emprunta le chemin menant à l'étang. Une force l'attirait sur ses rives. Elle y lisait, dessinait, rêvait, s'y promenait parfois en barque avec Jean-Rémy qui aimait lui nommer le gibier d'eau : là un colvert ou un malard, ici un héron bleu, une grue couronnée. Furtivement, elle observait son mari. Devinait-il ses déceptions ? Comprenait-il qu'elle s'éloignait de lui ? Depuis sa proposition de collaboration, il évitait d'évoquer ses projets littéraires, ne lui lisait qu'avec réticence des extraits de son travail. Ses journées se déroulaient entre son bureau hermétiquement clos et le parc de Brières. Mais elle n'avait pas perdu foi en lui. Les artistes étaient différents des hommes ordinaires. Un jour, ils seraient proches à nouveau.

Le chemin menant à l'étang dont les rives apparaissaient parfois pour se perdre derrière de hautes herbes piquées de chardons et de campanules n'était tracé que par le pas des promeneurs et le passage du gibier. Valentine s'immobilisa pour contempler le vol désordonné d'une compagnie de sarcelles dérangées sans doute par quelque prédateur. Un bouquet de joncs frémissait encore. La jeune femme approcha. Raymond se baignait. Son corps entièrement nu se découpait dans le contre-jour sous la lumière qui chatoyait selon le cours des nuages. De brèves vaguelettes couvraient de leur léger ressac le bord vaseux des berges. Ne se sachant pas observé, le jeune homme plongeait, se redressait, offrait son torse et son visage au soleil. Le vent était alangui, soulevant des odeurs de vase fades et sensuelles. Valentine resta pétrifiée. Elle aurait pu s'écarter sans bruit, refaire à pas feutrés le chemin du retour, mais une force la clouait derrière le bouquet de ronciers qui la dissimulait tout à fait. La jeune femme découvrait un corps d'homme si différent de celui de son mari. Raymond avait la poitrine large et velue, des hanches minces, un ventre plat laissant apparaître le contour ferme des muscles, de fortes cuisses. Valentine s'attarda sur le sexe qu'une touffe drue de poils d'un noir de jais entourait. Elle aurait voulu détourner la tête ou fermer les yeux, mais en était incapable. Si elle approchait, se dresserait-il vers elle ? Un afflux de sang, presque douloureux, battait au creux de son propre ventre. Jamais elle n'avait imaginé le sexe d'un homme aussi puissant. Jean-Rémy, comme les statues antiques aperçues dans les musées, avait un pénis mince et court que l'érection gonflait dans de rassurantes proportions. Contrairement à ce qu'elle craignait, sa nuit de noces ne l'avait pas traumatisée. Elle avait souffert un instant, senti le liquide tiède qui ruisselait le long de ses cuisses, mêlé à son propre sang, flairé une odeur fade. Aussitôt Jean-Rémy allongé à son côté, elle s'était levée pour s'enfermer dans le cabinet de toilette. Là, avec soin, elle avait enlevé toute souillure, effacé jusqu'au moindre relent, non par dégoût, mais par souci de sa propre intégrité.

Raymond était sorti de l'eau et, face à l'étang, contemplait les jeux d'ombres et de lumière. La simplicité du moment, la clarté innocente du petit matin sur la paix de l'étang donnèrent à Valentine la sensation de vivre un moment autre, poignant dans son extrême spontanéité.

Quand Raymond se retourna, Valentine avança d'un pas. Elle était à découvert maintenant, à quelque distance de son beau-frère qui venait de l'apercevoir. Ne montrant aucune surprise, le jeune homme sourit et tendit la main.

— Venez vous baigner, l'eau est exquise !

Valentine approcha. Elle entendait maintenant le bruit de la respiration de Raymond, sentait l'odeur d'eau douce qui ruisselait le long de son corps nu. Sur la berge, un vent léger frémissait sous la caresse des joncs et des longs salicaires pourpres, le ciel était d'un bleu très doux mêlé au gris de la surface du Bassin des Dames dont les contours lointains restaient invisibles dans la lumière laiteuse.

— Je ne sais pas nager, Raymond.

Comme une invite d'une douce et extrême sensualité, la lumière caressait l'eau, s'attardait sur les martinets qui frôlaient l'étang de leur vol brusque. La main de Valentine était dans celle de Raymond. La jeune femme avait la sensation de ne plus être elle-même, Valentine de Naudet-Fortier, mais une créature aux pouvoirs étranges surgie des profondeurs du Bassin des Dames. Le corps de Raymond n'était pas une invitation au voyage mais une brève escale, un cadeau étonnant, inattendu et troublant dont on pouvait jouir sans vouloir s'y attacher.

A gestes précis, il la déshabillait et Valentine, ne

voulant l'aider et ne pouvant l'empêcher, restait immobile, les yeux mi-clos sous le soleil qui réchauffait sa peau, la pénétrait. Il lui semblait que du Bassin des Dames montait une force qui l'emportait à la limite du réel, une violence presque brutale réfugiée au plus profond d'elle-même. A présent, Raymond caressait son visage, sa bouche, ses épaules. La jeune femme gardait les yeux baissés pour éviter le corps nu trop proche, le sexe tendu vers elle.

Raymond l'avait allongée sur l'herbe. Il était sur son corps, la tête sur sa poitrine, mordillant le bout de ses seins, les mains sous ses reins, et elle l'attendait sans pensées, tout entière à son désir. La respiration de Raymond s'accélérait. D'elle-même, Valentine écarta les cuisses et poussa un léger cri.

Au cours du déjeuner, la jeune femme n'adressa qu'à peine la parole à son beau-frère. Avec gaieté, Jean-Rémy narrait la conversation qu'il avait eue le matin même avec le père Genche. Il l'avait entrepris sur une maladie de langueur qui tarissait le lait des vaches. « La chaleur de l'été », avait-il suggéré. Mais le fermier s'était insurgé : non, cela n'avait rien à voir avec la saison, c'était une malédiction, une misère envoyée par des esprits méchants. « Mais qui donc, mon brave Genche ? avait-il ironisé. Comptez-vous des ennemis au village ? — Tout le monde a des ennemis, avait grommelé le vieil homme. Ceux que l'on connaît et les autres... »

— Les plus grands maléfices viennent d'êtres charmants qui attirent et envoûtent sans que l'on y prenne garde, jeta Raymond. Sont-ils nuisibles ? J'aimerais m'en assurer par moi-même.

Les volets de la salle à manger à moitié clos filtraient une lumière forte que perçait le grésillement des criquets. Jean-Rémy se servait de vin en poursuivant son histoire. La pénombre accentuait la minceur de son visage, l'arête un peu trop vive du nez, le contour ourlé des oreilles. A côté de lui, son frère semblait massif, d'une virilité brutale. « Un poète et un paysan, pensa Valentine. Pile et face. Amusant à jouer. »

— Des ennemis inconnus s'attaqueraient à mes vaches, père Genche ? poursuivait Jean-Rémy. C'est curieux. Voyez-vous, si je haïssais quelqu'un, ce n'est pas la façon dont je m'y prendrais pour lui nuire. Je chercherais plutôt à séduire sa femme, perdre sa réputation, que sais-je ? Mais pas donner la colique à un inoffensif troupeau de bovins. Allez voir le vétérinaire et envoyez-moi sa note.

Bernadette, qui passait un plat de ragoût de veau aux carottes, s'était immobilisée.

— Le père Genche sait de quoi il parle, intervint-elle, mais sûr que vous ne pouvez pas le comprendre.

— Comprendre quoi, Bernadette ? interrogea Valentine.

La jeune femme aimait les histoires mystérieuses, les légendes qui faisaient peur à la nuit tombée. La Creuse en était riche, elle ne l'ignorait pas.

— Comprendre, Madame, qu'autour de vous tourne un monde invisible où les esprits des morts et des vivants se rencontrent pour s'arranger ensemble ou se faire du tort.

— Seriez-vous jeteuse de sorts, ma bonne Bernadette ? s'esclaffa Raymond. J'aurais assez besoin en ce cas de la recette d'un philtre d'amour destiné à une dame de ma connaissance que je soupçonne de faire semblant de m'aimer.

— L'amour n'a pas besoin de breuvages, Monsieur ! s'écria la servante d'un ton réjoui. Ne vous apprend-on pas en ville à courtiser les filles ?

— Ceci est ridicule, coupa Valentine. Bernadette, passez le plat, s'il vous plaît.

— Nous attendons Michaux-Chenard dans deux jours, rappela Valentine en prenant une gorgée de café. Peut-être pourrions-nous raccompagner Raymond au train en allant l'accueillir.

L'idée d'être sollicitée à nouveau par son beau-frère accentuait son malaise. Au Bassin des Dames, les choses s'étaient passées d'une façon inexplicable, mais dans la pénombre du salon bleu de Brières, en face de Jean-Rémy, le souvenir de ce moment l'embarrassait, non par regret d'avoir mal agi, mais parce qu'elle ne pouvait se reconnaître en la femme allongée sur les berges de l'étang dans la lumière du petit matin, son corps uni à celui d'un homme qu'elle n'aimait pas, dans le chant des insectes et la brûlure du désir.

— Est-ce un congé ? interrogea Raymond.

— Une chose convenue, n'est-ce pas ? Vous êtes attendu à Paris. On y prévoit des travaux d'embellissement pour la prochaine visite du tzar et je suis sûre que nous ne voudrez pas manquer ce marché. Qui sait, Nicolas II pourrait ouvrir les portes de Moscou aux entreprises Fortier ? Voilà une ambition plus exaltante que celle de moisir dans un château perdu.

Le ton sans réplique de la voix inquiéta Jean-Rémy. Après avoir cru à une attirance, il constatait que Raymond et Valentine ne s'entendaient guère. Voir son frère quitter la Creuse ne le contrariait pas. Son rêve aurait été de demeurer en tête à tête avec sa femme. Mais il allait falloir distraire l'académicien, lui plaire, et peut-être affronter le moment redouté où Valentine exigerait qu'il lise quelques pages de ses œuvres. Leur hôte dirait quelques mots aimables qu'il ne penserait probablement pas et Valentine se rengorgerait. « Tant de solitudes juxtaposées, pensa Jean-Rémy, tant de comédie... »

Tandis que Raymond achevait son café, Valentine regardait par la fenêtre. Jean-Rémy voyait sa taille mince prise dans le corset, la courbure de la chute des reins accentuée par la coupe de la robe de linon bleu s'achevant en courte traîne arrondie, la masse des cheveux blonds réunis en rouleau qui contournait la tête, d'où s'échappaient des mèches folles. « M'aime-t-elle vraiment, se demanda-t-il, aime-t-on les êtres que l'on refuse d'accepter ? »

4

La voiture filait sur une route étroite suivant un ruisseau bordé de peupliers. Un éclair roux jaillit d'un taillis d'églantines. « Un renard ! » s'exclama Jean-Rémy. Valentine, qui luttait contre l'assoupissement procuré par le balancement du coupé, se redressa. A côté d'elle, Albert Michaux-Chenard semblait perdu dans ses pensées. Philosophe, brillant causeur et infatigable joueur de croquet, l'académicien avait conquis le jeune ménage par son esprit et la simplicité de ses manières. Il était presque parvenu à faire oublier à Valentine le moment irréel passé avec Raymond. De lui elle avait reçu un court billet de remerciement dont la banalité l'avait froissée. « Qu'il aille au diable ! » avait-elle pensé en jetant le morceau de papier à la corbeille. Mais lorsqu'elle se promenait au bord de l'étang au petit matin, elle restait hantée par sa présence. Le Bassin des Dames lui semblait différent. La profondeur de ses eaux grises sécrétait une magie qui, loin de l'effrayer, la faisait se sentir neuve. C'était une sensation brève et forte, triste et joyeuse comme la jouissance physique, une certitude de posséder le monde, d'en être l'âme et la chair, l'esprit et la matière, le Bien et le Mal.

— Je suis curieux de découvrir cette source miraculeuse, nota Albert Michaux-Chenard. Votre fermier ainsi que Bernadette nous en ont rapporté des anecdotes étonnantes.

— Les gens d'ici sont attachés à leurs traditions, expliqua Valentine. Cette naïveté me plaît.

— Peut-être sommes-nous les naïfs, nous qui ne croyons plus en rien, rétorqua Jean-Rémy.

La route longeait une ferme d'où s'échappait une odeur d'étable mêlée à la senteur tiède d'un verger où mûrissaient de grosses prunes violettes.

— Nous arrivons, annonça le fils Genche qui servait de cocher. Monsieur le curé doit vous attendre.

La voiture s'immobilisa sous un bouquet de frênes d'où s'échappait un étroit sentier s'enfonçant dans le bocage.

— C'est à cent mètres, précisa Emile Genche. Prenez garde aux vipères qui gardent la source. Si vous y allez le cœur mauvais, elles la défendront.

Valentine sursauta. Une femme infidèle était-elle malfaisante ? Un instant, elle s'immobilisa.

— Viens donc, insista Jean-Rémy. Inutile de faire attendre davantage ce brave curé.

Avant de la découvrir, on entendait le murmure de la source. L'eau cascadait sur de gros cailloux ronds pour se glisser ensuite dans le lit de mousse que bordaient des chènevières.

— Bienvenue à la Fontaine Sainte, clama un gros ecclésiastique dont la soutane élimée luisait au soleil.

La douceur sauvage de l'endroit apaisa les craintes de Valentine. Aucune vipère ne s'était manifestée, seulement un vol de chardonnerets dérangés par les promeneurs.

— Depuis l'Antiquité, où elle était consacrée à une déesse païenne, la Fontaine Sainte est un refuge féminin, expliqua le curé. Dès l'aube de l'époque chrétienne, elle fut dédiée à sainte Catherine, vierge et martyre.

— Pourquoi une source, interrogea Valentine, symbolise-t-elle la féminité ?

— Madame, c'est fort aisé à comprendre ! s'exclama le curé. La fécondité, bien sûr..., l'orifice d'où jaillit la vie lorsque l'eau s'en échappe, la mort lorsqu'elle cesse de couler. Mais les sources ne sont pas les seuls repaires de fées. On en retrouve le souvenir dans les ruisseaux, les cascades tombant dans les bois, et même les étangs.

— De bonnes fées, j'espère, intervint Jean-Rémy. Nous avons un étang à Brières !

Le curé garda le silence. Comment les Fortier pouvaient-ils ignorer les légendes attachées à leur Bassin des Dames ? Modeste historien local, le père Marcoux avait épluché les archives du département sans trouver de trace concernant ces vieilles histoires. Au-delà de la relation de la noyade du jeune comte de Morillon, il n'y avait plus le moindre document. Mais tant de pièces importantes avaient été détruites par négligence ou par le feu au cours des siècles que ce vide historique restait banal. Il fallait se rabattre sur les seules traditions orales, certaines à peu près crédibles, d'autres tout à fait extravagantes. Quant au Bassin des Dames...

— La plupart sont de bonnes fées, assura-t-il enfin. Et celles qui ne l'étaient point ont été chassées par nos saintes. Ainsi Catherine apaise les femmes en couches, les vierges solitaires et les épouses déçues.

— Cette chère sainte ne nous compte donc pas

parmi ses ouailles, s'égaya l'académicien, et nous la fréquentons avec d'autant plus de plaisir que notre visite est désintéressée.

Le lieu fascinait Valentine. Ici, des femmes avaient joui, conçu des enfants, comme l'eau de la source engendre la vie et la mort. Elles avaient dominé le monde et s'étaient cachées pour survivre quand les hommes avaient commencé à les craindre, puis à les haïr et à les persécuter.

— Les sorcières sont-elles apparentées aux fées ? interrogea-t-elle.

Le curé parut surpris. En dépit de sa joliesse et de sa grâce, madame Fortier le mettait mal à l'aise.

— Disons que ce seraient de méchantes femmes inspirées par des anges rebelles, comme Belzébuth ou Lucifer.

— Y en a-t-il dans la Creuse ?

— Sans doute, madame, comme dans le Berry, en Normandie ou dans les Causses. Le diable régnait en maître alors dans les esprits. Grâce à Dieu, l'éducation l'en a écarté

— Vous avez raison, monsieur le curé, approuva Michaux-Chenard. L'instruction est la meilleure arme pour anéantir Satan.

Le père Marcoux ne répondit rien, mais il désapprouvait quelque peu son interlocuteur. Le diable trouvait d'autres moyens pour s'imposer. Si on le chassait d'un côté, il se glissait de l'autre, là où les hommes ne le cherchaient pas. Avec ou sans sorcières, le Mal existerait toujours.

Valentine contourna la fontaine. Son doux ruissellement ressemblait à un babillage dans une langue mystérieuse. Il lui semblait qu'elle affirmait quelque chose d'important enfoui à l'intérieur d'elle-même. La vie était comme un vent régulier qui la poussait là où elle devait aller et il ne servait à rien de vouloir lui résister. Les stricts principes qui avaient régi son enfance n'étaient pas faits pour elle. La vraie Valentine était libre, désentravée, comme les fées de la source, comme les sorcières, ces femmes qui avaient refusé la protection des hommes. Peut-être était-ce la raison qui l'avait poussée vers Jean-Rémy, faible, délicat jusqu'à l'absence. Etre son égérie, sa muse, n'était que prétexte. Au plus profond d'elle-même, elle désirait détenir l'autorité, conquérir sa liberté. C'était elle qui avait pris Raymond, et non l'inverse, elle encore qui l'avait écarté, pour le reprendre si l'envie lui en revenait.

Le curé parlait maintenant des pèlerinages, évoquait les femmes stériles devenues mères grâce à l'eau de la source, les scrofuleux guéris, de jeunes enfants vidés par de terribles diarrhées rendus à leurs mères en bonne santé. Seul Jean-Rémy prêtait attention. Les mains derrière le dos, Albert Michaux-Chenard observait un couple de libellules tandis que Valentine, assise sur un rocher, mâchouillait un brin d'herbe. Ce premier été à Brières était un préambule à sa vie. Elle avait aménagé avec amour une demeure, trompé son mari, écouté un vieux philosophe qui lui conseillait de vivre pour elle-même avant de penser à se consacrer à autrui, débusqué des mystères qui l'attiraient bien davantage que les prosaïques préoccupations des siens. Brières avait commencé à la métamorphoser.

Valentine et Albert Michaux-Chenard cheminaient vers le portail d'entrée où les attendait Emile, juché sur la banquette du buggy. La jeune femme, qui donnait le bras à son hôte, écartait du bout de son ombrelle une tige de chènevis, le rejet d'un roncier. Dans quelques jours, Jean-Rémy et elle laisseraient Brières à Bernadette et aux Genche pour regagner Paris. L'été déclinait. Le blé était moissonné, les bottes rassemblées en meules.

— Il faut partir pour se retrouver, assura l'académicien d'un ton gai. Dès mon retour d'Italie, je passerai vous visiter.

— M'emmèneriez-vous à Venise ? plaisanta Valentine.

— Vous m'y tromperiez au bout de trois jours avec un quelconque Pagello et je serais plus malheureux que Musset qui avait pour lui la jeunesse et d'innombrables soupirantes. Que reprochez-vous à Jean-Rémy ?

Depuis le début de son séjour à Brières, le vieil homme avait noté les réticences de Valentine, la résignation tolérante de son mari. Il n'avait sur l'amour éternel aucune illusion, mais quatre mois de mariage étaient un court délai pour les premiers désenchantements. Il avait fallu cinq années pour que Louise, sa femme, décide de passer dans leur propriété du Lot-et-Garonne le plus clair de son temps. Demeuré seul dans son hôtel particulier de la rue de Verneuil, il s'était organisé une vie de célibataire mondain, voyageait beaucoup et assurait avec panache son rôle d'académicien et d'ambassadeur de l'ordre de Malte. Sans drames ni ruptures compliquées, les maîtresses s'étaient succédé dans sa vie. Il aimait les femmes du monde mariées qui ne pouvaient s'incruster et, comme il était généreux et peu jaloux, en était apprécié.

Jean-Rémy Fortier le touchait par sa grâce démodée. On ne pouvait lui nier un talent de poète naturaliste et provincial mais ce genre n'était plus à la mode et il n'avait guère de chances de s'imposer dans le monde ironique et cruel des cercles littéraires. Valentine l'avait compris sans doute. Il estimait cette jeune femme passionnée, solitaire, dont la timide candeur se métamorphoserait vite en redoutable féminité. C'était un être fait pour l'amour et qui l'ignorait encore. Aurait-il eu vingt ans de moins qu'il aurait aimé être son initiateur. Aujourd'hui, bien volontiers, il serait son guide, un conseiller assez sage pour lui éviter des bévues, assez expérimenté pour l'aider à affûter ses armes.

— Les femmes vous ont-elles souvent rendu malheureux ?

L'isolement de l'allée et l'imminence de la séparation donnaient une impression de neutralité où tout était possible. Sur les cailloux, le soleil dessinait l'ombre des feuillages que la course d'un nuage fugitivement effaçait.

— Le passage du temps comme celui des êtres est toujours douloureux, mon enfant, murmura l'académicien, mais au-delà de cette souffrance demeure l'espoir d'un beau lendemain. Qui s'immobilise, se pétrifie.

— On doit en vouloir à qui vous a déçu.

— Voyez le bon dans chaque homme et oubliez le mauvais. Ou rentrez au couvent. Quant au mariage, j'approuve nos grands-parents qui n'y cherchaient pas un terrain pour l'amour fou, mais un tissu solide, un compagnonnage plus ou moins amical selon les hasards de la chance. Jean-Rémy vous convient d'une certaine façon, sachez l'accepter. Quant à vivre d'autres amours, je ne peux vous le conseiller, seulement vous y préparer.

— M'inciteriez-vous à avoir des amants ?

Michaux-Chenard s'immobilisa. Les jeunes femmes étaient toutes les mêmes, délicieuses et perverses, allant jusqu'à demander la permission de devenir adultères.

— Laissez agir la vie. Ne vous faites pas de reproches et n'en faites point aux autres.

Il prit la main de la jeune femme, l'attira contre lui et la baisa sur le front.

— Les amoureuses sont faites pour aimer. Nous en reparlerons rue de Verneuil, si vous le voulez bien. Et maintenant hâtons le pas ou je vais rater mon train.

Bernadette écarta le rideau de mousseline qui voilait la fenêtre de la chambre de ses maîtres. Jean-Rémy Fortier était déjà dans son cabinet de travail et Valentine marchait vers l'étang. Une brume légère enveloppait les arbres aux feuilles dorées. Huit heures sonnaient dans le lointain au clocher de l'église du village. Une bande de corneilles invisibles jetait des cris sinistres. Chaque matin, ou presque, Valentine Fortier se promenait le long des berges du Bassin des Dames. Ainsi, l'étang commençait à la prendre... Depuis qu'elle vivait à Brières, Bernadette trouvait enfin un sens à bien des choses mystérieuses. Aucun enfant de sa génération n'avait osé se promener dans la propriété alors à l'abandon. Le cantonnier racontait qu'une nuit d'hiver, alors qu'il regagnait le village, il avait entendu hurler un loup. Le cri, presque humain, l'avait glacé d'effroi. Quant au père Tabourdeau, le clochard, il avait vu un feu qui courait sur les berges du Bassin des Dames alors qu'il y cherchait du petit bois et relevait ses collets à lapins. C'était un feu follet qui ne brûlait rien, ne détruisait pas, éclairait à peine, prétendait-il. Au milieu du léger rougeoiement, il avait discerné une forme humaine qui se contorsionnait. Comme Tabourdeau était porté sur la bouteille, on ne l'avait cru qu'à moitié, mais la mauvaise réputation de Brières n'en avait été que renforcée et lorsqu'un enfant se conduisait mal, on le menaçait de l'enfermer dans le parc.

La conduite de sa maîtresse intriguait Bernadette. Elle avait vu arriver une jeune femme gracieuse et réservée, toute dévouée à son mari et, deux mois plus tard, voyait repartir quelqu'un de très différent, un être solitaire, secret, mystérieux, comme si Brières s'emparait d'elle pour la retenir et la dévorer. Les vieux du village racontaient la même chose de la comtesse de Morillon. Arrivée dans son château pleine de charme et de civilité, elle était déjà un peu folle lorsque son fils s'était noyé.

Bernadette laissa retomber le léger rideau. La silhouette de Valentine vêtue d'une élégante robe de campagne laissant découvertes les chevilles, coiffée d'un ample chapeau de paille, disparaissait derrière le bois de noisetiers déjà roux. L'espace d'un instant, la servante eut l'impression que l'étang la submergeait et l'effaçait.

5

— Tu as tort, ma fille, de laisser seul ton mari à Brières et il se pourrait que tu regrettes ton inconscience.

Valentine esquissa un sourire. Jean-Rémy, qui voulait vérifier la percée de longues allées de chasse, la rejoindrait à Paris dix jours plus tard. Les personnes âgées ne comprenaient rien à l'évolution des jeunes. A l'époque du télégraphe, des automobiles et du métropolitain, on pouvait se permettre quelques défis conjugaux. Par ailleurs, comment expliquer à sa mère qu'elle ne s'ennuyait pas vraiment de Jean-Rémy ? Après la bataille qu'elle avait menée auprès de ses parents pour l'épouser, cette confession l'aurait humiliée.

Brières lui manquait mais, d'un autre côté, elle était soulagée d'en être pour un temps éloignée. Le domaine la prenait trop fort, la métamorphosait contre son gré. Au bord du Bassin des Dames, dans les allées où la végétation avait si longtemps régné en maîtresse absolue, au fond des chemins où la lumière s'infiltrait en poussière de soleil, elle se sentait protégée, mais aussi accompagnée, une présence amie et exigeante qui s'insinuait jusque dans ses pensées. Angèle de Morillon avait-elle éprouvé ces sensations ? Valentine pensait souvent à la première maîtresse de Brières. Elle l'imaginait blonde comme elle, délicate, portant des robes de mousseline nouées de rubans à la mode de Marie-Antoinette, des chapeaux piqués de myosotis et de boutons d'églantine. C'était elle, sans doute, qui avait ordonné le parc, dressé aux carrefours des allées les statues de pierre dont il ne restait que des fragments, décidé de l'emplacement de la roseraie que des plantes sauvages occupaient aujourd'hui. Elle avait tout donné d'elle-même à Brières, et Brières l'avait rendue folle, après l'avoir dépouillée de son mari et de son fils.

Antoinette de Naudet acheva sa tasse de thé. En dépit de ses premières réticences vis-à-vis d'un mariage qui lui semblait mal assorti, elle était finalement satisfaite de savoir Valentine casée dans une famille offrant d'assez substantiels avantages. Mais la transformation de sa fille l'inquiétait.

— Tu devrais songer à avoir un enfant, suggéra-t-elle en prenant un biscuit. Une femme ne peut s'octroyer un peu de liberté qu'après avoir fondé une famille.

— Je n'ai que vingt et un ans, maman.

— J'étais déjà mère à cet âge. Prends-tu des précautions pour ne pas être enceinte ?

La jeune femme réprima un mouvement d'irritation.

— Je ne sais pas de quoi vous voulez parler. Nous aurons un bébé lorsque le temps sera venu. Mais je n'ai aucune peine à occuper mon temps, croyez-le. Dès le retour de Jean-Rémy, je vais organiser un dîner en l'honneur de René Bazin. Avez-vous lu *Les Oberlé* ?

— Pas encore, avoua la comtesse de Naudet, mais le thème me plaît. Remettre les Allemands à leur place me semble une bonne chose. Guillaume II est un homme redoutable qui a trop d'emprise sur son peuple.

Valentine reprit son chapeau, un feutre où s'amoncelait une savante composition de fleurs en soie dans un dégradé de mauves. Le cœur lui battait un peu. Le soir même, elle dînerait chez les Fortier et reverrait Raymond. Avant cette épreuve, elle aurait souhaité demander conseil à Albert Michaux-Chenard, mais son vieil ami était toujours en Italie. Loin de Brières, son moment de folie lui semblait presque honteux. Comment avait-elle pu ? Il fallait que la chaleur, le parc, l'étang l'aient bien tourneboulée pour se livrer à un homme qu'elle n'admirait même pas. A moins que sa trop longue solitude avec Jean-Rémy ne l'ait déprimée plus qu'elle ne voulait se l'avouer. « Je verrai », pensa-t-elle en embrassant sa mère. Quoique aimant ses parents avec tendresse, il lui était impossible de leur faire la moindre confidence. Sa mère était prisonnière des conventions, son père, un mâle si sûr de sa supériorité qu'il ne tolérerait pas la moindre faute au sein de sa famille. « Je verrai », se répéta-t-elle. Au mieux, Raymond partagerait sa disposition d'esprit et aurait le bon goût d'avoir tout oublié. Au pire, elle aurait à mettre les choses au point. Avec un peu de courage et du tact, ce ne serait pas trop difficile. Le plus désagréable serait de passer plusieurs heures sans l'appui de Jean-Rémy en face de ses beaux-parents. En dépit de nombreux efforts au temps de ses fiançailles, Valentine devinait que l'antipathie de sa belle-mère à son égard restait entière. Entre cette femme et elle, le courant ne passait pas.

Le temps de ce début d'octobre était délicieux et Valentine décida de faire à pied le chemin entre la rue de Lisbonne et le boulevard de Courcelles. Des automobiles roulant à plus de vingt kilomètres à l'heure la doublaient et la jeune femme s'enthousiasmait à l'idée de décider Jean-Rémy à acheter une de Dion-Bouton.

Yvonne Fortier posa un rapide baiser sur le front de sa bru. Une fois encore, Valentine avait mis trop de parfum. Et comment Jean-Rémy tolérait-il des toilettes aussi coûteuses ? Quoique née elle-même dans une grande famille de minotiers en relations d'affaires avec les Fortier et ayant déposé dans la corbeille de noces autant de biens que son futur époux, elle ne se permettrait pas de jeter l'argent par les fenêtres comme cette petite Naudet n'ayant eu en dot qu'un trousseau si médiocre qu'elle avait renoncé à l'exposer. Ses amies se seraient gaussées d'une pile de vieux draps piqués de rouille, de quelques meubles mangés par les vers et d'une garde-robe achetée en réclame au Bon Marché. L'air pincé de la comtesse de Naudet et la suffisance de son mari étaient bien le cadet de ses soucis. Chacun savait à Paris qu'Antoinette de Naudet avait un amant depuis dix ans et que le comte s'était laissé compromettre dans une affaire louche de boursicotage où il avait perdu ce qui lui restait de fortune. Mais Jean-Rémy s'était entêté. Il voulait Valentine, et ils avaient fini par céder, tentant de voir le bon côté des choses. Ce mariage poserait leur fils, le stimulerait, lui redonnerait la santé. Sans pour autant s'aveugler d'illusions, Yvonne Fortier aimait tendrement son cadet, bien qu'il lui manquât la volonté et l'énergie qui faisaient les grands industriels comme les grands artistes. Le rêve de son fils avait toujours été de revenir à la terre, d'entretenir un domaine, et il était en train de le réaliser.

— Vous êtes en retard, nota-t-elle. Nous allons passer à table tout de suite. Maurice et Raymond sont au salon.

Le cœur de Valentine se serra.

Yvonne Fortier poussa la double porte vitrée. Il faisait tiède dans le petit salon de l'hôtel particulier des Fortier. Le soleil qui se couchait jetait des éclairs de lumière à travers les carreaux des fenêtres donnant sur l'église Saint-Sulpice. En manches de chemise, Raymond roulait une cigarette.

— Voilà enfin la belle dame de Brières ! la salua-t-il de son ton familier qui frisait l'ironie. Nous avions peur d'être oubliés.

— Peut-on laisser derrière soi sa famille ? répliqua la jeune femme. Des amants de passage, peut-être, un beau-frère, jamais.

D'elle-même, elle tendit une joue que Raymond effleura de ses lèvres. Valentine était résolue à éviter que la conversation échappe à son contrôle. Elle n'accepterait aucun entretien en tête à tête et refuserait qu'il la raccompagne. Julien s'en chargerait.

Yvonne Fortier poussa tout le monde vers la salle à manger où l'on dînait comme chaque jour à sept heures précises. Au milieu de la vaste pièce tapissée d'un papier à rayures bordeaux, la table ovale recouverte d'une nappe blanche faisait une tache éclatante. Le couvert était simplement mis, mais verrerie et porcelaine étaient de grande valeur. Tout visiteur surgissant même à l'improviste ne pouvait ignorer la fortune des Fortier.

Simon, le maître d'hôtel, servait le vin tandis que Céleste, une forte fille, passait la soupière. Placée à côté de Raymond, Valentine sentait sa chaleur contre elle, entendait le bruit léger qu'il faisait en avalant son consommé.

La conversation roulait sur la stagnation du commerce, la menace d'une grève générale des mineurs. Valentine n'intervenait guère, sinon pour défendre les pauvres. Sous la monarchie, affirmait le comte de Naudet, chacun était responsable de son prochain et on ne mettait pas en l'Etat des espoirs aussi insensés qu'égoïstes. C'était bien joli de souhaiter que la manne tombe sur la tête des misérables tout en jouissant sans partage de ses propres biens.

— Peut-être monsieur votre père a-t-il adopté cette philosophie après avoir perdu sa fortune, observa Maurice Fortier, et je ne l'en blâme pas. Mais s'il était comme moi chef d'entreprise, il constaterait qu'il est impossible désormais d'exercer une seule charité individuelle. Nous avons quitté la société rurale, mon enfant, pour nous tourner vers un monde industriel très dur où la masse des travailleurs ne jouit d'aucune protection. Il faudra attendre un équilibre entre leurs espoirs et nos possibilités, et cela sans utopie. A chacun son dû, ni plus ni moins.

Valentine renonça à argumenter. Tout en le tenant à l'écart, les Fortier payaient bien leur personnel. Chez les Naudet, la bonne recevait un maigre salaire, mais elle faisait partie de la famille, et cette philosophie lui semblait plus humaine. A Brières, résistant aux pressions de Germaine Dentu, elle se contentait de Bernadette, du fils Genche et d'une femme de peine qui venait dans la journée.

Le frôlement d'une jambe sur la sienne la fit se raidir. Raymond ne tournait pas la tête cependant, et participait à la conversation sans s'adresser à sa voisine.

— Il fait bien chaud ce soir, se plaignit la jeune

femme, permettez-moi, ma mère, d'entrouvrir une fenêtre.

Sans attendre de réponse, elle posa sa serviette et quitta la table. Raymond comprendrait vite que le temps de Brières était révolu.

La nuit était presque tombée. Une lune en croissant montait à l'horizon. Un court instant, oubliant le vacarme des fiacres et des automobiles sur la place Saint-Sulpice, Valentine revit Brières, la terrasse, l'allée s'enfonçant dans la forêt, le chemin menant au Bassin des Dames, les arbres, les hautes herbes longeant les rives, le brouillard qui, au petit matin, semblait voler au fil de l'eau.

— Vous sentez-vous mieux ? s'inquiéta Raymond.

Soudain la situation parut ridicule à la jeune femme. N'avait-elle pas résolu de choisir seule les règles du jeu ?

— Jamais je ne vous laisserai prendre un fiacre à dix heures du soir ! décida Maurice Fortier. Puisque Julien est de sortie ce soir, Raymond se fera un plaisir de vous ramener dans son automobile.

— J'allais sortir de toute façon, approuva le jeune homme, et le boulevard de Courcelles est sur ma route.

La bonne déjà apportait le léger manteau d'ottoman bordé de plumes d'autruche, le parapluie au manche d'ivoire achetés chez Walles. Valentine surprit le regard désapprobateur de sa belle-mère. Un désir de la braver la décida soudain. Elle passa son manteau et s'empara du bras de Raymond.

— Vous faites ce soir le bon Samaritain, se moqua-t-elle. Jouez bien votre rôle et je vous aimerai comme un frère.

Le coupé Renault dépassa l'Opéra. Valentine observait les lumières des boulevards. Partout, on s'amusait, on dansait, on festoyait. Et elle rentrait seule dans un appartement trop grand ! A vingt et un ans, allait-elle se mettre au lit à la même heure que sa belle-mère ?

— J'aimerais aller prendre une glace, décida-t-elle. Voulez-vous ?

La voiture passait devant une brasserie. Raymond ne comprenait rien à Valentine, mais ne cherchait pas à se poser trop de questions. Avec elle, il fallait savoir saisir l'instant présent. Depuis leur brève aventure à Brières, il pensait souvent à sa belle-sœur et cette dépendance, inhabituelle pour lui, le décontenançait. Les femmes devaient se prendre et se faire oublier. Il installa Valentine, commanda un sorbet pour elle, un bock pour lui. Dans la lumière jaune des lampes, une nostalgie planait sur la salle où s'attardaient des couples sortant de l'Opéra ou du spectacle.

— C'est triste ici, comme notre histoire. J'aurais dû vous amener ailleurs, murmura Raymond.

— Une histoire a un début, une suite et une fin. Ce que nous avons vécu a été l'affaire d'un instant.

— Qui me rend toujours malheureux.

— Vous dites des sottises. Parlons d'autre chose.

— Et de quoi donc ? De la guerre des Boers, du comité de lecture de la Comédie-Française ? Tu plaisantes, ma chère.

— Je ne vous ai pas permis de me tutoyer.

Un garçon servait la coupe de sorbet à l'orange, un bock de bière dont la mousse légère fondait le long du verre. Toute crainte avait quitté Valentine. Elle s'amusait, finalement, en face de cet homme un peu fat et sourit même, en femme sûre de son pouvoir.

— Pour être malheureux, se moqua-t-elle, il faut subir une situation pénible, faire face à quelque coup du sort. Nous avons partagé un moment d'inconscience heureuse. N'en faisons pas toute une affaire, voulez-vous ? Et cessez de vous plaindre.

— Lorsque Jean-Rémy t'a introduite dans notre famille, j'ai vu en toi une jeune fille pleine de grâce et de naïveté, un brin pédante et très romantique. A Brières, je t'ai prise comme on cueille une fleur sans en voir les épines.

Un client de la brasserie vêtu d'une redingote élimée fumait une pipe en tendant l'oreille.

Raymond posa son verre, s'empara de la main de Valentine.

— Partons d'ici et allons chez toi. Je te jure que je ne tenterai pas de te séduire.

Valentine restait assise, les pieds au feu que Raymond venait d'allumer dans la cheminée du salon. Les flammes déjà hautes l'engourdissaient. Depuis toujours elle était fascinée par le feu. Petite fille, elle restait des heures devant l'âtre de la chambre de ses grands-parents. Ils l'appelaient leur petit lutin. Le feu était nécessaire à la vie, il réchauffait, nourrissait mais il suffisait d'un instant d'inattention pour qu'il provoque des tragédies. Un soir, elle avait feuilleté un livre où l'on racontait un autodafé. Une gravure montrait des hérétiques enchaînés, conduits au brasier. L'horreur provoquée par cette image l'avait rendue malade. A seize ans, lorsqu'elle avait découvert les romans d'amour, elle avait eu la certitude que la passion ressemblait au feu et qu'il valait mieux garder ses distances. Avec Jean-Rémy, point n'était besoin de se tourmenter, mais à côté de Raymond, dans la tiédeur de la flambée, son désir renaissait.

— Combien de femmes as-tu séduites depuis ton départ de Brières ?

Valentine l'avait tutoyé. Etait-ce une invite ou un

piège ? Raymond la regardait avec intensité redoutant qu'un geste, une parole malheureuse la fassent reculer.

La jeune femme s'était rapprochée de lui. Les flammes teintaient de roux la masse des cheveux blonds et frisés, jouaient sur le corsage de soie d'un gris très doux bordé de dentelle. « Les Fortier se croient bien puissants, pensa Valentine, mais je tiens leurs deux fils dans le creux de ma main. »

Raymond hésitait. S'il avait un tant soit peu de bon sens, il devait prendre son chapeau, ses gants et se sauver. Il allait en avoir le courage quand il se souvint du Bassin des Dames, du corps de Valentine couché sur les herbes de la berge dans le matin laiteux de Brières.

— Je ne désire que toi.

La jeune femme ferma les yeux à demi. Si elle voulait mener Jean-Rémy à la gloire, elle devait être puissante, irrésistible. Ce qu'elle prendrait à l'un, elle l'offrirait à l'autre. Les lueurs dansantes des lampes éclairaient le visage de Raymond, sa bouche sensuelle sous la moustache était très douce.

— Eh bien, aime-moi puisque tu es là, murmura-t-elle.

6

Par la fenêtre du salon, Valentine vit s'immobiliser la berline de son beau-père. Déjà Julien dessanglait les deux grosses malles de Jean-Rémy fixées sur le toit. Elle n'avait pas vu son mari depuis deux mois et s'inquiétait un peu des retrouvailles.

A pas assurés, Jean-Rémy se dirigea vers la porte

de l'immeuble. Il portait un chapeau de feutre gris, une redingote sévère qui laissait apercevoir le col dur fermé haut sur le cou. « Comme il a l'air désuet ! pensa la jeune femme. Il faudra que je m'occupe de sa garde-robe. » S'habiller selon la mode était un des plaisirs de la jeunesse. A quoi bon posséder quelque séduction et de la fortune pour ressembler à un employé de ministère ? Un artiste devait attirer l'œil, être le porte-parole de sa génération. Imaginerait-on un jeune peintre, comme ce Picasso qu'elle avait rencontré à une exposition chez Antoine Vollard, vêtu en bourgeois ?

Jean-Rémy la serra entre ses bras et Valentine laissa sa bouche chercher la sienne. Elle aurait voulu éprouver du plaisir, mais n'y parvenait pas.

— J'ai une bonne surprise pour toi, se réjouit le jeune homme.

Il prit sa femme par la taille et l'entraîna dans sa chambre.

— Regarde !

D'une serviette en maroquin, il extirpa deux feuillets.

— Un contrat d'édition.

Une vive rougeur monta aux joues de Valentine.

— Pour l'*Ode* ?

— Non, pour un roman que j'ai écrit en secret à Brières. Michaux-Chenard l'a emporté avec lui et j'ai reçu ce courrier la semaine dernière.

Valentine dut s'appuyer au montant du lit.

— Je veux le lire aujourd'hui même. Qui est ton éditeur ?

— Pas un des plus grands, avoua Jean-Rémy, mais quelqu'un qui aime la littérature, un homme sûr et solide. Il a fondé les éditions du Chêne voici deux ans et est en quête d'auteurs.

Valentine n'en avait jamais entendu parler. Mais il fallait surmonter cette déception pour canaliser ses pensées sur le résultat. Elle se démènerait tant et si bien que le livre de son mari obtiendrait un triomphe.

Jean-Rémy souriait. Elle se haussa sur la pointe des pieds et posa un baiser sur ses lèvres.

— Dînons, si tu veux bien, ensuite nous nous mettrons au coin du feu avec ton manuscrit. L'avoir écrit sans m'en dire un mot ! Quel cachottier tu fais !

Cette preuve d'indépendance insoupçonnée lui plaisait, finalement. Les artistes devaient surprendre.

— Sensible, fit-elle remarquer. Joli et touchant.

Il était deux heures du matin et Valentine venait de tourner la dernière page du roman de son mari. Mort de fatigue, Jean-Rémy somnolait au coin du feu. Des bourrasques fouettaient les carreaux du petit salon. Du boulevard de Courcelles endormi ne montait aucun bruit.

La jeune femme se cala sur le dossier de la causeuse. Elle devait réfléchir. *Le Roi des cerfs* était une belle histoire, bien écrite, mais le livre manquait de souffle. Quelque chose la décevait dans ce récit animalier et elle ne savait pas si cette déconvenue venait du sujet, si peu populaire, ou de la façon trop molle dont Jean-Rémy l'avait traité. Il évoquait de vieilles légendes, des histoires terrifiantes d'hommes-loups et de bestiaires diaboliques comme s'il en avait peur, sans audace. Là où il aurait dû choquer, épouvanter, il passait sur la pointe des pieds. Il faudrait qu'elle se fasse expliquer certains passages et peut-être qu'il les modifie.

La maison dormait. Valentine entendait le bruit léger de la respiration de son mari. Il semblait confiant, heureux dans son sommeil. Avait-elle été sotte de douter de lui, cruelle de le tromper avec son propre frère ? Mais aucun remords ne la taraudait. Pour aider les autres, il fallait être heureux soi-même. Elle avait trop de passions dans le cœur pour les étouffer. Raymond lui apportait de grandes jouissances physiques, mais elle ne l'aimait pas. L'amour seul avait de l'importance, le reste n'était qu'une sève circulant pour maintenir la vie. « J'y verrai plus clair demain », pensa-t-elle. Mais sa décision était prise. Que le livre de son mari fût bon ou pas, elle se battrait pour son succès.

— Je crois qu'il vaut mieux ne rien modifier sans l'accord formel de monsieur Fortier, madame.

— Il ne s'agit que de quelques paragraphes, et je vous garantis que mon mari appréciera ces corrections. Pourquoi ne viendraient-elles pas de vous ? Ce serait plus professionnel, plus délicat.

Ce monsieur Chappoto, directeur des éditions du Chêne, l'irritait. Elle s'était attendue à converser avec un homme éclairé, ami des belles-lettres et se trouvait en face d'un petit bonhomme rond et banal, préoccupé par la gestion de sa modeste maison d'édition et de considérations morales.

— C'est impossible, chère madame Fortier, tout à fait impossible.

Valentine se leva. Elle rageait de ne pouvoir secouer Chappoto, l'obliger à lui obéir. Si le premier chapitre du *Roi des cerfs* et le début du dernier n'étaient pas modifiés, le livre perdrait tout caractère original. A la Bibliothèque nationale, elle avait consulté des livres sur la sorcellerie et la lycanthropie et en avait recopié avec soin certains passages. En les arrangeant un peu, on pouvait les injecter dans le texte de Jean-Rémy qui prendrait aussitôt du relief. Son mari, bien sûr, avait refusé mais elle ne s'était guère formalisée de son obstination, sûre de pouvoir convaincre Chappoto. Jean-Rémy ne pourrait s'opposer à ces ajouts suggérés par son éditeur.

— Monsieur Chappoto, le sermonna-t-elle, je souhaite que vous ne regrettiez pas votre entêtement. De mon côté, je ferai mon possible pour imposer mon mari et si le livre obtient le succès que j'espère, ce ne sera pas grâce à vous.

— Mais pour le seul talent de votre époux, madame.

Chappoto n'y croyait guère. Le manuscrit lui avait été remis par Michaux-Chenard en personne. Il n'avait pas pu le refuser mais n'investirait pas plus dans *Le Roi des cerfs* que la bienséance mondaine ne l'imposait. Et tant mieux si Valentine Fortier volait à son secours en investissant quelques écus de la fortune familiale. Michaux-Chenard avait promis un article dans *Le Figaro,* un autre dans *La Revue de Paris.* Il avait surtout laissé entendre qu'il envisagerait de retourner aux éditions du Chêne pour la publication d'un ouvrage sur la vie d'Henri de Toulouse-Lautrec qui venait de disparaître.

Chappoto reconduisit jusqu'à la porte Valentine Fortier. Il se méfiait des jolies femmes volontaires aux manières exquises. Et s'il fallait changer quelque chose dans le livre afin d'épargner son auteur, ce pourrait fort bien être le titre.

— L'ouvrage sera en librairie avant Noël, promit-il. Auparavant j'en ferai livrer quelques exemplaires à monsieur Fortier.

Valentine se sentait si nerveuse qu'elle décida de rejoindre Raymond. Son amant avait loué derrière la Madeleine un pied-à-terre où il l'attendait chaque fin d'après-midi. Elle venait quand elle pouvait ou quand elle voulait, restait jusqu'à six heures puis, le cœur léger, dînait chez elle ou dans le monde.

A petits pas, Valentine descendit le boulevard Saint-Germain. Elle allait exposer à Raymond ce qu'elle attendait de lui : un peu d'argent et beaucoup d'efforts pour vanter *Le Roi des cerfs* auprès de ses amis. On pourrait peut-être organiser une fête de charité au cours de laquelle Jean-Rémy signerait son livre. Ses beaux-parents, elle ne se faisait aucune illusion, ne l'aideraient guère. Chez les Fortier, on ne recevait pas les artistes et l'on ne dépensait rien pour ce qu'Yvonne Fortier nommait « les inutilités ». De son côté, elle inviterait à dîner des journalistes parisiens influents, quelques auteurs et prierait Jean-Rémy de lire les cinquième et sixième chapitres de son livre, les seuls qui fussent potables.

En gravissant l'escalier de l'immeuble de la rue Duphot, la jeune femme s'arrêta un instant pour souffler. Elle se sentait lasse. Cette énergie dépensée pour Jean-Rémy, ses incessantes batailles pour ne pas voir mourir ses rêves lui semblaient parfois sans issue. La rigidité des Fortier, la puérilité de Jean-Rémy, les provocations terre à terre de Raymond lui pesaient. S'avouer vaincue, par ailleurs, était hors de question. Que deviendrait-elle en bourgeoise recevant pour le thé aux côtés de sa belle-mère des femmes sanglées dans leur corset moral ou évoquant avec sa propre mère des splendeurs familiales depuis longtemps évanouies ? En devenant une Fortier, elle n'avait pas décidé de changer, mais de forcer sa belle-famille à l'accepter. C'était une gageure plus difficile qu'elle ne l'avait cru. Une sorte de rancune s'insinuait en elle contre ces gens qui ne la comprenaient pas.

— Tu m'as manqué, mon chat, chuchota Raymond en la prenant dans ses bras.

Valentine maîtrisa un mouvement d'impatience. Pourquoi dire de telles bêtises ? Ils s'étaient vus la veille.

— Laissez-moi vous présenter une délicieuse jeune fille, déclara Albert Michaux-Chenard. Vous pourriez bien devenir des amies.

Dans le jardin de l'hôtel particulier de l'académicien, le vent froid de décembre arrachait les dernières feuilles des catalpas. Un grand feu pétillait dans la cheminée de marbre du salon meublé d'objets rares, un peu désuets, à leur place depuis des années. Quelques portraits d'ancêtres côtoyaient des œuvres classiques, des esquisses de ruines antiques à la sanguine, une aquarelle montrant une fillette vêtue de linon blanc et portant un collier de perles autour du cou — sa fille unique, morte de tuberculose à douze ans.

L'académicien fermant sa porte aux gens ennuyeux ou vulgaires, ses déjeuners étaient des moments de qualité où l'hospitalité chaleureuse, la chère raffinée, la conversation spirituelle enchantaient.

S'emparant du bras de Valentine, Albert Michaux-Chenard l'entraîna dans le petit salon où causaient deux sénateurs et une jeune fille rousse au teint clair.

— Mon enfant, je voudrais que vous aimiez ma petite Valentine, une femme pour laquelle le vieux monsieur que je suis souhaiterait pouvoir faire des folies. Il me semble que vous avez des goûts en commun.

La jeune fille tendit la main avec une spontanéité qui plut à Valentine.

— Je suis Madeleine Bertelin.

A table, un convive s'étant fait excuser au dernier moment, l'académicien avait placé les deux jeunes femmes côte à côte. Madeleine s'était présentée. Elle était née au Tonkin, d'un père qui espérait y faire fortune et d'une mère indolente que le climat avait emportée. Rentrée en France à quinze ans, Madeleine avait eu le plus grand mal à s'adapter à une société qui lui semblait hypocrite, froide et contraignante. Ne partageant rien avec les jeunes filles de son âge, elle s'était contentée de la compagnie de son père, un original, et d'une bonne asiatique. Tout lui étant permis, elle avait profité de cette liberté pour lire des ouvrages interdits, apprendre le piano et se forger une personnalité hostile à toute sujétion. Fascinée, Valentine l'écoutait.

— Je n'ai pas eu votre chance, avoua-t-elle, mais depuis mon mariage, je crois pouvoir affirmer que vos considérations sur la société et la place qu'y doivent avoir les femmes sont les miennes. Mais elles ne sont pas faciles à appliquer, croyez-moi. Le monde masculin est un mur impossible à abattre ou même à contourner.

— Ignorons-le. Ce que l'on ne juge pas comme réel existe-t-il ?

Au moment du café, Michaux-Chenard vint rejoindre les deux jeunes femmes. Il avait été aussitôt attiré par Madeleine Bertelin, qu'il avait rencontrée chez un confrère académicien qui en faisait grand cas. La vivacité de sa conversation, son esprit espiègle, ses attitudes que son extrême jeunesse croyait provocantes le distrayaient. Elle avait beaucoup lu aussi. Et l'extravagance de sa mise dont il aurait eu horreur chez toute femme de sa famille l'amusait.

— Je savais que vous vous plairiez, constata-t-il en les trouvant assises l'une à côté de l'autre. Les belles amazones sont faites pour caracoler ensemble.

Le vieil homme soupira, comme s'il était pris du

regret de ne pouvoir les suivre, s'empara d'une des mains de chacune de ses amies.

— Restez fidèles à vous-mêmes. Et tant pis si le monde vous le reproche. Les vraies femmes doivent savoir faire souffrir sans remords.

— La peur d'être faible rend les hommes agressifs.

— Elle les rend idiots, corrigea l'académicien. Les grands comme les humbles, les spirituels comme les analphabètes. Laissez-leur une échappatoire et ils deviendront inoffensifs.

— Venez un moment chez moi, insista Valentine. Je détesterais vous quitter sur le pas de cette porte.

Dans la solitude qu'elle traversait, Madeleine arrivait comme un cadeau du ciel. Transi par la prochaine sortie du *Roi des cerfs,* Jean-Rémy se montrait plus taciturne que jamais. Quant à Raymond, les sentiments qu'il prétendait nourrir pour elle lui ôtaient la moitié de son charme. Egoïste, sarcastique, il l'avait attirée mais son rôle de soupirant lui allait fort mal. Le gardait-elle par plaisir ou pour narguer les Fortier ? Cette jeune fille délurée l'aiderait peut-être à y voir plus clair.

Le dîner donné la veille autour de Jean-Rémy avait été décevant. En savourant le saumon écossais et la selle d'agneau aux morilles, chacun s'était promis de parler du livre mais aucun engagement n'avait été pris. « Un joli sujet, de belles descriptions... » Jean-Rémy, comme elle s'y attendait, n'avait rien demandé, cherchant tout au contraire à mettre la conversation sur un autre sujet et lorsqu'on avait servi le vacherin au nougat et les compotes, chacun s'entretenait du prix Nobel que l'on venait d'attribuer à Sully Prudhomme, vantait le talent du grand homme et se promettait de lui consacrer de longs articles. C'était mortifiant. Mais aujourd'hui Albert Michaux-Chenard venait de lui confirmer l'article du *Figaro* et elle avait rencontré Madeleine Bertelin.

— Puis-je être franche ? interrogea Valentine. Quelle est votre expérience des hommes ?

— J'ai eu deux amants, l'un très jeune, l'autre trop vieux. Décevants.

Madeleine s'était allongée sur la causeuse de sa nouvelle amie, jouant avec les franges du coussin. Son expression à la fois enfantine et perverse fascinait Valentine. Elle aurait voulu pouvoir comme elle se moquer de tout.

— Qu'en penserait monsieur votre père ?

Madeleine arbora un sourire amusé.

— Papa a lui-même tant de maîtresses qu'il aurait mauvaise grâce à me faire la morale. Depuis le Tonkin, il aime les filles publiques, celles qui procurent des plaisirs sans conséquences.

— Il vous raconte cela !

— Je l'ai suivi un jour jusqu'à la maison close derrière le Moulin-Rouge où il a ses habitudes. Sa préférée est asiatique et s'appelle Lune de Miel. C'est joli, n'est-ce pas ?

— Je ne pourrais imaginer mon père dans un bordel ! pouffa Valentine.

Décidément Madeleine lui plaisait.

Alors qu'elles achevaient une tasse de thé, Jean-Rémy apparut dans l'entrebâillement de la porte.

— Je vous dérange ? s'excusa-t-il.

Valentine voulut le faire asseoir mais le jeune homme s'éclipsa. Il craignait les visages inconnus.

— Qu'en pensez-vous ? interrogea Valentine.

Madeleine semblait réfléchir.

— Que fait-il pour occuper son temps ?

— Mon mari est poète.

— Vraiment ? J'aurais parié qu'il ne se souciait que de son domaine.

Un instant, la plume de Jean-Rémy resta suspendue. Il venait de commencer une lettre au père Genche pour préciser ce qu'il souhaitait quant à l'achat de nouvelles têtes de bétail, mais sa pensée revenait sans cesse à Valentine. Sa femme manifestement ne le comprenait pas. Elle allait de l'avant, s'efforçant de le traîner derrière elle, sans s'apercevoir que les intérêts qu'elle défendait avec tant d'obstination n'étaient pas les siens et que lui-même se moquait des ambitions qu'elle nourrissait. A peine pensait-il à son *Roi des cerfs*. C'était un livre sur lequel il avait peiné pour lui plaire, une sorte de cadeau d'amour, et elle s'en était emparée comme d'une arme pour conquérir le monde. La veille, au cours du dîner, il s'était fort bien rendu compte que les journalistes conviés à leur table le flattaient sans croire un instant à ces maigres louanges. Avaient-ils lu seulement son livre ? Ils étaient heureux de se régaler entre eux à la table des Fortier. Se serait-il éclipsé, nul sans doute ne s'en serait aperçu.

Une fois encore Jean-Rémy songea à se retirer de toute vie mondaine pour s'installer définitivement à Brières avec Valentine. Là enfin, ils se retrouveraient. A Paris, il la voyait si peu ! Elle aimait plaire, découvrir de nouveaux visages, des artistes aux débuts prometteurs, courait les couturiers, les antiquaires, se liait avec d'étranges personnages, comme cette jeune fille qu'il venait d'apercevoir dans son boudoir. Son air effronté, la singularité de sa tenue l'avaient choqué. Il craignait que, trop inexpérimentée, sa femme se laisse compromettre. Déjà réservés à son égard, ses parents ne toléreraient pas de propos railleurs sur leur famille. Il lui en avait touché un mot un soir de tendresse mais elle s'était aussitôt rebiffée : « Les Naudet n'ont de leçons à recevoir de personne. Depuis les croisades, ce sont eux qui imposent les bonnes manières. »

Jean-Rémy alluma la lampe posée sur son bureau. Suspendues au mur, deux aquarelles que Valentine avait peintes à Brières lui faisaient face, des esquisses de la grande allée et du Bassin des Dames qu'il contemplait toujours avec bonheur. Elles lui rappelaient les moments heureux où elle s'était installée dans le parc avec son chevalet dans la jolie lumière d'un soir d'été.

Jean-Rémy ouvrit un tiroir de son bureau et en tira une miniature de sa femme, exécutée lors de leurs fiançailles. Elle avait un regard clair, un sourire lumineux. « Il faudrait que nous ayons un enfant », pensa-t-il. Valentine n'était pas très enthousiaste à l'idée d'être mère mais, si elle se découvrait enceinte, elle l'accepterait avec bonheur. « Qu'elle se donne le mal de me connaître, pensa-t-il, et cesse de poursuivre l'impossible. Jamais je ne serai un chien savant, un dandy ou un mondain. En proclamant vouloir être mon ombre, elle ambitionne que je devienne la sienne mais, aussi loin que je me souvienne, j'ai toujours été un solitaire. »

Une pluie fine commençait à tomber. Jean-Rémy se leva et écarta un rideau. L'amie de Valentine sortait de l'immeuble et traversait le boulevard d'un pas décidé devant un omnibus tiré par quatre chevaux. Il l'observa un moment tandis que sa jolie silhouette s'effaçait dans la nuit. Cette femme, il en avait le pressentiment, allait leur porter malheur.

7

Valentine s'était arrêtée dans trois librairies sans trouver un seul exemplaire du *Roi des cerfs*. Quoique élogieux, l'article du *Figaro* avait été bref et le journaliste de *La Revue de Paris* avait glissé dans le sien d'aimables restrictions. Quant aux autres articles, elle les attendait encore. Chacun ne parlait plus que d'Edmond Rostand qui venait d'être élu à l'Académie française et se moquait du tiers comme du quart de Jean-Rémy Fortier. Noël approchait, avec ses réjouissances familiales bruyantes et vaines. Il allait lui falloir faire bonne figure face à Raymond avec lequel elle était en froid depuis quelques jours. L'amant insouciant était devenu exigeant, montrant de l'humeur lorsqu'elle passait quarante-huit heures sans se rendre rue Duphot. Et puis, elle avait la tête ailleurs. Le nouvel échec de Jean-Rémy la consternait. La crainte de s'être trompée, d'avoir épousé un médiocre, la minait. A quoi bon se donner la peine de courtiser l'élite littéraire pour en être tenue à l'écart avec dédain ?

Dans cette période difficile, son amitié pour Madeleine lui était d'un grand secours. Mieux que personne, la jeune fille savait dégager le côté cocasse ou dérisoire des choses, se moquer avec esprit mais indulgence des déconvenues de son amie. Ce n'était pas Jean-Rémy qui était à blâmer mais Valentine, qui considérait les hommes comme une raison de vivre.

Valentine avait rendez-vous avec Madeleine dans un salon de thé, rue de Rivoli. Quelques passants se retournaient sur son passage et elle aimait leur regard admiratif. Se sentir belle était une impression fugitive mais forte. Avec adresse, elle avait fait admettre à Jean-Rémy que le mobilier offert par leurs familles n'était pas suffisant pour créer un décor raffiné et avait fait l'acquisition d'objets et de meubles, d'une profusion de plantes vertes qui donnaient à l'appartement du boulevard de Courcelles une touche moderne.

Madeleine l'attendait avec son visage des mauvais jours et avant même que Valentine puisse l'interroger, jeta pêle-mêle ses frustrations : son père avait une nouvelle maîtresse qu'elle détestait et le voyage qu'elle devait faire avec lui à Chamonix était annulé, l'homme qui la courtisait depuis quelques semaines s'était amouraché d'une petite dinde et lui tournait désormais le dos. Tout la dégoûtait. Même les cigarettes opiacées qu'elle fumait de temps à autre ne parvenaient plus à la remonter.

— Tu te drogues ! s'indigna Valentine.

Madeleine expliqua qu'au Tonkin tous les Européens, ou presque, fumaient de l'opium. Son père l'avait initiée. Elle en prenait modérément et pouvait fort bien s'en passer, sauf dans les moments de cafard. Et puis, zut, elle en avait plein le dos et ne voulait pas que l'on se mette à lui faire la morale.

— Pourquoi ne songes-tu pas à te marier ? Tu te libérerais de ton père et de ses maîtresses pour diriger ta vie à ta guise.

— Aucun homme ne m'a demandé de l'épouser, avoua Madeleine.

Elle se donnait sans calcul. Les femmes qui négociaient leur corps pour une union profitable la dégoûtaient.

Valentine était songeuse. Marier Madeleine serait une aventure amusante qui la distrairait du *Roi des cerfs.* Et soudain elle songea à Raymond. En le donnant à son amie, elles deviendraient de vraies sœurs et elle se libérerait de lui en faisant son bonheur.

— J'ai quelqu'un pour toi, prononça-t-elle en enlevant ses gants. Un bel homme pas compliqué, riche et bon amant.

Jean-Rémy était démoralisé. Le jour de Noël, alors qu'on servait la bûche aux marrons, sa mère avait proclamé d'une voix tonitruante : « J'ai lu ton livre, Jean-Rémy. Quelle drôle d'idée de te pencher sur ce genre de sujet ! N'as-tu rien trouvé de plus intéressant à raconter ? » Croyant venir à l'aide de son frère, Raymond avait ajouté : « Moi, je trouve que Jean-Rémy s'est bien débrouillé. Et si j'étais plus littéraire, j'aurais trouvé son roman épatant. » Le nez dans son assiette, Valentine serrait les dents.

« Quel benêt tu as été de ne pas avoir cloué le bec à ta mère, lui avait-elle reproché aussitôt dans la rue. Elle qui ne lit que des romans à l'eau de rose est la dernière à pouvoir te juger. Mais pour qui se prend-elle ? Est-ce que d'être une Fortier permet de débiter des niaiseries sans que personne n'ose ouvrir la bouche ? Mais regarde-la, avec ses airs pincés et sa suffisance de parvenue ! » Il avait interrompu sa femme : « Je ne te permets pas de parler ainsi de ma mère. » Valentine s'était tue et l'avait ignoré jusqu'au lendemain.

Un mois après sa publication, *Le Roi des cerfs* disparaissait de toutes les librairies. L'éditeur n'était guère satisfait des cinq cents exemplaires vendus et remettait en question son contrat. Il ne publierait un second ouvrage que si l'inspiration de Jean-Rémy Fortier était radicalement différente. Il conseillait quelque chose de neuf, de moderne, d'un peu polisson. Jean-Rémy avait haussé les épaules. La médiocrité de ses semblables le forcerait à se taire. Il voulait retourner à Brières, fuir le monde pour toujours. A la première de *Claudine à Paris* aux Bouffes-Parisiens, Michaux-Chenard l'avait secoué : pour vendre ses livres, il devait se dépenser. C'était trop facile d'accuser éditeur et journalistes. « Votre femme est un exemple à suivre, avait-il ajouté. Elle n'a pas ménagé ses efforts pour vous aider. Vous avez du talent, mais le monde a besoin qu'on le persuade. Faites des choix, joignez un club, financez des œuvres de charité, acceptez la futilité et la cruauté de la vie parisienne ou retirez-vous sur vos terres. » Il avait médité le conseil de son vieil ami et reconnu sa pertinence. Mais il fallait convaincre Valentine de s'installer à Brières. Quoiqu'elle adorât son domaine, serait-elle prête à laisser Paris derrière elle ?

— Présenter Raymond à Madeleine Bertelin ? Où as-tu la tête !

— Et pourquoi pas ? rétorqua la jeune femme. Ils sont faits l'un pour l'autre.

— Mon frère est très attaché aux usages, obligé de frayer avec toutes sortes de gens importants. Ton amie est si... excentrique !

Le couple venait d'achever de déjeuner. La bonne débarrassait tandis qu'Etienne, le valet de chambre de Jean-Rémy qui faisait office de cocher et de maître d'hôtel, ôtait les miettes de la nappe à l'aide d'un petit balai au manche en argent ciselé. Depuis la veille, il tombait du crachin. Dans la grisaille, l'appartement des Fortier, situé au premier étage de l'immeuble, semblait à Jean-Rémy aussi mélancolique que ses pensées.

Ne voulant pas insister devant les domestiques, Valentine le regardait fixement, un léger sourire aux lèvres

— Passons au salon pour le café, veux-tu ?

Son projet l'exaltait et elle avait déjà fixé la date du dîner de présentation.

— Toi qui te prétends artiste, comment peux-tu défendre les vieux principes ? martela-t-elle. Ne t'ai-je pas épousé contre la volonté de mes parents ? Le regretterais-tu ?

Jean-Rémy hocha la tête. Depuis longtemps, il évitait d'argumenter avec sa femme. De toute façon, elle avait toujours le dernier mot, comme sa mère lorsqu'il était enfant. Trop confiant, facile à duper, sans révolte apparente, il la laissait diriger sa vie par peur de l'affronter.

— Je ne vois pas ce mariage, se contenta-t-il de répondre. Raymond par ailleurs est assez grand garçon pour se trouver une femme sans notre assistance.

— Ton frère s'occupe trop de ses affaires pour songer au mariage. Il se contente de maîtresses qui ne le rendent pas heureux.

— Qu'en sais-tu ?

— Cela se voit. Il a trente ans, c'est un âge critique au-delà duquel on bascule vers les manies et un attachement excessif à soi-même. Madeleine lui créera un foyer original où l'on se bousculera.

Jean-Rémy observait Valentine, la tête penchée en arrière, qui buvait la dernière goutte de sa tasse de café. Cette attitude spontanée, un peu enfantine, le séduisait toujours. Il devait reconnaître qu'il ne pouvait prétendre s'y connaître en affaires de cœur ni s'entremettre pour conclure ou défaire des mariages. Madeleine ne lui plaisait pas, c'était involontaire et peut-être sans raison.

— Nous pourrions partir pour Brières dès la fin mars, proposa-t-il d'une voix tendre, ce serait bon d'y passer le printemps tous les deux.

— Mets un corset et ne te découvre pas les chevilles, insista Valentine. Raymond adore les toilettes excentriques chez de possibles maîtresses, mais j'avoue ignorer ce qu'il attend d'une épouse. Jouons la sécurité.

Les deux femmes riaient aux éclats. Depuis le projet qu'elles formaient de devenir des sœurs, leur complicité était plus étroite encore.

— Arrive la dernière. Ton entrée n'en sera que plus remarquée.

Madeleine n'avait guère hésité. Décrocher un mari comme Raymond Fortier était pour elle inespéré. Cultivée, émancipée mais seule, elle se savait en marge de la société. Quelques années encore et elle n'aurait comme possibilité qu'un retour au Tonkin pour y épouser un vieux colonial. Valentine Fortier était tombée dans sa vie comme un cadeau du ciel. Pleine de charme, d'audace, sensuelle et fine, elle avait eu le privilège de naître dans une famille aristocratique, avait épousé l'héritier d'une des plus grosses fortunes françaises et pouvait se permettre quelques insolences. Cette nouvelle amie la protégerait, lui octroierait une respectabilité sociale. Et ses espoirs les plus déraisonnables allaient être dépassés si Raymond Fortier se laissait séduire. Déjà elle avait touché un mot de ses projets à son père qui ne pouvait retenir son allégresse. Une fois sa fille entrée dans la famille Fortier, il solliciterait un poste lucratif au sein de leurs entreprises, conseiller international peut-être, et ferait en pacha des voyages à travers le monde. Les efforts et dépenses investis pour élever Madeleine trouveraient leur juste récompense. Mais Ferdinand Bertelin avait tu à sa fille le soulagement moral que lui procurerait un bon mariage. En ayant été trop libéral, souvent négligent et étranger aux élémentaires règles sociales, il lui avait forgé une personnalité amusante, frondeuse et amorale qui la promettait à une vie hasardeuse. Sur son lit de mort, ce qui lui restait de conscience le lui aurait reproché.

Madeleine avait décidé de sa mise en suivant les conseils de Valentine : une robe de soie vert d'eau qui mettait en valeur ses yeux pers, recouverte d'une légère jupe de chantilly grège se terminant en courte traîne. Le corsage tout simple moulait la poitrine ronde tout en montant haut sur le cou.

Valentine lui avait prêté un camée à l'antique et conseillé une coiffure à la Botticelli avec quelques fleurs fraîches piquées dans la masse du chignon. Une joie un peu amère la poussait à parer son amie pour la donner à son amant. Elle évitait d'y trop penser, mais souvent le doute l'effleurait qu'elle exerçait sur lui une sorte de vengeance. Parce qu'il l'avait séduite ou parce qu'elle s'y était finalement attachée, il faisait de l'ombre à Jean-Rémy.

— Lorsque je te le présenterai, regarde-le à peine, conseilla-t-elle. Ne découvre sa présence qu'une fois à table, où tu mettras la conversation sur le football ou les courses cyclistes, ses passions. Surtout, laisse-le parler.

— Ma chère, laisse-moi te présenter à mon beau-frère, Raymond Fortier. Raymond, je suis heureuse que vous connaissiez ma meilleure amie, Madeleine Bertelin.

La jeune fille était éblouissante et tous les regards s'étaient tournés vers elle lorsqu'elle avait pénétré dans le grand salon, interrompant une conversation qui roulait sur la séparation de deux sœurs siamoises tout juste réussie par le docteur Doyen.

Madeleine tendit une main gantée de mitaines de dentelle que Raymond prit dans la sienne.

Des giboulées mêlées de neige fondue crevaient la nuit. Au coin de la cheminée, Jean-Rémy causait avec un botaniste sur la possibilité d'acclimater du sorgho dans le Sud-Ouest. Les excentricités des végétariens mettaient quand même en évidence la nécessité de diversifier les cultures céréalières en France.

— Madame est servie ! clama le maître d'hôtel.

A côté de la délicieuse figure blonde de Valentine qu'encadrait une mousse de mèches frisées et de Madeleine Bertelin, grande, potelée, laiteuse et auréolée de roux, les autres femmes s'effaçaient. Le regard de Raymond allait de l'une à l'autre. Il était devenu bien faible, se reprocha-t-il, pour se laisser séduire par deux personnes aussi dangereuses. Depuis la rupture signifiée par Valentine quelques semaines plus tôt, il avait tenté de courtiser une danseuse du Nouveau Cirque sans parvenir à s'y intéresser le moins du monde. Mais ce soir, Madeleine le troublait. Elle était le complément de Valentine, son double flamboyant, plus cruelle encore peut-être, et le défi de la posséder l'allumait à nouveau.

— La journée de huit heures, fichtre ! Les ouvriers n'y vont pas de main morte, nota un financier qui avait fait fortune à la Bourse. Comment vos entreprises vont-elles pouvoir tenir le coup ?

— Nous négocierons, assura Raymond.

— Tout s'écroule ! soupira la marquise d'Amade, une veuve qui vivait seule dans les trois pièces restées habitables de son hôtel rue de Grenelle. De nos jours, une petite bonne montée de basse Bretagne et qui ne sait rien faire réclame ses soirées et son dimanche !

— Mais d'autre part, précisa David Natansson qui possédait une écurie de courses et avait été le protecteur d'Emilienne d'Alençon, la France est prospère et peut se permettre d'être généreuse. Les ouvriers travaillent plus de onze heures par jour. C'est trop. Ces heures libres peuvent être finalement bénéfiques pour les patrons.

Raymond, à la dérobée, observait Madeleine qui semblait écouter Natansson avec passion.

— Vous intéressez-vous aux revendications sociales ? interrogea-t-il à mi-voix.

La jeune fille détourna la tête et le regarda droit dans les yeux.

— Je m'intéresse à toutes sortes de choses. Ne vivons-nous pas une époque extraordinaire ?

— Il faut avoir du cœur, assura Valentine, et ne jamais tirer de regrets derrière soi. Les femmes qui n'ont pas le pouvoir de décision savent bien cela. Depuis des siècles nous revendiquons et arrachons nos droits bribe après bribe, et bientôt nous voterons.

— Etes-vous pour le vote des femmes, mademoiselle ? interrogea Raymond.

— Je suis pour toutes les libertés, affirma Madeleine. Qu'ils soient hommes ou femmes, les êtres dociles sont des faibles que l'irresponsabilité arrange.

— Certaines libertés sont dangereuses pour les femmes. Crédules ou sottes, elles se font abuser et tombent dans le ruisseau. Les hommes s'en tirent généralement mieux.

— J'ai entendu dire que certaines prostituées aimaient leur métier, plaisanta Madeleine. Mais cela gêne les hommes.

— Ce qui déplaît aux hommes en premier lieu les trouble parfois tout autant. Les femmes dangereuses sont excitantes à conquérir.

On servait le dessert, des tartelettes caramélisées, un diplomate aux fruits confits. Madeleine but une longue gorgée de champagne. Au bout de la table, Valentine ne cessait de l'observer et ce regard complice l'agaçait. Elle n'avait besoin de personne pour conquérir Raymond Fortier.

— Votre belle-sœur m'a confié que vous n'aviez d'interêt que pour les affaires, les activités physiques et les facéties de collégien. Vous connaît-elle bien ?

— Je ne le pense pas, murmura Raymond. Valentine n'est pas une femme qui prend le temps d'écouter ses proches. C'est une pouliche qui aime le galop, nerveuse, pleine d'ardeur et peut-être d'illusions. Elle a vu en son mari un artiste plein de génie. Il n'est qu'un solitaire, sensible, la tête dans les nuages, un être trop bon qui souffrira.

La jeune fille eut un petit rire. Un bref instant, sa main gantée se posa sur celle de son voisin.

— Valentine veut changer le monde en général et les Fortier en particulier. Mais je vous crois plus puissant qu'elle.

— Elle est plus forte que vous ne le pensez. On ne peut guère résister à ses désirs.

— A-t-elle été votre maîtresse ?

Raymond sursauta. Sa voisine dépassait les limites de la bienséance.

— Ceci n'est pas une question que l'on pose à un voisin de table qui est encore un inconnu, mademoiselle.

— Plus tout à fait, n'est-ce pas ?

— Passons au salon, voulez-vous, pria Valentine. Le café y est servi.

Quand les convives se retrouvèrent autour de la cheminée, Raymond et Valentine cherchèrent Madeleine des yeux, mais la jeune femme s'était éclipsée.

8

Valentine suivit Jean-Rémy à Brières pour y passer les fêtes de Pâques. Paris l'ennuyait. On y parlait de syndicats, de tensions en Irlande, d'émeutes de moujiks rendus fous par la famine en Russie. Et Madeleine gardait ses secrets. Participer au début des amours de son amie avec Raymond, en rire peut-être avec elle, avait fait partie d'un jeu, mais en être écartée faisait naître un brin de jalousie. De son beau-frère, elle ne recevait plus ni fleurs ni lettres. Le bail du pied-à-terre de la rue Duphot avait été résilié. Etait-il devenu l'amant de Madeleine ? Où se retrouvaient-ils ? Elle aurait trouvé indigne de poser des questions. Ils ne cherchaient pas à la voir, elle ne devait pas les poursuivre. « Va donc à Brières, lui avait conseillé sa mère, tu as mauvaise mine. »

La comtesse de Naudet n'avait pas le courage de sonder sa fille. Elle-même, depuis dix ans, se débattait dans une double vie qui finalement lui pesait. Mais son vieil amant avait virtuellement un statut de mari et s'en défaire serait aussi compliqué qu'un divorce.

Aidée par Jean-Rémy, Valentine escalada les marches du wagon. Un an auparavant, à peine mariés, ils empruntaient ce même train pour partir à la recherche de leur domaine enchanté. Elle aimait toujours son mari, tout en lui gardant de la rancune de n'avoir pas su se montrer à la hauteur de ses ambitions. Elle était blessée aussi de ses humeurs insociables qui rendaient toute vie mondaine difficile. Bien sûr, il la laissait libre d'aller où elle voulait, mais cette tolérance ne ressemblait-elle pas à de l'indifférence ? Sa rupture avec Raymond, l'éloignement de Madeleine la rapprochaient cependant de lui et elle partait à Brières avec le désir de le retrouver en se pardonnant à elle-même. Le rythme lent de la vie à la campagne l'apaiserait. Elle lirait, se promènerait sur les rives de son cher Bassin des Dames, ordonnerait de nouveaux travaux pour installer un calorifère, des salles de bains en céramique dignes des amis qu'elle se promettait d'accueillir au cours de l'été.

Plus le train se rapprochait de Châteauroux, plus le visage de Jean-Rémy s'éclairait. Attendrie, Valentine posa sa main sur la sienne.

Les poêles à bois ronflaient depuis le matin. Bernadette avait aussi allumé une grande flambée dans le petit salon. Seuls le vestibule et les couloirs restaient glacés d'humidité. Jean-Rémy et Valentine soupèrent devant la cheminée d'un bouillon et d'un morceau de poulet rôti.

— Dormons dans ta chambre, veux-tu ? pria Jean-Rémy. Voilà une éternité que nous n'avons partagé le même lit.

Les deux fenêtres de la chambre de la jeune femme donnaient sur la façade arrière du château, devant l'allée menant à la forêt et au sentier du Bassin des Dames dont, en hiver, on apercevait la surface scintillante sous la lune. De grands rideaux de perse à motifs chinois que Bernadette avait tirés encadraient les croisées. Valentine était émue de retrouver les jolis objets choisis avec amour, les portraits de famille, la pendule de cuivre qui avait sonné les heures dans sa chambre de jeune fille. Là étaient bannies les créations modernes dont elle raffolait pour son appartement parisien. Brières était un monde à part, celui d'une enfance préservée et d'un avenir encore rêvé, un univers auquel elle n'avait pas à s'identifier parce qu'il faisait partie d'elle-même.

Le lendemain matin, ils prirent leur déjeuner

dans le jardin d'hiver. Un soleil très doux levait des vapeurs entre les bouquets de saules qui se penchaient sur l'étang.

— Promenons-nous en barque, proposa Jean-Rémy. C'est l'époque de la ponte, nous verrons des oiseaux superbes.

Valentine accepta. Elle avait l'impression d'entrer en convalescence, de redécouvrir le bonheur simple qui aurait pu être le sien si elle n'avait pas eu ce besoin irrésistible d'affirmer une liberté sur laquelle elle refusait aux autres le droit de blâme. A Brières, les jugements du monde ne pouvaient l'atteindre. Là, elle aurait dû vivre avec Raymond l'expérience éblouissante de leur première rencontre sans chercher à la renouveler. Dans son domaine seul, un pacte avec le diable se faisait innocent.

— J'ai à vous parler, Madame.

Valentine, qui s'apprêtait à rejoindre Jean-Rémy à l'étang, s'immobilisa, un peu contrariée. Mais Bernadette avait mauvaise mine, l'air bouleversé.

— Tu as des ennuis, ma bonne Bernadette ?

La jeune femme hésitait, tortillant les cordons de son tablier.

— Pour ainsi dire, Madame. Me voici enceinte.

De ses yeux pâles, un peu saillants, elle regardait sa patronne avec plus de défi que de supplication. « Ces Genche sont tous les mêmes, pensa Valentine, des écervelés et des cachottiers. »

— Et de qui donc ?

— Quelqu'un que je ne reverrai plus, Madame.

— Un garçon du village ?

— Un saisonnier, Madame. Il est venu pour le chanvre puis est reparti. Je ne sais pas d'où il est.

Valentine était un peu désemparée. Jamais elle ne s'était préparée à réagir en patronne. Jusqu'à présent, elle s'était laissé gâter par sa jeune servante sans s'intéresser le moins du monde à sa vie.

— Et qu'en pensent tes parents ?

— Je ne leur ai rien dit. Mais si vous me gardez à votre service, ils ne se fâcheront pas.

Une sorte de découragement s'empara de Valentine. L'amour laissait les êtres à l'abandon.

Son regard croisa celui de sa servante.

— C'est ici que tu élèveras ton enfant. Il sera le bienvenu. J'en toucherai un mot moi-même à tes parents si tu le désires. Pour quand l'attends-tu ?

— La fin de l'été, Madame.

— Ne te fais pas de souci, assura Valentine en boutonnant sa veste. Brières porte bonheur.

La jeune servante hocha la tête. Elle aurait voulu le croire mais n'y parvenait pas tout à fait. Ce domaine envoûtait. C'est dans la gloriette, à deux pas du Bassin des Dames, qu'elle avait conçu son enfant. Un instant de déraison, comme une malédiction. Avec un gamin sur les bras, qui au village l'épouserait ? Son destin serait de rester servante chez les Fortier, gardienne inéluctable des terribles secrets de Brières.

Derrière la gloriette où l'été elle aimait dessiner, Valentine s'arrêta un instant pour admirer les touffes de jonquilles. Le soleil éclairait le sentier menant au Bassin des Dames, le bois de noisetiers qui déjà reverdissait, un tapis de boutons-d'or. Un vent léger soulevait le bord de son chapeau.

L'étang était paisible. A l'endroit même où elle s'était donnée à son frère, Jean-Rémy l'attendait, prêt à pousser la barque à l'eau. « Je dois faire des efforts, pensa Valentine, tenter de trouver le bonheur là où je suis et avec qui je vis. Jean-Rémy ne sera jamais un grand écrivain. Mais il m'aime et a besoin de moi. » Elle avait eu raison de donner Raymond à Madeleine, de tirer un trait sur ce qui avait été une erreur. Mais son amie pourrait-elle s'accommoder de la famille Fortier, de la monotonie d'une vie de femme du monde, des hypocrisies sociales ?

— Tu es pâle, s'inquiéta Jean-Rémy. Es-tu assez couverte ?

Valentine fit un signe de tête. La patience de son mari, sa douceur la touchaient aujourd'hui.

— Allons, décida-t-elle. Ce sera une jolie promenade.

Les rives s'éloignaient. Valentine ne voyait plus que la masse grise des herbes, les arbres encore dépouillés de leurs feuilles qui se penchaient sur l'eau. « Si je meurs jeune, pensa-t-elle, c'est là que je voudrais reposer, au milieu de l'étang. » Jean-Rémy arrêtait de ramer pour lui désigner un héron, un couple de grues. « Regarde, s'exclama-t-il, voici les premiers martinets ! »

Ils rentrèrent au château main dans la main. Bernadette avait préparé le déjeuner dans la petite salle à manger. Valentine arrangea dans un vase la botte de jonquilles qu'elle avait coupée sur le chemin du retour. Depuis le matin, elle n'avait plus pensé à Madeleine entre les bras de Raymond.

— Si nous montions ? chuchota Jean-Rémy.

Il craignait qu'à nouveau Valentine lui échappe et voulait profiter de chaque instant. Sa femme savait-elle à quel point elle pouvait le rendre malheureux ? Il l'avait vue s'éloigner de lui depuis leur premier été à Brières, souffrir de ses espérances trompées lors de la publication du *Roi des cerfs* quand cet échec l'avait laissé presque indifférent. Il pouvait rester des heures au milieu d'une assemblée bruyante, réfugié à l'intérieur de lui-même, l'esprit ailleurs.

— Si tu veux, consentit Valentine.

La chambre était baignée de soleil, silencieuse. Bernadette avait fait le lit, gonflé les coussins de la méridienne recouverte d'une indienne aux couleurs fanées qui s'accordait avec la perse des rideaux. Sur les trumeaux, au-dessus des portes, Valentine avait fait restaurer les peintures délavées par le temps dont les motifs champêtres avaient échappé à l'autodafé des religieuses. Les boiseries, jadis peintes d'un gris très doux, avaient retrouvé les tons roux du bois fruitier.

Jean-Rémy prit les lèvres de sa femme, l'attira sur le lit. L'humeur paisible de Valentine, ses marques de tendresse le déroutaient. Même au début de leur mariage, elle avait toujours cherché à avoir le dernier mot. Le matin, alors qu'il ramait sur l'étang, il avait observé son reflet dans l'eau et avait eu l'impression qu'une autre Valentine habitait les profondeurs du Bassin et lui découvrait soudain son visage. Allongée dans la barque, les yeux mi-clos, elle semblait douce et paisible, mais l'autre, à travers la fente de ses yeux dorés, l'observait avec méchanceté. Dans son *Ode au Bassin des Dames,* il avait exprimé cette angoisse de la femme double, à la fois objet de jouissance ou d'amour et impitoyable destructrice. La vision venait de son âme et il l'avait fixée sur la surface de l'eau comme il marquait de ses légères caresses la surface du corps nu de Valentine. La jeune femme sentait sur sa poitrine, son ventre, ses cuisses le souffle de Jean-Rémy. Elle se sentait prisonnière, éprouvant malgré tout un certain bonheur. Elle enlaça le corps de son mari, des larmes remplissaient ses yeux.

Immobile maintenant, Jean-Rémy restait couché sur elle. Elle se souvenait de sa nuit de noces, le sperme mêlé au sang, liquides tièdes qui ruisselaient, porteurs de vie et promesses de mort.

— Ne restez pas là, Madame, vous allez prendre froid.

Valentine, qui n'avait pas entendu Bernadette, sursauta. La jeune femme portait une lanterne qui jetait une clarté indécise sur la terre noire du sentier et l'herbe mouillée tachée de pâquerettes.

— Les bords de l'étang sont malsains la nuit, poursuivit Bernadette d'une voix assurée, et dangereux aussi.

Depuis la tombée du jour, Valentine était demeurée assise sur le tronc d'un orme mort dont les branches noires plongeaient dans les eaux de l'étang. Poussée par un besoin de solitude, presque une envie de fuite, elle était venue là. Ses résolutions de partager avec Jean-Rémy un bonheur paisible avaient-elles un sens ? Depuis deux semaines, il la sollicitait avec une humilité et une tendresse qui rendaient tout refus impossible. Mais elle étouffait. Elle l'avait épousé pour monter au firmament, non pour vivre une existence de campagnarde. Les Dentu, le père Marcoux étaient venus à plusieurs reprises passer de tranquilles soirées où l'on jouait aux cartes en dégustant un verre de liqueur de noyau. Intelligent, curieux d'esprit mais issu d'une famille pauvre, le prêtre avait abandonné ses précoces ambitions d'étudier la philosophie à Paris pour entrer au séminaire où l'instruction était gratuite. Le bonheur tranquille de son sacerdoce avait fini par l'emporter sur ses désirs séculiers. Quoique né dans le Limousin, il avait pris l'accent de la Creuse dont il parlait le patois et travaillait à une œuvre historique sur le département, en collaboration avec un autre ecclésiastique, le père Houri. Brières, par l'abondance des légendes qui concernaient le domaine, le passionnait tout particulièrement. Mais il avait senti en Valentine Fortier une réticence à remonter le passé en sa compagnie. Du comte et de la comtesse de

Morillon, elle ne voulait entendre que des récits heureux, changeant le sujet de conversation aussitôt qu'on mentionnait la noyade de leur fils unique. Jamais il n'avait osé évoquer devant elle la mort affreuse du père Firmin Gautier, bien avant la guerre de 70, encore moins les récits parlant de loups-garous, d'incendies inexplicables et d'étranges silhouettes féminines errant les soirs de pleine lune sur les berges du Bassin des Dames.

— Venez, insista Bernadette. La brume tombe, vous ne devez pas rester.

— De quoi as-tu peur ?

Bernadette recula d'un pas. Si l'apparition se manifestait, le Malin ne serait pas loin.

— J'ai peur de ce que je ne connais pas.

Valentine se leva. La frayeur exprimée par sa servante éveillait son attention.

— Rentrons ensemble, décida-t-elle. Je voudrais que tu m'expliques pourquoi Brières est un lieu étrange. Tu le sais, n'est-ce pas ?

— D'habitude, Madame n'aime guère que j'en parle.

— Pas ce soir. Il m'a semblé qu'au bord de l'étang quelqu'un se tenait à côté de moi, une présence légère et triste, pas malveillante, bien au contraire. Serait-ce le fantôme du petit comte de Morillon ?

— Je ne crois pas, Madame.

— Qui, alors ? Le sais-tu ?

Bernadette serra son châle autour de sa poitrine. Parler des malédictions de Brières lui coûtait, mais elle avait besoin d'exprimer ses appréhensions. Le soir où elle avait suivi Baptiste, le saisonnier, elle avait eu l'impression d'apercevoir une femme remontant la grande allée en compagnie d'un gros chien. Et dans la gloriette, avant que son amoureux ne lui fasse perdre la tête, elle avait flairé une odeur douce, celle de la poudre que sa maîtresse gardait dans un tiroir de sa coiffeuse.

— Le père Marcoux réprimande ceux qui croient aux signes et aux présages.

— Il ne t'entend pas et je ne lui dirai rien.

— Je crois au mauvais œil, Madame, se lança Bernadette. Il y a des gens ou des lieux qui portent la maladie, le malheur et la mort.

— Penserais-tu à Brières ? s'indigna Valentine.

La jeune fille se mordit les lèvres.

— Les jeteurs de sorts vont et viennent, Madame.

— Tu veux parler des sorciers et des sorcières ?

La brume s'épaississait, trouée par les lumières jaunes du château.

— Les jeteurs de sorts, répéta Bernadette. Voulez-vous que je vous montre quelque chose ?

D'un geste spontané, la servante s'empara de la main de sa maîtresse.

Les deux femmes contournèrent le château, se glissèrent le long de la façade nord, là où les pierres étaient devenues verdâtres.

— Regardez.

Bernadette leva sa lanterne. Au-dessus d'une porte donnant sur une resserre, pendait, accrochée à un clou, une tête d'oiseau dépouillée de toute chair et comme pétrifiée. Les clous qui avaient supporté le reste du corps restaient fichés en forme de croix.

— Une chouette, murmura la jeune servante. Elle était là bien avant que vous achetiez le château.

— Et pourquoi l'y aurait-on mise ?

— C'est un signe des jeteurs de sorts.

— A qui voulait-on du mal ? s'étonna Valentine. Aux bonnes sœurs ?

— On voulait du mal à l'Absence. Brières était à

l'abandon quand la sorcière est venue crucifier la chouette.

D'un revers de main, Valentine balaya le minuscule squelette qui se désintégra.

— J'aimerais savoir qui au village se divertissait à tuer les chouettes pour les clouer sur les portes.

— Faites bouillir une poignée de clous dans une casserole, murmura Bernadette, et l'esprit viendra à vous.

Valentine haussa les épaules. Elle s'en voulait d'être troublée par les superstitions d'une servante.

— Si tu avais un peu d'instruction, ma pauvre Bernadette, tu saurais que la chouette est un symbole de sagesse.

Après une semaine de pluie, le soleil était revenu. Valentine préparait son retour à Paris. Un peu plus d'un mois s'était écoulé, mais elle se sentait aussi lasse qu'en arrivant à Brières. Le matin, elle ne pouvait quitter son lit, prise d'une torpeur impossible à surmonter, et elle restait couchée jusque tard dans la matinée.

Qu'attendait-elle de la vie ? « Vivre, se répétait-elle, vivre avec passion. » Dès son enfance, on l'avait préparée à jouer son rôle : bonne chrétienne, femme du monde, épouse et mère irréprochable. Elle ne s'était rebellée qu'en imposant le mari de son choix. Jean-Rémy l'avait amenée à Brières, où elle apprenait la liberté, et Brières effaçait Jean-Rémy.

— Le facteur est passé, Madame. Il y a une lettre de Paris.

Il était midi et Valentine venait de se lever, un peu étourdie. Elle n'avait aucun appétit et ne rejoindrait Jean-Rémy dans la salle à manger que pour boire une tasse de thé.

La jeune femme s'empara de l'enveloppe et

reconnut aussitôt l'écriture de Madeleine. Son amie lui revenait alors qu'elle ne pensait plus guère à elle.

C'était une charmante matinée de printemps. Au-delà de la pelouse, dans ce qui restait du vieux verger, poiriers et pommiers moutonnaient. Des alouettes chantaient. Les premières campanules s'étendaient en larges flaques bleutées.

— Sers-moi du thé dans la salle à manger. Et dis à Monsieur que je le rejoindrai dans un instant.

Bernadette observait sa maîtresse. Elle avait les yeux cernés, le teint brouillé. Se pourrait-il qu'elle soit enceinte, elle aussi ? Un autre enfant conçu à Brières. La source et l'embouchure, la vie et la mort. Comme l'affirmait Tabourdeau, le clochard, entre deux chopines : « Le mal qu'on fait aux femmes, elles le rendent au centuple en enfantant des petits hommes. »

Valentine déplia la feuille de papier.

Valentine, ma chérie,

Peut-on croire que tu as quitté Paris voilà six semaines en me promettant de ne faire qu'un saut dans ton château creusois ? J'avais pourtant besoin de toi dans ce moment crucial de ma vie... Mais je ne te reproche rien car les choses se sont fort bien passées. Sans doute valait-il mieux que je sois seule à la barre de mon petit esquif, prête à louvoyer. Le vent, Dieu merci, a soufflé dans la bonne direction. Me voilà fiancée à Raymond ! Le dîner officiel aura lieu en mai et nous nous marierons fin juin. Papa presse les choses car il veut s'embarquer pour Hanoi afin d'étudier le marché de la construction. Le voilà déjà plus Fortier que moi.

Je ne sais pas si je suis faite pour Raymond mais lui me convient tout à fait : beau, sportif, gai, ambitieux et riche, que demander de plus à un mari ? C'est à toi que je dois cette aubaine. Un jour peut-être pourrai-je trouver une occasion de te remercier.

Comme nous l'avions rêvé, nous voilà presque sœurs. Main dans la main, nous secouerons la forteresse Fortier et trouverons le courage de ne pas plier l'échine devant madame mère, un dragon que par ailleurs j'ai commencé à apprivoiser. Figure-toi que cette dame raide comme un corset aime les récits d'aventures. Mon enfance tonkinoise la fascine. Peut-être cache-t-elle dans son sein un petit démon qui n'a jamais pu se débrider. Avec Maurice, on n'a pas dû badiner tous les jours !

Nous recherchons un appartement. Je le souhaite près du Trocadéro ou de l'Alma, face au soleil, avec une jolie vue sur Paris, et surtout loin de la place Saint-Sulpice ! Rentre vite, nous essayerons de le trouver ensemble.

J'aurai grand besoin de toi pour corriger, tout au moins dans les premiers mois, mes petites extravagances. Comme dit un proverbe asiatique : « N'affole pas ton coq ou il pourrait occire ses poules. »

La petite poule rousse embrasse très fort et très tendrement la petite poule blanche. Et tant pis pour le coq.

Madeleine.

Valentine resta prostrée au bord de son lit. L'abandon de Raymond, qu'elle avait pourtant beaucoup maltraité, lui semblait une trahison et le triomphe de Madeleine une provocation. Sans leur souhaiter du mal, elle ne parvenait pas à partager leur bonheur. « Et si j'avais fait le malheur des Fortier ? » pensa-t-elle. Cette idée acheva de la déprimer. Avec impatience, elle déchira la lettre et en jeta les fragments dans la cheminée. Jean-Rémy l'attendait dans la salle à manger et, même si elle se sentait affreusement lasse, elle allait tâcher de faire bonne figure. La conviction qu'elle pouvait le rendre heureux l'avait abandonnée.

9

— Te voilà enceinte et je vais convoler ! La vie est surprenante.

En se mirant en robe de mariée dans la psyché de la couturière, Madeleine éclata de rire. Dans la légère tenue de soie blanche recouverte aux trois quarts de dentelle au point de Bruges, elle était ravissante. A genoux à ses pieds, une ouvrière répartissait les pinces, drapait les plis pour former une traîne.

— Je mettrai mes cheveux en chignon, précisa Madeleine, y épinglerai quelques fleurs fraîches et, pour faire plaisir à madame mère, porterai un corset.

— Voulez-vous essayer le voile, Mademoiselle ?

Madame Fladry, couturière depuis vingt-cinq ans rue Richer, présentait la longue pièce de dentelle pliée dans un papier de soie. C'était un prêt de Valentine qui le tenait de sa marraine, la marquise de Mortange. Ne pouvant rester en marge du bonheur de son amie, elle avait décidé de vaincre son dépit. Un court moment, elle avait été embarrassée en face de Raymond, avant de prendre le parti de l'embrasser en sœur, et il lui avait rendu son baiser.

La perspective d'être mère la laissait sans joie ni déception. L'enfant à naître remplissait un vide, occupait sa solitude, mais le bonheur de Jean-Rémy lui faisait peur. Croyait-il que leur vie allait s'immobiliser devant un berceau ? De plus en plus souvent, il évoquait son désir d'élever leurs enfants à Brières. Paris n'était pas fait pour eux, il en savait quelque chose, lui qui avait dépéri place Saint-Sulpice. On achèterait un chien, un poney, aménagerait le vieux billard en salle de jeux. Valentine écoutait. Elle était acquise à l'idée d'accoucher à

Brières. Le domaine les protégerait, elle et son bébé. Le père Marcoux le baptiserait. On ferait un déjeuner avec les Dentu, Raymond et Madeleine seraient parrain et marraine, on offrirait des dragées aux enfants du village. Mais la fête achevée, elle reprendrait la vie à pleins bras et peut-être à plein cœur. Depuis quelque temps, le désir de voyager occupait ses pensées. Elle rêvait de découvrir des pays exotiques. Tunis, Tanger, Grenade... S'étourdir, fuir. Jean-Rémy y consentirait-il ?

— Le bal chez les Natansson promet d'être divin, se vanta Madeleine en se laissant parer du long voile semé de boutons de roses. Que vas-tu mettre ?

— Walles doit me livrer une robe. Un modèle simple. Nul, dans mon état, ne me prêtera attention.

— Tu n'as jamais été plus jolie ! Regarde ta peau, ta poitrine, tes hanches. Le jour de mon mariage, tu vas encore te débrouiller pour être le point de mire de tous les hommes.

La couturière ôtait le voile, dégrafait la robe. En corset, pieds nus, ses cheveux roux répandus sur ses épaules, une vibration sensuelle enveloppait la jeune femme.

— Ne te moque pas de moi, répliqua Valentine. (Elle s'empara de son étole de renard, la jeta, sur ses épaules.) Restons amies envers et contre tout, veux-tu ? Unies, nous serons plus fortes.

— Contre qui donc ?

Valentine hésitait. C'était une impression seulement. Le monde était hostile aux femmes trop libres. On pouvait les fêter ou sembler les adorer, mais les hommes en avaient peur. Au premier faux pas, ils les abandonnaient et aucune autre femme ne viendrait à leur secours.

— Contre la malchance et les échecs, prononça-t-elle d'un ton enjoué.

— Viens vite, chuchota Madeleine, un homme délicieux me harcèle pour que je vous présente.

Valentine détourna la tête. Suivie de Raymond, qui ne la quittait pas, son amie triomphait alors qu'elle-même se morfondait en la compagnie d'hommes mûrs qui se félicitaient des récentes élections législatives où, Dieu merci, les socialistes avaient pris le bouillon. Leur fatuité de commandeurs du bon droit la hérissait. Quoique peu éclairée en politique, elle refusait la monopolisation du pouvoir par des bourgeois intolérants. Mais un jour viendrait où les femmes voteraient et changeraient tout cela.

— Qui est-ce ? interrogea Valentine.

— Peter Groves, banquier et anglais, trente ans, un charme fou. Si je n'étais pas une fiancée modèle, je n'en ferais qu'une bouchée. En dépit de ta conviction d'être devenue transparente, tu l'as ébloui.

L'orchestre entamait une valse. Des couples tournoyaient déjà au milieu du grand salon des Natansson dont on avait retiré tous les meubles, hormis quelques consoles et leurs célèbres palmiers en pots. Au plafond pendaient d'exquises lanternes vénitiennes projetant leurs reflets mordorés sur des tapisseries d'Aubusson et des rideaux de soie jaune. David et Jacqueline Natansson avaient réuni dans leur hôtel particulier proche des Invalides une collection de meubles et de tableaux anciens d'une exceptionnelle facture, tandis que leur fils Maxime collectionnait les artistes modernes déjà appréciés, Monet, Pissarro et Gauguin, mais aussi des inconnus ou presque, Picasso et Van Gogh.

— Voici votre dame, cher Peter. Faites-la rire et elle vous aimera. Valentine, je te présente Peter Groves, que je connais depuis un instant seulement.

Déjà la silhouette vêtue de tussor vert émeraude de Madeleine se fondait parmi les invités.

— Une coupe de champagne ? proposa Groves.

La musique semblait donner à ces paroles banales une gaieté légère.

Le jeune homme s'empara de deux coupes sur le plateau que passait un domestique.

— Si nous allions nous asseoir dans le petit salon ? proposa-t-elle. Je suis un peu lasse de piétiner dans cette foule.

Valentine n'osait trop dévisager l'Anglais. Il avait des cheveux auburn et bouclés qui encadraient son visage, des yeux très bleus dont le regard inspirait confiance. S'il était mondain, c'était sans l'affectation des gens du monde.

— Allons dans le boudoir de Jacqueline, proposa-t-il. Nous y serons tranquilles pour parler et faire connaissance.

— Vous connaissez si bien madame Natansson ?

— Je suis en relation d'affaires avec eux depuis longtemps.

— Vous n'avez guère le physique d'un banquier ! plaisanta Valentine.

— Croyez-vous que les gens portent leur occupation sur le visage ? Leurs soucis, oui, leurs vices, peut-être, leur bonté, sûrement, leur profession, certainement pas.

Le boudoir de madame Natansson, née Jacqueline de Marchenoir, était drapé de satin grège et décoré de tableaux hollandais. Un bouquet de roses blanches s'épanouissait sur une table incrustée de nacre. Peter ferma la porte et installa Valentine.

— Nous avons l'air de nous cacher, s'amusa-t-elle.

— Ne se cachent que les fugitifs. Personne ne nous cherche, n'est-ce pas ?

— Mon mari, peut-être.

— Je l'ai vu il y a un instant en train de jouer au bridge dans le fumoir.

Son léger accent était charmant. Valentine soupira. Elle avait bien mérité un moment de distraction. Depuis Brières et le début de sa grossesse, elle n'était sortie de son appartement que pour visiter ses beaux-parents, ses parents et Madeleine. Infatigable ambassadeur, Albert Michaux-Chenard passait un mois au Venezuela. Il lui manquait.

Peter tira de la poche de son gilet un porte-cigarettes en or, l'ouvrit et le tendit à Valentine.

— En Inde, où j'ai vécu toute mon adolescence, j'ai appris à lire sur les visages. Vous n'êtes guère heureuse en ménage, n'est-ce pas ?

— Je préférerais ne pas parler de moi.

— Ne pas être pleinement heureux est source d'innombrables émotions. Dans une époque où la plupart des gens sont froids comme des poissons, c'est une grâce finalement.

— Chercheriez-vous à m'avouer que vous n'êtes pas favorisé par la vie ?

— Pas vraiment, depuis que j'ai quitté les Indes où vit toujours ma mère. Je l'adore, mais elle s'est amourachée d'un officier et nous a quittés, mon père et moi, pour le suivre.

— Les femmes ont des faiblesses.

— Vraiment ?

Peter Groves observait Valentine sans chercher à dissimuler son attirance.

— Vous n'êtes pas venu au bon moment, murmura-t-elle, et je le regrette.

— Ai-je eu le choix ?

Valentine avait bu trop de champagne. La tête lui tournait un peu mais elle était heureuse, plus qu'elle ne l'avait été depuis longtemps.

— Vous ne me connaissez pas. Si vous aviez rencontré ici une autre jolie femme, vous vous seriez intéressé à elle de la même façon.

— C'est un procès d'intention.

— Plutôt un solide bon sens. Dans un instant vous m'aurez oubliée.

— Je n'en ai pas la moindre envie. Seriez-vous un tyran ?

« Tu veux asservir les hommes, lui reprochait Raymond. On dirait que tu les méprises. » Jamais elle n'avait répondu à ses critiques mais elles avaient empoisonné la fin de leur liaison.

— Quelle importance ! se moqua-t-elle. Au revoir, cher ami, vous m'avez offert un moment délicieux.

Elle se dirigea vers la porte. Mais déjà Peter Groves s'emparait de son bras.

— Je vous attendrai demain aux Tuileries devant le grand bassin. A trois heures.

— Je n'y serai pas.

— Pourquoi ? la brava le jeune homme.

Puis il lâcha le bras de Valentine, ouvrit lui-même la porte.

— La vie conjugale est une mauvaise habitude et vous n'êtes pas une femme qui agit par routine. Voulez-vous danser ?

— Qui était ce garçon qui t'a accaparée ? s'inquiéta Jean-Rémy.

La voiture traversait la place de la Concorde, déserte à cette heure avancée.

— Un banquier anglais associé aux Natansson. Pouvais je l'envoyer promener ?

— Le vieil Henri de la Feuillade m'a taquiné à ton sujet. « Les poètes sont dans la lune qui éclaire les amants. » J'ai pris le parti de rire.

— Je ne te vois pas te battre en duel, se moqua-t-elle.

— Me crois-tu incapable de bravoure ?

— Laisse-moi me reposer, réclama Valentine. Ne vois-tu pas que je suis exténuée ?

Le lendemain après le déjeuner, la jeune femme décida de faire une sieste. Si elle dormait, elle ne penserait plus au rendez-vous des Tuileries et lorsqu'elle se réveillerait, Peter Groves aurait déjà perdu ses illusions.

Quand Valentine ouvrit les yeux, il faisait presque sombre. Elle avait dormi plus de quatre heures et se sentait lourde, nauséeuse. « S'il a de la constance, pensa-t-elle, il reviendra demain. Sinon, tant pis pour lui, c'est qu'il ne connaît rien aux femmes. » Il était exclu qu'elle devienne maintenant sa maîtresse, elle mettrait son art à le faire attendre. De Londres, il ne la verrait pas devenir difforme. Ils s'écriraient. Ce serait charmant d'avoir un amoureux pendant les ultimes mois de sa grossesse. L'enfant était attendu pour Noël. Au printemps, elle reviendrait à Paris, ils se retrouveraient. « Je déraille, pensa Valentine. Dans un moment je vais raisonner comme une midinette. » Elle se servit un verre de tokay qu'elle but d'un trait. Le soir, elle dînait chez les Fortier pour la signature du contrat de mariage. Raymond voulait partager sa fortune avec Madeleine qui n'en avait pas.

« Décidément, avait soupiré Yvonne Fortier, mes fils ne sont pas attirés par l'argent. Si j'avais été sans le sou, leur père ne m'aurait pas épousée. » Mais elle appréciait Madeleine qui la provoquait, la bousculait, l'obligeait même à rire. On ne résistait pas à son entrain, son ironie parfois cruelle, sa sensualité. Au contact de sa future bru, Yvonne Fortier commençait à regretter sa trop sage jeunesse. Avec un peu d'audace, elle aurait pu lui ressembler. La délicate, l'aristocratique Valentine, faisait, elle, partie d'un autre monde.

Dans la corbeille de la mariée, les Fortier déposaient une parure d'émeraudes et l'appartement découvert par Madeleine rue Raynouard, dans le calme du quartier du Trocadéro. La vue sur Paris y était superbe, les pièces vastes, modernes, ensoleillées. Raymond, se réjouissait sa mère, semblait très amoureux, plus heureux que son pauvre Jean-Rémy toujours bousculé par sa femme. Le seul inconvénient était le père de Madeleine, un homme fat se vantant partout du mariage de sa fille et de l'excellente situation qu'il avait obtenue au sein des entreprises Fortier. Plus vite on l'expédierait hors de France, mieux chacun se porterait. Loin de l'influence de cet excentrique, Madeleine gagnerait ce qu'il fallait de sagesse pour ne pas heurter les gens du monde tout en gardant sa fantaisie qui déridait les plus guindés.

Seul dans son cabinet de toilette, Jean-Rémy, déjà en habit, nouait sa cravate. Du parc Monceau montait l'odeur sucrée des glycines, fondue à celle, plus âcre, de la poussière des allées tout juste arrosées par les jardiniers. Valentine tardait à se préparer et, une fois de plus, il s'inquiétait. Depuis quelque temps, sa femme avait changé. Elle avait cessé de l'interroger sur ses projets, n'évoquait plus le moment où, quand il serait devenu un poète reconnu, elle créerait chez eux un salon littéraire. Avait-elle renoncé à croire en lui ? Ce doute le blessait. Pourtant, depuis le jour d'hiver où elle l'avait rencontré chez sa tante, place des Etats-Unis, il était resté le même. En croyant aimer, s'aimait-on soi-même tout simplement ?

Pour reconquérir Valentine, il faudrait jouer la comédie et cette perspective le révoltait. Tout amoureux qu'il fût, sa femme ne le transformerait pas en fantoche. Sa carrière littéraire, il ne se faisait aucune illusion, n'avait pas d'avenir, mais il gardait son amour profond de la nature, du silence, son regard tendre et bienveillant sur le monde, l'aspiration de réussir sa vie et de rendre heureuse sa famille.

Lentement, ses doigts ajustèrent la cravate de soie blanche, rectifièrent le tombé du gilet. Au-dehors, l'allumeur de réverbères descendait le boulevard, laissant derrière lui une traînée de lumière. Pour ne pas décevoir ses parents, il avait accepté de participer au dîner du contrat mais le mariage de Raymond continuait à le préoccuper. De Madeleine se dégageait une volonté destructrice, une sorte de va-tout presque suicidaire. Lorsqu'il en touchait un mot à Valentine, elle haussait les épaules. Madeleine, égoïste ? Mais sans un peu d'égoïsme, les êtres seraient parfaitement ternes. « Rien n'est pire que l'ennui, persiflait-elle, sauf les ennuyeux. Ils font perdre tout son charme à la vie. »

Jean-Rémy enfila sa veste d'habit, chercha ses gants, son chapeau. Intelligente et bonne, Valentine pouvait aussi se montrer cruelle. « Comme toutes les filles, assuraient ses amis de lycée lorsqu'il avait quinze ans. Ou elles sont assommantes à périr, ou elles se divertissent à nuire. » Tous juraient de ne jamais se marier.

Le vestibule était désert. Jean-Rémy aperçut son reflet dans un des miroirs. « Voilà ce que je suis, pensa-t-il, un homme seul face à son image. »

— L'Italie et la Suisse, précisa Madeleine. Nous avons écarté la Turquie, notre premier choix, pour être trop chaude en juin.

Autour de la table de Maurice et d'Yvonne Fortier étaient rassemblés, outre les futurs mariés, le notaire, un homme osseux portant besicles, sa femme, qui disait du bien de tout le monde sur un ton laissant entendre qu'elle ne le pensait pas, le parrain de Raymond, architecte de talent qui avait permis aux entreprises Fortier d'édifier des immeubles harmonieux, un original que l'on soupçonnait d'aimer les garçons, Ferdinand Bertelin, rayonnant dans son habit de location, Jean-Rémy et Valentine. Le repas s'achevait. On avait servi une terrine de foie gras, des filets de turbotin à l'andalouse, des pigeonneaux rôtis, des asperges sauce mousseline. Les convives savouraient maintenant une charlotte aux fraises des bois et un sorbet au citron tandis que le maître d'hôtel emplissait les flûtes de champagne.

— Comptez-vous acheter une terre comme votre frère Jean-Rémy ? s'enquit le notaire. Dans nos temps incertains, c'est un sage placement.

— Jamais de la vie ! s'écria Madeleine. Je me vois mal en train de malmener des domestiques, servir des repas à de ternes voisins et périr d'ennui à faire le tour de mon parc. Nous voyagerons, Raymond et moi. Je veux découvrir l'Amérique, descendre jusqu'au Chili, traverser le Pacifique. Notre époque est délicieuse, je refuse de vivre comme ma grand-mère.

— Ta grand-mère paternelle vivait à Madagascar, ma chérie, et ta grand-mère maternelle à Hanoi, rectifia Ferdinand Bertelin.

Madeleine éclata de rire, un rire clair, contagieux.

— Voilà pourquoi je n'aurai pas de manoir en basse Bretagne ni de mas dans le Languedoc. Mon appartement parisien et le monde me suffisent. Quand on a de l'argent, pourquoi ne pas être libre ?

La jeune femme avait parlé avec une spontanéité qui empêchait toute indignation. « Si j'avais déclaré quelque chose de semblable, pensa Valentine, ma belle-mère m'aurait massacrée. » Parce qu'elle n'était pas une aristocrate, on pardonnait tout à Madeleine. Comme les Fortier, elle se hissait dans la société à la force du poignet, sans s'encombrer d'une désuète civilité ! Depuis quelques jours, le bébé bougeait, la forçant à tenir compte de sa présence. Valentine ne l'aimait ni ne le détestait, attendant la rencontre. Elle désirait un garçon qu'elle élèverait en Naudet, espérait même qu'il puisse ajouter ce nom à celui de son père.

— Vous avez raison, chère Madeleine, approuva l'architecte. Les biens matériels n'ont d'importance que pour ceux qui n'en ont pas. Attachez-vous à la beauté, à l'ivresse de la vie plutôt qu'à de vieilles pierres et quelques arpents de terre.

— Ce n'est pas mon avis, rétorqua Jean-Rémy. Lorsque le monde vous a bien tourné la tête, on est content de retrouver son lit, les murs de son jardin. Je suis très attaché à Brières. Il y a autant de fantaisie, de mystères et de merveilles à découvrir dans la Creuse que chez les Patagons. Ceux qui ont l'ambition de courir les chemins se contentent souvent de lire des encyclopédies dont ma bibliothèque est riche. Ce ne sont pas toujours les yeux qui perçoivent la réalité des choses. Je crois au pouvoir de l'imagination et du rêve.

— C'est que vous êtes poète ! s'exclama la femme du notaire. Ceux qui ont le don d'écrire vivent au fond de leur village parce que le monde est en eux.

— Mais je n'ai aucune envie de vivre dans un trou ! protesta Valentine. Les poètes, tout au contraire, doivent se frotter à la société, vibrer, éprouver de grandes joies et de terribles peines. Ce sont leurs émotions qui nourrissent leur art.

Dix heures sonnèrent à l'église Saint-Sulpice. Valentine se leva.

— Je suis lasse. Je vais rentrer, s'excusa-t-elle.

Elle avait envie de s'en aller pour repenser dans le silence de sa chambre à Peter Groves. Le lendemain, il l'attendrait au bord du bassin des Tuileries. Elle en était sûre.

— Qu'as-tu ? interrogea Madeleine qui avait accompagné son amie dans le cabinet de toilette d'Yvonne Fortier. Tu as la mine grincheuse d'une femme à qui un homme vient de poser un lapin.

Valentine hésita. Elle aimait Madeleine sans avoir en elle la moindre confiance.

— Peter Groves m'a demandé un rendez-vous. Je l'ai refusé.

— Et pourquoi donc ? Il est charmant.

Valentine ajusta son chapeau, faisant gonfler les mousseuses plumes d'autruche qui le paraient.

— Tu oublies que je suis enceinte et affreuse.

— C'est à lui de juger de tes charmes. Quant à la grossesse, je te jure qu'on ne voit rien.

— Avons-nous le moindre sens moral ? s'amusa Valentine. J'ai bien peur que mon pauvre beau-frère soit malheureux avec toi.

— Le bonheur est un produit volatil, ma chérie. Qui croit le tenir le voit s'envoler. Je veux profiter de la vie que Raymond peut m'offrir. Au jour le jour. Au coup par coup.

— Ce n'est pas ainsi que l'on jouit d'une existence. Je veux vivre de belles choses qui dureront longtemps.

— Quelle grande âme ! se moqua Madeleine. Mais tes paroles sont si différentes de tes actes que je te crois frappée d'amnésie. A moins que tu n'aies besoin d'elles comme d'un vin de champagne pour donner des bulles à la banalité.

Sur le bassin des Tuileries, des enfants promenaient des bateaux dont le vent léger de juin poussait les voiles bariolées. L'air indifférent, des bonnes les surveillaient. Quelques mères causaient.

Arrivée avant trois heures, Valentine observait ces femmes paisibles, s'attardait sur les nourrices portant leurs bonnets aux longs rubans et qui poussaient des landaus anglais. Elle aurait dû s'attendrir, se pencher sur les petits draps bordés de dentelle mais son esprit était ailleurs. Son tort, elle le savait, était de vouloir puis de ne vouloir plus ou de refuser ce qu'elle désirait le plus. Si elle cessait de s'accrocher à une prétendue liberté, peut-être pourrait-elle enfin jouir du bonheur. Madeleine avait raison. Il ne se présentait pas toujours deux fois. Un homme au loin pressait le pas et elle s'immobilisa. C'était un homme mûr, un employé, qui, surpris de l'attention que cette jolie femme lui portait, souleva son chapeau. Valentine baissa les yeux. Le vent chargé de l'odeur des feuilles des marronniers lui fit penser à Brières. Que faisait-elle aux Tuileries un jour de juin à guetter un homme comme une cousette alors qu'elle pourrait lire dans son salon bleu, les fenêtres ouvertes sur le parc ? « Il faut que j'apprenne à accepter la simplicité du bonheur », pensa-t-elle. Mais quoiqu'elle se sentît fébrile et irritable, il lui semblait que l'intensité du moment qu'elle vivait la comblait davantage.

Il était trois heures passées. Un jeune homme roux assis à deux pas la regardait avec insistance. Elle reprit sa marche, descendit l'allée puis remonta vers le bassin. D'autres enfants s'y étaient rassemblés, des fillettes avec leurs cerceaux, des bambins accroupis dans la poussière. « Encore cinq minutes », pensa Valentine. Pour tromper le temps, elle joua à se donner des paris. « Le troisième passant sera Peter », ou : « Quand ce bébé se sera éloigné avec sa bonne, je le verrai descendre de la Concorde. » Elle crut l'apercevoir et fit un pas en avant. Mais c'était encore une silhouette inconnue qui contournait le bassin. Il ne viendrait pas. Peter Groves n'avait pas eu l'esprit de la comprendre.

Rue de Rivoli, un fiacre passait. Elle se fit ramener chez elle et s'enferma dans sa chambre. Allongée sur sa chaise longue, elle s'efforçait de retrouver son calme, de surmonter sa déception, quand la bonne frappa à la porte.

— Ce sont des fleurs, Madame, et un billet pour vous.

Valentine avait l'impression d'étouffer. Elle ouvrit la fenêtre.

> A l'instant, je pars pour Calais puis l'Angleterre. J'ai été bien fat de croire que vous viendriez à notre rendez-vous. La faute n'en incombe qu'à moi. Nos erreurs sont la cause de bien des échecs en amour. En juillet, je m'embarque pour les Indes où je séjournerai jusqu'à la fin de l'année mais je garde l'espoir que vous ne m'oublierez pas tout à fait.
>
> Peter Groves.

Il avait noté une adresse à Londres, une autre à Calcutta.

Valentine replia la lettre, s'assit devant son secrétaire, s'empara d'une feuille de papier.

> Les rendez-vous manqués ne sont que des mauvais tours du destin, les heureux hasards, des cadeaux. Je serai absente, moi aussi, jusqu'au printemps prochain. Gardons une chance de nous retrouver alors. Les cadeaux procurent beaucoup de joie à qui les espère.

10

Ronde maintenant, Valentine partait seule chaque jour après le déjeuner faire une longue promenade dans le parc. Bien qu'elle fût vite essoufflée, ce moment de solitude lui était nécessaire. Souvent, elle longeait la rive du Bassin des Dames.

Une multitude de bêtes y vivaient, dissimulées dans les herbes, enfouies dans la vase ou tapies dans les profondeurs de l'eau. Immobile, les mains dans son manchon de martre, Valentine essayait de les surprendre. La surface du lac exhalait une brume légère. « Le souffle des Dames », s'amusait la jeune femme. Parfois, lorsque le soleil jetait des reflets rouges en tombant vers la ligne d'horizon, elle avait l'impression qu'un brasier s'allumait. Avec la solitude, la curiosité d'en savoir plus sur les légendes du domaine s'emparait d'elle. Bernadette avait accouché en septembre d'une petite Solange. Comme elle avait beaucoup de lait, elle avait proposé de nourrir l'enfant des Fortier. Valentine avait accepté. Un jour prochain, elle l'interrogerait sur les Dames. D'où venaient ces histoires ? Avaient-elles un rapport avec la mort du jeune comte de Morillon ? Elevée par un père qui admirait les philosophes du siècle des Lumières, Valentine ne croyait guère au merveilleux. A peine, sous l'influence de sa mère, gardait-elle une dévotion pour les saints, sans l'illusion toutefois qu'ils pussent intervenir dans sa vie. Mais au bord du Bassin des Dames, elle venait à douter. Une présence amie habitait l'étang, la protégeait. Lorsque le froid la gagnait avec la tombée de la nuit, elle revenait, tendant encore l'oreille. Tout était calme, elle n'entendait que le bruit de ses pas.

Dans le vestibule, elle ôtait son chapeau, sa pelisse. Un bon feu pétillant l'attendait dans l'âtre de son joli salon bleu. Bernadette avait préparé du thé. Jean-Rémy fumait sa pipe. Pourtant, plus elle s'efforçait de participer à ce bonheur simple, moins elle y parvenait.

— J'ai reçu une lettre de Raymond, annonça Jean-Rémy un soir de décembre. Madeleine et lui sont rentrés de Londres et semblent enchantés de leur vie. Les travaux du métro se poursuivent à Paris, on parle de mettre en chantier une troisième ligne et nos entreprises sont en bonne position pour y participer. Raymond a commandé une Panhard pour sa femme qui s'est mis dans la tête de conduire elle-même. Madeleine donne un bal en l'honneur d'un ami anglais, un certain Peter Groves, retrouvé à Londres. Le connais-tu ?

— Vaguement.

— Nous imagines-tu au milieu de cette agitation ? C'est bon d'être ici au calme, soupira Jean-Rémy.

Il avait un peu grossi, se vêtait en campagnard et fumait du tabac brun. Valentine avait renoncé à contrôler la garde-robe de son mari et il en était satisfait. Brières le retenait de plus en plus. Il avait décidé de tenter la culture de plantes potagères oubliées et se procurait de vieux ouvrages à la bibliothèque de Guéret où il se rendait chaque semaine.

— Je vais faire quelques pas, décida Valentine.

— Il y a beaucoup de vent, n'attrape pas froid. A deux semaines de ton accouchement, ce serait désastreux.

— Suis-je en porcelaine ? s'agaça la jeune femme.

Elle devait réfléchir et le grand air lui ferait du bien. Un bal pour Peter Groves !

Aussitôt sur la terrasse, le vent l'enveloppa. Il soufflait en longues rafales coupantes. La jeune femme serra autour d'elle sa cape doublée de petit-gris, savourant sa chaleur. Autour de son chapeau, elle avait noué une écharpe de laine. Chaque pas dans la grande allée l'obligeait à faire un effort. Vite, elle bifurqua dans le sentier menant à l'étang. Mais celui-ci, d'habitude protecteur, lui semblait aujourd'hui sinistre, presque hostile. Elle avait l'impression de se trouver dans un pays étrange dont elle aurait franchi clandestinement les frontières. L'angoisse lui coupa la respiration. Elle se sentait seule, perdue. Les troncs noirs des arbres ressemblaient aux gardiens de la mort. « Madeleine me trahit, pensa Valentine. Elle connaît mon attachement pour Peter, je ne lui ai rien caché du rendez-vous manqué, des fleurs, de nos lettres, et elle abuse de notre amitié. » Parée d'une de ces robes molles et douces, un peu orientales, qu'elle prisait et que sa fortune récente lui permettait de faire exécuter par les meilleurs couturiers, son amie allait être éblouissante. Si elle voulait Peter, elle l'aurait. Rien ne lui résistait. Et elle, au fond de Brières, lourde comme une barrique, ne pouvait rien tenter pour se défendre ! De rage, elle ramassa un caillou et le projeta aussi fort qu'elle le pouvait dans l'étang. « Je hais les femmes, cria-t-elle, ce sont des sorcières ! »

Le vent se mit à rugir. C'était une tempête maintenant qui se déchaînait, cassant les branchettes des arbres, couchant les herbes aquatiques, soulevant des vaguelettes qui semblaient monter du cœur du Bassin des Dames. A peine Valentine pouvait-elle tenir debout. Des yeux, elle chercha un refuge et aperçut la gloriette. Quoiqu'elle fût ouverte aux quatre vents, si elle se tassait sur le sol, elle jouirait d'une certaine protection.

Courbée en deux, elle progressait. Son ventre la faisait souffrir. Le bébé allait-il venir au monde là, dans les herbes ourlant la rive du Bassin des Dames ?

Lorsqu'elle atteignit la gloriette, Valentine se sentit épuisée. Le vent avait arraché son chapeau, dispersé les mèches de son chignon. Elle se laissa choir. « Si Peter tient sa promesse, il m'attendra », essaya-t-elle de se convaincre. L'éloignement, l'impossibilité de le rejoindre avaient exagéré son attachement. Elle voyait maintenant le jeune Anglais comme un amour possible, un homme capable de lui offrir, même s'il n'était pas son compagnon au grand jour, les choses délicates, poétiques et fortes qu'elle attendait. Que Madeleine le lui vole était insupportable.

Les yeux ouverts, glacée par la pluie qui entrait par bourrasques, Valentine sentit la douleur croître au bas de son ventre, s'emparer de ses cuisses, de son dos. L'enfant allait naître et si quelqu'un ne les découvrait pas dans ce pavillon, tous deux pouvaient mourir. La paix s'empara d'elle. Le bal de Madeleine n'avait plus aucune importance, elle pouvait même imaginer sa belle-sœur au bras de Peter sans éprouver de peine. Elle le prendrait puis le renverrait. Elles étaient semblables, toutes deux, des êtres égoïstes qui reprochaient aux hommes le mal qu'elles leur faisaient.

Une douleur fulgurante transperça Valentine. L'obscurité était totale. On entendait le rugissement du vent, le grincement menaçant des branches. Par intermittence, lorsqu'une bourrasque plus forte déchirait les nuages, une lune presque rouge jetait des lueurs ardentes sur la surface de l'étang. « Je dois résister, résolut Valentine. Le moment est venu de prouver que les femmes survivent à tout. » Elle demeura de longues minutes ramassée sur elle-même. La douleur avait cessé. Soudain, la jeune femme sursauta. Une bête s'approchait de la gloriette. Un loup ? Il n'y en avait plus dans la Creuse depuis longtemps. Un renard plutôt, qui avait creusé sa tanière sous le léger édifice. Valentine retint sa respiration. « Un loup », se persuada-t-elle. Terrifiée, elle regardait approcher cette grande silhouette grise sans pouvoir esquisser un geste, ni même crier.

Le dos rond, la tête basse, la bête pénétra dans la gloriette. Comme heureuse de découvrir Valentine, sa queue fouettait l'air. « Un grand chien, s'étonna la jeune femme. D'où vient-il ? » Sans doute errait-il dans les bois lorsque la tempête s'était levée, lui aussi cherchait un refuge. « Viens », murmura-t-elle. La bête approcha, se lova contre elle, posa son museau sur ses genoux.

Deux lanternes trouaient l'obscurité du sentier. On l'appelait. Valentine se redressa. L'animal avait disparu.

— Je te jure qu'il y avait un grand chien. J'ai même eu peur que ce soit un loup.

Bernadette bassinait le lit, gonflait les oreillers.

— Je vous crois, Madame.

— Alors, comment expliques-tu qu'il se soit évaporé lorsque j'ai entendu Jean-Rémy et Emile ?

— On dit que ce loup accompagne les femmes en danger et pleure celles qui meurent de mort violente. Mais ce sont de vieilles histoires. Au village, personne ne l'a jamais vu ni entendu. Le père Marcoux affirme pourtant qu'il a hurlé toute la nuit avant qu'on arrête le comte de Morillon. La comtesse a pu se cacher et fuir.

Valentine porta les deux mains à sa bouche. La douleur revenait, plus forte encore que dans la gloriette.

— Vous allez avoir votre bébé, Madame, déclara Bernadette. La sage-femme va arriver. Si les choses se compliquent, le docteur Lanvin sera là.

— Où est Monsieur ?

— Il donne des ordres à la cuisine.

Jean-Rémy entra sur la pointe des pieds. A la moindre complication, il était prêt à partir lui-même chercher le docteur et à le ramener dans son automobile.

— Tout va bien se passer, assura-t-il.

Ne sachant quoi faire d'autre, il posa un baiser sur le front de sa femme.

— Marie-Thérèse Le Bossu est en bas, murmura-t-il en quittant la pièce. Elle prépare de l'eau chaude et des serviettes. C'est une femme compétente.

Chez les Le Bossu, les hommes enterraient les morts, les femmes mettaient les enfants au monde. Les dévots les évitaient, parce qu'ils étaient les tenanciers du seul débit de vin du village.

La lampe à pétrole éclairait le lit, les draps brodés et le visage de Valentine que la douleur contractait. La cuisinière montait des torchons, des serviettes que l'on posa devant l'âtre.

— Reste, Bernadette, supplia Valentine. Je ne veux pas être seule avec Marie-Thérèse Le Bossu. Elle me fait peur.

La douleur se faisait plus intense.

Il était près de trois heures du matin. Des contractions de plus en plus rapprochées torturaient la jeune femme. Pourquoi lui fallait-il subir cet enfer depuis près de huit heures ? Et Marie-Thérèse Le Bossu qui restait plantée là, à la regarder, au lieu de la débarrasser de cet enfant !

Soudain un ruissellement inonda les draps, sa chemise de nuit, le peignoir de fin lainage.

— Ce sont les eaux, se réjouit la sage-femme. Les choses vont aller plus vite maintenant. A l'aube, vous devriez avoir votre enfant entre les bras. Seulement, il faudra être courageuse, les grandes douleurs de l'expulsion vont commencer.

Valentine haletait, chaque effort la déchirait. Le visage en sueur, elle se raidissait, refusant de crier.

— Que Madame se laisse aller, conseilla Bernadette. En mettant au monde ma petite Solange, j'ai hurlé comme une ânesse et ça m'a soulagée.

Jean-Rémy alluma une troisième cigarette. Il avait beau tendre l'oreille, pas un bruit ne venait du premier étage. Et si Valentine s'était évanouie ? Il devait passer une pelisse et partir sans attendre chercher le docteur. Il sonna.

— Emile, prépare l'automobile. Nous partons chercher Lanvin.

— Les routes doivent être coupées par la tempête ! s'exclama le domestique. Que Monsieur se tranquillise. Avec la Marie-Thérèse, Madame est entre de bonnes mains.

— Sans doute as-tu raison, soupira Jean-Rémy.

Il était sept heures du matin et la nuit était encore noire quand Valentine, dans un dernier effort, s'arc-bouta.

— C'est une fille ! déclara Marie-Thérèse Le Bossu. On va pouvoir faire chauffer du café bien fort. J'en ai besoin. Et tant que tu y seras, Bernadette, fais-moi rissoler une omelette aux lardons.

La sage-femme enveloppa le bébé dans une serviette chaude, le tendit à sa mère qui, les yeux clos, la tête enfoncée dans les oreillers, semblait indifférente.

Enfin Valentine se redressa, tendit les bras, reçut l'enfant.

— Comme elle est laide ! murmura-t-elle.

Aussi vite qu'il le pouvait, Jean-Rémy grimpa les escaliers, poussa la porte de la chambre, se précipita vers l'enfant.

— Notre petite Renée est superbe ! se réjouit-il. Tout le portrait de ma grand-mère Fortier.

Et il se pencha sur Valentine pour l'embrasser à nouveau sur le front.

Le vent était tombé. A l'horizon, le soleil se levait dans un rougeoiement de brasier.

11

— Eh bien, pars en Inde si tu le désires, s'énerva Madeleine. Suis-je responsable de toi ?

Après trois mois de liaison, Peter, avec ses bons conseils et son souci de respectabilité, lui portait sur les nerfs. Et elle s'en voulait d'avoir pris aussi vite un amant alors que son mari lui convenait encore. Son irritabilité la faisait trop boire et elle s'était même remise aux cigarettes opiacées, ce qui avait pour effet de la déprimer tout à fait.

— On est responsable de ceux qu'on aime.

Valentine avait annoncé son retour à Paris pour la fin du mois de mars. Après les scènes avec Peter, Madeleine se sentait incapable d'affronter celles de sa meilleure amie. Le départ de son amant pour le bout du monde serait une aubaine qu'elle ne pouvait laisser échapper. Sa voix se fit câline.

— Pense à toi et à tes affaires, nous nous reverrons à ton retour.

Madeleine ajusta son chapeau, boutonna le joli manteau de chez Doucet qu'elle venait d'acquérir.

— Tu n'as pas de cœur, reprocha Peter.

— Je t'ai pourtant consacré le meilleur de mon temps ces trois derniers mois. D'ailleurs, tu n'en as pas non plus. Je te croyais amoureux de Valentine Fortier et tu l'as oubliée en un instant.

Peter Groves ne trouva aucune réponse. Il était allé au bal de Madeleine dans l'espoir de retrouver Valentine, mais était devenu l'amant de sa belle-sœur dès le lendemain. Il avait payé son erreur.

— L'amour doit finir par de la bonne humeur, décréta Madeleine. Je croyais que les hommes détestaient les scènes et ce sont eux en général qui les provoquent. Ne pouvez-vous penser à des choses heureuses ?

— Tu me vouvoies maintenant ?

— Oui, puisque nous restons des amis et que seuls les amis d'enfance se tutoient. Si je te disais tu à un dîner mondain, imagine la tête des convives ! Sous des dehors cyniques, les Parisiens sont conformistes.

— Et sous une mine charmante, Madeleine Fortier est un monstre de cruauté.

Des moineaux piaillaient dans le grand marronnier de l'impasse où Peter avait un appartement.

— Ne vous remplissez pas l'esprit, mon cher, de tas de niaiseries comme l'amour éternel et la méchanceté des femmes. Séparons-nous quand même amis.

Madeleine tendit une main que Peter ne prit pas.

Ne trouvant aucun fiacre, la jeune femme décida de revenir à pied rue Raynouard. Elle était en retard une fois de plus, et Raymond le lui reprocherait. A peine aurait-elle le temps de se changer pour se rendre au théâtre. Mais la première d'une pièce d'Anatole France ne se boudait pas. En route, elle aurait le temps de toucher un mot de ses projets à son mari. Plus que sa rupture avec Peter, son intention de seconder Raymond dans une branche de l'entreprise Fortier occupait ses pensées. D'ailleurs, toutes ces histoires d'amour la déprimaient. On espérait une passion éternelle qui se révélait être un simple caprice, et tout était à recommencer. A vingt-cinq ans, elle était lasse de se dépenser dans le but d'entretenir des illusions. Pour s'épanouir, elle avait besoin d'autre chose. Lorsque l'idée de travailler avec Raymond lui était venue à l'esprit, elle s'était aussitôt enthousiasmée. Son beau-père était trop conservateur. Elle avait lu maints articles dans la presse sur la réussite époustouflante d'hommes d'affaires américains qui avaient su élargir leur champ d'action. Les Fortier devaient marcher sur ces traces, prendre des décisions hardies, aller de l'avant. En associant Valentine à ses projets, elle se réconcilierait avec son amie et l'aiderait à tourner le dos à ses utopies.

Son manteau sur le bras, Raymond piétinait dans le petit salon, l'air maussade.

— Tu as vu l'heure ?

— J'ai pris du retard en faisant des courses et n'ai pas trouvé de fiacre. Si tu m'avais fait livrer mon automobile, je ne traînerais pas dans les rues.

— Ta Panhard arrivera le mois prochain. Je n'ai pas le pouvoir de hâter les ouvriers, n'est-ce pas ?

Sa femme, qui l'avait tant attiré au temps où il la courtisait, l'impatientait de plus en plus. Rien ne semblait pouvoir la satisfaire.

— Je vais me changer, décréta Madeleine, j'en ai pour un instant.

Raymond la suivit des yeux. Que pouvait-elle faire tous ces après-midi hors de chez elle ? Encore des courses ? Mais il ne voyait guère arriver de paquets. D'ailleurs, courir de boutique en boutique n'était pas son genre. Celui de Valentine, peut-être... Il ne songeait que rarement à sa belle-sœur terrée à Brières depuis huit mois. Elle lui laissait le souvenir doux-amer d'une femme délicieuse et obstinée qui voulait aimer plus qu'être aimée, décider des règles du jeu. C'était par ailleurs cette opiniâtreté qui l'avait séduit. Ne pouvant se résoudre à la rupture, les femmes qu'il avait connues cherchaient à ajouter des chapitres à un livre depuis longtemps terminé. Mais plus elles voulaient le retenir, mieux il se détachait d'elles.

Raymond avança jusqu'à la fenêtre. Sous ses yeux, la ville brillait de mille feux. Après s'être moqué de Jean-Rémy, aujourd'hui il lui enviait son bonheur paisible, la petite Renée, l'indifférence qu'il manifestait à l'égard des remous sociaux, intellectuels et affectifs. Alors que Colette, Gide bravaient les conventions morales, son frère se complaisait à écrire odes, romans épiques ou sonnets et quand les femmes commençaient à investir à la Bourse, pilotaient des automobiles, il rêvait d'une épouse brodant au coin de la cheminée. Mais un jour Valentine soufflerait sur les braises et il se consumerait.

— Je suis prête ! s'écria joyeusement Madeleine. Partons vite, j'ai à te parler en chemin.

— Des terrains sur la Côte d'Azur ? Voilà qui me semble très spéculatif, jeta Maurice Fortier. De quoi se mêle ta femme ?

Vaste et meublé à la mode du second Empire, le bureau donnait sur l'église Saint-Sulpice. Fortier, en acquérant l'hôtel, avait fait ajouter une aile où il avait installé ses employés.

— L'idée n'est pas sotte, insista Raymond. On parle d'une ligne de train rapide joignant Paris, Lyon et Marseille. Moins de dix-neuf heures de voyage dans des conditions de grand confort. Les gens aisés se détourneront de Deauville l'hiver pour goûter jusque tard dans le printemps le climat méditerranéen.

— Ces gens-là ne feront pas construire de villas. Ils préféreront les palaces.

— Je ne le pense pas. Si nous pouvons proposer de jolies maisons à des prix raisonnables, le bénéfice me semble certain.

— Ma foi..., murmura Maurice Fortier.

L'Europe était agitée de soubresauts qui agissaient sur la Bourse. Diversifier les affaires devenait primordial. Et les méthodes de construction étaient en pleine révolution, à Paris, où l'on édifiait les ossatures en béton armé. C'était un défi supplémentaire pour les maîtres d'œuvre traditionnels.

— Je conviens qu'il faut agir avec prudence, ajouta Raymond. Mais Madeleine a de l'originalité, du flair, du courage. Je la crois capable de nous obtenir des terrains de premier choix à des prix qui sembleront dérisoires dans quelques années.

— Ta maman et moi avons une certaine admiration pour ta femme, convint Maurice Fortier. Elle est faite d'un autre bois que Valentine.

— Valentine est très bien, interrompit Raymond. Que ferait Jean-Rémy d'une femme d'affaires ?

— Et qu'a-t-il à faire d'une aristocrate ruinée qui nous prend de haut et le trompe probablement comme la comtesse de Naudet bafoue son mari tout en allant à la messe chaque matin ?

— Valentine a des ambitions pour Jean-Rémy, une grande générosité. Elle aime la poésie, la peinture, la musique, toutes choses que nous, Fortier, ne goûtons guère. Ne la jugeons pas.

Maurice Fortier esquissa un geste vague.

— Il ne faudra pas payer ces terrains en espèces, c'est trop risqué. Obtenons un emprunt de nos banques. Soyons discrets aussi. Si le projet de chemin de fer aboutit, nous aurons des rivaux.

— Qui arriveront trop tard ! se réjouit Raymond.

Depuis que sa femme lui avait révélé ses intentions de spéculer sur des terrains le long de la côte méditerranéenne, il éprouvait envers elle un regain d'amour. Madeleine était devenue une Fortier à part entière et, tous ensemble, ils allaient donner à leur entreprise une nouvelle dimension. Un moment, il l'avait soupçonnée. Ses absences, ses rentrées tardives, sa consommation exagérée de madère ou de porto laissaient présager une conduite déréglée. S'il avait eu des certitudes, il l'aurait jetée dehors, mais elle gardait envers lui une attitude affectueuse, ne se refusait jamais.

Aujourd'hui, il était apaisé. Plus qu'aux passions adultères, Madeleine songeait à l'argent, et sa nouvelle fonction allait l'occuper tout entière.

— Laissez à Madeleine une certaine liberté, papa, continua Raymond. Elle se propose de partir la semaine prochaine pour Nice et se réjouit d'avoir les mains libres.

Les malles de Valentine avaient été expédiées la veille et la rejoindraient à Paris. Elle n'avait plus qu'à empaqueter ses effets personnels puis faire ses adieux à Jean-Rémy et à la petite Renée, confiée à Bernadette.

Huit mois passés à Brières, la naissance de son enfant avaient permis à la jeune femme de réfléchir. Sa route s'orientait très différemment de ce qu'elle avait projeté. Jean-Rémy n'écrirait plus, sinon des contes destinés à Renée qu'il idolâtrait et n'avait pas besoin d'elle, tout du moins dans le sens qui correspondait à ses propres désirs. Elle ne serait pas une égérie, ne réunirait jamais autour d'elle un cercle d'artistes, ne pourrait même prétendre être l'épouse d'un homme de lettres. En fait, elle était mariée à un campagnard, la mère d'une fillette qui était le portrait craché de l'aïeule Fortier : de grosses attaches, une bouille ronde, des yeux un peu saillants, une forte bouche. Bernadette s'y était attachée et promenait dans ses bras les deux poupons, Solange toute fine et sa grosse Renée. L'enfant, qui devait sentir les réserves de sa mère, pleurait quand elle voulait la prendre dans ses bras. Mais avec Jean-Rémy, qui lui murmurait des mots d'amour, la caressait, couvrait ses mains de petits baisers, elle roucoulait et tentait ses premiers sourires.

« Il me reste l'art de vivre, avait conclu Valentine, celui de réaliser des aspirations nouvelles. » Elle travaillerait le piano, se remettrait à l'aquarelle, constituerait avec l'argent Fortier un fonds d'aide aux artistes dans le besoin, s'attacherait à créer un prix littéraire destiné à récompenser un jeune écrivain mal reconnu. Michaux-Chenard l'aiderait. Elle se réjouissait de retrouver son vieil ami, un peu moins Madeleine dont elle avait peu de nouvelles depuis ses amours avec Peter Groves. Jean-Rémy avait écrit à ses parents pour annoncer le retour à Paris de sa femme et sa décision de rester à Brières avec Renée. Sans doute Madeleine avait-elle été prévenue.

La veille de son départ, Valentine décida d'aller faire ses adieux à l'abbé Marcoux. Elle voulait aussi lui poser quelques questions. L'hallucination qu'elle avait eue quelques heures avant son accouchement la troublait encore. Ce grand chien que personne n'avait vu était-il un signe, un avertissement ? Bernadette, la seule à l'avoir crue, montrait une telle répugnance à l'évoquer qu'elle avait renoncé à l'interroger. Le curé lui disait d'autant plus volontiers ce qu'il savait qu'il adorait parler de ces légendes et les avait réunies dans ce qu'il appelait son « carnet de curiosités ».

Valentine passa la grille marquant l'entrée de son domaine et marcha vers le village. Un soleil printanier éclairait les champs ceints de haies, le mince ruisseau qui courait à travers les pâturages, le clocher de l'église avec son coq et le trou sombre où se profilait la cloche de bronze. Elle passa une première ferme, longea les maisons construites le long de la route, avec leurs courettes encombrées de fumier, les étroits jardins potagers. La face au soleil, Tabourdeau, le clochard, cuvait son vin sur un talus.

Le presbytère était accolé à l'église et au cimetière. Un peu plus loin commençait la grand-rue avec ses modestes commerces : un épicier, une rempailleuse, un bourrelier faisant office de maréchal-ferrant et de cordonnier, le débit de boissons des Le Bossu qui dégageait d'aigres relents de vinasse. Enfin, tout au bout de la rue, comme voulant s'en tenir à l'écart, se dressaient la coquette maison des Dentu en face de l'étude, le pavillon du premier clerc et celui du pharmacien qui vendait aussi des herbes et quelques colifichets, l'école fréquentée en hiver et au début du printemps seulement par les galopins du village. Paul Dentu venait d'entrer au collège à Limoges. La vie du garçonnet était tracée au cordeau : titulaire du baccalauréat, il irait étudier le droit à Paris et reviendrait seconder son père à l'étude avant de lui succéder. « S'il a des états d'âme, pensa Valentine, il n'aura nul droit de les exprimer. »

Sous les tuiles du presbytère, des moineaux se battaient en piaillant. Un chien aboya. Berthe, la bonne, une vieille femme de Guéret souffrant d'une luxation de la hanche, entrouvrit la porte.

— Monsieur le curé vous attend, déclara-t-elle d'une voix chevrotante.

Valentine regarda autour d'elle. Il était difficile d'imaginer que, le lendemain, ce bonheur paisible ferait partie d'un autre monde. Au-dessus de la table recouverte d'un jeté de coton écru, de grosses mouches réveillées par la clémence du temps bourdonnaient. Deux fauteuils recouverts de velours élimé encadraient la cheminée.

— Madame Fortier !

Le père Marcoux avançait vers Valentine, la main tendue, le sourire aux lèvres.

— Il paraît que vous allez nous quitter ! Germaine Dentu ne s'en console pas. D'abord son petit Paul, ensuite vous, tout le monde abandonne notre belle Creuse, et juste avant le printemps !

— Mes beaux-parents, mes propres parents

vieillissent ; ils ont besoin de leur famille. Mais je reviendrai passer l'été avec vous.

Le curé n'osa faire remarquer que les grands-parents seraient bien aises de connaître leur première petite-fille, une enfant superbe, solide, une vraie petite Creusoise.

— Paris a des attraits avec lesquels nous ne pouvons rivaliser, se contenta-t-il de dire. Asseyez-vous et prenons un verre de liqueur de noyau.

Valentine acheva sa liqueur. Le père Marcoux et elle avaient évoqué les curiosités du département, les sites archéologiques préchrétiens, les traces des derniers Templiers.

— Vous êtes décidément très au fait des légendes de ce pays, n'est-ce pas ? J'aimerais connaître celles concernant Brières.

— Je pensais qu'elles vous faisaient peur.

— C'est vrai, avoua Valentine. Mais avec le temps, le besoin de savoir finit par s'imposer. Il me semble qu'être la Dame de Brières me rend tout particulièrement sensible à ces légendes.

Le curé toussota. La charmante Valentine Fortier n'était pas du tout prête à être confrontée à la violence de ces vieilles histoires. Il faudrait lui livrer le charme, la poésie, le mystère et lui cacher le reste. A quoi bon l'effrayer ? Effarouchée, elle pouvait s'éloigner pour toujours de Brières, revendre le domaine. Ses ouailles ne le lui pardonneraient pas. Valentine avait tout le temps de revivre le passé.

— Prise dans la tempête alors que je me promenais dans le parc la veille de mon accouchement, raconta Valentine, je me suis réfugiée dans le pavillon que mon mari a fait édifier près de l'étang. J'étais affolée, glacée, quand un grand chien est venu près de moi. Il ressemblait à un loup, mais était très doux, avec des yeux dorés, presque humains dans leur expression. Quand Emile Genche est arrivé avec mon mari, la bête avait disparu.

Valentine, qui contemplait le fond de son verre, ne remarqua pas la lueur d'intérêt dans le regard de son interlocuteur.

— Ainsi, vous avez, vous aussi, succombé au charme du loup. Je parie que Bernadette Genche vous en avait parlé avant que vous le rencontriez, intervint l'abbé, d'une voix amusée mais amicale.

— Oui, avoua Valentine.

— On finit souvent par voir apparaître ce qui hante trop l'imagination. Combien de mes paroissiennes ne m'ont-elles pas affirmé s'être trouvées en face de la Sainte Vierge après avoir lu la vie de Bernadette Soubirous ! Les Genche sont superstitieux et la vieille Désirée a nourri l'imagination de ses enfants de ses histoires fantastiques. L'histoire de ce loup qui, soi-disant, apparaît aux femmes en danger et hurle quand elles meurent, vous a frappée plus peut-être que vous ne l'auriez voulu.

— Je l'ai vu, affirma Valentine. Mais sans doute avez-vous raison. J'étais nerveuse, triste, et les femmes enceintes ont des caprices bizarres.

Le prêtre regardait la jeune femme. Brières décidément était un endroit captivant. La déception de ne pouvoir poursuivre ses recherches en deçà du quinzième siècle le désespérait chaque jour davantage. Mais un jour peut-être la chance le servirait-elle.

— Et le Bassin des Dames, interrogea Valentine, est-il bien le domaine des fées ?

— Les fées élisaient domicile dans toutes sortes d'endroits. Pourquoi pas chez vous ? Sont-elles des voisines gênantes ?

— Il y a eu la noyade inexpliquée du fils des Morillon.

— Ce jeune homme était un grand chasseur. Il a dû suivre la piste d'un gibier et se sera trop approché de l'eau. Chaque année, on compte, hélas, plusieurs noyades dans le département. Les fées n'y sont pas pour grand-chose.

L'abbé Marcoux s'en voulait de prononcer des demi-vérités. Si Valentine avait aimé la Creuse au point de décider de s'y installer tout à fait, peut-être aurait-il parlé avec franchise. Mais le lendemain elle serait à Paris, l'esprit ailleurs, prête à rire à ses dépens avec ses élégantes amies. Pour entrer dans les légendes, il fallait plus que de simples questions, il fallait investir son esprit et son cœur. « Elle a vu le loup, cependant, pensa le curé. Comme c'est étrange. »

— Je vous dois une explication, ajouta-t-il. Les Dames de Brières semblent protégées par les Dames du Bassin. Pourquoi ? Je n'ai pu remonter assez loin dans le temps pour trouver la réponse à cette question. Et il y a autre chose. Avant que le comte de Morillon ne fasse construire le château, on dit qu'une première demeure avait brûlé au treizième siècle. Votre écurie serait construite sur ses fondations. L'endroit n'était alors qu'un lieu-dit, les Bruyères. Le nom de Brières, une altération du patois creusois, n'est devenu celui d'un bourg qu'après la Révolution.

— C'est passionnant, murmura Valentine. Un peu effrayant aussi. Mais si je dois passer de longs moments à Brières, je vous aiderai dans vos recherches. Peut-être alors n'aurai-je plus peur de moi-même et serai-je prête à rentrer dans votre merveilleux.

— Il faut être très jeune, très vieux ou innocent, mon enfant. Etant prêtre, je ne crains pas les symboles. Ils sont la figure d'une réalité plus haute. C'est ainsi que j'entends la Vierge Marie, nos saints, nos saintes... et les fées.

— Vous êtes un peu hérétique, mon père !

— Une femme comme vous peut me comprendre. Nous reparlerons à votre prochain séjour, n'est-ce pas ?

Valentine se leva. Derrière le presbytère, des poules caquetaient. Des relents de clapier passaient à travers les étroites fenêtres.

— Bon voyage, mon enfant, souhaita le prêtre, et revenez-nous vite. Brières a besoin de sa Dame pour vivre.

Avec retard, le train entra en gare de Lyon et s'immobilisa le long d'un quai. En hâte, Valentine baissa la fenêtre et héla un porteur. Julien devait patienter depuis une heure déjà. En dépit des longs moments d'attente dans des gares provinciales, Valentine n'avait pas vu le temps passer. Les adieux à Jean-Rémy, le dernier baiser à la petite Renée lui laissaient une impression de malaise, un vague remords. « Dès juin, avait-elle promis, je serai de retour pour un long été. » Pourquoi se tourmenter ainsi ? Le temps passerait vite.

Sur les quais, on se bousculait. Des enfants attendaient leurs parents, des femmes leurs maris. Valentine regarda avec étonnement leurs petits chapeaux parés d'aigrettes, la ligne fluide des robes, les jolies vestes cintrées, presque masculines. En huit mois, la mode avait changé et, dans son long manteau de crêpe et son chapeau piqué de roses, elle se sentait provinciale.

Une Madeleine resplendissante agitait la main sur le quai.

— Quel bonheur de te revoir, ma chérie ! Je suis venue avec Julien. Il nous attend devant la gare.

Les deux femmes s'embrassèrent.

— Oublions nos enfantillages et aimons-nous

encore, exigea Madeleine. J'ai des tas de projets ; ma vie, nos vies vont changer du tout au tout.

Elles remontèrent le quai bras dessus, bras dessous, suivies du porteur.

Paris frappa Valentine comme un rayon de soleil. Les marronniers étaient en fleur, les passants flânaient entre les jolies voitures attelées et les petites automobiles qui filaient dans les pétarades de leurs moteurs. Des garçons de café, l'air gouailleur, installaient des tables en terrasse. Un ramoneur vantait ses services tandis que deux vitriers portant leur lourde charge sur le dos se faufilaient entre les fiacres.

— C'est bon d'être de retour, murmura Valentine.

— Je t'accompagne boulevard de Courcelles. Si tu veux, nous prendrons le thé ensemble. Puis il nous faudra filer chez nos chers beaux-parents qui nous attendent pour dîner.

Valentine éclata de rire. La vie reprenait son cours, gommant ses huit mois d'absence, la naissance de son enfant, sa séparation d'avec Jean-Rémy.

— Quelles nouvelles ? interrogea-t-elle.

— Des milliers. Mais en un mot, nous allons toi et moi nous lancer dans les affaires. Raymond va bien. Papa est à Beyrouth pour étudier le développement d'un quartier résidentiel en association avec la Compagnie générale maritime. Le pauvre Michaux-Chenard est au plus mal. Nous déjeunons chez lui demain.

Conduite par Julien, la Panhard descendit la rue de Rivoli. Dans les allées du jardin des Tuileries, des promeneurs allaient à petits pas sous un ciel clair semé de légers nuages. Des bonnes accompagnaient des groupes d'enfants portant des cerceaux ou des toupies.

— A propos, déclara Madeleine, parle-moi de ta

fille. Il paraît qu'elle est le portrait de grand-maman Fortier.

— Madame Valentine ! s'exclama Simon, le vieux valet de chambre. Nous sommes bien aises de vous revoir. Entrez vite, Monsieur et Madame vous attendent au salon.

La jeune femme était un peu ahurie. Après le long voyage, une discussion sans fin avec Madeleine, allongée sur le lit conjugal en fumant des cigarettes à l'eucalyptus, et deux verres de champagne, sa vie d'antan la reprenait comme si rien ne s'était passé.

La famille s'était regroupée auprès du piano. La jeune femme aperçut d'abord Raymond, puis ses beaux-parents, enfin, un peu en retrait, ses propres parents qui lui souriaient. Raymond n'osa pas l'embrasser et lui baisa la main. Il arborait une moustache plus fine qui mettait en valeur les contours ourlés de ses lèvres.

— L'air de Brières vous va à ravir, la complimenta-t-il. Jamais vous n'avez été aussi ensorceleuse.

Elle se dégagea, alla embrasser ses parents, ses beaux-parents. Yvonne se forçait à sourire mais Madeleine sentait sa belle-mère tendue. Qu'avait-elle encore sur le cœur ?

On parla des projets de Madeleine auxquels le comte de Naudet semblait fort s'intéresser, voyant dans la spéculation sur les terrains de la Riviera une façon de se renflouer.

— Il faut que tu en sois, murmura-t-il à sa fille. On peut gagner gros.

Maurice Fortier restait sur la réserve. Il fallait voir. Il avait reçu le matin une lettre d'un marchand de biens, Sebastiani, qui indiquait quelques hectares facilement négociables dans l'arrière-pays de

Saint-Raphaël — un accès facile à la côte et une vue superbe.

— Les estivants restent entre Nice et Cannes, nota le comte de Naudet. Ne vaudrait-il pas mieux prospecter dans la région de Grasse ?

— Il n'y a plus d'affaires dans ce coin, rétorqua Raymond. Les paysans vendent à prix d'or.

Le bourgogne servi avec le gigot mettait le feu aux joues de Valentine. Que faisait Jean-Rémy en ce moment ? Il avait dîné certainement et lisait au coin du feu. A moins qu'il ne soit dans la chambre de Renée pour la regarder s'endormir.

— Valentine va m'accompagner, se réjouit Madeleine. Dans quelques jours, nous prendrons le train pour Marseille. Sebastiani nous servira de chauffeur et de guide.

— Valentine ne doit-elle pas regagner Brières ? s'étonna Yvonne Fortier. Son mari et son bébé l'y attendent.

— Je compte rester à Paris jusqu'à l'été, ma mère.

Le silence qui s'établit autour de la table était total. La bonne qui servait des pommes rissolées, elle aussi, s'était figée.

— Voulez-vous suggérer que vous ne les verrez pas pendant trois mois ?

— J'écris tous les jours à Jean-Rémy. D'ailleurs, c'est lui qui a choisi de rester à Brières.

— Une femme reste avec sa famille, mon enfant.

— Vous avez bien expédié votre fils dans la Creuse durant une année, ma mère. Personne ne vous l'a reproché. Jean-Rémy pourtant n'avait que treize ans.

La comtesse de Naudet toussota. Il fallait changer au plus vite de conversation. Les lèvres pincées d'Yvonne Fortier, son regard sévère ne laissaient rien présager de bon.

— Chacun mène sa vie du mieux qu'il peut,

n'est-ce pas ? remarqua-t-elle d'un ton qu'elle se forçait de rendre léger. Valentine adore sa famille, mais a toujours été très indépendante. Même enfant...

— Que voulez-vous dire, madame ? Que votre fille a raison d'abandonner un bébé de trois mois, un mari épousé voici seulement deux ans, interrompit Yvonne Fortier, et de se montrer assez impudente pour m'accuser d'être une mère dénaturée ?

D'un mouvement emporté, Valentine se leva. Elle ne voulait pas rester davantage et allait rentrer chez elle. Après le bonheur d'avoir retrouvé Paris, l'euphorie de ses projets avec Madeleine, la scène de sa belle-mère la faisait retomber dans la petitesse, les contraintes, les mélodrames familiaux. Batailler sans cesse pour préserver sa part de liberté était-il une fatalité ? Elle n'était pas née pour être l'écho parfait de sa mère ou de sa belle-mère. Elle voulait s'épanouir, ne pas étouffer constamment ses rêves. Quand elle serait vieille et décrépite, au moins ne regretterait-elle pas d'avoir vécu sa vie.

— Reste, Valentine ! implora Madeleine.

« Elle est la seule qui ait du courage, pensa Valentine. Par peur de ma belle-mère, les autres restent la bouche close et le nez dans leur assiette. » Mais la fatigue de la journée pesait de tout son poids et elle craignait de perdre son contrôle. Elle devait rentrer chez elle, dormir, oublier.

— J'ai besoin de repos, insista-t-elle. Et, pour être franche, je crois que vous serez mieux entre vous. S'il est aisé de juger, il est moins facile d'accepter ses propres lacunes. A ce que je sache, il n'y a de saints ni chez les Fortier, ni chez les Naudet. Bonsoir.

— Tu les as bien mouchés, complimenta Madeleine. Après ton départ, ils étaient doux comme des agneaux. Belle-maman Fortier a même semblé préoccupée. Elle a renoncé à nous assommer avec ses œuvres de charité. La pauvre se sentait en porte-à-faux !

Valentine s'était réveillée pleine de confiance. La bonne avait arrangé dans la salle à manger un bouquet de fleurs envoyé par son beau-père. Raymond avait écrit un billet où il la tutoyait gentiment : « Tu étais hier la Valentine que j'admire et que j'aime, la Dame de Brières. Ne change jamais. »

A midi, Madeleine sonnait à sa porte pour l'emmener dans sa nouvelle automobile chez Albert Michaux-Chenard. La vie reprenait. Elle avait écrit à Jean-Rémy, demandé des photos du bébé. Un soleil radieux inondait sa chambre, le joli bureau en bois de rose où elle faisait sa correspondance.

Le teint du vieil académicien avait pris une transparence de porcelaine et Valentine eut du mal à dissimuler sa surprise.

— Je dois être très malade, annonça-t-il avec gaieté, car ma femme arrive du Lot-et-Garonne, soi-disant pour se commander des chapeaux. Pauvre Louise ! Depuis trente ans, elle ne voit que sa sœur et le curé. Mais oublions cela. Se prendre au sérieux est un grand péché. Et si je ne peux plus faire de folies moi-même, j'aime encore écouter celles de mes belles amies.

— Je n'ai guère eu l'occasion d'en faire depuis ma descente du train ! plaisanta Valentine.

— Vous avez eu la sagesse de laisser tranquille ce pauvre Jean-Rémy qui s'essoufflait à vous suivre. Un ménage fonctionne mieux sans promiscuité, croyez-moi.

— Ce n'est pas l'avis de ma belle-mère.

— Ecouteriez-vous l'avis des autres, mon enfant ?

— Le vôtre, certainement.

— Alors, je vous dirai une fois encore : ma petite Valentine, vivez en harmonie avec vous-même, ne cherchez pas à correspondre à ce qu'autrui attend de vous. Les vues morales de madame votre belle-mère, pour respectables qu'elles sont, ne vous concernent pas forcément.

Le vieil homme acheva son verre de porto. Dans le jardin de l'hôtel, une floraison de jonquilles et de narcisses entourait les forsythias qui flamboyaient au soleil d'avril.

— J'ai demandé qu'on nous serve sur une table volante, déclara Michaux-Chenard. J'aurais du mal à me traîner jusqu'à la salle à manger.

Madeleine s'était lancée à nouveau dans la description de ses projets méditerranéens, exposant ses ambitions : découvrir un endroit charmant qui pourrait rivaliser avec Cannes et Monte-Carlo, y acheter des terrains pour y construire des maisons de style mauresque. Etant née au Tonkin, elle gardait la nostalgie d'un certain exotisme et avait la certitude que les riches Parisiens ou les Anglais désœuvrés le priseraient aussi. On planterait des palmiers, des bougainvilliers, des cédrats et des orangers, on décorerait les patios de céramiques portugaises. Ce serait délicieux.

— Il y a Tanger, taquina Michaux-Chenard. Pourquoi copier ce qui existe déjà ?

— Parce que beaucoup de gens répugnent à traverser la mer. Ils seront ravis de ne plus risquer une tempête dans le détroit de Gibraltar, trouvant de semblables attraits au pied de l'Estérel.

— Votre idée m'amuse, avoua le vieil homme, mais je n'ai jamais été attiré par la spéculation. Voilà pourquoi je jouis toujours d'une certaine fortune, quand nombre de mes amis se sont ruinés à la Bourse. Méfiez-vous de tout le monde. C'est mon conseil.

Jean, le valet de chambre, aussi chenu que son maître, servait le café. Avec nostalgie, Valentine contemplait le petit salon de son ami, les boiseries de bois blond, les rideaux de taffetas orange que le soleil et les années avaient fanés, les délicieuses figurines de porcelaine, la pendule qui sonnait des heures maintenant comptées. Quelque temps encore et l'hôtel serait vendu, les collections dispersées. Comme le loup de Brières, les Dames du Bassin et les passions éternelles, tout était mirage.

— Je dois partir, annonça soudain Madeleine. Raymond m'attend. Nous allons chez son banquier.

Valentine allait la suivre quand son hôte la retint par la main.

— Restez, voulez-vous ? Je serais heureux de profiter encore un peu de votre présence.

Quatre heures avaient sonné à la pendule. Longuement Michaux-Chenard avait évoqué sa mort prochaine. Il n'en avait pas peur, mais désirait partir avec élégance, sans souffrances excessives ni déchéance physique.

— Je suis d'une époque, avait-il plaisanté, où la beauté avait plus d'importance que le génie. Rien de plus laid qu'un vieillard, fût-il académicien, se débattant contre la mort.

— Etes-vous croyant ?

— Pas assez pour affirmer que j'ai la foi, assez pour espérer. Mais si Dieu existe, Il ne me punira pas trop. J'ai toujours été tolérant et indulgent envers toutes les bizarreries humaines.

— Brières est plein de croyances irrationnelles, avait confié Valentine. Elles me fascinent et m'inquiètent.

— Les mondes irréels sont notre part de beaux

rêves ou de cauchemars. Ils sont le refuge de nos élans comme de nos méchancetés et traduisent le désir fou des hommes d'échapper à la médiocrité. Que l'on se donne au diable ou au bon Dieu, l'intention est toujours d'être débarrassé de soi-même.

— Je vais vous laisser reposer, avait murmuré Valentine aux quatre coups de la pendule. Nous nous reverrons bientôt.

Elle avait embrassé son ami sur le front et prenait son étole de renard quand elle l'avait entendu prononcer d'une voix claire et gaie, presque enfantine : « Seule l'expérience compte, Valentine. N'ayez pas peur de faire des folies. Notre monde moderne est beaucoup trop terre à terre. On pense à s'enrichir, à voyager, à s'établir, on oublie que les folies sont les seules choses que l'on ne regrette jamais. »

12

Jean-Rémy tira un siège sur la terrasse et extirpa de sa poche la lettre de Valentine reçue au courrier de l'après-midi. Il voulait lire ses missives sans contrainte et attendait généralement le calme moment des fins d'après-midi, quand Renée dormait et que les domestiques étaient chez eux. Au loin, au fond de la grande allée, Jean-Rémy apercevait la silhouette de la statue de Diane chasseresse qu'on venait de relever et qui, amputée d'un bras, tendait un arc sans flèche. Aperçu brièvement entre les troncs, le Bassin des Dames reflétait les lueurs pourpres du coucher de soleil. « Jamais je ne pourrais me réhabituer à vivre à Paris », pensa Jean-Rémy. Il étira ses jambes, huma les senteurs de foin coupé. Sa tendresse pour Brières ne faisait que grandir. Il donnerait au domaine le meilleur de lui-même, comme à une femme aimée. La sienne lui reviendrait-elle ? Il n'en voulait pas à Valentine, elle avait en elle un enthousiasme, une inlassable curiosité qui lui rendaient les mondanités indispensables.

Il déplia la lettre. Elle dégageait un léger parfum.

> Mon chéri,
>
> Ce soir je rentre de Marseille où nous avons passé une très agréable semaine. Tu n'ignores pas que notre belle-sœur, mandatée par l'entreprise Fortier, cherche des terrains à bâtir sur la Côte d'Azur. Elle s'est emballée pour des arpents de vignes au pied de l'Estérel autour de La Croix-Valmer, un village inconnu. L'intermédiaire choisi par notre beau-père nous a fort aimablement escortées et conseillées. Les prix sont plus chers que nous le pensions mais tu connais Madeleine, elle est décidée à arriver à ses fins coûte que coûte. Elle est restée là-bas pour quelques jours encore.
>
> Je serai demain à l'inauguration du musée Victor-Hugo, place des Vosges. Je sais que tu m'aurais accompagnée avec joie et tu me manqueras. Je pense aussi beaucoup à Renée. Dis bien à Bernadette de ne pas la gaver et envoie-moi une photographie. Trois semaines encore et nous serons réunis ! Tu imagines ma joie. Porte-toi bien et reçois les baisers de ta Valentine.

« Tout est si simple finalement, se dit Jean Rémy. Pourquoi compliquer les choses ? Quant à Renée, son jeune âge la rend indifférente aux absences de sa mère et Bernadette l'aime comme sa fille. » Un poupon dans chaque bras, la jeune servante chantait des rengaines populaires ou racontait des histoires fantastiques, celle de l'amant devenu loup qui hurlait quand on tourmentait une femme, celle du diable guettant les petites filles pour en faire ses servantes, d'autres encore parlant de méchantes fées, d'hommes changés en bêtes qui sautaient sur les villageois. Sans comprendre un mot, les petites l'écoutaient, les yeux ronds. « Tu vas dérégler leur imagination », grondait Jean-Rémy.

Son potager, la chasse, des visites aux Dentu, au curé et au vétérinaire, avec lequel il parlait de chiens et de chevaux, occupaient le plus clair de son temps. Renée s'emparait du reste. « Je répondrai ce soir à Valentine, décida-t-il. Sans doute sera-t-elle contente d'apprendre que notre taureau concourra aux comices agricoles, que les colverts sont revenus sur l'étang et elle se réjouira de savoir que Renée a fait ses premières dents. »

Valentine ne décolérait pas. Jamais elle ne pardonnerait à Madeleine. Son impudence dépassait les bornes. En dépit de ses jolies toilettes, de ses airs gracieux, elle restait ce qu'elle était, une aventurière. Rien ne l'intéressait, hormis l'argent, le plaisir, le je-m'en-fichisme. A peine arrivée à Marseille, elle avait embobiné Sebastiani, un homme vulgaire et fat. Elle pensait certainement pouvoir mieux l'abuser après être passée par son lit. Mais c'était Sebastiani qui l'avait roulée. Avec dégoût, Valentine chassait de ses pensées les soirées passées avec son amie à boire et à fumer, son rire strident, son attitude insolente lorsqu'elle tentait de la raisonner. Raymond ? Mais il était au bout du monde et ne saurait rien, sauf si quelqu'un de sa connaissance avait la méchanceté de lui parler. D'ailleurs, clamait-elle après quatre coupes de champagne, elle en avait assez de jouer la bourgeoise. Et sa vie conjugale était d'un terne à faire peur ! Raymond, qui un temps l'avait amusée, ne la faisait plus rire du tout. Il était aux ordres de son père et ne pensait qu'à ses affaires. En vérité, elle avait bien besoin de vacances. « Et puis, précisait-elle, je joins l'utile à l'agréable car je vais acheter ces terrains. Ils sont superbes. »

Les terrains étaient beaux, certes, mais sans aucune commodité. Pas d'égouts, un accès difficile. Et le village voisin de Saint-Tropez, quoique charmant, n'offrait aucun divertissement ; les estivants y mouraient d'ennui. Un moment décidée à mettre en garde ses beaux-parents, Valentine y avait finalement renoncé. Le souvenir de la dureté d'Yvonne Fortier à son égard la cinglait encore. Quelle importance s'ils perdaient de l'argent ! Madeleine, qu'ils chérissaient, était en train de les abuser et c'était très bien. Jean-Rémy et elle possédaient Brières, le revenu d'un capital déjà en leur possession qui les mettait à l'abri du besoin. Que le bateau Fortier prenne l'eau, eux ne sombreraient pas. Avec ses tenues langoureuses et provocantes, ses regards hardis, Madeleine inévitablement attirait les hommes. Et ses perfidies pleines d'aplomb éclipsaient ses rivales. Après lui avoir volé Peter Groves, son amie systématiquement courtisait les quelques hommes à qui elle montrait de l'intérêt. C'était insupportable. Dès que Madeleine serait revenue à Paris, elles auraient une explication.

Valentine vida seule le carafon de vin de Tokay. Paris était moite. Du boulevard montait l'odeur âcre des gaz d'échappement des automobiles. Le bruit de leurs pétarades, des klaxons était étourdissant.

— Une lettre pour vous, Madame.

Lise, la bonne, tendait une enveloppe sur un plateau d'argent.

— Un porteur vient de la déposer.

Valentine reconnut l'écriture de Raymond. Dans sa mauvaise humeur présente, c'était une contrariété supplémentaire.

Je viens d'apprendre que tu es de retour à Paris. Dînons ensemble. Tu me parleras de Madeleine et de ses débuts en affaires. Je sonnerai à ta porte à huit heures.

Il était déjà sept heures trente, trop tard pour expédier une réponse. Elle devait faire contre mauvaise fortune bon cœur. « Mais d'abord, résolut-elle, je vais lui interdire toute familiarité. »

Raymond avait choisi un restaurant élégant, presque désert à cette époque où les Parisiens avaient gagné Deauville ou la campagne. Loin d'arborer son habituelle mine triomphante, il semblait préoccupé.

— Comment va-t-elle ? interrogea-t-il d'emblée.

« Elle s'amuse comme une folle, boit, fume et te trompe », pensa Valentine.

— Bien. N'avez-vous pas reçu de nouvelles ?

— Pas la moindre.

— Le courrier est long.

— Elle n'écrit jamais.

Valentine eut un léger sourire. Madeleine glissait sans cesse de petits billets à son nouvel amant. C'était à ses yeux un enfantillage ridicule. Sebastiani n'avait rien du soupirant romantique. Cette dinde ne comprenait-elle pas qu'il se fichait d'elle ?

— Nous étions très occupées.

Le maître d'hôtel servait des filets de canard aux pêches dans la lumière rose des petites lampes posées sur les tables. En dépit de l'atmosphère feutrée, du luxe du service de table, la jeune femme ne parvenait pas à chasser son embarras. Son beau-frère était malheureux. En lui mettant Madeleine entre les bras, peut-être était-ce ce qu'elle avait recherché, mais aujourd'hui elle le regrettait.

— Nous allons parler de nos affaires, décida Raymond. Mais auparavant je veux te poser une question. Réponds-moi avec franchise. Lorsque tu as organisé notre première rencontre, savais-tu que Madeleine buvait et fumait trop ?

— Que me racontez-vous là ! protesta-t-elle. Je

ne connaissais pas Madeleine depuis assez longtemps pour entrer dans son intimité. Vous n'ignorez pas que nous avons fait connaissance chez Michaux-Chenard. Elle m'a attirée, amusée. Nous sommes devenues des compagnes allant ensemble prendre le thé ou voir des expositions, faire des courses. Comment aurais-je pu me douter ? Mais vous avez raison. Durant ce voyage sur la Côte, j'ai constaté qu'elle prenait vin et liqueurs avec excès et abusait de ces cigarettes orientales dont nul ne connaît la composition. Quand je l'ai mise en garde, elle m'a remise vertement à ma place.

Raymond jouait avec son couteau. Dans l'assiette, la sauce aux pêches se figeait.

— A-t-elle des ennuis ?

Valentine hésitait. Si avouer la vérité à son beau-frère était hors de question, défendre Madeleine l'était tout autant. Son amie n'avait cessé de la trahir.

— Sous des dehors primesautiers, Madeleine est une âme tourmentée. Elle vous aime, mais a besoin de liberté. Son enfance ne fut pas aussi heureuse que le tableau qu'elle aime à en brosser. Très seule, élevée par une domestique tonkinoise, elle n'a jamais obéi au moindre code de bonne conduite.

— Ce qui veut dire ?

La voix de Raymond était devenue dure.

— Elle s'aime avant tout. Tant mieux si on l'accepte et tant pis si on la critique, elle s'en moque.

— Elle me rend malheureux et, cependant, je ne peux m'en détacher, avoua Raymond. Madeleine envoûte ses proches. Regarde maman. Si rigide et pétrie de conventions, elle lui pardonne tout.

— Parce qu'elle se fiche des autres et que les autres le comprennent bien. Les ayant mis en état d'infériorité, elle domine aisément.

— Et moi ?

— Elle vous aime, je crois, si toutefois Madeleine peut aimer. Vous lui offrez une vie qu'elle apprécie et dont elle n'est pas prête à se détourner.

« Assez, pensa Valentine, je ne dois pas aller plus loin. A Raymond de faire le point tout seul. »

— Ce que tu dis est pénible à entendre, murmura-t-il.

D'un geste spontané, la jeune femme posa sa main sur celle de son beau-frère. Parler de Madeleine la mettait mal à l'aise, comme si le portrait qu'elle esquissait de son amie accusait ses propres ombres. Mais une différence considérable les distinguait. Elle pouvait aimer avec passion, se donner corps et âme. Madeleine, elle, en était incapable.

— Elle va revenir et vous vous retrouverez.

— Notre famille ne semble guère retenir les femmes, constata Raymond. Tu es séparée de Jean-Rémy, n'est-ce pas ?

— Si vous insinuez que nous sommes brouillés, c'est tout à fait faux ! s'insurgea la jeune femme. Jean-Rémy et moi avons des intérêts différents, c'est vrai, mais sommes toujours unis par des rapports affectifs, familiaux. Que demander de plus au mariage ?

— De s'aimer peut-être et de se soutenir.

— C'est toi, Raymond, qui me dis cela ? Où sont ton insouciance, ton cynisme d'antan ?

Le feu de la conversation avait poussé Valentine à tutoyer son beau-frère. A peine s'en aperçut-elle.

— Certains sujets ne peuvent se prendre à la légère. Comme Madeleine tu as toujours voulu esquiver ce qui te gênait ou te contrariait. Vous vous ressemblez beaucoup, toutes les deux.

— Voilà qui est méchant pour moi !

Valentine regretta ses paroles.

— Ainsi, tu méprises Madeleine ?

Le maître d'hôtel regardait d'un air désolé les larges assiettes où refroidissait le canard.

— Monsieur et Madame n'apprécient pas « notre spécialité » ?

Raymond eut un geste d'agacement.

— Nous n'avons pas très faim. Apportez les desserts et du champagne.

— J'estime seulement que nous ne nous ressemblons guère.

— Pourtant vous avez tenté d'aimer des Fortier avant de les rejeter.

Raymond scandait ses mots, ne détachant pas son regard de Valentine.

— Nous voici en plein mélodrame ! (Valentine éclata de rire.) Je ne te reconnais plus. Parlons plutôt de notre voyage et des hectares de vignes que Madeleine est en train de t'acheter. J'ignore si l'argent des Fortier accomplira le miracle de transformer ces lambrusques en Eden, mais personnellement je n'y investirais pas un louis.

— Sebastiani l'empêchera de signer. Mon père et moi avons toute confiance en lui.

— Qui est-il au juste ?

Le champagne la ragaillardissait. Les choses étaient plutôt amusantes, finalement, et mieux valait prendre le parti d'en rire.

— Un Italien installé depuis des années à Cannes où il s'est spécialisé dans l'achat et la vente de terrains. Nous sommes entrés en relation quand les entreprises Fortier se sont tournées vers l'hôtellerie. C'est un homme compétent, ambitieux, mais honnête. Futé aussi. Il trouverait de l'or sous des pierres ou des lentisques. Qu'une ligne de chemin de fer soit en simple projet au ministère, et il achète, construit des routes et des égouts. J'ai vu ce qu'il a réalisé à Antibes. D'une forêt de pins et d'oliviers, il a fait une ligne de somptueuses résidences tournées vers la mer.

— Il m'a semblé un peu prétentieux. Sa huit chevaux Renault, ses costumes anglais, l'importance des pourboires qu'il distribue m'ont agacée.

— Laisse donc à chacun ses hochets. C'est un type très fort. S'il pousse Madeleine à signer, c'est qu'il flaire quelque chose, s'il l'en empêche, les terrains ne valent rien.

— Pourquoi alors n'achèterait-il pas pour son propre compte ?

— Sebastiani ne cherche que des gains rapides. N'ayant pas nos assises, ses objectifs sont autres.

— Sans doute as-tu raison, consentit Valentine, mais je l'ai trouvé antipathique.

— Dans les affaires, les gars sont rarement de ton monde, se moqua Raymond. Il y a peu de comtes ou de marquis et beaucoup de gens qui ont démarré avec trois fois rien et beaucoup d'audace, comme mon grand-père Fortier.

Raymond avait commandé un flacon de cognac, ses mains tremblaient un peu.

— C'est pour cette raison que j'ai épousé Madeleine. Une Bertelin pouvait être fière de devenir une Fortier, une Naudet, seulement s'y résigner. Sans doute me suis-je trompé. Les femmes croient aimer alors qu'elles n'ont que des caprices et, comme des nigauds, les hommes finissent toujours par souffrir.

— Ne fais pas l'entêtée. Il faut que nous parlions.

Madeleine avait forcé la porte d'entrée de son amie, repoussant Lise qui prétendait la lui interdire.

Dans sa chambre, Valentine s'était adossée à la fenêtre. N'ayant aucune échappatoire, elle devait faire face à l'ennemie.

Madeleine portait encore son costume de voyage, un chapeau de paille d'Italie retenu par une écharpe de soie d'un jaune très doux contrastant avec l'or roux de sa chevelure.

— Je déteste être traquée, siffla Valentine.

— Contrôle un peu ton imagination, mon chou. Tu n'es pas traquée et je suis ton amie. J'ai besoin de toi.

— Pour rompre avec Sebastiani ?

— Pour me soutenir en face de Raymond. Il m'a reçue fraîchement tout à l'heure et je me fais du souci. J'espère que tu n'as parlé de rien.

— Ne sois pas vulgaire.

Madeleine inspira profondément, ôta son chapeau, ses gants. Valentine avait le chic pour l'humilier, mais elle se fichait de ses mines de grande dame.

— Puis-je m'asseoir ?

Valentine désigna un fauteuil. Si Madeleine pensait encore lui jouer le grand air de l'amitié, elle y resterait sourde.

— Je passe un moment difficile, avoua Madeleine. Raymond croit que je l'ai trompé et veut faire chambre à part.

— Il changera bien d'avis un jour. Je te fais confiance !

— Je ne peux pas attendre, je suis enceinte.

Madeleine avait parlé dans un souffle. Son aplomb s'était évaporé.

La nouvelle surprit tant Valentine qu'elle garda un moment le silence.

— Il faut que tu parles à Raymond, poursuivit Madeleine... Dis-lui que je suis désespérée, que je l'adore et qu'il est stupide d'être jaloux.

— Je ne pourrai jamais.

— Ecoute, mon chou, tu me rends service et je te rendrai service à l'occasion. C'est cela l'amitié, n'est-ce pas ? Pense aussi aux Fortier, à ton mari, à ta fille. Qu'ont-ils à gagner d'un scandale ? N'oublie pas, en outre, que tu étais avec moi quand la chose est arrivée. On t'accusera aussitôt d'avoir favorisé mon adultère, d'être une complice. Et qui sait si Jean-Rémy n'en éprouverait pas du dégoût ?

— Tu me menaces ?

— Je mets les choses au point. Cent fois, nous avons évoqué ensemble le ridicule de ceux qui briguent l'universel respect, les gens accrochés à leur réputation.

— N'est-ce pas à la tienne que tu penses ?

— Je m'en moque. Mais si belle-maman Fortier sermonne Raymond, il demandera le divorce et elle s'arrangera pour qu'il me coupe les vivres. Je ne veux pas le laisser faire.

— Va-t'en !

— Vraiment ? Réfléchis bien. Parce que si tu refuses de m'aider, j'avouerai avoir été la maîtresse de Sebastiani, mais en même temps je révélerai que tu as été celle de Raymond. Nous sommes dans le même bateau, toi et moi. Je coule, tu coules. Vu ? D'accord, je suis une arriviste et me bats bec et ongles pour garder ce que j'ai, alors que tu t'imagines être un ange, une bienfaitrice universelle. De nous deux, c'est toi la plus monstrueuse, mon chou. Réfléchis bien. Demain, je t'attends à déjeuner et je m'arrangerai pour te laisser en tête à tête avec notre cher Raymond. Bonne soirée.

13

Nonchalamment, Valentine se dirigea vers l'extrémité de la terrasse pour accueillir Renée qui revenait du potager avec Solange et Bernadette. Dans un mois, son enfant fêterait son premier anniversaire et il semblait à la jeune femme qu'un siècle s'était écoulé depuis l'insupportable scène avec Madeleine. Ravalant son orgueil, elle avait dû convaincre Raymond que sa femme n'aimait que lui. Elle lui avait confié en secret, durant leur voyage sur la Côte, qu'elle était enceinte de trois semaines. Si elle avait tardé à rentrer, c'était qu'elle était fatiguée, nerveuse, et avait besoin de repos. Raymond l'avait crue. Le couple s'était réconcilié.

Comme une punition du ciel, Valentine avait peu après enterré Albert Michaux-Chenard et son propre père. Au terme d'un séjour à Brières, sa mère lui avait annoncé qu'elle se remariait avec un vieil « ami » et s'installerait en Normandie. A leur tour, ses beaux-parents étaient venus faire la connaissance de Renée. Yvonne Fortier s'était adoucie. Elle avait découvert la Creuse avec curiosité, adoré sa petite-fille qui lui rendait son affection. Maurice avait retrouvé de lointains cousins. La vieille propriété bruissait d'animation. On entrait, sortait, organisait pique-niques et jeux de croquet. Valentine s'en réjouissait, finalement. Elle qui avait rêvé d'un cénacle d'artistes se retrouvait avec de braves gens, heureux dans leur cercle familial. On n'y parlait ni d'art ni de littérature mais de recettes de cuisine, de comices agricoles, de pêche à la ligne et des misères d'un département que les ministres semblaient avoir oublié. Renée avait des mains larges comme des battoirs, un rire sonore, une admirable disposition à la bonne humeur. La jeune femme tentait de lui marquer un peu d'affection, mais bientôt la rendait à Bernadette.

Jean-Rémy chassait, pêchait et s'était mis en tête de construire un tennis. On avait sélectionné un terrain près du verger, abattu quelques arbres, fait venir un technicien de Guéret pour drainer les eaux. A la fin de l'été, les travaux étaient achevés. Le filet avait été livré de Limoges ainsi qu'une caisse de raquettes et des balles. Maurice Fortier, qui prétendait avoir été fameux à ce sport, durant sa jeunesse, avait inauguré le terrain, face à Valentine. Rassemblés de chaque côté du filet, les vieux cousins, les domestiques avaient applaudi à tout rompre. La jupe relevée, nu-tête, les joues en feu, la jeune femme avait finalement remporté la partie. On avait bu du vin de pêche et dîné sur la terrasse.

A l'automne, quoique Brières eût retrouvé son calme, Valentine ne parla plus de départ. « Après Noël, sans doute, quand la saison parisienne battra son plein », projetait-elle. Mais la perspective de retrouver Madeleine, d'être là pour l'accouchement, de devoir partager la joie de Raymond l'agaçait. Elle s'était remise au piano, à l'aquarelle, accompagnait parfois Jean-Rémy à la chasse, se promenant longuement sur les rives du Bassin des Dames. Jeune mariée, elle avait acquis Brières comme un refuge d'amour et y avait trompé Jean-Rémy. Renée y avait été conçue, mais elle ne parvenait pas à aimer son enfant. Tout autant que maîtresse absolue du château, elle en était otage. De cet aveu de faiblesse, elle tirait paradoxalement une force extrême. Brières mettait l'âme à nu.

Dès que Renée aperçut sa mère, elle se serra contre sa nourrice. Elle portait un tablier maculé de taches, un bonnet d'où s'échappaient quelques mèches brunes et raides.

— Lavez cette enfant avant de l'amener au salon, exigea Valentine. Elle ressemble à une souillon.

Dans l'allée, Jean-Rémy se hâtait, son fusil sur l'épaule. Le crépuscule de fin d'automne poussait des nuages gris. « Papa ! » s'écria la fillette. Elle lui tendit les bras. Un sourire radieux illuminait sa frimousse ronde.

« La vie conjugale est une habitude à prendre, songea Valentine en se mettant au lit, je finirai bien par m'y faire. »

Conviés pour tirer les Rois, le ménage Dentu et leur fils Paul en vacances de Noël, le curé et le docteur Lanvin avaient pris congé tardivement. La pluie tombait, détrempant les chemins, le beau terrain de tennis qui ressemblait à une mare de boue, les pâturages où piétinaient les vaches, les bois exhalant une forte odeur de décomposition végétale.

En dépit du calorifère, la grande maison restait froide, humide. Avec lassitude Valentine éteignit sa lampe et se blottit sous les couvertures. Elle resterait chez elle le lendemain, et le lendemain encore. Que devenait Madeleine à Paris ?

« Pourquoi suis-je ici ? pensa Valentine. Quelle force m'y retient ? » Un rayon de lune se faufilait par l'interstice des rideaux de perse. Quoique les fenêtres fussent fermées, un souffle passa qui coucha la flamme de la lampe. La jeune femme se redressa. La présence qu'elle sentait n'était pas inquiétante. Etait-elle amie ? Et en l'acceptant, se faisait-elle complice des fantômes de Brières ?

— Cela suffit ! s'emporta Raymond. Veux-tu mettre au monde un infirme ?

Madeleine, qui essayait de dissimuler un flacon de cognac derrière le coussin d'un fauteuil, eut un rire agressif.

— M'espionnerais-tu ? Je ne te conseille pas de te faire le champion de la morale. Sais-tu que je connais quelques-uns de tes petits secrets ?

Comme toujours dans l'adversité, Madeleine avait pris le parti d'attaquer. C'est vrai, elle buvait trop, s'était remise aux cigarettes opiacées, mais la monotonie de sa vie conjugale en était la cause. Les projets de voyages, d'aventures et leur résolution de vivre une existence marginale et enchantée étaient restés lettre morte. Elle recevait à dîner d'assommantes personnes, déjeunait immanquablement deux fois par semaine place Saint-Sulpice, devait se rendre en compagnie de sa belle-mère à des ventes de charité et des conférences sur l'Italie romantique. Elle étouffait. Et maintenant on parlait de nurserie à aménager, de nourrice à embaucher, de layette à acheter ! Le mariage était un piège dans lequel elle était tombée la tête la première. Mais avait-elle eu le choix ? La société mettait au ban les femmes divorcées, méprisait les vieilles filles, ignorait le plus souvent les veuves. En dépit de ses hardiesses et d'attitudes qu'elle voulait provocantes, elle avait fini par céder et payait aujourd'hui cette lâcheté. Quel avenir l'attendait ? Elle avait pris des amants, Groves, Sebastiani, un peintre rencontré à une exposition, avait tenté de se lancer dans les affaires sans y réussir. Hormis une parcelle de moins de deux hectares, les terrains de La Croix-Valmer étaient inconstructibles. Sebastiani, qui avait réussi à les lui faire acquérir pour un prix exorbitant, avait reçu en cadeau du vendeur quelques hectares superbement placés à Menton.

— Prends garde ! menaça Raymond. Jamais je ne me suis laissé intimider.

— Si je bois trop, à qui la faute ? Comme tous les Fortier, tu es à mourir d'ennui !

— Te trouves-tu amusante, ma chérie ? Tes défis, tes attitudes excitantes ne passionnent personne. Encore un peu de temps et tu vas devenir vraiment folle.

— Tu couleras avec moi.

— Au petit jeu de la mauvaise réputation, les femmes ne sont jamais vainqueurs, mon trésor. Si scandale il y a, il retombera sur toi seule. Je prendrai mon enfant et t'interdirai de le voir.

Madeleine éclata de rire. L'enfant du minable Sebastiani hériterait de l'empire Fortier avec Renée, la fille du lamentable Jean-Rémy. L'arrière-grand-père Honoré se retournerait dans sa tombe ! Ce pauvre Raymond était ridicule. Mais elle préféra se taire. Rien ne servait de scier une branche encore assez solide pour la soutenir.

Aussitôt seul, Raymond ouvrit le flacon et but à même la bouteille une longue gorgée. Madeleine gâchait sa vie, et il n'avait autour de lui personne à qui se confier. Seule Valentine aurait pu l'aider, mais elle se terrait à Brières. C'était si peu elle ! L'alcool lui fit du bien. Raymond alla à la fenêtre, écarta le rideau. Paris s'étalait devant lui avec ses vagues lueurs, les taches plus vives des places, les longues rangées de lumières accompagnant les avenues. Dans l'effervescence de ses activités, sa vie conjugale désastreuse l'ébranlait. Ses amis lui affirmaient que les excès de sa femme, ses sautes d'humeur étaient dus à la grossesse et qu'une fois l'enfant né, tout serait oublié. Il aurait voulu les croire. Mais il y avait en Madeleine une tentation d'autodestruction plus grave que de simples extravagances de femme enceinte, comme un désespoir profond. Il n'avait pas, cependant, fait preuve d'autorité, ni cherché à l'enfermer dans un carcan. Il l'avait aimée indépendante et frondeuse, aidée à s'affirmer dans la société parisienne comme dans le monde des affaires où elle avait voulu s'impliquer. Etait-ce sa faute si Sebastiani avait abusé de son manque d'expérience ? Les Fortier avaient cessé tout rapport avec le marchand de biens. L'acquisition de ces hectares de vignes invendables n'était d'ailleurs pas dramatique. Les Fortier en avaient même plaisanté. Après le marteau-piqueur, ils allaient donner dans la piquette ! Le mal de Madeleine était plus préoccupant. Il craignait une tare transmissible à son enfant qui hériterait de l'excentricité, de la folie, peut-être, des Bertelin.

Raymond s'approcha du foyer et resta un long moment devant les bûches qui s'y consumaient. Après la naissance, il persuaderait Madeleine d'aller voir un neurologue. Elle n'était ni méchante ni méprisable, parfois même il avait envie de la serrer dans ses bras. Il fallait la guérir.

Madeleine s'allongea sur son lit, les yeux fixés au plafond où dansaient les lueurs de la lampe. Tout ce qui l'entourait l'étouffait, jusqu'à l'affection de Raymond. Nul n'était à blâmer, hormis la fatalité qui poussait les femmes au mariage. Dans son trou de campagne, Valentine gâchait sa vie, et elle la sienne dans un milieu auquel, sottement, elle avait cru pouvoir s'intégrer. Il y avait le divorce, bien sûr. Mais une fois divorcée, elle devrait accepter de devenir une paria.

La jeune femme ferma les yeux. Elle était exténuée et devait dormir. Demain, elle redresserait la tête, bâtirait de nouveaux projets, contraindrait Raymond à enfin l'écouter. Il l'aimait pour ses lumières, elle se reconnaissait en ses ombres.

14

Pour la première fois depuis longtemps, Valentine éprouva du plaisir à se faire belle. Le printemps puis l'été s'étaient écoulés, amenant quelques parents, une amie de pension retrouvée par hasard à Limoges avec son mari député et leurs trois enfants, les inévitables Dentu, le père Marcoux, le docteur Lanvin rajeuni par son mariage avec une toute jeune fille. Ni Raymond ni Madeleine ne s'étaient montrés. Ils avaient cessé tout rapport. Son amie avait accouché en mars de Colette, puis était partie se reposer à Menton. Pour retrouver Sebastiani ? Valentine s'en moquait. Durant ses vacances à Brières, Yvonne Fortier avait avoué ses préoccupations. Madeleine continuait à boire, elle sortait trop, se couchait à l'aube, consultait des voyantes. Afin de l'aider, elle essayait de comprendre sa belle-fille, mais n'y parvenait plus et acceptait une lente et inexorable séparation. Son affection se reportait sur ses deux petites-filles. Colette allait avoir six mois, Renée deux ans. Valentine s'habituait à être mère. Elle n'avait pas pour cette enfant de passion, la regardait avec une froide objectivité. Fortier elle était, Fortier elle resterait, l'enfant chérie de Jean-Rémy. De cette histoire de famille, elle se sentait un peu exclue, mais sa fille l'attachait davantage encore à Brières. Plus qu'à l'être de chair et de sang, c'était au domaine qu'elle avait donné la vie, sa vie, en bien et en mal, comme un flambeau passé de femme à femme jusqu'à elle, puis Renée. L'amour n'avait rien à y voir. Aussi fort que Jean-Rémy pût s'investir dans le domaine, il y resterait quand même étranger.

— Ne tarde pas, insista Jean-Rémy, nous avons une bonne heure de route.

Valentine vérifia une dernière fois son image dans le miroir de sa coiffeuse. Son visage avait pris une expression plus sévère, sa bouche un pli un peu amer. Parce qu'elle n'avait jamais voulu dissimuler ses sentiments, ses enthousiasmes ou ses déceptions, la vie la marquait. Mais la masse des cheveux blond doré avait conservé le même éclat.

D'un mouvement brusque, la jeune femme se retourna. Une ombre s'était reflétée d'une manière fugitive sur la surface du miroir. Celle qu'elle avait aperçue, comme une messagère, l'après-midi même sur les berges du Bassin ? Mais la forme avait disparu.

La voiture filait à plus de trente kilomètres à l'heure sur la route déserte. Jean-Rémy conduisait avec le sérieux et l'application qu'il mettait à chaque acte de sa vie.

— J'ai reçu une lettre de papa, annonça-t-il alors qu'ils passaient Saint-Léger. Les ouvriers demandent des jours fériés supplémentaires, les syndicats se structurent. Pas fameux, le climat social ! Nous sommes mieux ici, n'est-ce pas ?

— Sans doute, approuva Valentine. Mais je regrette d'avoir manqué la première de *Monsieur de La Palice.*

— On le rejouera. Et le pianiste que nous allons entendre ce soir est une célébrité. Germaine Dentu affirme qu'il se produit à Guéret avant la salle Pleyel. De quoi nous plaindrions-nous ?

Les phares de la Mercedes balayaient la route bordée d'ormeaux, de vieilles bâtisses à l'abandon, des fermes déjà endormies. Des croix de pierre se dressaient aux carrefours, que les ténèbres faisaient ressembler à des spectres, bras écartés. Fascinée, Valentine les observait. Pourquoi les paysans avaient-ils planté là ces symboles de leur foi ? Pour prier Dieu ou écarter le Malin ? Dès qu'on parlait de malfaisance ou de mauvais sort, Bernadette comme Emile Genche se signaient. Qu'avait fait le diable aux Creusois pour qu'ils le craignent autant ? Mais à Brières, il n'existait aucune croix, pas trace de chapelle, comme si le nom de Dieu n'y avait jamais été prononcé. Où la comtesse de

Morillon se rendait-elle à la messe ? A l'église de Brières ? Aucun banc, aucune stèle ne gardait son nom. Son corps, pas plus que celui de son mari ou de son fils, ne reposait pas dans le cimetière. Où avaient été ensevelis le décapité et le jeune noyé ? Elle tentait de les imaginer, Angèle, vive et mystérieuse, son mari un peu balourd, comme Jean-Rémy, brave homme et grand chasseur de loups, dépassé par la soudaine violence révolutionnaire, le fils fragile et tourmenté. Très seul, trop proche de sa mère. Malheureux. Un jour, il avait décidé de prendre une barque et, au milieu du Bassin des Dames, s'était laissé happer par l'eau. Où exactement ? Ses os blanchissaient-ils dans la vase au fond de l'étang ? Etait-ce l'ombre légère d'Angèle de Morillon cherchant son fils qui errait autour du Bassin, ou le souvenir d'autres êtres oubliés par la mémoire du temps ?

— Tu rêves ? demanda Jean-Rémy.

— Je pensais à Robert de Chabin. Il se produit dans toutes les capitales européennes et le voilà qui choisit Guéret pour jouer la *Pavane* et les *Jeux d'eau*. C'est curieux.

— Les Chabin sont de vieille souche creusoise. Ils comptent des ancêtres évêques et fermiers généraux.

— Nous pourrions l'inviter à Brières ? Novembre est un peu triste à la campagne. Il nous parlerait de ses voyages.

L'auditorium aménagé dans la salle des fêtes était comble. Tout le département semblait s'être donné rendez-vous au concert du jeune pianiste. Tout juste extirpés de leurs housses, toilettes du soir et habits se côtoyaient dans un jeu de couleurs allant du noir au blanc immaculé. Certaines femmes arboraient les chapeaux à la mode à Paris l'hiver précédent, les hommes une fleur à la boutonnière. Chauffée par de gros poêles à bois, la salle était douillette. Les lustres étincelaient.

On échangeait les nouvelles, des ragots plus ou moins connus de tous. La mère de Robert de Chabin s'était enfuie avec un Argentin, laissant le petit garçon, alors âgé de dix ans, à son père. Très sensible, l'enfant s'était réfugié dans la musique. « A quelque chose malheur est bon, décida Germaine Dentu. L'adversité forge le caractère. » Valentine approuva. Les fadaises de la vie et la recherche d'un bonheur tranquille tuaient le génie. Jean-Rémy allait risquer une riposte quand le maire de Guéret, tout sourires, grimpa sur l'estrade et pria chacun de regagner sa place. La chaleur était un peu forte maintenant. Les femmes transpiraient sous leurs corsets, certains hommes s'épongeaient le front avec leur mouchoir. Il y eut encore quelques rires, des bruits confus, puis le silence. Brièvement le maire exposa la carrière de Robert de Chabin, sa renommée montante. Robert de Chabin jouerait ce soir du Ravel : la *Pavane pour une infante défunte* et les *Jeux d'eau*. Il souhaita la bienvenue au conseiller général et à sa femme, au suppléant du député et à toutes les personnalités présentes dont les Fortier, eux aussi, de vrais enfants du pays. Il y eut un tonnerre d'applaudissements. Puis Robert de Chabin monta sur la scène, salua et s'installa à son piano, mains tendues, la tête un peu rejetée en arrière dans l'effort de sa concentration. Figée dans son fauteuil, Valentine l'observait. Les mains semblaient d'ivoire, le regard de braise. Ayant imaginé un homme un peu terne ne vivant que pour son art, elle était surprise de deviner un être sensuel et passionné. Le jeune homme ajusta ses manchettes et se mit à jouer, un jeu léger, agile, captivant à l'extrême, où il semblait projeter son âme, et chaque note semblait à Valentine un écho de sa propre âme. La joie qu'elle en éprouva lui fit monter les larmes aux yeux. Robert de Chabin lui renvoyait en écho ses passions, ses espoirs, son goût pour la beauté sous toutes ses formes. Elle renaissait à la vie.

A l'entracte, l'artiste ne se montra pas. A peine Valentine, une coupe de champagne à la main, écouta-t-elle les propos du conseiller général évoquant son prochain voyage à Paris pour visiter le Salon de l'automobile. Il pensait acquérir une Delaunay. « Quelles misérables préoccupations ! pensa-t-elle. Chaque jour, chaque mois qui s'évanouit est sans retour. A quoi bon écouter des fadaises, à quoi bon même se dévouer à une famille ? » Une envie irrépressible de vivre à nouveau la submergeait.

— Merci de vos compliments, madame, ils me vont droit au cœur. Avec joie, j'accepte votre dîner...

Le ton était cérémonieux, le sourire moqueur. Depuis qu'il se produisait, les femmes le courtisaient et il avait pris l'habitude de leur admiration. Pourtant Valentine Fortier, qui se tenait toute proche, ne le laissait pas indifférent. « Une âme de feu, pensa-t-il, dans un joli corps de poupée. » Quoique rien dans l'apparence du couple n'indiquât l'affectation, il savait les Fortier très riches.

— Brières est charmant, renchérit le conseiller général, un merveilleux refuge pour un grand artiste !

Le pianiste s'inclina. Lorsqu'il releva la tête, son regard rencontra celui de Valentine.

— A samedi donc, madame.

Remontée en voiture, Valentine s'emmitoufla dans sa pelisse et ferma à demi les yeux. Elle n'avait guère envie de prononcer avec Jean-Rémy les mots banals d'une admiration superficielle.

— Un joli concert, déclara-t-il.

Elle eut un hochement de tête.

— Je suis un peu fatiguée. M'en voudras-tu si je sommeille pendant le trajet ?

Jean-Rémy posa la main sur la sienne.

— Nous ne sommes plus habitués, vois-tu, à ce brouhaha. Trop de chaleur, trop de bruit. Et le concert était un peu long. Sans en diminuer la qualité, on aurait pu en soustraire un bon quart d'heure.

« Comment peut-on être aussi étrangers l'un à l'autre ? » pensa Valentine. Elle tourna vers son mari un regard étonné. Cet homme, le père de son enfant, était lié à elle pour la vie. Elle l'avait follement admiré, et peut-être aimé, lui avait offert ce qu'elle avait de meilleur, son enthousiasme, sa foi en l'avenir, et il avait poursuivi sa route du même pas tranquille, indifférent à la ruine de sa carrière littéraire, inconscient de l'abîme qui désormais les séparait.

La magie du concert habitait toujours la jeune femme. Elle revoyait Robert de Chabin assis de profil à son piano, les boucles brunes, le teint mat, les lèvres charnues. Dans le chatoiement des lampes, ses mains ressemblaient à des ailes de papillon, volant de note en note. Après le concert, ses yeux avaient rencontré les siens avec une gravité empreinte de gaieté, ses lèvres s'étaient posées sur sa main. La pensée qu'elle pourrait un jour les prendre la bouleversait. Elle découvrait dans le regard de Robert de Chabin la passion, la lumière qu'elle avait cru à tort discerner en Jean-Rémy. Dans l'engourdissement de la fatigue, de la nuit, du ronflement du moteur de la Mercedes, des souvenirs réinvestirent la mémoire de la jeune femme : le premier baiser de Jean-Rémy, la première étreinte de

Raymond, le regard de Peter Groves dans le petit salon de Jacqueline Natansson. Mais ces moments de sensualité n'étaient que des prémices. Quelque chose de beaucoup plus fort l'attendait et venait à elle en ce moment. L'obscurité entourait la jeune femme. Elle avait l'impression de se perdre dans l'invisible, de franchir les frontières d'un autre monde, envers et endroit, tantôt illusions, tantôt réalité. Mais s'imposaient avec une bouleversante précision la voix de Robert de Chabin et la douceur de ses lèvres sur sa main. Et, soudain, elle repensa aux fluides silhouettes entr'aperçues à Brières. Etaient-elles véritablement des messagères ?

— Votre domaine de Brières me donne le mal d'un pays que je connais trop mal. C'est un endroit magique.

Epaule contre épaule, Robert de Chabin et Valentine remontaient la grande allée. Il faisait froid, les autres invités avaient préféré rester au coin du feu.

— Etes-vous creusoise ? s'enquit le jeune pianiste.

— A vrai dire, je ne sais pas ce que je suis, plaisanta Valentine. On me prête de lointains ancêtres qui, comme les vôtres, auraient habité Guéret, et cela expliquerait mon amour de la Creuse. Je suis plutôt parisienne, avec des racines normandes.

— J'ai grandi dans une grande maison près de Versailles aux côtés d'un père solitaire et taciturne qui détestait ma mère au point de refuser d'entendre dire son nom. Bien sûr, je l'ai idéalisée. Lorsque j'ai commencé à jouer du piano, chaque note était un mot d'amour adressé à cette femme qui ne m'écrivait pourtant que pour Noël et mon anniversaire. A vingt ans, j'ai pris un bateau et suis parti à sa rencontre. Mais aussitôt que je l'ai découverte, elle m'a fait horreur. C'était une femme vaniteuse et banale.

— Pour qui avez-vous joué par la suite ?

— Pour moi-même.

Au bout de l'allée, un carrefour offrait deux chemins qui l'un et l'autre s'enfonçaient dans les bois. Le jour déclinait.

— Allons au Bassin des Dames, proposa Valentine.

Immobile et silencieux, le jeune homme s'attardait sur les rives de l'étang.

— Quel univers étrange, murmura-t-il. Je le trouve très beau, mais m'y sens mal à l'aise.

— C'est comme un rêve, intervint Valentine, une forte image poétique.

— Non, tout au contraire. C'est un endroit très terre à terre, un endroit de chair et de sang, sensuel et dangereux.

— D'habitude, on trouve le Bassin des Dames plutôt irréel, presque féminin.

— Ce n'est pas ce que je ressens.

Il se détourna.

— Allons plutôt dans les bois.

Valentine serra son châle autour de ses épaules. Ses cheveux étaient dissimulés sous un chapeau de feutre au bord relevé ne laissant échapper que quelques mèches blondes. Le bonheur qu'elle éprouvait à marcher aux côtés de Robert de Chabin n'était terni que par la perspective de son imminent départ.

— On dit votre mari poète. Est-il célèbre ? Je n'ai pas le loisir de lire beaucoup et toute nouveauté m'est inconnue.

— Qu'est la poésie pour vous ?

— Un élan vers l'éternité.

— Alors, mon mari n'est qu'un écrivain qui fait de la poésie.

— Vous en parlez comme si vous ne l'aimiez guère !

— Le mariage est une affaire de convenances, n'est-ce pas ? Mais je veux vous donner mon propre regard sur la poésie. Elle ressemble à la musique, elle est musique. Lire un poème, c'est caresser votre clavier, c'est libérer les mots comme vous affranchissez les notes, c'est une fête qui grise, un feu qui dévore, une passion.

Robert de Chabin s'était arrêté. Rares étaient les femmes qui pénétraient son âme. Il avait aimé à la folie une jeune Italienne repartie dans son pays pour épouser l'héritier d'une grosse fortune milanaise. Depuis, en dépit de multiples liaisons, il n'avait pu s'attacher à quiconque.

— Dommage que je parte dès demain pour Toulouse et l'Espagne, murmura-t-il.

— Restez.

— Ici, avec votre mari et votre enfant ?

— Alors, revenez.

Robert tendit une de ses mains délicates aux doigts souples et minces et, prenant Valentine par le cou, approcha son visage du sien.

— Savez-vous que votre étang et vous vous ressemblez ? Vous attirez, fascinez et retenez. Vous êtes dangereux.

— L'eau est un symbole de vie.

— L'eau engloutit et tue.

La bouche du jeune homme frôlait la sienne, la caressait sans s'attarder. Valentine se sentait dépossédée. « Pourquoi la craindre ? » pensa Robert de Chabin. Cette femme, il le sentait, pouvait le soutenir, le conseiller, l'inspirer. Il y avait en elle la force, alliée à la délicatesse de pensées et de sentiments, qui faisait les muses.

Cependant, il voulait patienter. De la séparation

naîtrait le désir, et du désir l'amour. Alors, il lui demanderait peut-être de le rejoindre.

Le jeune homme recula. Le vertige de la sensualité le touchait plus que son expérience charnelle. A vingt-cinq ans, il avait possédé trop de femmes pour échapper à la lassitude. Mais la magie du désir jouait toujours, faisant voler ses doigts sur les touches.

— Le temps sera un trait d'union entre nous, chuchota-t-il. Je veux vous savoir vivante, vous deviner heureuse et être un peu jaloux.

— Les mots sont des hochets destinés à distraire. Ne me demandez pas d'être heureuse ou de vivre ma vie, cette exigence est dénuée de sens. Je pourrais être à vous à l'instant même ou jamais. Tout amour, comme tout art, est aléatoire, vous le savez.

Robert s'était adossé à un arbre. Valentine Fortier lui lançait un défi. Pour se faire aimer, il devrait combattre son propre scepticisme, retrouver l'enthousiasme de son adolescence. Y parviendrait-il ?

— Je regrette d'avoir à vous quitter, prononça-t-il.

— Je me réjouis de vous revoir.

— Vous avez beaucoup de charme, murmura le jeune homme, et en usez étrangement. Seriez-vous une des Dames de votre Bassin ?

15

Expédiée de Paris, Londres, Edimbourg, Oslo, Berlin ou Varsovie, chaque semaine Robert de Chabin écrivait une lettre qui attendait Valentine à la poste de Guéret.

Sachant qu'ils allaient inéluctablement l'un vers l'autre, Valentine espérait le retour de Robert sans souffrance. L'hiver s'était écoulé, puis le printemps et un nouvel été. En septembre, elle se rendrait à Paris afin de visiter le Salon d'automne et regagnerait Brières pour fêter les trois ans de Renée, si Robert ne l'avait pas rejointe. Retrouver son appartement du boulevard de Courcelles, inhabité depuis tant de mois, était une perspective heureuse. Elle y serait seule, enfin.

Tout comme Madeleine, Valentine désormais conduisait son automobile. Elle reprit la route de Brières dans l'après-midi et s'imprégna du charme du paysage. Hêtres pourpres, trembles, saules se regroupaient autour de mares où s'ébattaient oies et canards. Sur les pentes caillouteuses offertes au soleil, des paysans avaient tenté d'enraciner quelques pieds de vigne qui chaque automne leur offraient un vin jaune et aigrelet. Un troupeau de chèvres qui traversait la route obligea la jeune femme à s'arrêter. Une fillette haute sur jambes et fluette comme un roseau les conduisait. Valentine pensa à Renée. Le bébé si enjoué devenait méfiant et timide, toujours réfugié dans les jupes de Bernadette avec la petite Solange. Seul Jean-Rémy parvenait à la dérider. A maintes reprises, Valentine les avait vus remonter main dans la main l'allée venant du potager. Lui, haut et fort, elle, petite et boulotte, marchant en se dandinant, son tablier, ses joues maculés de jus de tomate ou de prune. Jean-Rémy s'était immiscé entre Renée et elle, les empêchant de se connaître, et peut-être de s'aimer.

Les chèvres s'étant dispersées, Valentine reprit la route. A nouveau, elle songea à Robert. Il avait écrit de Berlin, à la veille d'un départ pour Saint-Pétersbourg qu'il avait maintenu en dépit des grèves et des manifestations violentes qui secouaient l'empire des tzars. Elle imaginait les élégants palais au bord de la Néva, tentait de se figurer Robert donnant son premier concert. Des femmes le désiraient sans doute, mais déjà il lui appartenait.

L'automobile doubla une carriole tirée par un vieux cheval. Le paysan qui la conduisait lui adressa un signe amical de la main.

Derrière la grille de Brières, de chaque côté de l'allée recouverte de cailloux gris, l'herbe était jaunie par le long été, les feuilles des tilleuls déjà dorées. Sur le perron, Emile Genche semblait la guetter.

— Vite, Madame, Monsieur a eu un accident !

Les yeux creusés, les narines un peu pincées, Jean-Rémy reposait sur son lit.

— Je suis tombé de cheval, expliqua-t-il. Rien de trop sérieux, j'espère. Le docteur Lanvin va arriver.

Valentine jeta sur un fauteuil sa veste, arracha presque son chapeau de paille. Gauches et taciturnes, Emile et Bernadette se tenaient de chaque côté de la porte.

— Allez faire chauffer de l'eau au lieu de rester comme des potiches ! ordonna-t-elle. Faites bouillir une seringue, une cuillère, le docteur en aura peut-être besoin.

— Que t'est-il arrivé ? demanda-t-elle.

— Je traversais le carrefour des Petites Chapelles quand un chat a effrayé Domino qui s'est emballé. Je n'ai rien pu faire pour le retenir. Dans le bois, ma tête a heurté une branche et je suis tombé. C'est le maréchal-ferrant qui m'a retrouvé et ramené à Brières dans sa charrette.

S'efforçant de sourire, il regardait sa femme. Pourquoi l'inquiéter ? Il n'avait sans doute qu'une simple commotion.

— Tout ira bien, assura-t-il. Je souffre déjà beaucoup moins.

La jeune femme posa sur son mari une couverture, tira une chaise à son chevet.

— Si Madame veut mon avis, l'accident de Monsieur est un signe.

— Ne dis pas n'importe quoi, ma pauvre fille !

— Quelque chose de grave va bientôt arriver.

— Et quoi donc ? Il ne se passe jamais rien ici !

— Quelque chose, s'obstina Bernadette. Et de plutôt mauvais que de bon.

— Mais vas-tu finir avec tes superstitions ! Les chouettes, les chats, les pierres, l'étang, les fantômes de loup, quoi encore ? Sans doute me parleras-tu bientôt du diable !

Promptement Bernadette se signa.

— Je dis ce que l'on m'a appris, Madame.

Valentine se radoucit, curieuse, finalement.

— Ce pays est un pays de légendes, tenta-t-elle d'expliquer. Ces légendes sont nées dans l'imagination des gens.

— Le croyez-vous vraiment ? Et le loup qui vous a réchauffée, et l'incendie de la resserre, et les ombres qui errent le long du Bassin des Dames viennent-ils de l'imagination ?

— Tais-toi, murmura Valentine. Je n'aime pas m'en souvenir.

L'incendie avait précédé l'arrivée de Raymond, le loup la naissance de Renée, les ombres se déplaçant le long des berges de l'étang sa rencontre avec Robert. Elle s'y promenait quelques heures avant le concert quand elle avait aperçu des silhouettes fluides ondulant sur les vaguelettes poussées par le vent. Le temps qu'elle regarde avec plus d'attention, elles avaient disparu.

— Et le chat du carrefour des Petites Chapelles, murmura-t-elle, que signifierait-il ?

Bernadette qui débarrassait la table s'immobilisa.

— Les chats errants ont en eux l'esprit des femmes que l'on a tourmentées. Ils sont signe de vengeance ou de liberté.

Madeleine rassembla les cartes tendues par la voyante qui d'un geste précis, rapide, les étala sur la table.

— Prenez-en trois, demanda-t-elle.

Les mains de la jeune femme tremblaient un peu. Elle avait cessé de boire le matin cependant, n'absorbant son premier verre de brandy qu'après le déjeuner.

— Un proche vous revient, annonça la femme, un homme s'éloigne, une passion s'empare de vous. Elle changera votre vie.

Madeleine s'adossa au fauteuil recouvert de peluche verte. Depuis quelque temps, elle avait du mal à avoir les idées claires, mais ce brouillard lui convenait. Une passion ? Elle ne croyait pas en grand-chose, et plus du tout dans les pouvoirs extatiques de l'amour.

— Retirons les cartes, exigea Madeleine

— Elles ne parlent jamais deux fois.

— La personne qui revient est-elle une femme ?

La cartomancienne battit à nouveau le jeu et le déploya.

— Choisissez une carte.

Madeleine ferma les yeux, le souffle court. Elle devait faire un effort pour moins fumer.

— C'est une femme, en effet. Vous ne l'avez pas vue depuis longtemps, mais elle revient.

— Valentine ! s'écria Madeleine.

Son amie lui manquait. Elle avait eu tort de lui chercher querelle mais, à cette époque, enceinte de Sebastiani, elle était déstabilisée. Aujourd'hui, elle adorait Colette et se fichait pas mal de celui qui l'avait engendrée. Fine, délicieuse, sa fille était ce qu'elle avait fait de plus beau dans sa vie.

A grands pas, Madeleine rejoignit son automobile. Elle avait hâte de rentrer chez elle pour prendre la tasse de thé additionnée d'un long trait de rhum qui la revigorerait. Raymond était en voyage et elle se réjouissait d'être seule avec Colette et sa nurse. Ce soir, elle renoncerait à son projet d'aller au théâtre.

Alors qu'elle savourait son breuvage, Colette endormie à côté d'elle, la jeune femme songea à Valentine. Comment se réconcilier avec elle ? Parce qu'elle était née dans l'aristocratie, Valentine avait une ridicule fierté qu'elle nommait honneur, en réalité un vaniteux entêtement. Sa propre enfance vagabonde et en marge de la société l'avait coupée de ce genre de susceptibilité et, quoique vite fâchée et même agressive, elle pardonnait volontiers.

La pendule sonna six heures. Dehors, le ciel s'illuminait de rose, jetant sur l'immensité de la perspective une quiétude douce que troublaient les incessants coups de trompe des automobilistes. D'un doigt discret, Madeleine caressa les boucles blond vénitien de sa fillette endormie. Pour Colette, elle allait tenter de s'en sortir, abandonner définitivement le tabac, l'opium et l'alcool, entreprendre quelque chose qui puisse rendre son enfant fière d'elle. Mais travailler était une gageure. On n'offrait aux femmes que des postes subalternes et les entreprises Fortier ne la soutenaient plus. Depuis sa déconfiture avec les terrains de La Croix-Valmer, elle avait abandonné toute ambition. Les vignes acquises à prix d'or étaient charmantes cependant, le point de vue superbe, et elle pensait y édifier sa propre villa pour y passer, non pas l'hiver comme la plupart de ses semblables, mais les beaux jours d'été où la chaleur l'engourdirait comme au temps de son enfance à Hanoi. Et Colette pourrait s'y ébattre librement. « Par nos enfants ! pensa-t-elle, voilà comment reprendre des relations amicales avec Valentine. » Renée et Colette, qu'un an seulement séparait, ne se connaissaient pas. Valentine ne voudrait pas refuser ce bonheur à sa fille en l'isolant de sa famille. C'est avec Colette qu'elle se rendrait boulevard de Courcelles.

La pensée de Madeleine revint vers les prédictions de la voyante. « Un homme s'éloigne, une passion arrive. » Elles l'inquiétaient. Quoique n'ayant guère ménagé Raymond, elle ne voulait pas envisager le divorce. Quant à la passion, elle refusait d'y succomber. C'était un état affectif qui asservissait, humiliait, une illusion pernicieuse et douce comme les volutes de ses cigarettes opiacées, un aveu de faiblesse et d'aveuglement.

16

Jean-Rémy replaça sur la table de la bibliothèque le cadre d'argent entourant la photo de Valentine. Le sourire de la jeune mariée d'alors semblait indiquer un certain bonheur, mais c'était toujours l'image de celle qui venait de partir qui occupait son esprit : une femme intransigeante. Des jours durant, il avait tenté de la faire changer d'avis, mettant en avant chacun de ses arguments : Renée, lui-même, sa maison. Mais rien ne semblait la toucher. Elle voulait regagner Paris, vivre seule deux ou trois mois pour réfléchir à leur mariage, à la situation où tous deux se trouvaient, prendre une décision concernant leur avenir. Elle adorait Brières, mais ne pouvait se résoudre à y rester jusqu'à la fin de ses jours. « Et mon point de vue, lui avait-il reproché, songes-tu seulement à me le demander ? — Je le connais déjà, avait-elle répliqué. Tu as peur de toi-même et du monde entier. Incapable de te battre pour t'imposer, tu as choisi de t'enterrer. Regarde-toi aujourd'hui. Fais-tu encore le moindre effort pour écrire ? Je croyais que tu t'attelais à une œuvre sur les Templiers. En as-tu commencé une seule page ? » Il n'avait rien répondu. Quoique le quatrième chapitre de son livre fût entamé, Valentine lui était devenue si étrangère qu'elle n'avait rien remarqué. « Je serai de retour pour l'anniversaire de Renée », avait-elle promis. En le croyant aussi naïf, sa femme le mésestimait.

Jean-Rémy s'assit sur la causeuse poussée au coin de la cheminée, cherchant dans sa mémoire le moment où Valentine s'était détachée de lui. Dès leur premier été à Brières sans doute. Accaparé qu'il était par les travaux, les problèmes soulevés par la ferme, les visites de Raymond et d'Albert Michaux-Chenard, il n'avait pas eu le temps de se pencher sur les états d'âme de sa femme. Puis s'étaient succédé l'échec de l'*Ode au Bassin des Dames*, celui du *Roi des cerfs* et la naissance de Renée. Loin d'épanouir Valentine, la maternité l'avait durcie. Elle s'était sentie prise au piège, prisonnière, et sa nature rebelle avait fini par triompher.

Jean-Rémy ferma les yeux. Sans même songer à lui demander si leurs choix lui convenaient, les femmes avaient toujours pris les décisions à sa place. Etre doux était-il une tare ? Il les aimait tendrement cependant, sa mère, protectrice, résolue, Valentine et ses espérances sans limites. Assise sagement près de sa tante dans le salon où il l'avait rencontrée pour la première fois, il avait été fasciné par l'éclat de ses yeux contrastant étrangement avec le joli visage de poupée blonde. Une âme de feu dans une face d'ange. « Avec cette femme à mon côté, avait-il pensé, j'irai au bout du monde. » Mais aujourd'hui il se retrouvait seul à Brières avec une enfant de trois ans qui, toute sa vie, lui reprocherait de ne pas avoir su assez aimer sa mère pour la garder.

Le froid était précoce cette année. Des gelées nocturnes avaient fait des ravages dans le potager. La plate-bande des choux et des navets était toute ratatinée. Il allait devoir récupérer les plants encore vivaces, les repiquer dans la serre. Un long travail, dont la perspective lui procurait pourtant un grand bonheur.

Avec satisfaction, Valentine contempla le téléphone qu'elle venait de faire installer boulevard de Courcelles. Cette touche de confort moderne serait le point de départ d'un radical changement dans sa vie comme dans la décoration de l'appartement. Quoique prétendissent les belles âmes, son premier devoir dans la vie était envers elle-même. La volupté des regrets si bien utilisée par tant de femmes n'était pas pour elle. Et tant pis si elle devait affronter la mésestime générale. Robert allait se montrer d'un jour à l'autre et ils vivraient ensemble. Une séparation légale d'avec Jean-Rémy rendrait les choses plus faciles. Elle allait consulter son avoué. Robert ne pouvant être sédentaire, l'appartement du boulevard de Courcelles leur servirait de pied-à-terre parisien. Quant à Brières, elle y serait toujours chez elle. Aujourd'hui, la jeune femme se tournait avec bonheur vers l'avenir. Rien ne l'empêcherait de réussir une nouvelle vie, ni n'endiguerait l'exubérance de ses espoirs.

La sonnerie du téléphone fit sursauter Valentine. Qui pouvait connaître son numéro ?

— C'est Madeleine, annonça tout de suite la voix. Ne t'énerve pas, j'ai eu ton numéro par Lise. J'espère que tu as enterré la hache de guerre ; ce serait triste pour nos filles de ne pas se connaître.

— Comment se rencontreraient-elles ? J'ai laissé Brières pour longtemps derrière moi.

Madeleine hésitait. Valentine entendait son souffle dans le grésillement de l'appareil.

— Tu as quitté pour de bon Jean-Rémy et Renée ?

— Ai je des comptes à te rendre ?

— Tu as raison de m'en vouloir, convint Madeleine. Mais peut-être voudrais-tu connaître Colette ?

Valentine soupira. Comment refuser de rencontrer une petite fille de deux ans, son unique nièce ?

— Quand veux-tu l'amener ?

— Demain après-midi ?

— J'ai des rendez-vous.

— Nous ne nous incrusterons pas. J'emmènerai ensuite Colette au parc Monceau. J'adore la voir jouer avec les autres enfants. A demain.

Valentine raccrocha. Sa belle humeur s'était évanouie. Comment Madeleine pouvait-elle espérer lui faire croire à ses sentiments maternels ? Elle s'abusait elle-même. Un jour, poussée comme elle par la passion de vivre, elle planterait Colette et son Raymond pour partir au bout du monde. Mais puisqu'elle ne pouvait éviter ces retrouvailles, elle tâcherait de se comporter avec une élégance qui farderait son manque d'enthousiasme. Aujourd'hui, elle devait expédier un télégramme à Robert qui se trouvait à Bruxelles, prendre le rendez-vous prévu avec son avoué. Puis, malgré tout, se rendre place Saint-Sulpice. S'il n'y avait pas moyen d'échapper à une entrevue avec ses beaux-parents, elle ne les affronterait qu'avec des armes bien affûtées. Le montant de la rente suggérée par maître Tardieu, son avoué, serait déjà négocié avec Jean-Rémy et on ne parlerait pas de divorce. Valentine soupira. Quoique fuyant les problèmes, il lui fallait être lucide et courageuse. Par ailleurs, elle devait se garder de dramatiser la situation : ses beaux-parents ne l'avaient jamais aimée et n'éprouveraient aucun chagrin de la voir s'éloigner, sa mère, tout à son nouveau bonheur, se fichait de sa fille et Jean-Rémy trouverait vite une provinciale esseulée, ravie de lui tenir compagnie. Chaque été, Robert et elle inviteraient Renée pour quelques semaines ou elle se rendrait seule à Brières. L'aile droite du château était encore inoccupée ; elle la ferait aménager. Ce serait charmant.

Sans hâte, Valentine fit le tour de l'appartement. Dès le lendemain, elle mettrait en caisse les photographies indésirables, celles de ses beaux-parents ou du mariage de Raymond, les effets personnels de Jean-Rémy, qu'elle expédierait à Brières avec le reste de sa garde-robe, les vieux bouquins auxquels il était attaché. Puis elle ferait appel à un jeune décorateur susceptible de dépoussiérer l'appartement et de le rendre attachant pour Robert : beaucoup de tapis pour feutrer le bruit, une chambre douillette et surtout un piano de concert, un Erard ou un Gaveau. De le connaître si mal rendait plus excitant pour Valentine le défi de lui plaire. Dans ses brèves lettres, il évoquait ses concerts, ses états d'âme, son désir d'elle, pas de goûts personnels. Elle les devinerait.

Assise devant son bureau, la jeune femme tourna la plume entre ses doigts. Le télégramme qu'elle se proposait d'expédier à Robert n'était pas facile à rédiger. « Je suis libre », ou « Je t'attends », suggéraient une certaine humilité. « Viens » était trop autoritaire. « Je t'aime » de mauvais goût. Il fallait dire les choses avec simplicité. « Je suis seule à Paris désormais, vous pouvez m'y joindre. »

Valentine plia le message. Elle avait le temps de l'expédier avant la fermeture de la poste. Robert le recevrait à Bruxelles le soir même.

Une bouffée de vent pénétra par la fenêtre entrouverte. Des volées d'oiseaux regagnaient les branches des marronniers. Le ciel charriait de gros nuages. « Le temps va changer », pensa la jeune femme. Cela pouvait sembler triste, douloureux, injuste ou joyeux, mais tout était en pleine métamorphose.

Auréolée d'une mousse de cheveux blond vénitien retenus par un ruban rose, la fillette était ravissante. Elle avait hérité des yeux verts de sa mère mais le visage était rond, la bouche fine. « Sebastiani », pensa Valentine avec dédain. Sans enthousiasme, elle posa un baiser sur le front de Colette qui observait avec timidité cette dame inconnue.

— Voilà les présentations faites, jeta Valentine. Tu m'as parlé d'une petite promenade au parc Monceau ? Ne tarde pas, la nuit tombe tôt.

— Toujours ta volonté d'avoir le dernier mot ! Tu es incorrigible, soupira Madeleine. Mais rien n'est sérieux, mon chou, à part la mort. Pourrais-tu m'offrir un rafraîchissement ? Je meurs de soif.

— Si tu as de moi une piètre opinion, pourquoi recherches-tu ma compagnie ?

— Ne prends pas cet air revêche, il te va fort mal. Ce qu'il y a de plus séduisant en toi, c'est ton sourire. Exploite-le.

Sans laisser à Valentine le temps de se rebiffer, Madeleine poursuivit :

— Je vais coucher Colette, qui tombe de sommeil, puis tu m'accorderas une petite demi-heure. Fais-moi servir un thé au rhum.

— Sais-tu ce que belle-maman colporte sur ton compte ?

Les deux femmes étaient installées au salon. Malgré elle, Valentine subissait le charme de sa belle-sœur, était troublée de respirer son parfum. Mais quoique son hostilité fût un peu retombée, les sentiments affectueux, presque tendres d'autrefois, ne pouvaient plus revenir. Madeleine avait changé. En dépit de sa tenue ravissante, de l'élégance piquante du chapeau, le visage s'était durci, la bouche sensuelle avait un pli désabusé. D'une main qui tremblait légèrement, elle alluma une cigarette à bout doré, souffla longuement la fumée.

— Je n'ai nulle envie de le savoir.

— Il te faudra pourtant y prêter attention. Elle parle de séparation.

— J'y avais pensé avant elle, figure-toi !

— Vraiment ? Alors, j'espère que tu as un bon avoué et une volonté de fer, parce que Maurice et elle sont décidés à te tenir la dragée haute.

Valentine se rejeta contre le dossier de son fauteuil. Elle ne pensait qu'à Robert, au télégramme qu'il avait certainement reçu la veille. Et Madeleine venait la tourmenter avec les mesquineries des Fortier !

— Jean-Rémy me soutiendra.

— En es-tu si sûre ? Je l'estime faible et soumis à madame mère, bien plus que tu ne le penses. Elle a dominé ses fils pendant toute leur jeunesse, il en reste quelque chose. A trente-cinq ans, Raymond ne prend aucune décision importante sans en parler au préalable à ses parents. Et cependant il est le premier à les juger avec sévérité.

— Aime-t-il sa fille ? interrogea Valentine d'un ton feutré.

— Il l'adore.

— Toujours amoureux de toi ?

— Nous avons des hauts et des bas. Il me reproche mes verres d'alcool, mes cigarettes opiacées, mes bravades, bref, tout ce qui était déjà dans mes habitudes lorsqu'il est tombé amoureux de moi.

— Vous couchez ensemble ?

— Rarement.

Valentine avala une gorgée de thé. Madeleine n'était guère heureuse et son ménage allait à vau-l'eau. Décidément un même destin les attachait l'une à l'autre, mais tandis que son amie sombrait, elle était à l'aube des plus belles années de sa vie.

— Pense à autre chose, conseilla-t-elle. Ou prends un amant. Tu n'as que l'embarras du choix.

— Veux-tu que je te fasse une confidence ? Les hommes ne m'intéressent plus. Ils sont ennuyeux, égocentriques, et les liaisons sont tellement banales ! Je sais trop bien comment elles commencent et comment elles finissent. La magie s'est envolée.

— Parce que tu ne l'as plus en toi. Dommage !

— J'attends d'autres enthousiasmes. Une femme qui ne vit que pour l'amour et par l'amour s'engourdit dans ses rêveries.

Valentine réprima son envie de riposter. Il ne fallait pas que Madeleine se doute de quelque chose. A aucun prix le chemin de Robert et celui de Madeleine ne devaient se croiser.

— Il y a une spiritualité dans l'amour, plus haute que ta recherche fébrile d'une harmonie intérieure par l'effet de l'alcool et de l'opium.

— Et si les mondes irréels étaient plus prenants que le monde réel ? Ce qui compte à mes yeux, c'est la curiosité de l'esprit. Par malchance, cette curiosité est en conflit avec les grandes histoires d'amour, toutes basées sur la crédulité.

— Chacun a ses théories sur le bonheur, ironisa

Valentine. Mais le jour où tu rencontreras un homme qui t'éblouira, je me ferai un plaisir de te rappeler cette conversation.

— Tu es restée la même, sourit Madeleine. J'aime ta fraîcheur. Je t'aime. Veux-tu m'aimer encore ?

Elle tendit une main, saisit les doigts de Valentine, les porta à sa bouche, les caressant doucement de ses lèvres. Valentine eut un léger frisson et retira sa main.

— Seul le plaisir mérite qu'on lui consacre sa vie, murmura Madeleine. Oublie l'harmonie des cœurs, c'est une illusion que l'on paye cher.

— Il faudra avoir le courage de ne pas reculer, prononça l'avoué en regardant sa cliente par-dessus ses petites lunettes. Si les Fortier veulent vous intimider, tenez-vous-en à vos droits. Mais je doute qu'ils cherchent à vous spolier, ce sont des personnes d'honneur. Une femme séparée a droit à un logement et à un train de vie conformes à ses habitudes.

— Je tiens à l'appartement du boulevard de Courcelles, insista Valentine, à la moitié du château de Brières, à une rente suffisante et au droit de voir ma fille aussi souvent que je le souhaite.

— Vous les obtiendrez, assura maître Tardieu. Maintenant, si vous me le permettez, je vais aborder un sujet d'ordre privé. Une femme séparée de corps et de biens ne doit pas vivre en concubinage notoire. Me comprenez-vous ?

Valentine resta clouée sur sa chaise. Une terrible inquiétude lui serrait le cœur.

— Quelles en seraient les conséquences ?

L'avoué se racla la gorge. Dès le premier instant, il avait flairé un amant. C'était toujours la même chose, les femmes se jetaient au feu sans penser aux brûlures.

— Vous pourriez perdre certains avantages comme les biens immobiliers et votre droit de visite à l'enfant. Les Fortier auraient la possibilité d'invoquer des dommages moraux et obtenir gain de cause. Dans quels termes êtes-vous restée avec monsieur votre mari ?

— Assez bons. En fait, il ignore que je veux la séparation.

— Vraiment ? Alors tentez d'obtenir un accord à l'amiable sur la rente qu'il serait prêt à vous consentir ainsi que sur vos autres droits. S'il signe un document notarié, vous êtes sauve.

— Ce qui veut dire que j'aurai à regagner la Creuse pour faire part de ma décision à mon mari ?

— C'est mon conseil. Sauf, bien entendu, si vous comptez vivre une existence de célibataire. Dans ce cas, la loi est pour vous.

L'avoué réprima un sourire. Sans l'ombre d'un doute, la ravissante Valentine Fortier courrait bientôt se réfugier entre des bras aimants.

— Je vais vous faire préparer un document, annonça-t-il. M. Fortier n'aura qu'à le transmettre à son notaire qui le ratifiera. En attendant, vivez aussi discrètement que possible.

De retour chez elle, Valentine essaya de dompter son inquiétude. Elle avait le sentiment très vif d'un danger tout en étant décidée à l'ignorer. Reprendre le train pour Brières, affronter Jean-Rémy était au-dessus de ses forces. Et comment remettre aux Dentu l'acte notarial entérinant une séparation de corps et de biens ? Elle imaginait les regards incrédules de Raoul, ceux, désolés, de Germaine, croyait entendre leurs sermons moralisateurs : pourquoi compromettait-elle si étourdiment l'avenir de Jean-Rémy et le sien ? Tous les couples traversaient des crises et les surmontaient... Le gâchis était de se résigner à une vie sans bonheur.

En attendant Robert, elle devait établir une stratégie, tenter de désamorcer les offensives des Fortier avant qu'ils n'aient eu le temps de la léser. Dans cet effort, Madeleine serait une alliée précieuse. Elle-même écrirait à Jean-Rémy une lettre assez ambiguë pour qu'il se résigne, assez ferme pour qu'il ne cherche pas à la reconquérir.

— Un télégramme, Madame.

La main de Valentine tremblait. Le moment attendu depuis plus de six mois était-il enfin arrivé ?

> Je serai à Paris dans deux jours. Nous repartirons aussitôt pour Madrid. Robert.

Valentine aurait voulu se laisser submerger par la félicité, mais l'inquiétude qui la taraudait depuis sa visite à l'avoué ne parvenait pas à se dissiper tout à fait. Il fallait dompter ces émotions négatives, jouir enfin du bonheur. Elle tenta d'imaginer Robert debout devant elle, lui ouvrant les bras ; ce fut l'image d'un chat errant se jetant sous le cheval de Jean-Rémy qui lui vint à l'esprit.

17

— Avec cette petite, nous pouvons nous attendre au pire ! lança Yvonne Fortier. Après avoir planté derrière elle mari et enfant, elle ne nous a pas fait le moindre signe. Sans doute se terre-t-elle dans l'appartement de Jean-Rémy avec son nouvel amant.

Afin de ne pas laisser soupçonner à sa belle-mère qu'elle avait renoué avec Valentine, Madeleine préféra laisser Raymond en première ligne. Il était évident que, blessés dans leur orgueil, les Fortier étaient prêts à mener une rude bataille contre leur belle-fille.

Assombri par les pluies de novembre, le grand salon de l'hôtel particulier semblait plus solennel encore. Comme chaque dimanche après la messe de midi, Raymond et Madeleine déjeunaient chez leurs parents avec Colette. C'était un ordre établi que Madeleine n'avait pas cherché à abolir. Depuis que Raymond lui montrait une certaine froideur, l'affection de ses beaux-parents lui était par ailleurs nécessaire. Jamais son mari n'oserait heurter son père et sa mère en ne respectant pas les convenances. Ce *statu quo* l'arrangeait. Place Saint-Sulpice, Madeleine ne buvait qu'un verre de vin à table, ne fumait jamais, portait des tenues discrètes.

— Valentine est peut-être tout simplement fatiguée, suggéra Raymond. A-t-on le droit pour quatre jours de silence de lui faire un procès d'intention ? Elle téléphonera d'un moment à l'autre.

— Mon pauvre enfant, tu es aveugle ou bien naïf ! objecta Yvonne Fortier. Valentine est une écervelée qui ne mérite pas notre affection.

« Lui en avez-vous jamais témoigné ? pensa Madeleine. Depuis le jour de ses fiançailles, vous l'avez traitée en intruse parce qu'elle arrivait la tête haute et les poches vides. »

Maurice Fortier mangeait en silence ses côtelettes. Il haïssait les mélodrames familiaux dans lesquels se complaisait sa femme et, quoique fort lucide sur sa belle-fille, ne tenait guère à participer à l'hallali. Comme toutes les jolies femmes, Valentine méritait un peu d'indulgence. Jean-Rémy, après tout, n'était pas un rigolo et elle n'avait pas dû s'amuser avec lui tous les jours. Lui-même, pour oublier les humeurs de sa femme, s'était autorisé quelques discrètes liaisons. La faiblesse de Valentine était de n'avoir guère le sens de la famille, et cela, il ne pouvait le lui pardonner. On ne rejetait pas les Fortier comme une pelure d'orange.

— Si elle a des difficultés, pourquoi ne pas essayer de l'aider au lieu de l'écraser de notre mépris ? insista Raymond.

— Mon fils, lança Yvonne en se servant une large part de champignons à la crème, je suis bonne chrétienne et tendrais sans hésiter la main si Valentine avait des idées noires ou de réels ennuis mais c'est une orgueilleuse qui affiche des airs de supériorité envers nous, alors que nous lui avons tout donné. Qui sont les Naudet ? Des nobliaux ruinés qui croiraient déchoir en travaillant. Le comte de Naudet n'a pas laissé un sou à sa veuve. Dieu merci, elle avait déjà trouvé chaussure à son pied !

— Ne juge pas Valentine, maman, protesta Raymond.

— Je constate simplement. Personne n'est sans défaut, mais ce que je ne lui pardonnerai jamais, c'est de recevoir des amants sous le toit conjugal, et surtout d'abandonner son enfant.

— Ma mère, intervint Madeleine, Valentine et moi avons été de grandes amies. Je peux vous assurer qu'elle n'a jamais reçu d'amant chez elle.

— Chez Jean-Rémy, corrigea Yvonne Fortier. L'appartement était à lui avant son mariage et n'entre donc pas dans leur communauté de biens. De toute façon la fugue de Valentine lui interdit tout recours.

Simon, qui versait le vin, tendait l'oreille. Il fallait que sa maîtresse fût bien en colère pour parler aussi librement devant les domestiques.

— On étouffe ici, chuchota Madeleine à l'oreille de Raymond. Je vais faire quelques pas dehors.

Raymond esquissa un hochement de tête indifférent. Les faits et gestes de sa femme ne le touchaient guère. Chacun s'acharnait sur Valentine, plaignait le pauvre Jean-Rémy alors que lui, Raymond, était peut-être le plus malheureux des deux. Si Valentine vivait trop dans ses rêves, Madeleine n'en avait plus aucun. Son cynisme le blessait et il souffrait de sa lente déchéance, de leur éloignement inexorable, de ses constants mensonges. Mais elle était une mère aimante, et son amour pour Colette empêchait Raymond d'envisager une séparation.

— Encore une grève à Saint-Pétersbourg, s'inquiéta Maurice Fortier pour changer de conversation. Où ces violences mèneront-elles les pauvres Russes ?

En parvenant sur le boulevard, Madeleine découvrit un attroupement de badauds, des policiers à cheval qui encadraient un groupe de femmes vociférantes. En tête marchait une dame à la stature imposante vêtue d'une jupe grise, d'une longue veste rouge et coiffée d'un chapeau piqué de pivoines. Suivaient une cinquantaine de femmes de tous âges brandissant pancartes ou fanions. Afin de déchiffrer leur message, Madeleine se dressa sur la pointe des pieds : DROIT DE VOTE AUX FEMMES. FEMMES UNIES DANS LEURS REVENDICATIONS. ÉGALITÉ, OÙ ES-TU ?

— Des suffragettes, soupira un vieux monsieur à côté d'elle. Où va le monde, je vous prie ?

Pour gêner leur progression, des policiers repoussaient le groupe vers un trottoir mais, loin de se laisser intimider, les manifestantes se faufilaient entre les montures, brandissant leurs enseignes comme des porte-drapeau face à l'ennemi. Affolé, un cheval se cabra. Il y eut des invectives réciproques. Bonasse, la foule donnait son avis, les uns indulgents, d'autres sarcastiques, ravis de cette occasion de se gausser des femmes. Soudain, tout au bout du défilé, brandissant à deux mains un large panneau de carton où était inscrit en lettres rouges : DROIT DE VOTE AUX FEMMES, Madeleine crut reconnaître un visage familier. Plutôt petite, ronde, portant un long manteau bordé de petit-gris et un simple chapeau de feutre, l'élégante jeune femme paraissait s'amuser. Marguerite Leclerc de Grammond ! se souvint Madeleine. Elles avaient été élevées ensemble chez les religieuses à Hanoi. Haut fonctionnaire, le père de Marguerite menait grand train. Sans être intimes, elles avaient été cependant assez proches pour que Marguerite prenne sa défense lorsque les autres raillaient ses cheveux roux, son père extravagant et la vieille Tonkinoise qui lui servait de mère.

A son tour, la jeune femme reconnut Madeleine qui s'était glissée au premier rang des badauds.

— Madeleine Bertelin ! s'exclama-t-elle en agitant son carton. Viens donc nous rejoindre !

Sans hésiter, la jeune femme se glissa parmi les manifestantes. Ce genre d'aventure l'enchantait. En un instant, elle avait oublié Yvonne Fortier et sa voix de stentor, Maurice, le nez dans son assiette, et les molles protestations de Raymond. Yvonne ferait une drôle de tête si elle apprenait que, loin d'avoir collectionné les amants comme elle le supposait, Valentine n'avait été la maîtresse que d'un seul homme, son fils aîné !

Les deux femmes s'étaient installées dans une brasserie boulevard de la Madeleine, la pancarte posée aux pieds de Marguerite. Brièvement, elles avaient évoqué leurs vies. L'une disant avoir été mariée très jeune à un planteur de caoutchouc qui l'avait laissée prématurément veuve avec deux filles et d'innombrables soucis, tant administratifs que financiers. Méprisée et abusée parce que mal défendue, elle avait regagné la France à moitié ruinée, mais décidée à ne pas taire ses révoltes. L'autre avoua ses incertitudes, sa volonté de braver les conventions sociales pour se venger d'une enfance précaire en marge de la société, ses défis parfois puérils, son mariage mal assorti, l'arrivée de sa petite Colette.

— Quel est ton idéal dans la vie ? interrogea Marguerite. Regarder le monde en philosophe ou en enfant frondeur n'est-il pas une preuve d'irresponsabilité ?

— Je déteste ceux qui se prennent trop au sérieux, rétorqua Madeleine. Tes suffragettes me semblent agressives. Ces femmes n'ont-elles pas d'autres moyens pour s'imposer ?

— Les habituelles manœuvres féminines sont dérisoires. Les pauvres ne cherchent qu'à s'adapter à un monde d'hommes. Mais qui veut s'adapter se renie. Le droit de vote fait partie de notre noble devise : liberté, égalité, fraternité. La révolution de 89 comme la loi sur le suffrage universel ont simplement laissé de côté la moitié de la population. Ces cœurs généreux n'étaient que des dominateurs.

Madeleine écoutait attentivement. Jamais elle ne s'était identifiée aux femmes soumises aux traditions ni aux courtisanes, les unes comme les autres lui semblant entièrement dépendantes des hommes. La seule alternative possible était de prendre son destin à bras-le-corps ou de s'évader dans un monde imaginaire. Elle laissait cette impasse à Valentine.

— J'imagine que tu tournes en rond dans ta vie, suggéra Marguerite. A douze ans, tu me jurais pouvoir éviter les pièges qui guettaient nos camarades afin de rester libre. Je te retrouve quinze ans plus tard mariée, mère de famille et plutôt malheureuse, n'est-ce pas ?

— J'ai eu l'ambition de tout découvrir par moi-même, sans tabous. Mais tu as raison, je l'avoue, je ne suis pas heureuse.

— Alors, donne-toi un idéal. Seule la volonté gouverne la vie, pas le désir.

Madeleine songea à Valentine. Elle irait lui rendre visite le soir même. A sa voix, à ses attitudes, elle avait deviné un secret. Un nouvel amour ? Sans doute était-ce la raison qui l'avait poussée à claquer derrière elle les portes de Brières.

— Revoyons-nous, décida Marguerite. J'habite un appartement avenue de l'Observatoire avec mes deux filles de douze et dix ans qui partagent ma passion.

Une passion, pensa Madeleine.

Elle se souvenait des prédictions de la voyante. Pourquoi avait-elle craint une histoire d'amour ?

— Madame est dans sa chambre.

Madeleine toqua à la porte. Personne ne répondant, elle l'ouvrit. La tête entre les deux mains devant son bureau, Valentine semblait prostrée.

— Qu'as-tu ? s'inquiéta-t-elle.

Elle approcha, entoura son amie de ses bras.

— Je pars demain.

— Où donc ?

— A Madrid. Je vais vivre avec l'homme que j'aime.

Valentine, qui l'avant-veille seulement parlait de se séparer en toute légalité de Jean-Rémy, avouait aujourd'hui qu'elle allait décamper avec un amant ! C'était extravagant.

— Je ne te savais pas aussi amoureuse. Mais

j'aurais dû m'en douter. Valentine de Naudet ne quitterait pas un homme si elle n'en avait pas un autre dans le cœur.

Valentine redressa la tête. Son regard avait repris un peu d'assurance.

— Essaye plutôt de m'aider.

— A prendre une décision ? Elle est prise. A te donner mon avis ? Tu n'en as rien à faire.

— Tu me juges hypocrite.

— Je t'estime très courageuse. Qui est-ce ?

— Un pianiste. Robert de Chabin.

L'éclat du regard de Valentine trahissait son amour.

— J'ai entendu parler de son talent. Depuis quand es-tu sa maîtresse ?

— Nous ne sommes pas amants. Je ne l'ai vu que quelques heures.

Madeleine eut une exclamation de surprise. Valentine allait détruire sa vie pour un presque inconnu !

— Il m'a fait découvrir quelque chose de nouveau, expliqua Valentine. La passion absolue. Fût-il le diable en personne, je le suivrais.

Dans la chambre à coucher, une malle était déjà ouverte. Quelques effets y avaient été disposés. Madeleine se laissa tomber sur le lit où si souvent son amie et elle s'étaient complu à bavarder, rire et fumer. Valentine la déconcertait. Croire aussi fort à l'amour était-il grotesque ou magnifique ? Et se rendait-elle compte à quel point elle allait être seule ?

— Je ne doute pas un instant de mon choix, murmura Valentine, mais il est déchirant. Je ne pensais pas souffrir autant.

— Jean-Rémy et Renée ne doivent pas être aux anges non plus.

— Jean-Rémy est plus solide qu'on ne le croit. Et Renée est si jeune !

« Comme les êtres ont tendance à accommoder les sentiments d'autrui à leur propre sauce ! pensa Madeleine. Jean-Rémy va être anéanti. Quant à Renée, pourra-t-elle jamais pardonner à sa mère de l'avoir abandonnée ? Mais à quoi bon la sermonner, Valentine est déjà dans un autre monde. »

— Comment peut-on aimer autant un homme que l'on connaît si mal ? se contenta-t-elle de demander.

— Robert, c'est moi en mille fois mieux ! Il me donne ma véritable dimension. C'est un vrai artiste, un homme fin, cultivé, un être de passion.

— As-tu songé que les artistes sont souvent égoïstes, peu sensibles à ce qui n'est pas leur art ?

— Pas lui. Nous nous sommes écrit chaque semaine depuis notre rencontre. Dans une lettre, on jette sans pudeur ce que l'on a de plus profond, de plus sincère en soi.

— On peut chercher aussi à se faire plaisir

— Tu ne connais rien à l'amour !

— Il m'a trop déçue pour que j'en attende monts et merveilles.

— Tu n'as pas encore rencontré l'homme de ta vie.

— L'homme de ma vie ! Et s'il était celui qui est le mieux armé pour me faire souffrir ? Et puis zut pour les hommes et leur prétention de décider du bonheur des femmes ! Me laisser embarquer dans une passion est bien la dernière chose que je souhaite. J'ai envie de décider seule de mes goûts, de mes ambitions, de mes rêves. Les femmes doivent exiger ce que les hommes ne leur accordent pas.

— Penserais-tu aux suffragettes qui défilent en ce moment dans les rues de Paris ou de Londres ? s'amusa Valentine.

— Lis-moi la lettre que tu écrivais à Jean-Rémy,

décida Madeleine. Nous parlerons ensuite d'autre chose. Tes folies m'exaspèrent.

— De nous deux, c'est moi la plus honnête. Je ne m'abuse pas, ne veux tromper personne.

Le jour tombait. Valentine quitta le lit, alluma une lampe, s'empara de la lettre abandonnée sur le bureau. L'ombre et la lumière jouaient sur le teint clair de son visage, la chevelure dorée, l'austère robe de lainage grège tout juste parée d'un col de dentelle. Madeleine observait Valentine. Selon le déplacement de la mince clarté répandue par la lampe, sa belle-sœur ressemblait à un ange ou à un démon.

— Je vais te la lire, décida Valentine. Mais promets-moi que tu ne tenteras rien pour m'empêcher de l'expédier.

Elle s'installa sur la chaise, se tourna vers Madeleine.

> Il faut laisser rêver les âmes. Toi qui es poète le sais mieux que personne. L'amour naît, grandit, s'épanouit et parfois s'étiole, mais de ses cendres surgit la tendresse, vive et chaude, éternelle. Si tu prends la peine de penser à nous, au couple que nous formions, tu souffriras moins. Ni toi ni moi n'avions voulu cette incompréhension, cette distance mal camouflée par nos habitudes quotidiennes. Tu es un homme honnête, loyal, sensible et peux comprendre, à défaut de pardonner. Les liens qui attachent les êtres les uns aux autres sont multiples. On songe toujours à l'amour entre les hommes et les femmes, peu et mal à l'amitié. Je te propose la mienne. L'amitié est au-dessus des médisances, au-delà des frustrations. Jouer à l'épouse parfaite, à la mère attentive, alors que mon esprit, mon âme aspiraient à autre chose, ne pouvait me convenir. Je ne suis ni fausse ni faible, garde-moi au moins ton respect.

Valentine s'interrompit. Les rideaux de la chambre n'avaient pas été tirés et une lumière pâle, triste, montait des réverbères que cernait une pluie fine et serrée. Sur le boulevard, des passants se hâtaient, à l'abri de larges parapluies, s'écartaient des éclaboussures jetées par les automobiles et les omnibus.

Madeleine avait fermé les yeux. Comme l'amour était triste ! La sensualité la plus brutale était déguisée en poésie où tendresse et élans du cœur dissimulaient mal une simple volonté d'échapper à soi-même.

Valentine poursuivit :

> Je me donne à un homme, tout à fait et pour toujours. Ces mots sont cruels, mais je dois les écrire avant que d'autres ne le fassent à ma place. Il occupe mon cœur, pas toutes mes pensées car beaucoup iront vers toi et ma petite Renée que je te confie, sachant qu'elle aura en toi un père et une mère. Et il y a Bernadette.

Valentine maîtrisait mal son émotion. Un instant, Madeleine crut que son amie allait pleurer. Mais déjà la jeune femme s'était reprise.

> Je te donnerai de mes nouvelles et attendrai celles que tu voudras bien me donner à travers Madeleine avec laquelle je resterai en liaison. Ainsi, nous ne serons pas tout à fait séparés.

« Stupéfiant, pensa Madeleine. Cette lettre est le fragment d'un monument commémoratif que Valentine est en train d'ériger à ses propres passions. Les termes qu'elle a choisis l'ont remuée, bouleversée. Ils font partie de sa grande aventure. »

> Je reviendrai à Brières. Il m'est impossible de m'imaginer éloignée pour toujours de notre maison et du Bassin des Dames. Elles m'ont permis de me découvrir, elles m'ont donné la force de partir.

— Supprime cela, demanda Madeleine. Veux-tu que Jean-Rémy vende Brières ?

— Il ne le fera pas, murmura Valentine. Brières le possède tout autant que moi.

Les deux femmes achevaient de dîner. Dans un instant, Madeleine se lèverait pour partir. L'une comme l'autre savaient qu'une époque était révolue.

— Parle-moi un peu de toi, exigea Valentine. Nous n'avons évoqué ce soir que mes grands espoirs. Sans doute en as-tu aussi.

— Tu seras étonnée d'apprendre que je vais me lancer dans la lutte pour le vote des femmes. Je me suis souvent montrée cynique dans ma vie. Eh bien, aujourd'hui, je m'empare du flambeau que tu laisses choir, préférant t'éclairer aux seuls feux de l'amour. En dépit de nos innombrables chamailleries, nous resterons liées, toi et moi.

Le ton était plein de gaieté, mais la voix tremblait. Madeleine s'empara de son chapeau.

— Embrassons-nous, demanda Valentine.

Les deux femmes s'enlacèrent un bref instant, leurs bouches se frôlèrent.

— Tu as une âme exquise, murmura Madeleine, et je regrette d'être incapable de t'imiter. Fais de ta vie un grand art, je me contenterai de dissiper la mienne. Jamais je n'ai été très courageuse, hormis, par défi, pour imposer des futilités. C'est toi la plus forte.

Lise tendit à Madeleine son manteau doublé de martre, un parapluie à manche d'argent.

— Donne-moi ta lettre, décida-t-elle soudain. Jean-Rémy n'a pas mérité de la recevoir par la poste. J'irai moi-même la porter à Brières.

Valentine resta figée. Imaginer Madeleine à Brières la déconcertait.

18

— Voudrais-tu que je fasse semblant de ne pas te connaître afin de conserver l'appartement et une rente ? s'indigna Valentine.

— Je ne veux pas que tu puisses me reprocher un jour de t'avoir sacrifiée.

— Je t'aime. Le reste m'est indifférent.

Depuis la veille, Robert et elle s'étaient cloîtrés dans l'appartement du boulevard de Courcelles. Lise congédiée, ils avaient tiré les rideaux. A peine quelques provisions restaient-elles dans la cuisine, mais Valentine ne s'en souciait guère. Ils s'étaient contentés de boire du champagne et surtout de s'aimer. Aussitôt arrivé, le jeune homme l'avait portée sur le lit, déshabillée. Par un interstice des rideaux, Valentine avait aperçu le ciel, très bleu, lumineux, puis le visage de son amant, son corps. Et elle n'avait plus rien vu d'autre.

L'attachement passionné de sa maîtresse touchait Robert. Durant leur longue correspondance, il avait joué du piano avec plus d'ardeur, plus de passion. Le désir sensuel, l'excitation de l'attente aidaient ses doigts à voler sur le clavier avec une joie vive, chaude, stimulante comme des parcelles d'or qui faisaient étinceler sa musique. Mais il n'avait pas imaginé à l'instant des retrouvailles une prise de possession aussi rapide et totale. A la longue, cette passion nuirait-elle à son art ?

— Nous partons demain pour Madrid. Pour moi, c'est un récital parmi d'autres, pour toi un renoncement.

— Un renouveau, rectifia Valentine. Nous avons eu la liberté de nous choisir.

— Et que fais-tu du destin ? Par fidélité envers mes racines creusoises, j'ai organisé un concert à

Guéret. Tu y étais et m'as invité à Brières. Là, au bord de ton Bassin, tu m'as ensorcelé.

La sensibilité de Robert lui faisait croire à une puissance fixant le cours des événements. Etre condamné à les vivre le fascinait et l'effrayait. Avec Valentine, cette impression de fatalité, fugitivement ressentie autrefois, s'accentuait. Mais sa maîtresse était douce, tendre, prévenante. Qu'avait-il à craindre d'elle ? Une nuit encore, et il prendrait avec Valentine le train de Madrid où il était attendu en célibataire. A la vitesse de l'éclair, chacun saurait que la belle-fille des Fortier avait abandonné mari et enfant pour le suivre. Ce scandale, il n'en doutait pas, lui attirerait les cœurs féminins. Dans un siècle trop matérialiste, les grandes passions faisaient rêver.

Des rayons de soleil pénétraient de biais par les hautes fenêtres donnant sur le parc Monceau, agrandissant les coins d'ombre de la chambre. Blottie contre son amant, Valentine oubliait jusqu'aux visages de ceux qu'elle avait aimés. Tout ce qui l'avait fait vibrer jusqu'alors, l'amour, la poésie, la peinture, la musique, l'héroïsme des cœurs, convergeait vers Robert comme les multiples bras d'une rivière forte et sereine, levant une moisson d'émotions et de rêves.

Il semblait dormir, mais à travers la mince fente de ses paupières, Valentine savait que Robert la regardait.

Dans la pénombre de la chambre, en contemplant ce délicieux visage, le jeune homme avait eu la brève intuition d'un danger. La flamme touchante du regard de Valentine était devenue brasier.

Pour se rassurer, il prit son amante entre ses bras, se coucha sur elle, caressa de ses lèvres la bouche ronde, le cou tiède et doux, la courbe délicieuse des seins.

— J'aime ta lumière, murmura-t-il. Tu vas éclairer mon destin.

D'habitude volubile, Yvonne Fortier gardait le silence. Le rapport fait par Julien était accablant pour Valentine. Mandaté par elle, le chauffeur était monté à l'appartement du boulevard de Courcelles par la porte de service et avait pu en faire discrètement le tour. Laissant la cuisine sens dessus dessous, Lise avait bouclé ses valises. Au salon, les rideaux restaient tirés, des bouteilles de champagne vides, des mégots de cigarettes étaient disséminés sur les consoles où jaunissaient des bouquets de roses blanches. Leur odeur fade de décomposition, les âcres relents de tabac froid levaient le cœur. « Madame était enfermée avec un homme », avait rapporté Julien d'un ton qui trahissait sa réprobation.

— Je compte sur votre discrétion, mon bon Julien, réclama enfin Yvonne Fortier. Nous réglerons cette affaire en famille au plus vite, et au mieux.

Fallait-il prévenir Jean-Rémy par courrier ou prévoir un voyage à Brières ? Yvonne hésitait. Une lettre pouvait procurer à son fils cadet un choc épouvantable. Une visite s'imposait donc, et ce serait à Maurice d'entreprendre cette pénible démarche. « Si seulement Jean-Rémy m'avait écoutée, se répéta-t-elle, ce mariage ne se serait jamais fait ! »

Yvonne Fortier quitta son fauteuil et se dirigea vers le téléphone. Elle avait mieux à faire que d'agiter de vains regrets. Il fallait prendre rendez-vous sans attendre avec notaire et avoué. Valentine comprendrait vite que les Fortier étaient les plus forts. On ne pouvait pas même lui accorder le bénéfice d'avoir subi le choix d'un mari. C'était elle qui avait jeté son dévolu sur Jean-Rémy et s'était acharnée à se faire épouser.

Une bouffée de vent humide entrouvrit la fenêtre. D'un geste posé, Yvonne la referma. Dans un envol de pigeons, un groupe de prêtres sortait de l'église. Un instant, Yvonne Fortier resta devant l'embrasure, posant ses doigts sur la vitre froide. La pensée de Renée ajoutait à son inquiétude. Il fallait protéger sa petite-fille, atténuer les mots trop cruels, lui laisser un peu de joie dans le cœur. Jean-Rémy, qui l'adorait, et Bernadette, qui s'en occupait avec un dévouement maternel, seraient cependant très vite incapables de lui donner une véritable éducation. Peut-être prendrait-elle la fillette place Saint-Sulpice. Et la compagnie de sa cousine ne pourrait lui être que bénéfique. Un court instant, la pensée d'Yvonne Fortier s'arrêta sur Madeleine. Sa belle-fille, qui s'enflammait pour le vote des femmes, avait tenté de la convaincre mais, à près de soixante ans, elle n'avait plus le cœur à ces utopies. Les femmes convenables partageant les idées politiques de leurs époux, cette cause n'avait guère de sens. Pourtant d'avoir trouvé une occupation faisait du bien à Madeleine. Elle retrouvait ses grands éclats de rire, cette légèreté pleine d'impertinence qu'elle, Yvonne, n'avait jamais eue et qui la charmait. Le ménage de Raymond, elle ne l'ignorait pas, allait clopin-clopant mais Colette le rendait indestructible et son aîné, courant d'une affaire à l'autre, entreprenant, puissant, respecté, n'avait pas la vulnérabilité de son cadet, toujours réfugié dans les rêves.

— Décampe au plus vite ! L'adjudant va faire donner la charge, annonça Madeleine au téléphone.

La jeune femme revenait de chez ses beaux-parents où elle avait trouvé sa belle-mère le feu aux joues et le regard vengeur. Un huissier, prévenu quelques minutes plus tôt, forcerait la porte de l'appartement le lendemain après l'aube. Puis avoué et notaire lui emboîteraient le pas. L'hallali avait sonné.

Valentine ferma les yeux. Au salon, Robert jouait du piano, une sonate qui s'envolait, légère et douce, tandis que le soleil d'hiver se faufilait entre les rideaux. Elle avait sommeillé, rêvant d'oiseaux et d'étangs, de peupliers et d'herbes d'eau que les notes caressaient comme les aspirations d'un cœur. La sonnerie du téléphone l'avait fait sursauter.

— Nous allons partir demain dans la matinée.

— Quittez l'appartement dès ce soir !

— Mais Robert...

— Sois raisonnable ! s'impatienta Madeleine. Tu as fait le choix de quitter un mari pour un amant, n'espère pas en plus la bénédiction des Fortier ! Le clan s'est refermé autour de Jean-Rémy. Raymond lui-même refuse de te revoir.

Valentine n'avait pas imaginé cette médiocrité, la brutale mesquinerie des siens. Tout en jouant les épouses vertueuses, tant de femmes s'accommodaient de multiples amants !

Robert allait être bouleversé de devoir se sauver comme un voleur. Pour faire face avec panache à ce genre d'affront, il fallait posséder un certain humour. L'avait-il ? Une fois encore, elle devrait se montrer forte, donner beaucoup d'elle-même pour faire oublier la navrante réalité. La piteuse fuite pour échapper à l'huissier d'Yvonne Fortier pourrait se métamorphoser en une de ces aventures inattendues, amusantes et un peu folles qui nourrissaient les grandes histoires d'amour.

— Je serai dès demain à Brières, poursuivit Madeleine et précéderai d'une courte tête notre cher Maurice qui s'apprête à sauter dans un train en fin de semaine pour sermonner son bambin. Mais sois tranquille, je saurai convaincre Jean-Rémy de prendre seul son destin en main. Maurice arrivera trop tard.

Dès la gare de Guéret, Madeleine se sentit déprimée. Le paysage que traversait la modeste carriole attelée qui la menait à Brières était pourtant charmant, avec ses coteaux boisés, ses chemins serpentant entre des pâturages où se faufilaient d'innombrables ruisseaux, les carcasses tourmentées des chênes antiques émergeant de la brume matinale. Jaillissant des touffes de joncs et de bruyères cachant les mares, des sarcelles prenaient leur envol dans les premiers rayons du soleil.

Cahotée, ahurie par ce voyage qui semblait ne jamais devoir finir, Madeleine se pelotonna dans son manteau doublé de martre. Cette mission, qui à Paris lui avait paru d'une dignité indiscutable, montrait désormais de bien mauvais côtés. Elle avait expédié un bref télégramme auquel Jean-Rémy avait aussitôt répondu. Une voiture l'attendrait à Guéret, mais il était au regret de ne pouvoir l'accueillir en personne : Renée venait d'être vaccinée contre la variole et il ne voulait pas la quitter. Qu'imaginait-il en attendant l'arrivée inopinée d'une belle-sœur à laquelle ne le liait aucune sympathie ?

De minute en minute, Madeleine sentait s'accentuer son malaise : cette campagne, l'ambassade douteuse qu'elle menait, tout la désolait. « Dans deux jours, je reprendrai le chemin du retour », pensa-t-elle pour se réconforter.

Une bouffée de vent froid fit frissonner la jeune femme. Pourquoi Jean-Rémy n'avait-il pas expédié son automobile ? Avec son large sourire, le domestique s'était présenté sur le quai : « Emile Genche, cocher de monsieur et madame Fortier. » Mais ce garçon ne lui inspirait guère confiance. Elle avait l'impression de côtoyer un être hostile connu autrefois. C'était stupide !

— Nous approchons, lança de son banc Emile Genche. Voici là-bas le village de Brières. Le château n'en est pas loin.

Dès la grille franchie, Madeleine se sentit une intruse. Sa belle-sœur avait si souvent évoqué la demeure, le parc, le Bassin des Dames qu'elle découvrait la longue allée, la façade du château avec l'alignement des fenêtres, le double escalier du perron, la joliesse bleutée du toit en ardoises troué de cheminées de briques roses avec l'impression d'y pénétrer par effraction.

— Je vais prévenir Monsieur, annonça Emile Genche en sautant à bas de la voiture pour l'aider à descendre. Puis je monterai le sac dans votre chambre.

Entourée de deux fillettes, l'une blonde, l'autre très brune, une servante en coiffe de Creusoise surgit du vestibule.

— Etes-vous Bernadette ?

La jeune femme avait des joues rondes, une bouche charnue. Alliée à la solidité paysanne, une réserve un peu froide se dégageait de sa personne. Les yeux écarquillés, les deux fillettes contemplaient la visiteuse.

— Laquelle est Renée ? demanda Madeleine en grimpant les marches de pierre.

Enfouissant son visage dans le long tablier blanc, la brunette se serra contre Bernadette. Lorsque sa tante voulut saisir sa main, elle se dégagea.

— Entrez donc, Madame. La petite est timide mais elle s'apprivoisera tantôt.

Madeleine pénétra dans le vestibule. Il y faisait

froid et humide. A droite, un escalier à rampe de fer forgé amorçait une courbe gracieuse vers le premier étage, à gauche se succédaient deux portes closes.

Renée maintenant fixait sa tante d'un regard en biais. Elle avait les lèvres barbouillées de chocolat, des cheveux raides, une face ronde qu'illuminaient des yeux intelligents au regard trop sérieux. « Elle est bien ingrate », pensa Madeleine.

Tout en pénétrant dans le salon bleu, elle songea à sa petite Colette si gracieuse avec ses boucles blondes et son teint de porcelaine. Décidément, elle n'aimait pas Brières. Pourquoi avoir fait à Valentine cette absurde proposition ?

Bernadette sortie, Madeleine jeta un regard autour d'elle. Valentine avait réuni dans son salon toutes ses contradictions : un amour presque désuet du passé, un romantisme un peu exalté mais aussi une hardiesse de goût, un anticonformisme la laissant libre d'accrocher à côté des portraits de famille un Pissarro et deux œuvres d'artistes du groupe Die Brücke aux couleurs provocantes.

Devant le feu qui pétillait sommeillait un chat de gouttière. Au-dessus, se détachant sur le papier peint bleu, la gracieuse figure en pied de la maîtresse des lieux semblait l'accueillir. L'artiste avait peint en fond un étang bordé de joncs et de bruyères dont les tons bleutés se confondant avec la robe de la jeune femme donnaient l'étrange impression qu'elle venait de jaillir de l'eau comme une ondine. Où était Valentine en ce moment ? Dans un grand hôtel de Madrid, un appartement meublé ?

Un bruit de porte fit se retourner Madeleine. Jean-Rémy était devant elle.

— Ainsi vous voilà ! déclara-t-il d'un ton froid, presque hostile.

Madeleine tenta un sourire.

— J'accomplis une mission au nom de l'amitié.

— Vraiment ?

Le jeune homme désigna un fauteuil où Madeleine se laissa choir. Dans sa vie, elle avait tenté d'affronter avec désinvolture les situations les plus désagréables mais celle-ci lui ôtait tout repère. Et Jean-Rémy avait changé. Elle n'avait plus devant elle l'homme timide, un peu falot, qu'elle avait maintes fois côtoyé boulevard de Courcelles ou place Saint-Sulpice, mais un être glacial. D'une main mal assurée, elle fouilla dans son sac et en extirpa une enveloppe.

— Valentine m'a confié ce message. Elle désirait qu'une personne amie vous le remette.

Sans l'ouvrir, Jean-Rémy posa l'enveloppe sur une console.

— Je regrette que vous ayez pris la peine de venir ici. C'était inutile.

— Vous avez déjà appris le départ de Valentine ?

— J'ai toujours su qu'elle me quitterait un jour. Mais elle reviendra.

Une angoisse identique à celle ressentie en face du jeune cocher sur le quai de la gare de Guéret s'empara de Madeleine. Elle avait envie de se lever, de fuir Brières.

— Je suis venue pour vous aider, balbutia-t-elle.

— Je me moque de votre pitié. Dans notre ménage, Valentine était la seule à éprouver de l'affection pour vous. Il faut que vous le sachiez.

— Ce n'est pas moi qui l'ai incitée à quitter sa famille ! protesta Madeleine.

Son esprit combatif revenait. Allait-elle se laisser intimider par un cocher et un misanthrope ?

— Sa décision m'a heurtée, mais je n'ai rien pu faire pour l'en dissuader, assura-t-elle. Tout au long de ce drame, j'ai été votre avocate et celle de Renée.

Jean-Rémy l'observait. On ne décelait aucune émotion sur son visage. « L'ai-je jamais connu ? » pensa la jeune femme.

— Je n'ai nulle envie de savoir quel a été votre rôle. Ne pouvez-vous comprendre à quel point la solitude détache de ce genre de curiosité ? Valentine s'est absentée. Je ne veux pas en discuter davantage. Installez-vous dans votre chambre, le dîner est servi à sept heures. Demain après le déjeuner, Emile vous reconduira à la gare.

— Je vous croyais sensible, murmura Madeleine, et je découvre un être dénué de cœur. Valentine vous a aimé, elle vous aime peut-être encore. Je venais en sœur vous le dire et vous m'accueillez comme une intruse.

— Puisque vous êtes venue, vous devrez m'écouter. Avant que vous ne vous glissiez dans notre intimité, Valentine et moi avions atteint un certain bonheur. Votre exemple lui a été fatal. En ambitieuse habile, vous avez séduit mes parents, Raymond. Mais quiconque vous aime, devient votre amie ou cède à votre trouble séduction ne peut s'en tirer indemne. D'un événement que j'ignore, vous avez décidé de vous venger, et cette vengeance s'exerce sur les Fortier.

Madeleine se leva. L'émotion qui contractait sa gorge l'empêchait de riposter.

— Je vais dans ma chambre, prononça-t-elle. Ne vous occupez pas de moi et faites, s'il vous plaît, monter mon dîner.

Adossé à son fauteuil, Jean-Rémy l'observait toujours comme un spectateur observe une comédienne déclamant sa dernière tirade.

Resté seul, le jeune homme resta un long moment immobile. Puis il s'empara de l'enveloppe bleue et la jeta au feu. La peine viendrait plus tard, lorsque aurait cessé d'agir l'effet de sa colère. Depuis des années il avait désiré dire à Madeleine le mal qu'il pensait d'elle mais, par amour pour Valentine, il avait préféré garder le silence. Aujourd'hui, sa femme n'était qu'un fantôme qui se mouvait d'une pièce à l'autre, de la maison au parc et sur les rives du Bassin, jusqu'au moment où son corps physique viendrait retrouver son âme. Que Valentine eût aimé Robert de Chabin au premier regard était pour lui une évidence. Elle avait écrit au jeune pianiste et en avait reçu des lettres à Guéret. L'avait-elle cru aveugle ? Son silence était le prix à payer pour que Valentine le quitte sans rancœur ni humiliation, le garant aussi de son retour.

Devant l'âtre, le chat s'étirait en faisant le gros dos. Le jour du départ de Valentine, il avait surgi à Brières et s'y était installé, cajolé par Bernadette, Renée et Solange qui l'avaient baptisé Beau Minou. Comme le chat sauvage qui l'avait jeté à bas de sa monture au carrefour des Petites Chapelles, il avait un regard énigmatique, de mystérieuses folies qui le poussaient chaque nuit dans le parc. Un matin, un villageois l'avait ramené ensanglanté. Les enfants lui avaient jeté des pierres qui avaient emporté la moitié d'une oreille. Le regard de Jean-Rémy se porta sur le portrait de Valentine. Elle souriait avec ce mystère qui la rendait inatteignable.

Jean-Rémy détourna les yeux du tableau. Il allait prendre Renée par la main et l'amener au potager. Ses racines, bulbes et tubercules exhumés du passé commençaient à s'adapter. Il espérait une bonne récolte pour le printemps.

A travers la fenêtre de sa chambre, Madeleine contempla la terrasse, l'allée menant à la forêt coupée de sentiers mal entretenus que les ronciers envahissaient. Au loin, un chien hurla. Un homme en sabots, probablement le jardinier, poussait une brouette, le vent faisait grincer un volet. Avec fièvre, la jeune femme alluma une cigarette. Depuis qu'elle bataillait aux côtés de Marguerite pour imposer le droit de vote des femmes, elle avait tenté de fumer moins mais, sans drogue, sans alcool, les terreurs nocturnes revenaient. Quelqu'un voulait la tuer. C'était un ennemi sans nom, impalpable, insaisissable, venu du fond de sa mémoire.

Madeleine aspira une longue bouffée, ferma les yeux. A Brières, ce fantôme l'assaillait avec plus de haine encore. Elle l'avait débusqué dans le regard d'Emile Genche, de Jean-Rémy, il rôdait, forçant la retraite de sa chambre. Elle étouffait. D'un geste nerveux, la jeune femme s'empara de son manteau, d'un chapeau. Elle allait faire quelques pas jusqu'au Bassin des Dames si cher au cœur de Valentine, tenter de deviner quelle force la liait à l'étang.

A pas feutrés, Madeleine descendit l'escalier, ouvrit la porte du vestibule. Contournant la bâtisse, elle rejoignit la terrasse. Mais alors qu'elle se dirigeait vers l'étang, la jeune femme aperçut Jean-Rémy tenant sa fille par la main. Une allée s'ouvrait à sa droite. Accélérant le pas, elle s'y engouffra. Tout au bout, une grille restait ouverte sur une petite route serpentant à travers les labours. Au loin, elle aperçut le clocher de l'église du village.

La nuit allait tomber. A droite de la rue principale, l'épicier avait tiré son rideau de fer, à gauche, dans l'atelier du maréchal-ferrant, aucune lueur ne montait de la forge. Une femme s'attardait dans une cour malodorante. Devant un débit de boissons où l'on descendait par quelques marches humides, Madeleine croisa un vieil homme, un clochard probablement, dont la barbe hirsute s'étalait sur un manteau en loques. Soudain il s'immobilisa, ricanant une imprécation d'ivrogne. Madeleine comprit qu'il maudissait ses yeux pers, ses cheveux roux. Avait-il prononcé le mot de sorcière ? Terrifiée, la jeune femme s'engagea dans une ruelle qui croisait la grand-rue. Tout y était silencieux. Les maisonnettes qui se succédaient avaient leurs volets clos, de la fumée montait des cheminées, dispersant une odeur de bois brûlé. L'église était toute proche maintenant, avec son clocher recouvert d'ardoises, le coq tourné vers l'ouest. Madeleine s'apprêtait à faire demi-tour lorsqu'elle aperçut le cimetière. Un mur au faîtage moussu l'entourait, coupé par intervalles de larges brèches que l'on avait colmatées par un amoncellement de ronciers morts. Madeleine frissonna. Le simple craquement des feuilles sous ses bottines lui étreignait le cœur. Il n'y avait pas âme qui vive autour d'elle cependant. « Tout est dans mon imagination », prononça-t-elle à mi-voix.

Elle haïssait Brières, ses menaces obscures, ses lancinants fantômes. Au Tonkin, sa vieille gouvernante affirmait que les âmes errantes des morts qui ne pouvaient trouver la paix se réunissaient. Quiconque cherchait à pénétrer leur monde secret devenait un des leurs : un mort vivant à la recherche d'une lumière pour compter les étoiles.

Levée à l'aube après une nuit où elle n'avait sommeillé que grâce à son flacon de gin, Madeleine boucla son sac de voyage. Il était trop tôt pour demander au cocher d'atteler la carriole. La lampe à pétrole jetait dans la vaste chambre une lumière triste. Madeleine alla vers l'une des fenêtres, tira les rideaux de cretonne fleuris. La lune décroissait. Derrière le bois à droite, il sembla à la jeune femme apercevoir le reflet scintillant du Bassin des

Dames. Des terreurs de la veille demeuraient dans son esprit l'oppression d'une souffrance inexplicable et l'écho d'un drame passé qui appartenait à son histoire et où les regards de Jean-Rémy, d'Emile Genche et du clochard dont Bernadette avait livré le nom, Tabourdeau, s'unissaient en une seule manifestation de haine. Et la perspective de retrouver Raymond accabla Madeleine davantage encore. L'expression cajoleuse de ses yeux noirs qui l'avait tant séduite était-elle devenue malveillante, elle aussi ? Plus rien ne restait de son amour pour lui.

Dans le cabinet de toilette, la jeune femme s'aspergea le visage d'eau froide. De songer seulement à des mains d'homme sur elle lui faisait horreur.

Avec les premiers rayons du soleil, le Bassin des Dames s'éveillait dans une lumière bleutée à peine teintée de rose. Plus que la curiosité, le désir de quitter sa chambre avait poussé Madeleine au bord de l'étang. Dans moins d'une heure, elle laisserait derrière elle Brières comme on s'éveille d'un mauvais rêve. « L'avenir est lié au passé, pensa-t-elle. On ne peut espérer l'un sans accepter l'autre. » L'étang ne lui offrait aucun réconfort. Il était sinistre et glacé.

La jeune femme se détourna. Cet endroit aussi était triste, un faux refuge, une cruelle illusion. A deux pas se dressait la gloriette que Valentine, à maintes reprises, avait évoquée devant elle, un édifice de bois sans fioritures, recouvert de bardeaux où un couple de ramiers s'était posé. Quelques marches menaient à l'espace troué de six fenêtres sans carreaux où tourbillonnait le vent. Madeleine allait nouer son foulard autour de son chapeau quand soudain une rafale l'arracha. Dans le soleil du petit matin, les cheveux dénoués, dispersés de la jeune femme ressemblaient à des flammes. Aussi vite qu'elle s'était levée, la brume s'apaisa.

— Comme il fait froid, murmura Madeleine.

19

Comme chaque jour depuis qu'elle partageait la vie de Robert de Chabin, Valentine s'éveilla avec l'impression d'être tout juste venue au monde. Trois années de voyage à travers l'Europe, un succès éclatant en Amérique du Sud, où Robert s'était produit à Rio, São Paulo, Montevideo et Buenos Aires. En marge des règles sociales, leur passion avait touché les cœurs latins et on avait fêté Valentine comme une héroïne de roman. Recevoir chez soi une femme qui avait eu la hardiesse de quitter sa famille pour suivre un amant procurait aux hôtesses, dont le sort était réglé depuis la plus tendre enfance par des pères, puis des maris et des fils, un frisson d'élégant libertinage. Dans son amour comme dans sa musique, Robert investissait son cœur, son corps et son âme. A ses côtés, la jeune femme n'avait pas éprouvé le moindre regret, nul instant de doute ou d'ennui. Depuis leur fuite pour échapper à l'huissier, ils n'étaient revenus qu'une seule fois à Paris, un an plus tard, juste avant la tournée de concerts en Amérique du Sud. Elle avait revu brièvement Madeleine qui arrivait d'Angleterre, si passionnée désormais par sa lutte en faveur du vote des femmes que rien d'autre ne semblait avoir pour elle d'importance. Son cœur allait vers une jeune Anglaise qui partageait ses engagements. Dans ce monde de femmes, elle semblait avoir trouvé une certaine paix. Jean-Rémy et Renée se débrouillaient. Soigné avec dévouement par Yvonne, Maurice déclinait, et Raymond portait désormais seul sur ses épaules le poids de l'empire Fortier. Mais il était trop tard, Madeleine ne pouvait l'assister ou le soutenir. Et, un jour prochain, elle espérait avoir le courage de lui avouer que Colette n'était pas sa fille. Alors, elle serait libre.

— Partiras-tu comme je l'ai fait ? avait demandé Valentine.

— Je ne crois plus au paradis. Vivre chez Raymond ou ailleurs, quelle importance ?

Valentine n'avait pas insisté. Comment communiquer à son amie sa joie de partager la vie de Robert, comment expliquer cet élan passionné qui les poussait ensemble vers l'avenir ? Elle était infidèle, c'était vrai, mais que représentait la fidélité pour la plupart des femmes ? Une simple routine, une torpeur. Elle avait cru pouvoir s'envoler avec Jean-Rémy, mais il était resté collé au sol. Elle ne l'accusait pas, cependant. Ce n'était pas lui qui était à blâmer, mais elle qui l'avait mal jugé.

Les fenêtres de l'appartement meublé donnaient sur la Maximilianstrasse. Munich, où Robert et elle étaient arrivés la semaine précédente, plaisait infiniment à Valentine. Elle y retrouvait la gaieté parisienne, la richesse des musées, la joliesse des parcs et jardins. Ayant refusé la pension proposée par Jean-Rémy, elle vivait sans faste, préférant désormais les petites couturières aux grands créateurs, les simples modistes aux reines des coiffures parisiennes. Une robe portée à Vienne avait l'éclat du neuf à Prague et le chapeau admiré à Londres faisait son effet à Madrid. Vivant la plupart du temps à l'hôtel ou dans des appartements meublés où le propriétaire fournissait le personnel, une femme de chambre attachée à sa personne ne lui manquait pas trop. Mais souvent elle pensait à Bernadette.

La droiture de son ancienne servante, alliée aux secrets dissimulés dans sa mémoire, l'avait attachée à elle plus qu'elle ne l'avait supposé. Elle aurait dû l'écouter davantage, tenter de comprendre ce qu'exprimaient ses croyances, décrypter les signes. A travers cette jeune femme, Brières voulait lui parler.

— As-tu lu la presse ? interrogea Robert. On y donne un compte rendu élogieux de mon concert d'hier.

Valentine achevait sa tasse de thé. Chaque matin, Robert et elle prenaient ensemble leur petit déjeuner pour évoquer les plaisirs de la veille et imaginer ceux qu'allait leur offrir la journée. Après les folies amoureuses de leurs nuits, c'était un moment privilégié.

— Je t'avais prédit ce succès, t'en souviens-tu ? Choisir du Rachmaninov et du Schumann était une excellente idée.

Comme d'habitude, Valentine ne mentionnait aucune de ses démarches, visites et invitations pour attirer à Robert la sympathie des journalistes. Elle avait choisi de l'aimer et faisait de cet amour un art aussi habile et approfondi que celui de son amant. Tandis qu'il s'exerçait des heures durant, Robert ne prêtait pas attention à l'énergie que sa maîtresse mettait à son service. Le passé, elle n'y songeait presque plus, l'avenir la laissait incertaine, seul le présent en face de Robert l'occupait. Quand s'élevaient les applaudissements attestant un nouveau triomphe, elle recevait sa récompense.

Robert posa sa main sur celle de Valentine. Le goût sûr et hardi de sa maîtresse et la passion qu'elle investissait dans sa carrière ne la trompaient jamais. Enthousiasmée par le talent de jeunes musiciens, elle l'avait poussé à élargir son répertoire, lui ouvrant un public plus éclectique. Et la compagnie d'autres artistes, leurs idées insolentes, souvent iconoclastes, l'obligeaient à se remettre sans cesse en question. De Barcelone à Berlin, de Saint-Pétersbourg à Londres, l'Europe avait la fièvre. On creusait des tunnels sous les plus hautes montagnes pour que passe le chemin de fer, on commençait à transporter des images par voie télégraphique, on lançait des sous-marins et des aérostats. Dans ce monde rapide, aucun artiste ne pouvait se figer. Une civilisation nouvelle, où triomphait l'Art nouveau, se forgeait dans l'enthousiasme.

— Réalises-tu que nous ne nous sommes pas fâchés une seule fois ? Tu as admis mes faiblesses avec indulgence, j'ai supporté ton despotisme avec joie, la taquina-t-il.

— Te voilà bien pervers ! se moqua Valentine. Mais j'aime trop la bonne musique pour me séparer de toi. C'est le secret de ma constance.

— Alors, divorce et épouse-moi.

Valentine retira sa main. Il ne se passait pas un mois sans que Robert n'eût cette exigence. Séparée de lui légalement, quel avantage présentait une rupture définitive avec Jean-Rémy ? Epouser Robert ne pourrait que banaliser leur union. Jean-Rémy l'avait conquise en poète, perdue en mari. A aucun prix elle ne voulait recommencer les désillusions d'une vie conjugale.

— Quelle valeur particulière attaches-tu au mariage pour le désirer aussi fort ?

— Le prix de l'amour.

— Coté au-dessus de sa valeur ! Le plus triste, c'est que la plupart des hommes se résignent à le payer. Ne pourrions-nous être une exception ?

Une volée de moineaux piaillaient dans l'orme planté devant la maison dont Robert et Valentine occupaient le premier étage. De la rue montait la senteur épicée des saucisses de veau à la crème proposées par des marchands ambulants. Suant sous leurs coiffes et leurs longs tabliers, de fortes servantes s'approvisionnaient.

— Nous avons devant nous pas mal d'années de vie commune, observa Robert en se resservant de thé. Nous nous aimons, c'est vrai, mais beaucoup ne jugent que sur les apparences. Pourquoi ne pas donner au monde ce à quoi il tient tant ?

— Et pourquoi chercherions-nous à lui plaire ? s'indigna Valentine. Un artiste est au-dessus des conventions sociales.

— Je n'aime guère les ragots. Ils m'occupent bêtement l'esprit. Donne-moi la liberté, épouse-moi.

Sans attendre de réponse, le jeune homme se leva.

— J'ai rendez-vous avec Rodenbourg qui va me proposer une tournée en Hongrie, mais les remous russes m'inquiètent. On prétend que les révolutionnaires ont caché des armes à Budapest. Je ne veux pas t'exposer.

— Accepte, conseilla Valentine. Tu dois faire cas d'un pays qui te réclame. Je crois davantage au courage d'un artiste qu'à celui d'un mari.

Robert parti, Valentine resta songeuse. Son amant, à qui elle avait tout donné, exigeait davantage encore. Mais en divorçant, elle perdrait Brières à jamais. C'était inimaginable. A petites gorgées, la jeune femme acheva sa tasse de thé. Elle allait s'habiller avant d'établir le programme de sa journée : recopier les partitions de Robert, se rendre à la salle de concerts pour s'assurer que le moindre détail avait été réglé, faire quelques pas dans un des jardins de Munich, puis aller prendre le thé chez la femme du directeur de l'opéra, préparer l'habit de concert de Robert, lui assurer un long moment de paix en chassant tout intrus. Le lendemain, elle offrait dans un grand restaurant de la ville un dîner d'adieu au cours duquel elle comptait prendre de solides contacts en vue d'une nouvelle série de concerts. Ses journées, que certains auraient jugées monotones, étaient pour elle remplies de fantaisie : pas de logis à entretenir, pas de domestiques à sermonner, pas de devoirs sociaux. Elle n'appartenait qu'à Robert et à son art, à la poésie de leur amour et à cet accord parfait qui les mettait à l'unisson. L'harmonie n'était pas dans le mariage, mais dans le désir, la pensée. Comment Robert pouvait-il ne pas le sentir ? Il n'y avait d'avenir que dans l'inachevé.

Rodenbourg était en retard. Incapable de rester immobile, Robert de Chabin commença à arpenter le salon d'attente du directeur de l'opéra de Munich orné d'un lourd mobilier recouvert de satin cramoisi. Comme souvent, il se sentait inquiet, irritable. Valentine avait pris sur lui un tel ascendant qu'éloigné d'elle, même pour un moment, il se sentait vulnérable. Il s'arrêta devant un portrait de Luitpold. Le régent était venu à son dernier concert et lui avait fait porter une note exprimant son admiration. Pourtant, contrairement aux habitudes du palais, nulle invitation ne lui était parvenue.

— Vous admirez notre souverain ? prononça derrière lui la voix enjouée de Rodenbourg.

— Si je vous répondais par l'affirmative, ce serait dans l'espoir que vous le répétiez à Sa Majesté, plaisanta Robert. Comme je pars pour l'Autriche, puis sans doute en Hongrie, mes louanges seraient sans bénéfice.

La voix du directeur de l'opéra, puissante et profonde, contrastait avec sa silhouette courte, un peu grasse, que sanglait un austère costume boutonné haut sur une chemise à col dur.

— Il se pourrait que vous reveniez à Munich.

D'un geste aimable, Rodenbourg désigna un fauteuil.

— Cher maître, j'ai une proposition à vous faire.

Un serviteur apportait un plateau où se trouvaient une cafetière en argent, une assiette de petits biscuits, de délicates meringues aux couleurs pastel. Valentine occupait trop la pensée du jeune homme pour qu'il montre aux propos de Rodenbourg une grande attention. Comment la faire revenir sur son entêtement ? Personne, pas même un artiste, ne pouvait prétendre vivre en sauvage. Il avait parfois l'impression que Valentine investissait dans son amour une volonté presque destructrice.

Rodenbourg savoura quelques gorgées de café au lait, prit un biscuit.

— Notre régent et moi-même aimerions vous retenir en Bavière. Nos jeunes artistes ont besoin d'un modèle, d'un maître qui allie le talent à une grande originalité. Vous êtes un des rares interprètes européens qui osent promouvoir des musiciens comme Reynaldo Hahn, Charles Ives ou Rachmaninov.

« Les préférés de Valentine, pensa Robert. Sans elle, je les aurais peut-être ignorés. »

— Je vous propose aujourd'hui un poste de directeur de notre Académie Phalanx, poursuivit Rodenbourg, poste qui offre, outre une confortable rémunération, une maison et une automobile avec chauffeur.

La proposition bavaroise tombait à point. Depuis un certain temps, Robert éprouvait le besoin de faire une pause dans sa vie errante et de prendre des responsabilités. Avec Valentine, il pourrait s'enraciner quelque part, posséder enfin un toit. Et la perspective d'avoir des élèves le stimulait. Rien n'était plus triste qu'un artiste vieillissant solitairement. Il eut la tentation d'accepter sur-le-champ, mais Valentine ne lui pardonnerait jamais une décision prise sans la consulter.

— Je vous remercie pour cette proposition à laquelle je suis très sensible. Me permettez-vous un délai de réflexion ?

Rodenbourg hocha la tête. Le petit homme semblait réfléchir, affronter en silence une difficile situation. Comme s'il avait peur de les salir, ses mains restaient jointes.

— Je n'approuve ni ne juge rien dans notre société, prononça-t-il enfin, et les préjugés me laissent froid la plupart du temps. Seule compte la sympathie personnelle. La mienne à votre égard est entière. Mais vous avez avec madame Fortier des liens dont certains médisent. Ne vous fâchez pas et écoutez-moi. Sa Majesté n'exige pas un mariage. Notre proposition reste la même si vous décidez de ne rien changer à votre manière de vivre. Seule votre musique compte, le reste est un vœu.

— Qui a suffisamment d'importance pour que vous ne tardiez guère à le formuler !

— Tout se paye, cher ami, assura Rodenbourg. On ne peut devenir célèbre tout en restant anonyme et les bravos enthousiastes que vous recueillez sont également porteurs de sentiments susceptibles de vous déplaire. C'est ainsi. Nous vivons dans une époque où la masse impose à l'élite ses points de vue moraux.

— C'est révoltant !

— Peut-être. Mais peut-on vivre de son public tout en le méprisant ?

A son tour, Rodenbourg se leva, essuya d'un revers de main les miettes de meringue attachées à sa veste.

— Réfléchissez. Madame Fortier est admirable, belle, noble et j'ai pour elle la plus vive admiration. Que vous vouliez ou non en faire votre femme est une décision qui ne me regarde pas. Mais elle vous mérite, soyez-en sûr.

— Vois ce à quoi tes entêtements m'exposent ! reprocha Robert. Chacun se figure que je te juge indigne d'être ma femme et cette supposition me frappe d'ostracisme !

Valentine, qui s'apprêtait à sortir, ôta son chapeau et s'installa sur le rebord du lit.

— J'espère que tu as su clouer le bec à cet insupportable Rodenbourg. Personne n'ignore à Munich qu'il entretient une danseuse.

— Il ne s'agissait pas de lui, mais de nous.

— Et pourquoi cet intérêt subit ?

— Parce qu'il me propose de devenir directeur de l'Académie Phalanx. Le titulaire de ce poste doit avoir une vie privée conforme aux bonnes mœurs.

— Comme c'est vulgaire ! s'exclama Valentine. L'art doit-il être le reflet de cette médiocrité ?

— Pas de grands mots, coupa Robert. Tu ne gagneras pas seule contre le reste du monde.

— J'ai assez d'imagination pour pouvoir y prétendre.

Valentine se mordit les lèvres. Elle ne devait pas envenimer la situation. Robert allait se calmer et tout serait oublié. Le souvenir d'altercations avec Jean-Rémy lui revint en mémoire. L'amour étouffait-il ? Gâchait-il les vies de ceux qui se donnaient à lui ? Quand Jean-Rémy avait les larmes aux yeux après une fâcherie, elle le trouvait, comme tous ceux qu'on n'aime plus, un peu ridicule. Aujourd'hui, la colère de Robert la blessait.

— Je refuse de prendre une décision sous la

menace de quiconque, fût-il régent de Bavière, décida-t-elle.

Ses mains tremblaient. Jamais elle n'avait vu à Robert ce regard hostile, mais toute attitude de défi ne faisait que la buter davantage.

— Je te demande six mois pour te donner une réponse. Me quitteras-tu si je refuse d'être ta femme ?

— Tu es une enfant qui exige tout et veut plier à sa volonté le reste du monde, soupira-t-il.

Valentine sentit son cœur se serrer. Ce qu'elle exigeait, elle le rendait pourtant au centuple. Sans le besoin de se dévouer, d'offrir le meilleur d'elle-même, sa vie n'aurait aucune signification. Mais en retour, elle réclamait la confiance. Jean-Rémy l'avait perdue, non à cause de l'échec de ses livres, mais parce qu'il avait cessé de croire en elle.

— Je refuse tout simplement au reste du monde de se prétendre des droits sur moi, protesta-t-elle d'un ton qu'elle s'efforçait de garder enjoué. Qui peut s'afficher en donneur de leçons ? Chacun mène sa vie comme il l'entend.

— Sans doute es-tu trop passionnée, murmura Robert. Pourrais-je m'en plaindre ? Tu as raison, ignorons Rodenbourg et partons pour la Hongrie comme nous en avions l'intention. Ce qu'il m'offre n'est pas irremplaçable, après tout.

Malgré son sourire, Robert l'avait quittée déçu, Valentine le devinait. Elle renonça à sortir. A quoi bon aller rendre visite à des femmes avec lesquelles elle ne partageait rien ? Leurs commentaires conjugaux, confidences maternelles, projets de réception ou de voyage ne la concernaient pas. Elle ne cherchait à leur plaire que pour Robert. Rien n'était facile. Avec fermeté, elle avait décidé de ne plus penser à Renée, à Madeleine ou à sa mère. Le choix qu'elle avait fait lui interdisait toute émotion stérile. Mais il lui arrivait de tirer furtivement la photographie de sa petite fille du tiroir où elle l'avait cachée. Le regard en biais semblait apeuré, un peu triste, la main s'agrippait au tablier de Bernadette comme un naufragé à une bouée. D'infimes détails prenaient une signification particulière. Qui la décoiffait sans cesse ? Renée elle-même sans doute, afin de se rendre plus ingrate encore. Pourquoi était-elle toujours sale ? Par maladresse ou volonté délibérée ? Mal aimée par sa mère, la fillette ne s'aimait pas, et, quoiqu'elle le chassât aussi vite qu'elle le pouvait de sa conscience, un remords taraudait Valentine.

Pour empêcher son esprit de vagabonder, la jeune femme se leva. Elle allait sortir tout de même. Mieux valait subir les bavardages des Munichoises que de laisser la nostalgie l'envahir. Robert était la grande passion de sa vie, mais demeuraient intacts dans sa mémoire l'amour fou qu'elle avait de Brières et la conviction qu'elle lui appartenait.

20

Tandis que Valentine veillait la dépouille de sa mère, des rafales ne cessaient de battre les vitres, faisaient claquer les volets du château que les difficultés financières de deux générations avaient laissé à l'abandon.

Prévenue à Amsterdam par télégraphe, la jeune femme était accourue en Normandie où Gaston de Langevin, le second mari de la comtesse de Naudet, l'attendait.

C'était la première fois que Valentine quittait

Robert et, autant que la disparition de sa mère, cette séparation la bouleversait. Elle l'imaginait seul, abandonné, livré à des domestiques inconnus qui le dérangeraient peut-être dans son travail et le nourriraient de mets indigestes. Un concert était prévu le lendemain où il se rendrait sans son soutien, gardant secrète l'angoisse qui le rongeait toujours avant de jouer en public. Les yeux de la jeune femme se posèrent sur la morte. Sa mère et elle n'avaient pas été intimes mais tant de souvenirs les liaient l'une à l'autre ! Son cœur de fillette, d'adolescente, de jeune fille mourait avec elle. Son père, sa mère disparus, personne ne se souviendrait plus de l'enfant qu'elle avait été. Une petite fille butée, souvent révoltée, pensa Valentine, mais protégée et aimée. A douze ans, elle avait songé à s'enfuir pour ne pas entrer comme pensionnaire chez les religieuses. Mieux valait périr dans une forêt, dévorée par des loups, pensait-elle, que de se laisser enfermer entre les quatre murs d'un couvent. Mais elle n'avait pas pu, ou pas osé. A dix-huit ans, de retour dans sa famille, elle s'était laissé distraire par le monde, heureuse d'y découvrir des esprits originaux, des intelligences plus hardies que celle de ses parents. Entraînée par sa marraine la marquise de Mortange, elle avait découvert la musique, la peinture, la poésie. Rien n'avait d'importance désormais à ses yeux sinon l'Art. La gêne financière de ses parents, leurs maniaqueries et leur vaine fierté ne l'humiliaient plus. Un être viendrait qui l'emporterait dans un monde supérieur où seuls l'esprit et le talent octroyaient de la noblesse. Tant de naïveté l'étonnait aujourd'hui.

L'oncle Gaston s'était assoupi. Tardivement, Valentine avait appris qu'il était l'amant de sa mère depuis des années. Tout Paris le savait, à l'exception de sa famille qui trouvait naturelle l'amitié d'Antoinette pour cet homme effacé. Ils se connaissaient depuis l'enfance où, d'un château à l'autre, en Normandie, leurs parents entretenaient des relations de bon voisinage. Mais elle lui avait préféré le comte de Naudet, bel homme, loquace et bon vivant. Quelle déception l'avait poussée dans les bras de son vieil ami ? « Maman a souffert et je ne l'ai pas su, pensa Valentine. Et elle n'a rien compris à mes révoltes. Jamais nous n'avons eu la chance de pouvoir nous connaître. »

Les sapins plantés le long de l'avenue crissaient sous le vent en une plainte triste qui, lorsque s'intensifiaient les rafales, ressemblait au hurlement d'un loup. Valentine pensa à Brières, au grand chien de la gloriette. Son domaine l'appelait-il ?

Par volonté d'éviter sa belle-fille, Yvonne Fortier s'était prétendue fatiguée et enfermée dès les obsèques achevées dans la chambre qu'on lui avait préparée. Valentine et Madeleine avaient poussé des sièges au coin du feu dans le salon humide et sombre d'où Gaston s'était retiré pour aller se reposer. En se revoyant le matin, les deux jeunes femmes étaient tombées dans les bras l'une de l'autre. L'émotion des retrouvailles, mêlée à celle de la cérémonie funèbre, les laissait maintenant étourdies dans la chaleur du foyer.

— Nous avons tant de choses à nous dire ! regretta Madeleine, et si peu de temps !

— Retarde ton départ.

— C'est impossible, mère veut regagner Paris demain. Comme tu ne l'ignores pas, père a eu une attaque d'apoplexie dont il se remet mal.

— Tout se désagrège, soupira Valentine. J'ai l'impression d'avoir couru sur du sable avant la marée.

— Mais tu as Robert. Tu ne regrettes rien, n'est-ce pas ?

— Rien, affirma Valentine.

— Veux-tu voir une photographie de Renée ? Je l'ai invitée l'été dernier à Paris. Colette et elle se sont bien entendues. L'été prochain, les deux cousines se retrouveront à Brières.

Valentine hésita. A quoi bon se déchirer le cœur en acceptant de regarder un portrait de Renée ? Mais déjà Madeleine l'avait extirpé de son sac. Du bout des doigts, la jeune femme s'en empara. La photo sépia montrait une grande et forte fillette tenant par la taille une autre enfant, celle-ci blonde et fragile, d'une féminité déjà pleine de séduction. Avec effort, Valentine s'attarda sur la silhouette de sa fille. Quoique sans beauté, elle avait des yeux superbes, un regard intelligent, à l'expression un peu triste. Vite, elle rendit le cliché à son amie.

— Ta fille est ravissante.

— Raymond affirme que Renée est très attachante. J'ai refusé de revenir à Brières. Ton domaine m'a rendue malade d'angoisse.

— On t'y a mal accueillie ?

— Plutôt. Mais je m'en moquais. Après tout, je venais apporter une mauvaise nouvelle à Jean-Rémy. Non, c'était autre chose : l'atmosphère, les hommes qui y demeurent. Tous m'ont fait peur, même le clochard. J'ai eu le sentiment étrange qu'on me voulait du mal.

Valentine se renversa contre le dossier de son fauteuil. Les ombres envahissaient le salon. Avec Madeleine, le passé la rejoignait. Pour lui échapper, elle avait couru le monde entier et aujourd'hui, dans ce château normand où elle avait tant de souvenirs d'enfance, il l'attendait, sûr de sa victoire.

— Mais tu as aimé le Bassin des Dames, n'est-ce pas ?

— Pas vraiment, avoua Madeleine. Il m'a paru

fantomatique, doué d'un pouvoir occulte, comme si des âmes mortes l'habitaient.

— Alors, tu n'as rien compris à Brières ! s'exclama Valentine. Là où tu aperçois la mort, je vois la continuation de la vie. Quelque chose y règne de plus fort que notre petit destin, une réponse peut-être à toutes les méchancetés qui font souffrir les femmes.

— Si tu le vois ainsi..., soupira Madeleine.

Quoique ayant de la façon le plus terre à terre du monde filé avec un amant, sa belle-sœur conservait ses concepts fumeux de fatalité et de destin.

— Et Jean-Rémy ? interrogea Valentine.

— Il cultive ses légumes, éduque sa fille, noircit quelques cahiers d'œuvres obscures et chasse beaucoup, surtout le gibier d'eau. Les entreprises Fortier, Paris, ses anciens amis ne le concernent plus.

Madeleine tendit les pieds aux flammes. Il faisait un froid pénétrant dans cette grande pièce et, sans la joie de revoir Valentine, elle serait partie aussitôt s'installer dans un hôtel de Rouen.

— Il ne parle jamais de toi, poursuivit-elle sans regarder son amie, mais conserve ton portrait dans le salon. Si tu veux mon avis, je crois qu'il t'aime toujours.

Valentine secoua la tête. C'était impossible.

— En s'enracinant à Brières, il t'attend. C'est une âme simple et fidèle.

— Au lieu de remuer les cendres du passé, racontons-nous plutôt nos vies, décida Valentine.

D'un ton qu'elle s'efforçait de garder moqueur, Madeleine avait avoué son inexorable séparation physique d'avec Raymond et tous les autres hommes. Peu à peu, elle s'était rendu compte que, loin de les aimer, elle avait toujours cherché à prendre sa revanche sur quelque chose dont elle n'avait pas vraiment conscience, à rendre coup pour coup. Les hommes, elle en était convaincue désormais, n'apportaient pas aux femmes le bonheur qu'elles en espéraient. Avec la délicatesse de ses sentiments, l'absence de toute volonté de domination, son amante anglaise le lui offrait. Elles s'aimaient en égales avec joie.

— Comment peux-tu te laisser caresser par une femme !

— Ce n'est pas la caresse qui importe, madame l'artiste, se moqua Madeleine, mais la personne qui la prodigue. Si par malchance ton Robert se trouvait privé de sa virilité, lui refuserais-tu le contact de ton corps ?

Une domestique entra avec un plateau sur lequel étaient posés une théière et un pichet de vin chaud. Dehors, un vol de mouettes se laissait pousser par le vent avec des cris lugubres.

— Décidément je n'aime pas la campagne, bougonna Madeleine. Demain, je retrouverai Paris avec plaisir. Mais parle-moi de toi. Veux-tu que je sois franche ? Il me semble qu'au-delà du chagrin d'avoir perdu ta mère, tu n'arbores pas le rayonnant bonheur d'une amoureuse comblée.

— Robert et moi vivons ensemble dans la plus parfaite harmonie.

— Ce qui veut dire que votre passion s'étiole, mon chou.

Valentine sursauta. Elle entendait prononcer à voix haute ce qui la rongeait en secret. Robert et elle s'aimaient toujours, certes, mais l'égocentrisme de son amant, qui lui avait semblé autrefois la marque naturelle et heureuse de son génie, l'irritait parfois. L'ivresse, l'état de ravissement dans lequel elle avait vécu les premières années se dissipaient. Robert tirait profit de l'absolu attachement de sa maîtresse pour savourer de plus en plus souvent seul son triomphe. Depuis la décision qu'elle avait prise de ne pas divorcer, il sortait seul lorsque la présence d'une maîtresse était indésirable et elle ne pouvait le lui reprocher.

— Nous partons bientôt nous installer à Londres pour deux années. J'attends beaucoup de cette sédentarisation. Robert va rejoindre l'orchestre philharmonique royal dans d'excellentes conditions et nous jouirons d'une jolie maison dans Grosvenor. Lorsque tu viendras visiter ton amante anglaise, fais-nous la faveur de t'arrêter chez nous.

— Je doute que Robert m'apprécie. A Londres, il lui faudra se montrer plutôt conformiste. Tu déstabilises suffisamment ton grand homme pour ne pas lui infliger une suffragette, amoureuse de surcroît d'une autre femme. Nous nous cacherons pour nous voir, ce sera beaucoup plus excitant !

Songeuse, Valentine observa sa belle-sœur achever un deuxième gobelet de vin chaud. Le bonheur dont elle voulait la persuader était-il réel ? Et le sien ? Jusqu'à quand croirait-elle au caractère prédestiné de ses amours ? Elle allait sur la trentaine. Sa grâce, sa beauté, son élégance ne suffiraient plus à retenir Robert. On devrait l'admirer désormais, rechercher sa compagnie afin que son amant fût flatté d'être celui qu'elle avait choisi.

— L'amour est un magicien dont il vaut mieux ne pas percer les secrets, murmura Madeleine. Le réel est si banal...

Une voiture était venue de Rouen pour ramener à la gare Yvonne et Madeleine Fortier. Le temps s'était éclairci. Une odeur d'humus et de feuilles putréfiées montait du parc. Le lendemain, après s'être arrêtée chez le notaire, Valentine reprendrait la route d'Amsterdam.

Ne pouvant ignorer sa belle-fille, Yvonne Fortier tendit trois doigts et les retira aussitôt. Le moteur ronflait. Madeleine prit son amie dans ses bras, la serra contre elle.

— Ne sois pas triste, chuchota-t-elle. S'il ne reste de la passion qu'un souffle, il peut être assez fort pour ranimer les poussières du temps. Les artistes sont timorés. Sois audacieuse pour deux.

Valentine se dégagea. Elle détestait s'attendrir sur elle-même.

— Laisse-moi la photographie de Renée, veux-tu ? balbutia-t-elle.

— Sans toi, j'étais un peu perdu, avoua Robert.

Cependant, la veille au soir, il avait passé une soirée charmante chez de riches banquiers de Rotterdam. Une cantatrice allemande avait chanté en avant-première un passage d'*Elektra* et Harry Fragson avait consenti à se mettre au piano pour fredonner : « Je connais une blonde... » Enthousiaste, l'hôtesse l'avait convaincu de jouer à quatre mains avec le chanteur à la mode. Depuis longtemps Robert ne s'était tant amusé. Avec ses exigences, Valentine l'étouffait. Elle le voyait en être désincarné, ne vivant que pour son art. Mais, comme les autres hommes, il avait besoin de liberté, de se délasser en s'amusant, envie aussi de courtiser de jolies femmes et de constater dans leurs yeux qu'il avait gardé son pouvoir de séduction. Pour atteindre le sommet de son art, Robert savait qu'il devait désirer et être désiré. Mais la sécurité offerte par Valentine lui était également indispensable ; jamais il n'aurait de meilleure amie qu'elle.

— Les cinq jours que je viens de passer n'ont pas été très gais non plus.

La jeune femme sentait qu'elle ne devait pas s'épancher. Robert haïssait les séparations définitives, la mort, les émotions attachées au passé.

— Tu n'étais pourtant guère intime avec ta mère.

En silence, Valentine rangea chapeau et manteau dans la garde-robe. Une sensation de malaise lui serrait la gorge. Robert avait tant souffert de sa mère qu'il ne pouvait comprendre.

— Hier, le déménageur est venu, poursuivit Robert. Je lui ai demandé de repasser. Quelle idée de vouloir transporter cette brocante ? Ne pourrions-nous la vendre et acheter d'autres objets à Londres ?

— Vendre à qui ? s'insurgea Valentine. Ce sont des souvenirs que le petit héritage de maman viendra compléter.

— Tu as accepté de nouvelles vieilleries ! reprocha Robert. Je ne te comprends plus, ma chérie. Voilà quelque temps, tu ne jurais que par l'Art nouveau. Nous avons reçu à notre table Bourdelle, Vlaminck, Adolf Loos, tous subjugués par tes convictions et ton enthousiasme à secouer les conventions, contraindre le public à faire preuve d'imagination et d'audace et, aujourd'hui, tu me parles de vieux pots de chambre.

A aucun prix la jeune femme ne voulait entamer une discussion aigre. Que cachait la soudaine agressivité de son amant ? De la fatigue, l'ennui, la présence d'une autre femme ?

— Parlons de choses plus positives, veux-tu ? exigea-t-elle d'un ton gai. Tu donnes ce soir ton dernier concert à Amsterdam. Ce serait gentil d'inviter au restaurant les quelques amis que nous comptons ici.

Robert se dérida. Il avait tort de s'énerver pour des broutilles, mais quelque chose d'indéfinissable le rendait nerveux depuis quelque temps.

— C'est une bonne idée, admit-il. Il faudrait que ce soit charmant. Je te laisse carte blanche.

Il s'approcha de Valentine, la prit dans ses bras. Plus sa passion s'érodait, plus il éprouvait le besoin de la simuler.

Avec bonheur, la jeune femme rendit à Robert ses baisers. Elle était fatiguée, vulnérable. Depuis son enfance, jamais elle n'avait pu faire front à plusieurs choses à la fois. Ce qui n'allait pas dans le sens du but qu'elle se proposait d'atteindre lui semblait du temps perdu. En Normandie, elle avait enterré sa mère, s'était attendrie sur les reliques de son passé, à Amsterdam, elle se donnait à Robert. Son amant l'entraînait vers la chambre, vers le lit qu'ils partageaient encore.

— Pourrais-tu feindre d'être à moi pour la première fois ? chuchota-t-il.

Valentine n'osa refuser. Mais, après ce long voyage, les émotions qui l'avaient submergée, le regret d'être à nouveau loin de Madeleine, elle avait besoin avant tout de tendresse. Simuler pudeur violée et émerveillement ne la séduisait guère.

Robert caressa ses cheveux puis, d'un geste précis, autoritaire, pressa sa tête sur le bas de son ventre.

— C'est cela que tu voulais, n'est-ce pas ? la défia-t-il. Eh bien, vas-y !

Une tristesse infinie oppressait la jeune femme. Elle voyait Robert devant son piano, ses mains élégantes effleurant les touches, son regard fervent. Sans restriction, elle avait subi l'empire de son cœur, son intelligence, sa tendre sensualité. Elle s'était fondue en lui. Pourquoi s'ingéniait-il à la rabaisser ? Mais peut-être l'amour, comme l'art, était-il un leurre. Madeleine l'avait bien compris.

— Combien as-tu eu d'amants avant moi ? interrogea Robert. Tu ne me l'as jamais dit.

Valentine revit les visages de Jean-Rémy, de Raymond. L'un comme l'autre avaient un regard plein de reproche. Alors elle ouvrit les yeux, vit l'expression de Robert et comprit qu'il leur ressemblait.

21

— Quand j'aurai sept ans, me donneras-tu un bout du potager pour que j'y plante des fraises ?

Comme chaque soir, Renée s'était installée sur les genoux de son père en attendant la tombée de la nuit. Quelques nuages longs et minces s'étiraient dans le ciel. Le cri jeté par une caille dans le pré, au-delà du petit bois, affolait Loulou, l'épagneul roux acheté quelques mois plus tôt.

— Tu pourrais l'avoir dès maintenant, assura Jean-Rémy. Tu es assez grande et forte pour t'en occuper seule.

Renée se blottit contre son père, semblant quêter plus d'affection encore.

— Est-ce que maman viendra goûter mes fraises ? chuchota-t-elle.

Jean-Rémy ne savait que répondre. Depuis quelques mois, la fillette semblait se révolter contre l'absence de sa mère. A maintes reprises, il l'avait surprise devant le tableau du salon, muette, le regard trop attentif.

— Peut-être pas cet été, ma chérie. Mais s'il en pousse beaucoup, Bernadette fera des confitures. On pourra en garder un pot pour ta maman.

— Où est-elle ?

— A Londres, je te l'ai dit cent fois. Parle-moi plutôt de Solange. Il paraît qu'elle s'est fait mordre par Domino.

La fillette pouffa. Pressée par elle, Solange avait fini par consentir à donner un sucre au cheval de Jean-Rémy qui lui avait pincé la paume. Plus grande que le mal, la terreur de sa sœur de lait l'avait fait rire aux éclats. Elle-même ne craignait aucun animal. Elle avait « le don », comme affirmait Bernadette. « Si tu avais vécu dans le vieux temps, répétait-elle à Renée, tu aurais été m'neuse de loups. — Ils ne m'auraient pas mangée ? s'étonnait l'enfant. — Non, ils t'auraient obéi comme des chiens. »

— J'aimerais bien rencontrer le loup, avoua-t-elle, à nouveau sérieuse.

— Quel loup ?

— Celui de Brières. Il s'appelle Bel Amant.

Jean-Rémy haussa les épaules. Avec ses contes à dormir debout, Bernadette exagérait. N'avait-elle pas prétendu devant lui que leur pauvre chat était une âme errante échappée des griffes du diable ? Elle finirait par rendre maboules les deux petites. Il allait prendre une décision rapide et engager une institutrice pour la rentrée. A bientôt sept ans, Renée devait se civiliser, commencer à apprendre la lecture et l'écriture, ne plus courir les bois en sauvageonne.

— Il n'y a plus de loups à Brières. Le dernier a été tué il y a près de quarante ans.

— Bel Amant est un loup spécial. Même Bernadette ne sait pas où il habite. Mais maman l'a vu avant ma naissance.

— Tu dis des bêtises, ma chérie. On va se promener tous les deux. Montre-moi le coin du potager qui te ferait plaisir.

Le babil de Renée, sa petite main dans la sienne ne parvenaient pas à dérider Jean-Rémy. Il se sentait mélancolique, peut-être à cause de l'été qui revenait, du parfum sucré du foin coupé et de la lumière flamboyante jouant sur la surface du Bassin des Dames. De Paris, où son père se mourait, il ne recevait plus de nouvelles : la grève des Postes s'étant durcie, aucun courrier, pas même les télégrammes, n'était distribué. Pour la première fois depuis longtemps, Jean-Rémy était tenté d'entreprendre un court voyage à Paris, mais il se refusait à laisser Renée derrière lui. Et si son père était à l'agonie, ce n'était guère le moment de s'installer avec elle place Saint-Sulpice. L'appartement du boulevard de Courcelles avait été vendu, les objets laissés par Valentine offerts à Madeleine, sa garde-robe distribuée à des œuvres. Que Valentine fût partie avec pour tout bagage un sac de voyage intriguait Jean-Rémy. Pourquoi cette hâte ? Il n'aurait vu aucun inconvénient à ce qu'elle s'attarde boulevard de Courcelles. L'appartement était son œuvre, c'était elle qui l'avait aménagé, décoré.

— Va te coucher, demanda-t-il à la fillette. J'irai t'embrasser dans ton lit.

Il allait marcher seul dans le parc pour tenter de retrouver sa sérénité. Ce soir, Valentine l'investissait. Etait-elle heureuse avec Robert de Chabin ? Dans les rubriques mondaines des journaux, il lisait parfois son nom associé à ceux d'artistes renommés, de célébrités de la scène. Ce qu'elle désirait si fort et qu'il avait été incapable de lui offrir, Robert le lui donnait. Pourquoi alors ne demandait-elle pas le divorce ? A cause de Renée ou parce qu'elle pensait avoir apporté à Robert assez de preuves d'amour ? Valentine était ainsi, sentimentale et cérébrale, prête à se donner corps et âme tout en se protégeant, comme si une blessure ancienne, toujours susceptible de se rouvrir, la marquait encore. Elle adorait les hommes, tout en s'en méfiant, et, à la moindre meurtrissure, se repliait. A force de solliciter sa mémoire des nuits entières, il avait fini par se convaincre que la faille ouverte entre eux s'était produite le fameux matin où il s'était insurgé contre sa proposition de collaboration à l'*Ode au Bassin des Dames*. Sans doute avait-il trop vivement réagi, mais son écriture et la poésie étaient les seules choses qui lui appartenaient en propre. Là était le début de leur mésentente. Il avait cru que Valentine l'aimait pour ce domaine secret alors qu'elle désirait s'en emparer pour y régner.

A grandes enjambées, Jean-Rémy remonta l'allée jusqu'au carrefour de Diane. Cette liberté illusoire à laquelle il avait sacrifié son mariage ne lui laissait aujourd'hui que du vide.

Il faisait jour encore lorsque Jean-Rémy obliqua vers l'étang. Des ronces s'accrochaient au bas de son pantalon. Il allait devoir morigéner le jardinier qui n'en faisait qu'à sa guise. N'avait-il pas décidé d'embaucher le père Tabourdeau pour l'aider au drainage ? Toujours entre deux vins, le clochard mettait un temps infini à soulever deux pelletées de terre. Mais Jean-Rémy ne se sentait plus l'énergie de batailler.

Le long du sentier, pâquerettes et boutons-d'or parsemaient les talus au milieu du plantain qui poussait en touffes drues. L'étang était à deux pas, avec les deux barques peintes en vert amarrées au ponton construit l'été précédent pour que Renée ne risque pas de tomber dans la vase.

Aussi loin que Jean-Rémy portait son regard, il voyait l'arrondi de l'étang, les bosquets de saules, les grandes salicaires qui se penchaient sur l'eau entre des bouquets de bruyères. Un court frisson agitait la surface du Bassin. De minute en minute, l'ombre s'étendait, une ombre qui n'effaçait rien. Comme toujours, Jean-Rémy avait un peu froid. De longues herbes se mouvaient dans l'eau, poussées par quelque courant, et il pensa à une chevelure de noyée. Il recula. Partout se glissait le fantôme de Valentine. Il sentait son odeur, le frôlement de sa main. Cherchait-elle à l'entraîner dans l'étang ? Un instant, il fut tenté de lui obéir, d'aller se reposer à l'endroit qu'elle lui désignait. Pour toujours, il dormirait contre elle dans le balancement léger de l'eau... Il fallait rentrer, Renée l'attendait pour le baiser du soir.

— Ton papa sera de retour dans trois jours, assura Bernadette, aussitôt que ton grand-père sera enterré.

Depuis le départ de son père, la fillette se montrait inquiète, mangeait à peine, dormait mal. En dépit des paroles rassurantes de Bernadette, de l'affection de Solange, elle ne maîtrisait plus sa terreur d'être tout à fait abandonnée.

— Nous irons à l'église tantôt faire une petite prière pour ton bon-papa, décida Bernadette. Après, tu te sentiras mieux.

Bien qu'ayant reçu une éducation religieuse très superficielle, Renée et Solange aimaient se rendre à l'église de Brières. Le long du chemin, elles pouvaient cueillir mûres, noisettes ou airelles, des gerbes de fleurs, mâchonner du blé vert à la saveur lactée, observer papillons et oiseaux, parfois des serpents qui faisaient frémir dans leur fuite les hautes herbes des talus. Au village, chacun leur faisait fête. L'épicière ne manquait jamais d'offrir une poignée de bonbons en forme de pétales de coquelicot, des pastilles à la violette, Marie-Thérèse Le Bossu, un verre de limonade dans sa buvette dont les senteurs fruitées et âcres de vinasse saisissaient l'imagination des fillettes. Et si, par bonheur, le petit groupe rencontrait Germaine Dentu, la fête se prolongeait par une tasse de chocolat et quelques biscuits dans le salon ombragé par l'allée de tilleuls. Au bout du petit jardin, enseveli sous le lierre, une statue de la Vierge de Lourdes ouvrait les bras. « Elle pourrait être ta maman puisque la tienne est partie », avait suggéré un jour Solange. Renée s'était insurgée. Sa maman ressemblait à une fée, cette dame était beaucoup moins jolie.

Souvent l'enfant contemplait en silence le grand portrait du salon. Le long cou, les yeux dorés à l'expression fière, la peau très blanche, les joues rosées comme des nuages, elle lui souriait avec tendresse mais Renée ne parvenait pas à lui rendre son sourire. Sa maman ne devait guère l'aimer puisqu'elle était partie et n'écrivait jamais. Etait-ce parce qu'elle était laide ? Jusqu'au moment où elle s'était chamaillée avec Solange à l'âge de six ans, Renée, adorée, flattée par son père, s'était crue la plus jolie petite fille du monde. Mais ce jour-là, furieuse, sa sœur de lait l'avait regardée avec méchanceté : « Tu ferais mieux de te cacher, avait-elle lancé avec sa jolie voix flûtée, parce que tu es laide comme un pou. » Sur le moment, cette cruauté ne lui avait fait ni froid ni chaud, mais le soir même, alors qu'elle cherchait à s'endormir, un terrible sentiment de culpabilité l'avait fait se redresser sur son lit. Si sa mère l'avait abandonnée, c'était qu'elle ne l'aimait pas et elle ne l'aimait pas parce qu'elle était laide. « Un pou ! » avait jeté Solange. Les poux étaient nuisibles, ils grattaient, vivaient en parasites du sang des autres. Pendant un long moment les larmes avaient étouffé la fillette : elle s'incrustait dans une famille où personne ne la voulait. Un jour, on la chasserait, elle serait seule, sans maison, misérable, comme le père Tabourdeau. Venue l'embrasser, Bernadette avait été bouleversée par ce chagrin. Solange s'était excusée. Elles s'étaient réconciliées et avaient passé la nuit dans le même lit. Mais le mal était fait. Plus jamais Renée ne s'était crue jolie.

En passant devant le cimetière, Bernadette et les deux fillettes hâtèrent le pas et retinrent leur souffle. A la moindre inspiration, l'esprit d'un mort pouvait se faufiler en elles, et cette éventualité les terrifiait.

L'odeur, le silence, la lumière tamisée de la nef impressionnaient Renée et Solange. Suspendu à un pilier, un grand christ à la peau blanche comme un cygne rejetait la tête en arrière, les yeux retournés, la bouche entrouverte, tandis que des rigoles de sang suintaient de sa couronne d'épines. En face, un saint Joseph débonnaire et barbu tenait dans ses bras un poupon joufflu, blond et rose comme un ange. Dans une petite chapelle latérale, une Vierge, identique à celle de Germaine Dentu, ouvrait les bras dans le vide, un sourire tranquille, un peu triste, aux lèvres. Un cierge se consumait parfois devant elle, allumé, assurait Bernadette, par l'épicière qui voulait récupérer son mari. « Mais il vit avec elle », chuchotait une des fillettes. « C'est égal, affirmait Bernadette, c'est pas parce qu'on vit avec quelqu'un qu'on l'aime. » Ces paroles s'imprimaient en Renée, ravivant son chagrin.

— On va offrir un cierge à la Sainte Vierge pour ton grand-père, décida la servante.

Fouillant dans ses poches, Bernadette extirpa deux sous qu'elle glissa dans le tronc et, avec précaution, Renée s'empara d'une chandelle de cire qu'elle alluma. Un courant d'air fit se tordre la minuscule lueur qui projetait son ombre légère sur le blanc cru des murs.

Renée leva les yeux. Un panneau de bois peint montrait Jésus s'effondrant sous le poids de sa croix. D'un côté, un soldat romain levait son fouet, de l'autre, une femme pleurait. Bernadette et les deux enfants récitèrent un Je vous salue, Marie. Les yeux clos, Renée tentait de se souvenir de son grand-père. A Brières, affirmait Bernadette, il l'avait promenée sur ses épaules, fait sauter sur ses genoux, lui avait offert des cachous à la réglisse. Mais elle ne se souvenait de rien, hormis peut-être de la silhouette un peu voûtée d'un homme jouant au tennis avec son papa et l'oncle Raymond.

— Bon-papa est au ciel, n'est-ce pas ? interrogea-t-elle.

Bernadette, qui se signait avec majesté, ne répondit pas tout de suite.

— Cela dépend.

— De quoi ?

— S'il a pu ou non échapper aux forces du mal.

Les fillettes se rapprochèrent. L'une comme l'autre avaient un goût très vif pour les histoires mystérieuses et terrifiantes.

Le doigt sur la bouche, la jeune femme poussa les deux enfants vers le dernier banc de la nef, entre le confessionnal peint en gris et la corde de la cloche qui pendait, immobile.

— Les forces du mal, chuchota-t-elle lorsqu'elles furent toutes les trois installées, sont les mauvais esprits, les âmes méchantes qui rôdent autour des morts. Si la famille pleure trop son défunt, refuse que son âme s'en aille tranquillement au bon Dieu, alors les démons s'en emparent et veulent l'entraîner en enfer.

— Qui sont ces démons ? murmura Renée.

— Des hommes malfaisants.

— Comment les reconnaît-on ? interrogea Solange en remuant à peine les lèvres.

— La plupart du temps, ils sont noirs et poilus, mais ils peuvent ressembler aussi à des hommes ordinaires.

— Des hommes ou des femmes ? insista la fillette.

— Des hommes, affirma Bernadette. Les femmes ne sont jamais des démons, seulement des sorcières qui s'accouplent parfois avec eux, comme des bêtes.

La bouche ouverte, les yeux écarquillés, les fillettes tentaient d'imaginer cette chose inconcevable et répugnante.

— Et ils ont des enfants ? hasarda enfin Renée.

— Non, Dieu merci ! Quand les sorcières se sont données au diable, elles ne veulent plus des hommes. Elles vivent seules alors, et se débrouillent très bien.

L'horloge sonna cinq heures. Un rayon de soleil déclinait, qui pénétrait un vitrail et faisait danser une colonne de fine poussière. Au-dehors, on entendait meugler des vaches qui attendaient la traite. Des moineaux piaillaient.

— Les sorcières sont-elles plus méchantes que les diables ?

Bernadette soupira. Renée n'en finissait pas avec ses questions et lorsqu'elle était prise de court, elle devait puiser dans son imagination.

— Les diables vont et viennent, jamais à la même place, mais les sorcières restent pour l'éternité là où elles ont vécu, là où elles sont mortes, dans le cœur, l'esprit, la chair des hommes, affirma-t-elle. Elles les empêchent d'oublier, elles ne pardonnent jamais.

— Quoi ?

— Qu'ils les aient chargées de leur propre mauvaiseté.

Un moineau plus hardi que les autres s'était glissé par la porte entrouverte et sautillait sur les pavés. Renée avait envie de pleurer.

— L'âme de mon bon-papa s'est échappée, affirma-t-elle d'une voix tremblante. Elle est auprès du bon Dieu maintenant.

La nuit suivante, un terrible cauchemar éveilla Renée. De hideux et grimaçants démons la poursuivaient et elle allait tomber entre leurs griffes quand une femme s'était élancée à son secours. Elle avait de longs cheveux blonds, une robe bleue. Quand elles s'étaient trouvées face à face, Renée avait reconnu la jolie dame du tableau, sa maman.

— Je vais être franc, Jean-Rémy : te savoir à mes côtés me serait d'un grand secours.

— A quoi serais-je bon ? A mettre en vers les rapports des entrepreneurs ? A planter des roses autour de tes usines ?

— A me donner ton avis, tout simplement. Depuis la mort de papa, j'ai de lourdes responsabilités.

— Les affaires marchent bien ! A ce qu'on m'a dit, les entreprises Fortier ont pris à temps le virage du progrès. Tu devrais te frotter les mains.

Le restaurant du Jockey-Club choisi par Raymond affichait un luxe discret. Après maintes démarches, Raymond venait enfin d'y être admis et il éprouvait une satisfaction presque enfantine à y inviter ses amis. Du village creusois à ces boiseries de chêne blond, ces tapis persans frangés de soie, quel chemin parcouru ! Raymond en était fier, comme il était heureux de sa berline Stern Daimler, carrossée sur mesure, aux sièges recouverts de cuir de Russie, et satisfait de ses costumes coupés à Londres. Depuis l'âge de dix-huit ans, il avait consacré ses forces aux entreprises Fortier et il trouvait normal d'en récolter les fruits.

— Je ne me plains pas des affaires, assura Raymond, mais d'être seul à en assumer la responsabilité.

— Tu as Madeleine. J'ai cru comprendre qu'elle participait aux activités familiales.

Raymond esquissa un sourire.

— Ferais-tu allusion aux vignes de La Croix-Valmer ? Eh bien, l'achat n'était pas si mauvais, après tout. Les prix ont presque doublé en huit ans. La Bourse n'a pas fait mieux. Si je menais avec ma femme une vie conjugale normale, je songerais même à y construire une maison.

Jean-Rémy posa sa fourchette. Le regard de son frère avait pris une expression triste contrastant avec l'ironie de sa voix.

— Où en es-tu avec elle ?

Il avait l'intuition que ce frère aîné, qui l'avait toujours impressionné et écrasé, était encore plus malheureux que lui.

— Nous sommes virtuellement séparés. S'il n'y avait notre petite Colette, je demanderais le divorce.

Jean-Rémy ferma à demi les yeux. La vie était dérisoire et triste. Qui aurait pu deviner que les deux héritiers de l'empire Fortier n'étaient que des pauvres bougres trahis par leurs femmes ? Il avait eu sa part de souffrance, mais, contrairement à Raymond, l'angoisse s'était effacée. Mois après mois, Brières l'en avait débarrassé. Si chaque homme avait son destin, il accomplirait le sien avec une âme égale, y compris dans le châtiment de celle qui l'avait tant fait souffrir.

— Mais Madeleine reste à tes côtés.

— Si peu ! Aujourd'hui, elle milite avec rage pour le droit de vote des femmes, la plupart du temps par monts et par vaux avec son amie anglaise. Tu la reconnaîtrais à peine !

— Jamais je n'ai été proche de ta femme, tu le sais. C'est un être maléfique qui a perverti Valentine avant de te bafouer.

Raymond se raidit. Quoique traité avec mépris par Madeleine, il ne supportait pas qu'on la critique ouvertement. Elle avait mille défauts, certes, mais avait dû batailler dur dans la vie pour s'imposer.

— Valentine n'avait guère besoin de Madeleine pour s'affranchir. C'est une femme énergique et romanesque qui croit en l'amour éternel tout en ne voulant vivre que le moment présent. Elle est convaincue d'avoir toutes les sincérités et n'en montre aucune.

— Tu sembles la connaître mieux que moi, s'étonna Jean-Rémy.

Raymond se força à rire.

— Disons que nos femmes se ressemblent. Qui aurait cru que nous succomberions l'un comme l'autre à leurs charmes vénéneux !

Ces paroles, prononcées probablement au hasard par son frère, touchèrent Jean-Rémy. Comment de simples mots pouvaient-ils ressusciter Valentine avec cette intensité ? Elle habitait Londres désormais. Comment y vivait-elle, pensait-elle parfois à lui ? L'air lui sembla soudain étouffant. Il repoussa son assiette.

— Sortons, veux-tu, j'ai envie de marcher.

Sans se presser, les deux frères remontèrent les Champs-Elysées en fumant un cigare. De jolies femmes, vêtues de robes fluides, selon les critères de la mode, coiffées d'immenses chapeaux où frémissaient des plumes d'autruche, tenant à la main de délicates ombrelles, marchaient au bras de leurs maris.

— Vis-tu tout à fait seul ? interrogea Raymond alors qu'ils descendaient vers le Bois. J'avoue, quant à moi, m'offrir une petite femme de temps à autre.

— Les prostituées me font horreur.

— Alors, prends une maîtresse. Il doit bien y avoir dans la Creuse quelques appétissantes villageoises prêtes à balancer leur bonnet par-dessus les moulins.

Jean-Rémy haussa les épaules. La vulgarité de Raymond l'avait toujours heurté.

— Seule la recherche de la beauté m'attire. Elle peut être fugitive et humble comme la vue d'un paysage, d'un animal sauvage dans les sous-bois, le rire de ma petite fille, ou sublime comme la poésie et l'amour. Valentine m'a offert un rêve de beauté et, même évanoui, quelque chose en demeure. Demain, je repars pour la Creuse et, comme toujours, tu te débrouilleras fort bien sans moi.

— Accompagne-moi au moins en Amérique. Il se passe à Chicago des choses intéressantes dans le bâtiment. Même au fond de la Creuse, je suis sûr que tu as entendu parler de Frank Lloyd Wright et de sa « Robie House ».

Jean-Rémy mâchonnait le bout de son cigare. La digestion du repas un peu lourd, la chaleur l'incommodaient. Une femme le frôla, laissant derrière elle les effluves d'un parfum capiteux.

— Les voyages ne m'attirent plus.

— Mais tu es devenu un mort vivant ! Ne prétendais-tu pas autrefois être outré par nos habitudes bourgeoises et casanières ? Pour donner le meilleur de lui-même, un poète doit se frotter aux autres, affronter l'inconnu.

— Je n'aurai pas arrêté de te décevoir, mon cher frère. Tu es un homme tourné vers l'avenir, et moi vers le passé.

— Quel passé ? Ta carrière de poète ou ton mariage ?

Raymond regretta son ironie. Jean-Rémy ressemblait encore à un adolescent, un vieil adolescent ayant dépassé largement ses trente ans. C'était mal de l'accabler.

— Les brûlés s'habituent au feu, jeta sèchement Jean-Rémy, et chacun trouve son bonheur où il le peut. Tes ambitions professionnelles, des femmes faciles, ton club sélect, cigares et champagne te font oublier tes échecs. Moi, je cherche la paix dans ma campagne au milieu de gens simples et auprès de mon enfant.

— C'est une capitulation.

— Les Parthes ont trouvé leur salut dans le désert.

Raymond jeta son cigare. A côté des deux hommes, un réverbère répandait une flaque de lumière jaune. Le long de l'avenue du Bois, des automobiles, quelques voitures attelées, des cavaliers allaient et venaient dans la dernière pénombre. Les deux frères achevèrent en silence leur promenade et prirent une automobile de louage pour rentrer chez eux.

— Je te dépose d'abord, annonça Raymond. Peut-être prendrai-je le chemin des écoliers avant de rentrer rue Raynouard.

Yvonne Fortier n'était pas encore couchée. Sans doute avait-elle pleuré car Jean-Rémy lui trouva le teint livide, les yeux rouges et gonflés. Dans l'hôtel particulier de la place Saint-Sulpice, son père était encore omniprésent. Ses vêtements étaient alignés dans sa garde-robe, ses objets de toilette dans la salle de bains, des piles de papiers s'accumulaient sur son bureau. Mais quoique en apparence tout fût resté semblable, Jean-Rémy ne retrouvait rien de l'ambiance chaleureuse d'autrefois. Les lumières semblaient mal éclairer des pièces plus vastes et silencieuses, le gros fauteuil de cuir poussé près de la fenêtre l'été, de la cheminée pendant l'hiver, gardait encore l'empreinte de Maurice, un livre était posé à côté, marqué d'un signet.

— Assieds-toi, demanda Yvonne. Je voudrais te parler.

Céleste apporta un pot de tilleul sur un plateau d'argent et le flacon de laudanum dont Yvonne Fortier prenait quelques gouttes pour l'aider à s'endormir.

— Va te coucher, ma fille, nous mettrons de l'ordre demain.

Jean-Rémy fut peiné. Jamais sa mère ne s'adressait au personnel sur ce ton morne. Il avait souvenir d'une voix claironnante, impérieuse, toujours pleine d'allant, comme si les moindres décisions domestiques représentaient pour elle autant de défis à relever. Adolescent, cet autoritarisme l'avait exaspéré. Il souffrait de la froideur de son père, du pragmatisme bourgeois de sa mère, des ambitions matérielles et du cynisme de Raymond. Se sentir un étranger au milieu des siens le réconfortait dans sa volonté de fuir cet univers incapable d'élan ou de rêve.

— Tu devrais te reposer, maman.

Jean-Rémy prit la main de sa mère dans la sienne. Que restait-il de ses critiques acerbes, de ses mépris d'adolescent ? Pouvait-il se permettre aujourd'hui le moindre jugement sur autrui ? A quoi avaient servi ses enthousiasmes, ses convictions ? A faire de lui un ermite, un raté, comme le pensait Raymond.

— Je me fais du souci pour la succession de ton père, avoua Yvonne en prenant une gorgée de tisane. Raymond est admirable mais trop seul.

— Papa a hérité seul des entreprises de son propre père, observa Jean-Rémy.

— Mais j'étais à son côté. La présence d'une famille solide et unie est essentielle pour un homme ayant à assumer d'aussi lourdes charges. Raymond t'a sûrement confié que son ménage allait mal.

— Il m'en a parlé en effet, et je n'en ai guère été surpris. Jamais je n'ai apprécié Madeleine.

— Tu as tort. C'est une femme courageuse. Si elle n'avait pas souffert d'une éducation déplorable, sans doute aurait-elle été heureuse et pu rendre heureux les siens.

— Elle mène ceux qu'elle côtoie à la ruine.

— Ne dis pas de bêtises ! s'irrita Yvonne Fortier. Tu n'as pas le droit de la juger.

— A cause de Valentine ?

— Parlons d'autre chose, veux-tu ? murmura-t-elle. Mes soucis aujourd'hui se portent sur l'héritage de ton père. Raymond aura l'entreprise dont tu conserveras des parts en revenu fixe. Tu gardes Brières et le capital de l'appartement que tu as vendu. Je resterai quant à moi place Saint-Sulpice avec une rente, ma vie durant. Le versement de ces deux revenus forcera Raymond à dégager des capitaux quand beaucoup d'entreprises investissent leurs profits à la Bourse ou pour se moderniser. Avec les incessantes revendications ouvrières, les fortunes s'érodent.

— Je peux me passer de ma rente, objecta Jean-Rémy. Les revenus de mon capital me suffisent pour vivre à Brières.

— Ce serait injuste. Toujours j'ai voulu vous élever, Raymond et toi, dans la plus stricte équité. J'ai assez de chagrin avec vos femmes sans me culpabiliser à cause de mes propres fils.

— Tu m'as toujours jugé défavorablement.

Yvonne posa sa tasse. Jamais elle n'avait été remise en question. Cette brusque attaque la mit aussitôt sur la défensive. Un moment, elle resta adossée à son siège, le regard brillant.

— Je crois tout au contraire que tu devrais me remercier de t'avoir sans cesse défendu en face de ton père.

— Il avait honte de moi ?

— Puisque tu veux savoir la vérité, il était déçu par toi. Les Fortier ont tous retroussé leurs manches et tu prétendais ne rien faire.

— Ecrire n'est pas de l'oisiveté !

— Ecrire quoi ? Lorsque tu nous as déclaré que tu voulais devenir écrivain, nous avons rêvé de l'Académie. L'idée d'un Fortier sous la Coupole plaisait à ton père et nous étions prêts à dépenser beaucoup pour t'y faire élire.

— L'argent n'achète pas ce genre de choses, maman !

— Mais il contribue considérablement à les réaliser. Seulement, pour devenir académicien, il faut le vouloir, et tu n'as aucune ambition.

Jean-Rémy se leva. Sa mère se servait des mots de Valentine, des mots humiliants, méchants et faux.

— Que sais-tu de mes ambitions, maman ? Que sais-tu de moi ? Sûre que tes convictions étaient les seules valables, jamais tu ne m'as accordé un vrai moment d'attention. Tu décidais, tranchais, sans être effleurée par l'ombre d'un doute, alors que moi je m'étiolais ou me révoltais parce que tes certitudes ne me concernaient pas. Tu me voulais à l'image de papa ou de Raymond, au pire comme un artiste mondain reconnu et fêté par les bourgeois, écrivant des œuvres correctes et distinguées.

Le ton de Jean-Rémy montait, comme s'il se grisait de son propre courage. En face de lui, Yvonne restait figée, les sourcils froncés.

— Je cherchais quelqu'un qui puisse me parler, comprendre mes enthousiasmes et me guider, mais autour de moi je n'avais que le silence, des préoccupations matérielles et mondaines que je fuyais. Alors, je me terrais dans ma chambre, je lisais, je rêvais, je m'enfermais en moi-même. Puis, sans me demander mon avis, tu m'as expédié dans la Creuse pour me « refaire une santé ». Là, j'ai découvert la liberté. La nature, les bêtes sont devenues ma société et je me suis senti au milieu d'elles plus épanoui que dans mon isolement, place Saint-Sulpice. Ma révolte a fait place à une certaine sérénité. Je voulais être poète et espérais que quelques-uns de mes semblables goûteraient mes œuvres. Lorsque j'ai regagné Paris, rien n'avait changé à la maison.

Toujours y régnaient le masque de l'efficacité, de la respectabilité et les mesquineries liées à l'argent. Je n'étais plus révolté, j'avais peur. Peur de devenir comme vous.

Yvonne s'était reprise. Elle écoutait maintenant, la tête un peu penchée, un petit sourire plein de pitié aux lèvres. Malheureux, Jean-Rémy la prenait comme bouc émissaire. Ce qu'il débitait était absurde et arbitraire. Toujours elle avait recherché le bonheur de ses enfants. Leur épanouissement avait été son objectif essentiel, au détriment parfois de son pauvre mari qui la traitait affectueusement de « mère poule » lorsqu'elle refusait de les quitter. Jean-Rémy avait voulu ruer dans les brancards, leur prouver à tous que seul il pouvait trouver réussite et bonheur. Il avait bien sûr échoué, et ce qu'il lui lançait aujourd'hui à la tête n'était que le fruit amer de son échec. Elle devait comprendre et pardonner.

— Au retour d'un voyage, j'ai rencontré Valentine, poursuivit Jean-Rémy. Aussitôt tu l'as détestée parce que ses conceptions de la vie étaient à l'opposé des tiennes. Elle croyait en moi, en mon œuvre littéraire, et s'est dépensée pour la faire apprécier. Mais l'éducation que j'avais reçue m'avait rendu timoré, pessimiste, ôté toute confiance en moi. Je n'ai pas pu la suivre, pas su la remercier et elle est partie. Aujourd'hui, tout est fini pour moi, je n'ai plus d'énergie, à peine ai-je la force d'écrire. Je suis seul.

Jean-Rémy avait parlé en un instant plus que durant trente années de sa vie. Il n'en pouvait plus.

— Il est tard, balbutia-t-il. Je vais me coucher.

Yvonne Fortier regarda s'éloigner son fils cadet. Elle aurait voulu le rattraper pour le prendre dans ses bras, mais de peur qu'il la repousse, elle resta dans son fauteuil.

— Mon pauvre enfant ! soupira-t-elle.

23

L'étroite allée de Regent's Park serpentait autour d'une pelouse où quelques employés profitaient du premier soleil d'avril. Le gazon était bordé de massifs de narcisses et de jonquilles qui semblaient peints sur le vert tendre de l'herbe. Des couples de cavaliers passaient en causant.

Valentine, qui avait marché depuis sa maison, se sentait un peu lasse et décida de s'asseoir quelques instants sur un banc. Vaguement, elle suivit des yeux un petit chien frisé qui vagabondait, un landau, haut sur roues, poussé par une nurse. A quelques pas, un groupe de fillettes en uniforme gris, portant des chapeaux de feutre ronds et des bottines lacées, jetaient aux pigeons des miettes de leurs biscuits. Elles avaient dix ou douze ans peut-être, des voix claires, le rire à la bouche. Renée leur ressemblait-elle ? Avec les années, avait-elle embelli, s'était-elle épanouie ? L'idée qu'elle pourrait croiser sa fille dans la rue sans la reconnaître l'étonnait. Oserait-elle lui parler si elle la revoyait ? Et que se diraient-elles ?

Deux femmes la frôlèrent, portant les petits chapeaux à bord retroussé et à coiffe haute que la mode venait d'imposer. « Je vais passer chez ma modiste, résolut Valentine. De quoi ai-je l'air ? »

Depuis l'hiver, une mélancolie persistante l'avait enfermée chez elle la plupart du temps. Pour la première fois, elle avait manqué quelques récitals de Robert, décliné des dîners dans le monde. Son refus définitif du mariage lui fermant maintes portes, les invitations se faisaient rares. Robert, par ailleurs, s'était résigné et ne lui parlait plus de liens conjugaux. Il sortait seul parfois, invoquant la nécessité de rencontrer des mécènes, des personnalités intéressantes. Mais il l'aimait, elle ne pouvait en douter. Lorsqu'il jouait dans leur salon, portes closes, rien n'existait pour eux hormis leur entente, leur complicité. Sous la caresse des notes, c'était leur tendresse qui frémissait.

Des jardiniers arrosaient l'herbe où s'abattaient des volées d'étourneaux. Valentine ferma les yeux. L'odeur de l'herbe mouillée ravivait des émotions. De plus en plus souvent, elle pensait à Brières, et des souvenirs qu'elle croyait enfouis l'envahissaient comme un appel incessant, irritant. L'envie de revenir chez elle, de s'y enfermer reprit la jeune femme. Elle se leva. Robert ne rentrerait qu'à la nuit, elle aurait le temps de lire les partitions qu'un jeune compositeur venait de lui faire parvenir, de répondre à quelques lettres, la plupart expédiées par des admiratrices de Robert. Le ton, parfois libre, de ces jeunes femmes la révoltait. Elle était jalouse de ces mots qu'elle n'avait pas prononcés, de désirs suggérés plus voluptueux que des étreintes. Semblant s'en moquer, Robert lui avait laissé le soin de la correspondance, mais cette preuve de confiance n'apaisait pas sa jalousie. S'il lui laissait ces miettes, était-ce parce qu'il conservait des secrets ? Elle avait trente et un ans, se soignait, restait coquette mais l'énergie qu'elle déployait au service de Robert ne lui laissait guère de moments libres pour se farder, arranger savamment sa coiffure. Sa vie était si intimement liée à celle de son amant que les mille détails des toilettes féminines avaient perdu leur importance. Jamais, jusqu'à ces temps derniers, elle n'avait eu peur de perdre Robert, le laissant libre d'aller et venir dans le monde. Alors pourquoi cette morsure soudaine ?

En cette matinée ensoleillée, les rues de Londres étaient animées. Des marchands ambulants proposaient eaux de senteur, rubans, graines de millet pour les oiseaux. Entre les voitures de livraison attelées à de lourds chevaux, les automobiles se frayaient un passage à longs coups de klaxon. Un moment, Valentine s'arrêta pour lire une affiche annonçant *Le Spectre de la rose* dansé par Nijinski et la Karsavina. Le lendemain même, Robert et elle étaient invités à la première représentation. Cette soirée exceptionnelle serait suivie d'un dîner chez lord et lady Gingham.

La maison de Grosvenor Square mise à leur disposition était confortable, assez vaste pour recevoir, mais sans ostentation. Deux domestiques suffisaient à assurer le service. Construite en hauteur, on y accédait par un escalier de granit menant à une jolie porte d'acajou qui ouvrait sur un vestibule étroit d'où s'élevait l'escalier menant aux deux étages. La maison étant meublée, Valentine n'avait eu qu'à ajouter une note personnelle : quelques tentures de soie aux coloris vifs drapées autour des fenêtres, des plantes rares dans des pots chinois, des vases en forme de fleurs stylisées et quelques tableaux de nouveaux venus sur le marché de l'art comme Picabia dont la peinture futuriste la fascinait. Les temps étaient révolus où elle pouvait s'offrir de grands artistes, mais la difficulté de continuer une collection à moindre dépense lui posait le genre de défi qu'elle aimait à relever.

Dans sa chambre, Valentine ôta ses gants et son chapeau. Les fenêtres donnaient sur un jardinet cerné d'un mur de brique où fleurissaient narcisses et jacinthes autour d'un petit bassin entouré de buis. En dépit d'une certaine solitude, la jeune femme se plaisait à Londres. Elle n'avait quitté sa maison que pour se rendre à Bath quelques semaines durant l'été. Robert avait renoncé pour un temps à ses voyages à travers le monde. Mais il se rendait en Irlande, en Ecosse, aidait à la formation de nouveaux orchestres, découvrait et formait de jeunes talents. Dans leur maison de Grosvenor se retrouvaient peintres, musiciens, danseurs et comédiens, dans une atmosphère que Valentine voulait sans retenue ni déférence. Ses rêves de jeune fille se réalisaient, bien que le bonheur exalté qu'elle en avait attendu restât un peu en retrait d'elle-même, comme si un mur invisible se dressait entre ses aspirations et ses facultés à pouvoir les vivre.

— Monsieur a téléphoné, annonça Rose, la femme de chambre. Il demande à Madame de ne pas l'attendre pour le dîner.

Avant de se retirer, la domestique observa en coin Valentine. Comme William, le chauffeur, elle réprouvait le concubinage et jugeait avec sévérité les artistes qui fréquentaient la maison, les comédiennes surtout, qui parlaient fort et portaient de faux bijoux.

— Merci, Rose, jeta Valentine.

La bonne se retira, un petit sourire aux lèvres. Depuis quelques semaines, son patron s'absentait l'après-midi et sortait de plus en plus souvent seul pour dîner. Il devait y avoir une autre femme. Ce serait une bonne leçon pour sa patronne. Qui semait le vent récoltait la tempête. Ne chuchotait-on pas qu'elle avait abandonné sa fille unique ?

Valentine tenta de se concentrer sur une partition de piano et violon qui lui rappelait la touche de Gustave Charpentier, mais sans cesse son esprit revenait à Robert. Bien qu'acceptant ses louanges et multiples marques de tendresse, il se confiait moins depuis quelque temps. Et cependant il jouait avec un talent inégalé. S'il aimait une autre femme, cette liaison le perturberait. Robert était narcissique, sensible, tyrannique mais franc. Il aurait été incapable de rentrer chez lui le sourire aux lèvres en sortant des bras d'une maîtresse. Elle avait développé chez lui une multitude de besoins qui la rendaient indispensable. Sans elle, Robert ne pouvait décider d'une cravate, d'un vin, placer son argent, rouler en automobile. Mais Valentine, qui avait voulu organiser cette sujétion, en souffrait à présent. Tout comme Jean-Rémy, Robert se repliait sur lui-même. Elle magnifiait l'artiste et mutilait l'homme. La jeune femme ouvrit la fenêtre. La brise sentait le tilleul, comme à Brières. Il n'y avait pas un jour où elle ne pensât à son domaine, au Bassin des Dames, à Jean-Rémy, à Renée, aux Genche et aux Dentu, au vieux curé. Elle allumait alors une cigarette et rejetait en longues volutes la fumée, comme elle avait vu cent fois Madeleine le faire. De sa belle-sœur, elle n'avait guère de nouvelles. Elle avait rompu avec son amante anglaise et vivait avec une femme mûre qui protégeait des bolcheviques recherchés par la police russe. Tout ce qui était bourgeoisie, hiérarchie sociale, pouvoir financier la scandalisait désormais. Elle avait quitté Raymond, mais conservait avec lui des rapports courtois, s'occupant de sa fille en mère abusive, l'isolant de son groupe social comme elle-même avait été marginalisée par son père.

De passage à Londres, Raymond s'était arrêté pour une courte visite, mais avait refusé de rencontrer Robert. Il avait maigri, était soucieux. Avec les remous qui ébranlaient l'Europe, les affaires n'allaient guère. Les grèves se succédaient et il songeait à se replier sur les Etats-Unis. Son voyage, l'année précédente, l'avait emballé mais, Madeleine et lui étant virtuellement séparés, il n'était pas question qu'il s'éloigne de Colette, son rayon de soleil, sa joie de vivre.

En partant, il avait pris familièrement Valentine par le menton et avait déposé un léger baiser sur ses lèvres. « En souvenir du passé. » Lorsque la porte s'était refermée sur lui, Valentine avait pleuré.

Il était plus de minuit quand Robert descendit du taxi. La lumière brillait encore au salon et il fut heureux que Valentine l'ait attendu. Lady Caroline Asaph l'envoûtait. Il ne pouvait s'empêcher de courir à ses invitations, la courtisait, mais la quittait toujours dans un état de grand malaise.

Veuve de lord Reginald Asaph, qui possédait en Ecosse un château entouré de milliers d'acres et des houillères dans les Highlands, Caroline habitait à Londres un hôtel délicieux le long de Holland Park. Elle y vivait seule dans la plus grande liberté et invitait à sa table l'aristocratie européenne. Jolie, vive, elle se faisait gloire de connaître les artistes de son siècle qui venaient chez elle en familiers. On ne lui connaissait aucun amant officiel, mais chacun savait qu'elle avait mené maintes liaisons dans la plus grande discrétion.

Avant d'introduire sa clef dans la serrure, Robert tenta de reprendre contenance. Valentine devinait tout.

— As-tu passé une bonne soirée ?

— J'ai fait la connaissance de ce champion de tennis, Wildes, que tu admires tant. Tu le verras demain chez lord et lady Gingham.

— Qui y avait-il d'autre ?

— Des hommes politiques, une brochette de vieux lords, une princesse russe et une danseuse espagnole.

Le lustre jetait une lueur plate sur les rideaux de soie bouton-d'or, un tapis d'Aubusson semé de fleurs, les deux causeuses recouvertes d'un tissu imprimé de tulipes stylisées qui encadraient la cheminée. Valentine avança vers Robert, l'entoura de ses bras, posa un baiser sur ses lèvres.

— J'ai bien travaillé ce soir. Un peu écourtée, la sonate du petit Dikinson prend une grande force. Tu devrais commencer à l'étudier.

Robert acquiesça. Pour contenter Valentine, il était prêt à toutes les bassesses.

— Allons nous coucher, veux-tu ? proposa-t-il. Je suis mort de fatigue.

— Pourquoi Caroline Asaph me juge-t-elle indigne de sa maison ? demanda soudain la jeune femme. Elle ne peut cependant prétendre donner l'exemple d'une scrupuleuse droiture morale.

N'étant prêt ni à la défendre ni à la condamner, Robert était sur des charbons ardents chaque fois qu'on évoquait lady Asaph devant lui.

— Tu es trop jolie, elle est jalouse.

— N'inviterait-elle que des laiderons ? Tu connais mal les femmes, mon chéri. Plus elles sont charmantes et mieux elles veulent régner. Pour vaincre avec panache, il faut affronter des rivales à sa mesure.

— Sans doute ne se sent-elle pas d'affinités avec toi.

— Elle ne me connaît pas.

Le ton de Valentine s'était durci et Robert était contrarié. Sa maîtresse avait de redoutables sautes d'humeur. Douce et amoureuse un instant plus tôt, elle pouvait se transformer en harpie et le harceler jusque tard dans la nuit.

— Lady Caroline est une femme gâtée, adulée. Elle décide et, comme toutes les souveraines, fait quelques erreurs d'appréciation. On trouve à sa table des gens tout à fait ordinaires, n'ayant pour eux que le clinquant d'une réputation à la mode.

— Alors pourquoi la vois-tu avec autant d'assiduité ?

— Tu t'égares, ma chérie ! Bonne nuit. Je dormirai dans mon cabinet de travail. Fais-moi réveiller à neuf heures, j'ai une répétition.

A gestes lents, Valentine tisonna les braises, disposa le pare-feu, éteignit les lampes une à une. Au dédain qu'elle nourrissait envers lady Caroline se mêlait l'irritation causée par la réaction de Robert. Mais depuis longtemps elle attendait cette épreuve. Son amant avait trente-cinq ans, il était beau et célèbre.

Du jour où lady Caroline avait plu à Robert, ses sentiments pour la jeune Anglaise avaient tourné à la haine. Un moment, elle avait songé à forcer la porte de l'hôtel Asaph, à faire une entrée souriante et déterminée au bras de Robert. Mais elle avait renoncé. Une Naudet ne se faufilait pas par la fenêtre lorsqu'on lui claquait la porte au nez.

Les convives étaient nombreux chez lord et lady Gingham. Des petits groupes s'étaient formés à travers les salons. Entourée, complimentée, Valentine revivait. Tous deux septuagénaires, lord et lady Gingham avaient beaucoup voyagé, perdu leur fille unique mariée à Calcutta et, revenus de pas mal d'illusions, se vouaient à un idéal de conciliation, avec la distinction et la politesse parfaites de citoyens du monde.

— La musique, comme toute expression artistique, crée un monde irréel dont nous avons grand besoin, assura à Valentine lady Dorothy. Ce serait si ennuyeux d'être condamné à la morne réalité quotidienne.

— Morne, chère amie ? s'insurgea un vieux membre de la Chambre des lords. Mais chaque matin, en ouvrant mon journal, je suis confronté à des bouleversements tout à fait troublants : le Mexique, la Chine et l'Empire russe sont au bord de la révolution, les ouvriers multiplient les grèves.

— Des incidents, mon bon William. Nous allons avoir un nouveau roi, Nijinski et les Ballets russes de Diaghilev triomphent, Maurice Ravel continue à nous enchanter, des avions vont bientôt nous livrer le courrier d'un point à l'autre de l'Angleterre et nos réserves de madère nous permettront de vous recevoir quelques années encore avec bonheur. Voilà l'important.

Le rire de lady Gingham accentua la dérision de ses propos. Tout ce qui était raisonnable l'ennuyait. De nouveaux invités étaient introduits dans le salon, des femmes en robe de chez Paquin ou Poiret, des hommes sanglés dans leurs habits.

Dorothy Gingham se pencha vers Valentine.

— Caroline Asaph ne reculera devant rien pour arriver à ses fins. Ne vous laissez pas faire !

La jeune femme allait répondre quand une voix la fit tressaillir. Elle leva les yeux. Peter Groves se tenait devant elle.

Le dîner s'achevait. A maintes reprises, Valentine avait croisé le regard de Peter, assis à l'autre bout de la table. Il avait gardé sa sveltesse, son visage rond de jeune homme imberbe, mais ses cheveux se raréfiaient, un pli marquait le coin des lèvres. La conversation roulait sur les prochaines fêtes du couronnement de George V qui devaient durer une semaine. Mais Valentine n'y participait guère. Revoir Peter ressuscitait un pan de sa vie qu'elle aurait souhaité effacer pour toujours. Avec une clarté cruelle, elle se rappelait le jour où elle avait attendu en vain le jeune Anglais au jardin des Tuileries, sa déception, les fleurs, les lettres, les promesses. Ces souvenirs lui serraient le cœur.

— Des folles dépenses, critiquait à sa gauche un jeune membre de la Chambre des communes auquel on prêtait un brillant avenir politique. Je serais d'avis, à une époque où tant de miséreux meurent de faim, de couper par moitié le programme des réjouissances.

— Les pauvres en auront-ils plus de pain ? intervint lady Gingham. Le faste royal séduit les cœurs, colore les imaginations. N'est-ce pas tout aussi important qu'une tranche de bacon dans son assiette ?

Peter souriait et Valentine savait qu'il lui adressait ce sourire. Le jeune homme arrivait dans sa vie quand elle était le plus vulnérable, comme une promesse ou un avertissement. Sa présence symbolisait-elle la dérision des sentiments amoureux ou leur omnipotence ?

— Je savais que nous nous reverrions.

Valentine s'était assise à l'écart, à côté de Peter, tandis que des domestiques passaient des sorbets.

— Vous surgissez toujours au mauvais moment, ironisa la jeune femme. Mais sans doute y aura-t-il une autre Madeleine pour vous recueillir et atténuer vos chagrins.

— Ne m'accusez pas, c'est vous qui m'avez négligé.

— Seriez-vous sentimental ?

— Peut-être. A vous de le découvrir.

24

Il y avait beaucoup de promeneurs autour du lac et Valentine ralentit le pas. Huit ans plus tôt, elle avait eu peur de céder à Peter, avait été jalouse de Madeleine, lui avait reproché vertement de s'être approprié ce jeune homme qu'elle aurait pu aimer, avait pleuré, s'était insurgée contre sa grossesse qui l'avait empêchée de lutter à armes égales. Aujourd'hui, elle se promenait à petits pas à son côté avec au cœur la seule affection que l'on éprouve pour un ami rencontré en pays étranger.

— Viendriez-vous chez moi prendre une tasse de café ? demanda le jeune homme.

Et comme Valentine ne répondait pas :

— Je ne vous demande pas de devenir ma maîtresse. Les amours restent attachées aux événements qui les ont fait naître, à une époque, une senteur du temps, mais je voudrais vous garder un peu près de moi. Vous me devez cela.

— A cause de notre rendez-vous manqué des Tuileries ?

— Des sentiments, même fugitifs et légers, que nous avons éprouvés l'un pour l'autre. Je suis un homme fidèle.

— Que signifie la fidélité ?

Valentine songeait à Robert. La cour qu'il faisait à Caroline constituait à ses yeux une infidélité.

— Une ligne droite. Mais vous, Valentine, êtes une femme tout en volutes et ondoiements. C'est une partie de votre charme et la raison qui fait souffrir les hommes qu'il vous arrive d'aimer. Plus que de vos amants, vous êtes amoureuse de l'amour.

— Je leur donne le meilleur de moi-même.

— N'est-ce pas plutôt à vous-même que vous l'offrez ? Les grandes passions sont le privilège des femmes sensibles dont la vie est trop vide.

De brusques rafales de vent soulevaient les hauts feuillages des ormes et des platanes. De loin provenaient les échos d'une musique légère jouée dans un kiosque par un orphéon. Valentine s'en voulait de se sentir si bien aux côtés de Peter. Jamais elle n'avait éprouvé cette quiétude toute simple avec Jean-Rémy ou Robert. Elle les avait aimés trop vite, d'une façon trop absolue, sans peser ses sentiments. Comme une fatalité. Jean-Rémy l'avait trompée dans ses espoirs et elle l'avait meurtri, Robert allait la trahir et elle se vengerait.

L'appartement qu'occupait Peter Groves était situé dans une aile de l'hôtel particulier de son père. Le jeune homme y avait rassemblé quelques meubles de famille, des objets indiens, des toiles évoquant de paisibles paysages anglais, et aménagé une serre où il se plaisait à cultiver des plantes exotiques. Souvent en voyage, il n'avait qu'Allan pour le servir, un vieil homme qui l'avait vu naître.

Valentine lui tendit son ombrelle et ses gants.

— Apporte du madère et des biscuits, demanda Peter au valet de chambre.

Valentine parcourut le salon, examinant chaque toile, chaque objet. Mince, elle portait une robe d'après-midi fluide dans le style oriental que Poiret commençait à mettre à la mode. Taillée dans un crêpe de Chine vaporeux, elle suggérait la forme des cuisses, moulait la poitrine. Ses cheveux, remontés haut sur la tête en chignon, étaient dissimulés par une toque bigarrée ornée d'un plumet.

— J'aime vos sculptures, déclara Valentine en s'installant sur une causeuse, elles font peur et rêver.

— Beaucoup de ces déesses détiennent un pouvoir magique. Elles peuvent attirer les démons ou les chasser, dispensent plaisir et douleur, se vengent de ceux qui leur ont été infidèles. On prétend qu'elles peuvent punir qui se présente devant elles avec un cœur faux. Je leur brûle parfois des bâtonnets d'encens dont le parfum me rend triste.

— Madeleine est-elle venue ici ?

Peter eut un petit rire.

— Oui.

— Et qu'ont décrété les déesses ?

— Elles nous ont séparés. Madeleine est un personnage de théâtre. Elle joue un rôle qui ne lui convient pas.

— Celui d'une séductrice sans cœur ?

— D'une femme qui se moque de tout alors que tout la fait souffrir.

— Est-elle heureuse ?

— Madeleine se détruit en détruisant les autres.

Allan servait du madère, posait sur une table volante des biscuits au gingembre et de petits sandwichs au saumon.

— Pourquoi vivez-vous seul ? interrogea Valentine.

— Je ne crois guère aux vertus du mariage. Pour se faire épouser, les femmes font espérer mille merveilles qu'elles s'ingénient ensuite à escamoter.

Valentine but une gorgée de madère. Elle devait plaire à son hôte pour l'amener là où elle désirait le mener sans lui laisser l'espoir de devenir son amant. C'était un jeu difficile, mais elle ne pouvait se permettre de perdre. Le destin ne lui enverrait pas deux fois une pareille opportunité.

— Vous avez raison, approuva-t-elle. Pourtant les femmes savent être des amies incomparables pour les hommes qu'elles admirent.

— J'espère que vous n'éprouvez pas trop d'admiration pour moi. Plus je vieillis et plus les choses sérieuses me rebutent. Parlons plutôt de la joie d'être ensemble.

— Donnez-moi une cigarette, demanda Valentine, et ne prenez pas cet air sérieux qui vous va fort mal. On dit les Anglais prêts à toutes les folies pourvu qu'elles les divertissent un instant. Pourquoi ne pas miser sur l'amitié ? Elle vous réservera des surprises.

Les yeux mi-clos, Peter observait Valentine. Il aurait pu aimer passionnément cette femme si le destin ne l'en avait heureusement préservé. On chuchotait à Londres qu'au nom du grand amour, elle avait embobiné Robert de Chabin qui ne pouvait plus choisir une partition sans la consulter. Le pianiste un peu fou qui annonçait du Liszt et jouait du Chopin parce que au dernier moment il en avait décidé ainsi avait fait place à un concertiste organisé qui négociait âprement ses contrats. Il avait plu autrefois à une élite et enthousiasmait aujourd'hui les foules. C'était dommage. Mais Valentine était fascinante. Peu de femmes possédaient cette volonté de fer, cette vaste culture artistique.

— Je ne reculerai devant aucun danger, se moqua-t-il. Soyons amis. Mais je suis exigeant.

— Moi aussi.

Valentine se leva. Le moment était parfait pour s'éclipser.

— Téléphonez-moi quand vous voulez. Pour vous, je serai toujours disponible, c'est le privilège de l'amitié.

— L'amour devrait être aboli, assura la jeune femme. Il rend les êtres assommants.

Valentine s'amusait avec Peter Groves. Sans essayer de se séduire, il leur arrivait de se prendre les mains, de risquer d'anodines caresses. Quand il deviendrait l'amant chéri de Caroline Asaph, elle n'éprouverait nulle jalousie.

— Je voudrais que vous séduisiez une femme, demanda-t-elle d'une voix câline.

Les sorbets que Peter avait commandés dans un salon de thé de Covent Garden fondaient dans les coupes. A quelques pas, des charretiers en blouse blanche déchargeaient des caisses de cerises. Autour de l'immense marché qui alimentait Londres, des boutiques à la mode s'étaient ouvertes, des restaurants qui accueillaient les noctambules à la sortie des spectacles.

— Je suppose qu'il ne s'agit pas de vous.

— De lady Caroline Asaph.

— Mais je ne l'ai rencontrée que deux ou trois fois ! protesta Peter. Et elle ne semble avoir besoin de personne pour décrocher un amant.

— Nous sommes de bons amis, poursuivit Valentine et je vais être franche. Caroline cherche en ce moment à séduire Robert, qui est faible et vaniteux. Elle le flatte, le cajole et l'aura si vous n'intervenez pas.

— Bigre ! Pour une amie, vous avez de curieuses demandes.

Peter se cala contre son siège et examina Valentine en se répétant qu'il avait eu de la chance de ne pas être devenu son amant. Son monde était à part, clos et hanté d'obsessions, comme celle de tout soumettre à sa volonté. La beauté, le charme, l'intelligence qui faisaient d'elle une femme exceptionnelle ne parvenaient qu'à l'isoler.

— Robert de Chabin me semble assez grand garçon pour se tirer seul des griffes de lady Caroline, rétorqua-t-il. Et s'il la désire vraiment, comment pourrais-je m'immiscer dans cette histoire ?

— Je ne vous parle pas de Robert, mais de Caroline. C'est elle qui pousse les pions. Immobilisez sa main. Les femmes sont cruelles. Si elles ne veulent plus de bien à un homme, elles lui font du mal.

— Vous portez de redoutables jugements sur vos sœurs. Expliquez-moi votre stratégie.

Un vent chaud faisait tourbillonner la poussière, portant les senteurs des fleurs alignées dans des paniers, les relents des fruits trop mûrs abandonnés au fond des caisses. De forts chevaux attelés à des carrioles brinquebalantes mangeaient pensivement dans des sacs de jute attachés autour de leur tête. Partout voltigeaient des pigeons.

— Vous avez mille moyens de vous faire inviter chez lady Caroline. Pour la première fois, choisissez un grand dîner où elle ne fera que vous apercevoir. Approchez-la, baisez-lui la main, regardez-la un peu plus longtemps que nécessaire et éloignez-vous. Le jeu sera alors entre ses mains.

— Et si je ne lui plais pas ?

— Vous lui plairez. Envoyez des fleurs pendant toute une semaine, beaucoup de fleurs. Pas de lettre, juste votre nom. Elle vous remerciera et vous demandera de venir la visiter. N'y allez pas le mardi, jour où elle reçoit. Présentez-vous le lendemain. A trois heures, elle s'apprête à sortir pour une promenade, c'est à ce moment-là qu'il faut sonner à sa porte. Elle vous demandera de l'accompagner au parc. Le reste dépend de vous. Ne soyez jamais tendre, mais prononcez de temps à autre quelques mots enflammés, des compliments personnels et étonnants. Laissez surtout entendre qu'il y a une femme dans votre vie, quelqu'un de riche, de superbe, de possessif qui s'est juré de ne vous abandonner à personne. Qu'elle soupçonne une Américaine. Tout en les méprisant, les Anglaises en sont jalouses. Montrez à l'occasion un peu de dédain pour les artistes, ces hommes qui créent de belles choses, mais ont la plupart du temps des vies désespérément creuses. Parlez de l'Inde, de vos voyages. Qu'à ses yeux, les banquiers deviennent les derniers aventuriers de nos temps modernes. Vous êtes riche, Robert ne l'est guère. Osez des présents coûteux et discrets. Lorsqu'elle sera votre maîtresse, permettez-vous un bijou dessiné pour elle seule. Offrez-le-lui dans un élan de passion et éclipsez-vous pour une semaine, pas davantage. Lorsque vous vous reverrez, restez distant. Parlez du temps qui passe et efface les grands bonheurs.

Peter souriait. Valentine était une comédienne hors pair. Jamais elle ne lui avait semblé aussi sincère que dans ces extravagances.

— Laissez entendre que vous craignez de tomber tout à fait amoureux d'elle. Lady Caroline fera en sorte de dissiper vos appréhensions et Robert n'existera plus à ses yeux.

— Voilà un arrangement heureux, se moqua Peter. Etes-vous toujours aussi désireuse de plier le monde à votre volonté ?

— Acceptez-vous ?

— Vous sous-estimez mon rival. Si Robert de Chabin vous a séduite au point de vous faire quitter mari et enfant, pourquoi ne captiverait-il pas la belle lady Caroline ?

Sous les hauts platanes, dans les jeux d'ombre et de lumière, le visage de Valentine avait une ingénuité presque enfantine.

— Plus qu'un homme, Robert est un idéal que j'ai voulu réaliser et que je tiens à conserver. S'il me déçoit, je n'aurai plus aucune estime pour moi-même.

— Il est célèbre, je ne le suis pas.

— Robert est une sorte de féerie à grand spectacle. Il faut croire en Merlin l'Enchanteur pour l'aimer. Caroline Asaph est bien trop banale.

Robert laissa ses doigts reposer sur les touches. Il devait travailler et ne le pouvait pas. La veille, alors qu'il faisait à Caroline une visite impromptue, il était tombé sur Peter Groves, banquier semblant en terrain conquis. Jusqu'alors, plus attiré par la jeune Anglaise qu'amoureux, il avait été jaloux, et ce sentiment éprouvé pour la première fois le tourmentait. Lady Asaph était capricieuse, gâtée mais infiniment séduisante, et moins il sentait d'harmonie profonde entre eux, plus il la désirait. Les rêves d'amour éternel de Valentine l'oppressaient. Ce qui ne pouvait avoir de fin devenait carcéral et au bout de six années de liaison, séduire à nouveau, se languir, souffrir peut-être l'excitait. Comme au temps de ses premières années avec Valentine, son jeu s'en trouvait sublimé. C'était pour Caroline Asaph aujourd'hui qu'il laissait voler ses doigts sur les touches, pour un de ses sourires lointains, un regard de ses yeux myosotis. « J'ai été trop réservé, pensa-t-il. Il faut plus de hardiesse. »

La maison silencieuse gardait l'ordre parfait que Valentine exigeait afin de préserver son inspiration. Longtemps, il avait goûté cette paix, cette sorte de sommeil propice à la musique, mais aujourd'hui elle le déprimait jusqu'à l'accablement. Garçon, il avait vécu dans un brouhaha permanent, au milieu des malles défaites et refaites en hâte par des valets occasionnels, ne possédant rien hormis ses habits de concert et quelques objets personnels. Il ne se posait pas de questions alors, puis il avait apprécié l'ordre que Valentine avait mis dans sa vie. D'un artiste bohème, elle avait fait un « maître » respecté, mondain, et finalement plus solitaire encore. Au désir de se sublimer à ses yeux, Valentine avait substitué celui de plaire. Pourquoi hésiter ? Caroline Asaph n'attendait sans doute qu'un signe assez éloquent. Il le lui donnerait.

Incapable de travailler, Robert se leva et se tint devant la fenêtre, contemplant vaguement la rue. Dieu merci, Valentine semblait ne s'être aperçue de rien. Elle était même plus gaie ces temps derniers, retrouvant un peu l'ironie légère qui l'avait tant séduit autrefois. Elle aimait rire alors, le taquiner, imaginait mille jeux amoureux. Mais son but atteint, elle semblait s'ingénier à le détruire. Tant décriés par Valentine, les caprices amoureux de lady Asaph n'étaient-ils pas finalement préférables aux passions éternelles ? D'un geste familier, Robert passa la main dans ses cheveux bouclés. S'il devenait l'amant de Caroline, Valentine l'apprendrait aussitôt. Ce serait terrible. Mais elle n'était pas sa femme, avait refusé obstinément de le devenir et devait assumer les conséquences de son choix. L'adultère ne concernait que les gens mariés.

Robert laissa retomber le léger rideau de tussor lilas. Ne désirait-il pas Caroline pour échapper un moment à Valentine ? C'était futile, et il aurait été prêt à le reconnaître si Peter Groves ne s'était mis en travers de son chemin. Il avait pris l'habitude d'être le premier. On l'honorait, le complimentait, l'écoutait avec dévotion. Un quelconque banquier l'écarterait-il du cœur d'une femme ? Les choses allaient changer. Le jour même, il tenterait une visite impromptue et prendrait l'offensive. Les femmes du monde prisaient les artistes pour leurs anecdotes, une façon plus vivante et libre de voir la société, une fantaisie qu'ils étaient loin d'avoir tous, mais que beaucoup essayaient au moins de simuler. Le souvenir lui revenait du temps où il avait conquis la belle Valentine Fortier. Cette époque avait été une des plus enthousiasmantes de sa vie, une des plus inspirantes aussi par les doutes qu'elle engendrait, la peur de ne pas parvenir à ses fins. C'était cette flamme forte et vacillante, toujours imprévue et changeante, qui lui manquait. En refusant le mariage, Valentine croyait la ranimer sans cesse, mais le monde des êtres comme celui des corps progressait, évoluait. Sans son intelligence, ses attentions, les mille détails ennuyeux qu'elle résolvait, aurait-il seulement la liberté d'esprit de conquérir Caroline Asaph ?

25

— Je vais vous dire franchement ce que je pense, Monsieur. L'écrivain, ou le poète, crée d'abord pour lui-même. L'appréciation du monde est une conséquence de son talent, en aucun cas sa justification. Notre société honore aujourd'hui maints artistes qu'elle oubliera demain.

Jean-Rémy contemplait vaguement la ligne de la forêt, le rond-point de Diane déjà fondu dans le crépuscule. Du potager parvenaient les senteurs des tomates mûres et des louises-bonnes qui surchargeaient les arbres en espalier. Arrivée fin septembre, mademoiselle Guyet avait pris aussitôt ses fonctions d'institutrice auprès de Renée. A bientôt huit ans, la fillette savait tout juste lire et écrire, et Germaine Dentu s'était fâchée. Si son père continuait à l'élever en sauvageonne, son devoir la contraindrait d'écrire à sa grand-mère qui avait proposé de prendre l'enfant, place Saint-Sulpice. Renée avait une intelligence vive, une maturité au-dessus de son âge. On n'avait pas le droit de la négliger.

Jean-Rémy s'était résigné et avait confié à Germaine le soin d'embaucher une institutrice, exigeant qu'elle soit douce, gaie et discrète.

Un matin pluvieux, Blandine Guyet avait débarqué, suivie d'une malle de vêtements, d'une autre de livres. La cinquantaine, mince et alerte, elle avait aussitôt tenté de conquérir son élève. Mais Renée était restée sur la réserve. L'attachement passionné de la fillette pour son père et pour sa nourrice lui faisait voir en intruse cette dame peu jolie qui prenait déjà des airs dominateurs. Quant à Bernadette, elle avait détesté la nouvelle arrivée au premier regard. Blandine Guyet n'était pas la bienvenue à Brières. Avec philosophie, l'institutrice s'était résignée au mauvais accueil de son élève. L'enfant avait maintes excuses et elle parviendrait à gagner sa confiance. Déjà elle se plaisait au château. La nature y était superbe, sa chambre confortable, l'ambiance sans façons et le maître de maison cultivé. Le soir, en savourant une tasse de tilleul sur la terrasse, ils causaient littérature, étonnés de se découvrir des goûts, des enthousiasmes similaires. Comment une femme avait-elle pu abandonner un homme aussi attachant ? Comme à l'accoutumée, Jean-Rémy Fortier, l'esprit souvent ailleurs, prenait son temps pour répondre, mais l'institutrice s'était habituée au rythme lent de leurs conversations. A Brières, tout semblait engourdi et il arrivait à Blandine Guyet de penser au château de la Belle au Bois Dormant. Mais la princesse, à peine réveillée par le premier baiser, s'était enfuie, laissant son prince solitaire dans la demeure enchantée.

— Un artiste transmet cependant un message qui doit être reçu, remarqua Jean-Rémy. Un peintre sans acheteurs, un musicien sans audience, un écrivain sans lecteurs n'est-il pas en quelque sorte mutilé ?

— Les infirmes ne seraient-ils pas plutôt les gens dépourvus d'enthousiasme et sans curiosité ?

— Ma femme ne pensait pas ainsi.

— Si vous me permettez, Monsieur, de prononcer un jugement personnel, Madame votre épouse n'étant pas elle-même une artiste les jugeait peut-être trop cérébralement. Comment émettre une appréciation si l'on n'a pas été soi-même immergé dans l'univers émotionnel des créateurs ?

— L'avez-vous été, mademoiselle ?

La vieille demoiselle baissa la tête.

— J'ai composé quelques poèmes.

Jean-Rémy tira sur sa pipe. Il n'avait guère envie d'écouter les vers de Blandine Guyet, mais la bienséance l'obligerait à le lui proposer bientôt. Il soupira.

— Je n'écris plus moi-même de poésie, seulement quelques contes animaliers destinés à Renée. Ainsi je vous donne raison ; une seule lectrice ne constitue pas un public, et j'avoue cependant être heureux d'écrire.

— J'ai lu *Le Roi des cerfs,* balbutia l'institutrice. Il m'a procuré un plaisir immense.

Derrière la fenêtre de sa chambre, Renée observait son père qui parlait à l'institutrice. Quoique avide d'apprendre, la fillette refusait toujours de donner son cœur à la nouvelle venue. Brières appartenait à sa mère. Parfois elle la haïssait mais, le plus souvent, alors qu'elle contemplait le portrait suspendu au salon, elle la suppliait de revenir et les larmes lui montaient aux yeux. De sa mère, elle n'avait aucun souvenir. La peinture l'immobilisait dans le temps, jeune, gracieuse, souriante, devant le Bassin des Dames. Lointaine. Et plus Renée adorait cette image, plus sa propre laideur la désespérait. Longuement la fillette s'observait dans la glace de son cabinet de toilette. Elle n'aimait rien en elle. Et, ne trouvant aucun autre compliment possible, ceux qui la voyaient pour la première fois prononçaient l'air joyeux : « Comme cette enfant a de beaux yeux ! » Cet éloge l'exaspérait. Si sa mère revenait, elle ferait des efforts pour lui plaire, tenterait de maigrir, se coifferait, accepterait les jolies robes et les chapeaux parés de fleurs et de rubans que portaient les autres petites filles, Gabrielle, la fille de l'épicier, Monique, celle du boulanger-pâtissier et la jolie Claire qui faisait l'orgueil des Le Bossu. Solange, qui était pourtant jolie, ne portait aucun intérêt à la toilette. Elle s'était installée à la ferme pour aider son oncle et sa tante, ravie d'entretenir le poulailler, de préparer la pitance des porcs, de donner sa main à téter aux petits veaux. Jean-Rémy avait proposé d'éduquer la fillette en même temps que Renée, mais Bernadette avait refusé. Solange resterait une paysanne. Souvent Renée venait voir son amie, au moment de la fenaison ou des moissons. Elle aussi aimait la terre, les bêtes, bêchait son coin de potager avec ardeur, y plantait toutes sortes d'herbes qui embaumaient et que Bernadette faisait sécher sur des journaux au grenier. Ensemble, elles les enfermaient dans de petits sacs de jute sur lesquels Renée écrivait avec application à l'encre bleue : digitale, belladone, ricin, colchique, violette, menthe, saponaire. Les noms prononcés par Bernadette excitaient l'imagination de l'enfant. Ainsi ces minces tiges, feuilles ou graines pouvaient dispenser la guérison ou la mort ? « Il suffit d'un gramme de plus ou de moins », affirmait Bernadette. Une pincée dans la tisane de mademoiselle Guyet pourrait-elle la convaincre de s'en aller ? Une autre de faire revenir sa maman ? Bernadette n'en était pas convaincue, mais il existait d'autres moyens de forcer les volontés. La voix baissait d'un ton, se faisait murmure, et Renée tendait l'oreille, le feu aux joues. « Les êtres humains ont deux esprits, tu le sais bien, un esprit normal, celui qui t'aide à bien travailler et que la Guyet cherche à éduquer à sa façon, et un autre, celui-là secret, indéfinissable. C'est une petite lumière qui peut devenir incendie pourvu qu'on connaisse le nom du vent. Celui qui connaît le nom du vent a le Pouvoir. — Quel Pouvoir ? chuchotait Renée. — Celui du Maître de l'eau, de la terre, de l'air et du feu. » Effrayée, Renée se mordait les lèvres. « Le Maître commande-t-il aussi les hommes et les bêtes ? — Hommes, bêtes et démons. » Imitée par la fillette, Bernadette se signait. Le grenier sentait la poussière. Il faisait chaud. Suspendu à des fils de fer par de grosses pinces en bois, le linge achevait de sécher. A cause des histoires de Bernadette, Renée n'avait jamais osé s'y aventurer seule, craignant que du fouillis d'objets abandonnés et brisés surgisse un diable velu voulant s'emparer d'elle ou une bête fantastique à gueule et pattes de loup. Bernadette lui avait confié qu'un grand loup était venu rejoindre sa mère dans la gloriette, juste avant sa naissance. Les nuits de grand vent ou d'orage, elle l'imaginait grattant à sa porte, la tête basse, la queue battante, les yeux flamboyants. S'attaquerait-il à son père ?

Aussi longtemps qu'elle le put, Renée suivit des yeux son père et mademoiselle Guyet qui faisaient quelques pas dans l'allée. Un jour, elle demanderait à Bernadette de lui apprendre à jeter le mauvais œil. La servante avait beau lui répéter que Blandine Guyet était trop laide pour que son père puisse en tomber amoureux, elle en doutait. Ne l'aimait-il pas ?

Il était près de minuit, mais Jean-Rémy ne trouvait pas le sommeil. Les difficultés rencontrées par les entreprises Fortier le tracassaient. Raymond lui avait écrit une longue lettre où il exposait ses craintes de voir éclater une guerre. L'occupation du Maroc envenimait les rapports franco-allemands, tandis que les Italiens entraient en conflit contre l'Empire ottoman. En secouant la Bourse, ces turbulences nuisaient aux activités du bâtiment. Et les grèves se succédaient. Peu à peu, il avait dû céder sur le temps de travail, réduit à neuf heures quotidiennes, augmenter les salaires. Bientôt les ouvriers exigeraient d'être payés en cas de maladie.

Raymond avait évoqué aussi ses difficultés

conjugales. Madeleine investissait dans ses engagements féministes la démesure qui avait contribué à son déséquilibre mental. « Madeleine, écrivait-il, est comme un insecte qui se cogne aux murs en cherchant une issue, mais si elle la trouve un jour, elle sera déjà trop meurtrie pour s'envoler. » Pour Colette, ils partageaient toujours l'appartement de la rue Raynouard, lui dans sa chambre, Madeleine dans la sienne. Mais il lui arrivait de disparaître de longues semaines sans rendre le moindre compte à sa famille. De son côté, il ne lui en demandait aucun, ne montrant un reste d'autorité que pour la persuader de se désaccoutumer de l'alcool et des stupéfiants. Sa lente déchéance le meurtrissait. La nuit, elle avait d'horribles cauchemars peuplés d'hommes qui la traquaient pour la violenter, de diables se changeant en loups monstrueux. Le médecin qu'il avait consulté lui avait avoué son impuissance. Madeleine ferait bien de rejoindre une institution pour malades mentaux.

Raymond concluait sa lettre sur une note d'optimisme. Colette allait sur ses sept ans, elle était son soleil. En dépit des tiraillements familiaux qui la troublaient et l'inquiétaient trop souvent, la fillette adorait ses parents et tentait avec une ingénuité touchante de les réconcilier. « Si c'était possible, je le ferais pour elle », terminait Raymond.

Jean-Rémy posa le livre auquel il tentait en vain de s'intéresser. Sans doute devrait-il regagner Paris pour soutenir sa mère et Raymond ; hélas, il se savait incapable de s'y réadapter. Brières s'était emparé de lui. Et si Valentine devait revenir un jour, c'était dans leur domaine et nulle part ailleurs qu'elle devrait payer le mal qu'elle lui avait fait.

A plusieurs reprises, en se promenant le long du Bassin des Dames, Jean-Rémy avait eu l'illusion d'apercevoir une silhouette se glissant entre les herbes. Elle portait la robe bleue du portrait de

Valentine mais était plus gracile encore. Un grand chien marchait à son côté. Sans nul doute provoquée par la réverbération de la lumière et de la chaleur sur la surface de l'eau, cette vision fugitive lui laissait cependant une impression de malaise et de tristesse. Un jour, il en avait parlé à Bernadette. « Voulez-vous mon avis ? Madame n'a jamais quitté Brières », avait-elle affirmé.

Quoiqu'il fût habitué aux extravagances de sa servante, ces mots l'avaient frappé et il se surprenait parfois à entendre le bruit léger d'un pas dans le corridor, avait la sensation de sentir l'odeur d'un parfum. Alors, il entrait sur la pointe des pieds dans la chambre de Valentine, ouvrait son placard où tant de robes, jupes, bas et corsets étaient encore rangés. Elle était bien là en effet, immatérielle, légère comme l'ombre qu'il croyait apercevoir sur les rives du Bassin des Dames. Les liens qui attachaient Valentine à Brières étaient identiques à ceux les liant l'un à l'autre. Qui coupait les uns dénouait les autres.

Jean-Rémy éteignit sa lampe. Le vent se glissait sous le châssis de la fenêtre, faisant onduler les rideaux. On entendait les crapauds qui poussaient vers la lune à moitié pleine leur coassement venu de l'étang rythmé et monotone. Il lui sembla sentir une présence toute proche. C'était absurde.

La plume à la main, Renée suivait des yeux une abeille qui tournoyait en bourdonnant autour de la table.

L'ancien billard du château avait été transformé en salle d'étude. Bernadette avait ôté les toiles d'araignée, Emile l'avait tapissée d'un papier fleuri sur lequel se détachaient les bustes en plâtre de Platon et de Sophocle. On avait déniché au grenier une grande table un peu bancale, disposé des chaises à haut dossier peintes en noir et tapissées d'un velours de Gênes usé. Au mur, pendait une vieille tapisserie où l'on discernait un héron guettant au bord d'un étang et, dans le lointain, une masse de verdure ressemblant à une forêt. Une bibliothèque en chêne foncé contenait les livres de classe. Avec bonheur, Renée s'initiait à l'histoire de France, la géographie, l'arithmétique, s'émouvait des lectures méticuleusement choisies par son institutrice : d'innocents récits de voyageurs, des vies de saints, Perrault et la comtesse de Ségur. La monotonie de la vie à Brières ne pesait pas à l'enfant. L'après-midi, elle se promenait avec son père, cultivait son coin de potager, lisait, aidait Bernadette à la cuisine. Plus tard, comme le lui affirmait sa nourrice, elle serait la Dame de Brières. Tout lui obéirait. « Un peu d'attention, Renée ! la sermonna l'institutrice. Vous n'avez pas achevé votre page de copie. »

Tandis que son élève se penchait sur son cahier, Blandine Guyet se remémorait la soirée de la veille. Elle mourait d'envie que Jean-Rémy Fortier la prenne pour confidente, mais n'osait faire les premiers pas. Il écrivait encore, elle en était sûre, car il restait enfermé de longs moments dans son bureau avec ordre que personne ne le dérange. Etaient-ce des poésies, un roman ou ses contes animaliers ? Elle se jugeait une lectrice éclairée et aurait pu émettre un avis sérieux. L'*Ode au Bassin des Dames* l'avait décontenancée mais elle avait adoré *Le Roi des Cerfs*. Un chef-d'œuvre. Que le froid et taciturne Jean-Rémy puisse y révéler une telle sensibilité la troublait. Beaucoup d'êtres étaient mésestimés. Elle, par exemple. Jeune fille, elle désirait courir le monde, découvrir le Tibet, l'Afrique, et en particulier le Sahara. Elle était romanesque, intrépide, mais on s'était ingénié à abattre ses ambitions les unes après les autres et, comme elle n'avait ni fortune ni beauté, on avait fait d'elle une institutrice afin qu'elle puisse gagner sa subsistance. Si avec les années elle s'était attachée à son métier, elle conservait en secret ses rêves. En dépit de ses efforts pour s'adapter à la famille Fortier, aux villageois, elle avait le sentiment de rester une étrangère. Quand elle se promenait dans le bourg, à peine recevait-elle quelques bonjours distants. Brières était un univers incompréhensiblement fermé au reste du monde. Le curé aussi restait sur la réserve. Quand elle l'avait interrogé sur les légendes locales, dont Bernadette semblait friande, il avait prétendu ne pas les connaître. Les esprits eux-mêmes semblaient se refuser : Renée, Bernadette, Emile affirmaient entendre des bruits, percevoir des ombres. « Là, là, chuchotait son élève, voyez-vous ces ailes déployées ? » Elle n'apercevait rien, ne sentait pas le moindre souffle. En dépit de la bienveillance de Jean-Rémy Fortier, elle avait l'impression que l'on cherchait à la faire fuir. Etait-ce à cause du souvenir de Valentine Fortier ? De cette femme qui avait abandonné sa famille pour suivre son amant, l'institutrice ne pensait aucun bien. Certes, elle était jolie mais ce qu'elle avait entendu de la bouche de sa belle-mère, Yvonne Fortier, qui était venue passer quelques semaines en Creuse, laissait deviner un caractère dur, prétentieux, égoïste. Lorsqu'elle contemplait le portrait suspendu au salon, une impression de malaise envahissait la vieille demoiselle. Le regard la captivait, semblait l'accuser. Comment avait-elle pu envoûter Jean-Rémy Fortier au point que, même après sa trahison, il lui restât attaché ? Car il aimait encore sa femme, c'était évident. Et il l'attendait. N'avait-il pas assez enduré d'épreuves à son gré ? Souhaitait-il souffrir encore ? Valentine devait utiliser de grands artifices de séduction pour imposer ainsi son pouvoir. Bernadette Genche, qui avait élevé l'enfant abandonnée par sa mère, ne l'évoquait aussi qu'en termes respectueux. Une sorte de force mystérieuse semblait lier les êtres les uns aux autres à Brières. Un jour, elle irait faire un tour à la bibliothèque de Guéret et consulterait les archives. Quoique s'étant résignée à ne pas pouvoir réaliser ses rêves d'aventurière, Blandine Guyet était restée curieuse. La Creuse était un pays retiré, mystérieux, ses habitants méfiants et inaccessibles, pourtant, s'il y avait un secret à Brières, elle tenterait de le découvrir.

26

Le silence de Valentine inquiéta Peter Groves. Il avait hésité à venir rendre compte à la jeune femme de la mission qu'elle lui avait confiée. Mais, tôt ou tard, une âme bien intentionnée lui aurait appris sans ménagement l'infidélité de Robert. Il avait tergiversé, employé des « on dit », « je suppose ». A son regard, il avait compris aussitôt que Valentine n'était pas dupe. Sans un mot, elle l'avait laissé s'exprimer, jusqu'au moment où sa belle rhétorique s'était épuisée d'elle-même. Alors elle s'était assise, seul geste laissant deviner une grande émotion. Son regard triste sur les flammes qui crépitaient dans l'âtre le désolait.

— C'est une passade, assura-t-il. Lady Caroline sera incapable de retenir un homme comme Robert.

— On ne mesure pas les trahisons comme un métrage d'étoffe, murmura enfin Valentine. Un jour ou une vie, c'est aussi grave.

— Ne dramatisez pas. Robert vous aime. Mais

cette femme est une grande séductrice. Un saint ne lui résisterait pas.

— J'avais de Robert une autre opinion, voilà tout.

Peter s'assit à côté de Valentine, voulut prendre sa main, mais d'un geste nerveux elle la retira.

— Pas de pitié, s'il vous plaît.

— Ne suis-je pas votre ami ?

— Je ne sais plus. Laissez-moi, voulez-vous ?

C'était dimanche. Les domestiques avaient congé et Robert était en Ecosse jusqu'au lendemain. Le ton de la voix ne laissait pas d'alternative. Peter se leva.

Les yeux clos, la jeune femme tenta de reprendre le contrôle de ses pensées. Comment une chose aussi sordide avait-elle pu lui arriver ? Elle avait envisagé et accepté la réprobation, l'isolement, pas la trahison. Ce qui les liait Robert et elle était au-dessus des petitesses humaines, c'était un amour parfait, une entente des âmes, des cœurs et des corps. A cet idéal, elle avait tout sacrifié, retenant remords et souvenirs, souffrant sans jamais se plaindre d'être éloignée de Brières. Si au fil des ans quelques impatiences les avaient momentanément divisés, la quintessence de leur relation n'en avait pas souffert. Une larme coula sur la joue de la jeune femme. Imaginer Robert entre les bras de Caroline lui déchirait le cœur. D'une histoire d'amour exceptionnelle, il faisait une simple liaison. Peter avait parlé d'une femme ensorcelante, mais il devait y avoir d'autres raisons. S'ennuyait-il avec elle, avait-il besoin d'être rassuré, flatté ? Chacune de ces hypothèses suggérait un humiliant échec.

Le regard de la jeune femme tomba sur une photographie de Robert devant son piano prise l'été précédent lors d'un récital à Bath. La moustache soulignait la bouche ourlée, les cheveux drus et bouclés s'arrêtaient à la limite du col blanc parfaitement amidonné. Il fixait l'objectif avec un air de gaieté un peu rêveuse. Tant de femmes devaient le désirer ! Il avait résisté jusqu'alors, elle en était sûre. Alors, pourquoi avoir succombé aux charmes factices d'une mondaine avec laquelle il ne partageait rien ?

Valentine se leva, alla ouvrir toute grande la fenêtre. L'air froid lui fit du bien. La lune était pleine, ronde, laiteuse. Plus forte que jamais, la nostalgie de Brières s'empara d'elle. Là-bas, les premières gelées avaient sans doute dépouillé ormes, chênes et platanes de leurs feuilles, jauni les herbes aquatiques. Parterres et sous-bois étaient détrempés par les averses. L'humidité effaçait les lointains dans un brouillard bleuté. L'hiver, le Bassin des Dames prenait un mystère plus troublant encore dans sa limpidité verdâtre.

— Je t'en prie, protesta Robert, pas de réquisitoire. Je n'ai commis aucun crime !

Le jeune homme soupira. Dès son retour, il avait senti l'orage venir et, quoique le sachant inévitable, il n'avait pas voulu y songer. Sa liaison avec Caroline Asaph ne le comblait pas vraiment. Il l'avait prise pour ne pas la laisser au petit banquier et la gardait par horreur des ruptures. Par ailleurs, elle était amusante, légère, d'une sensualité pleine d'imagination et lui rappelait la Valentine du début de leurs amours, avant qu'elle ne devienne la gardienne du temple. Moins qu'amants, Caroline et lui étaient des camarades qui se divertissaient à des jeux érotiques que sa maîtresse désormais refusait. Pour quelques jours, elle l'avait entraîné dans son château des Highlands bâti au fond d'un loch sauvage face aux îles Hébrides. L'endroit l'avait enchanté. Là, il aurait aimé installer son piano, jouer pour le vent, les marées, le ciel gris et la lande parsemée de bruyères. Dans ce décor sublime, Caroline, avec ses tenues orientales et son rire en cascade, détonnait et il s'était surpris à regretter Valentine. Mais comment pouvait-il le lui expliquer ? Même éclairées, les femmes étaient incapables d'accepter certains paradoxes.

— Je suis prêt à reconnaître mon erreur, admit Robert. De ton côté, tu es assez intelligente pour faire la part des choses.

Valentine se mordit les lèvres ; elle devait conserver son calme. Si Robert réagissait avec noblesse, elle pardonnerait. S'il ergotait et se montrait lâche ou vulgaire, il n'existerait plus pour elle.

— Nous nous sommes fait des promesses réciproques, murmura-t-elle. Pour moi, elles avaient la valeur d'un engagement.

— Quel engagement ? protesta Robert. Tu as toujours refusé d'être ma femme, ignoré mon désir d'avoir un enfant.

— J'espérais que notre amour n'avait pas de conditions.

— Tu es une idéaliste. A tes yeux, un artiste est un oiseau volant de branche en branche, insouciant du lendemain. C'est tout le contraire, ma chérie. Les artistes sont des gens inquiets, avides de stabilité. Oui, je m'envole en jouant, mais j'ai besoin d'une base solide qui m'oblige à retomber sur terre, d'une femme à la maison, d'un enfant qui voie en moi un père et non un baladin. Mes doigts un jour s'engourdiront, je perdrai la mémoire. Ce sera la fin de ma vie d'artiste. Serai-je alors condamné au néant ?

— Je serai là.

— Tu n'es pas faite pour assumer un rôle de

dame de compagnie, ressasser de vieux souvenirs. A travers moi, tu aspires à un accomplissement.

Valentine crispait les lèvres. C'était stupéfiant d'entendre Robert réclamer une famille alors qu'il n'était lui-même qu'un enfant assoiffé d'attentions, de compliments, de réconfort. Comment un être aussi fin pouvait-il s'abuser ainsi ? Avait-il la moindre idée de ce que représentait la paternité ?

L'intimité du bureau était crépusculaire. Une lampe recouverte d'un mouchoir de soie frangé auréolait d'un cercle pâle le secrétaire de bois blond marqueté d'acajou.

— Tu ne m'as jamais demandé d'avoir un enfant.

— Ne pouvais-tu le deviner ?

— Avec la vie que nous avons menée, il était difficile de m'en apercevoir. Un enfant ne se trimbale pas comme une valise.

Valentine songea à Renée. Dans l'échec de sa vie conjugale, laisser sa fille à Brières s'était imposé comme la seule issue possible.

— Je n'ai jamais été une bonne mère, murmura-t-elle.

Les larmes remplissaient ses yeux.

— T'ai-je jamais reproché d'avoir abandonné ta fille ?

Robert s'approcha. Le chagrin montré par Valentine le touchait. Quelle importance avait Caroline devant cette femme d'ordinaire si courageuse qui pleurait ? Il l'attira à lui, posa la tête sur ses cheveux et la tint serrée dans ses bras.

— Oublie. De ma vie, je ne reverrai lady Asaph.

Quoique la bonne ait depuis longtemps desservi le dessert, Yvonne Fortier s'attardait à table.

— Madame ne devait-elle pas sortir faire des courses ? interrogea Julien. L'automobile est prête.

La vieille dame, qui ne s'était pas aperçue de la

présence de son chauffeur, sursauta. La débâcle d'une famille, qui jusqu'alors avait été son unique raison de vivre, la laissait désemparée. La mort de son cher Maurice, l'adversité frappant ses deux fils, le souci qu'elle se faisait au sujet de ses petites-filles étaient une source de continuel chagrin.

— Je viens, mon bon Julien, se résigna-t-elle.

Quoique son confesseur tentât de la raisonner à ce sujet, Yvonne ne pouvait s'empêcher de lier la fatalité frappant sa famille au mariage de Jean-Rémy. Valentine de Naudet avait été leur mauvais génie. En dépit des remontrances de Maurice et des moqueries de Raymond, elle l'avait d'emblée pressenti.

La bonne lui tendit une pelisse, son manchon, un grand chapeau entouré d'une écharpe qu'elle noua sous son menton. Noël serait sans joie cette année et si elle conservait le repas traditionnel place Saint-Sulpice, c'était uniquement pour Colette. Madeleine avait promis d'y assister, mais sa présence ne ferait qu'alourdir l'atmosphère. Quelle fatalité l'avait entraînée là où elle était maintenant ? Pourquoi s'acharner ainsi à saccager sa vie ? Sa protectrice, une femme misérable, tirait sans vergogne profit de sa fragilité, de son besoin presque naïf d'être aimée qui avait conquis le cœur des Fortier.

— Je vous conduis au Bon Marché, Madame ?

— Oui, Julien. Puis nous irons chez Ladurée. Je veux commander ma bûche de Noël dès aujourd'hui. D'année en année, hélas, les nourritures terrestres s'imposent au détriment de celles de l'âme ou du cœur et les commerçants en profitent. Ce seront eux les grands prêtres de ce que la jeunesse appelle le monde moderne.

Julien opina. Les désastres successifs qui avaient frappé ses maîtres le déconcertaient. A ses yeux, les riches étaient une caste à part se frayant une route à coups de hache, et il voyait sa maîtresse amaigrie, esseulée, se rongeant les sangs pour des fils cocufiés, des petites-filles élevées par leurs parents en dépit du bon sens.

— Le monde moderne ne me dit rien qui vaille, soupira-t-il, et je suis bien heureux de ne pas avoir vingt ans aujourd'hui. Les choses bougent trop vite et il se pourrait que toute cette modernité nous saute à la tête.

Parvenue, non sans mal, au rayon des jouets, Yvonne Fortier se laissa choir sur une chaise. Le magasin du Bon Marché était comble et elle avait dû piétiner à chaque comptoir avant d'être servie. La plupart de ses amies expédiaient leur femme de chambre ou passaient leurs commandes par téléphone mais elle tenait à choisir elle-même les cadeaux de Raymond et de Jean-Rémy, les jouets de ses petites-filles. Pour Colette, elle avait sélectionné une poupée avec sa garde-robe, de délicieux vêtements allant du peignoir en crêpe de Chine à la tenue de soirée d'une coupe délicieuse agrémentée de l'inévitable sautoir de perles. Colette était la féminité même, fine, coquette, avec des grâces de séductrice. Mais elle n'était pas heureuse. Assister aux chamailleries de ses parents l'avait rendue inquiète, facilement irritable, timorée, et elle ne montrait guère de goût pour l'étude. Sa cousine Renée était tout son contraire : campagnarde, robuste, elle était sans beauté, mais les rapports que lui faisait mademoiselle Guyet étaient encourageants. Intelligente, la fillette apprenait vite, montrait une curiosité d'esprit au-dessus de son âge. En dépit de l'absence de sa mère, une éducation réglée, une vie monotone lui avaient rendu un certain équilibre. Mais il était malheureux que Jean-Rémy ne consente pas à se séparer de Bernadette. La servante n'avait pas une bonne influence sur la fillette et « malgré, écrivait Blandine Guyet, la solidité de ses raisonnements, Renée énonce parfois avec grand sérieux d'ahurissantes absurdités ». Brières, suggérait l'institutrice, semblait se prêter particulièrement bien aux superstitions de toutes sortes. On aurait dit qu'une fatalité pesait sur le domaine. Elle avait été à Guéret consulter quelques archives mais, hormis la mort par noyade de Pierre-Henri de Morillon, n'avait pas appris grand-chose. Un fait assez étrange cependant : le père Firmin Gautier, confesseur des pensionnaires de Brières du temps des religieuses, avait été attaqué par des loups et dévoré alors qu'il regagnait sa cure un soir d'hiver. Une gigantesque battue avait été organisée et les loups éliminés de la région, à l'exception d'une grande bête, le chef de meute probablement, que maints villageois avaient aperçue et qui parvenait toujours à s'esquiver. Du père Gautier, tout le monde s'accordait à déclarer qu'il était un prêtre rigide et sévère, hanté par le péché et le diable, volontiers exorciste. En chaire, il parlait de damnation, promettait les flammes éternelles à qui bravait les lois de l'Eglise. Trois mois après son installation au presbytère de Brières, il avait refusé la communion à une vieille à moitié idiote vivant dans un taudis au milieu de ses chèvres. Montrait-il cette sévérité envers les fillettes du château ? Les terrorisait-il avec ses horribles évocations du diable ? Les restes du père Firmin avaient été enterrés au cimetière, mais mademoiselle Guyet avait été incapable de retrouver sa sépulture.

Yvonne Fortier se leva pesamment. Bien qu'elle eût senti, elle aussi, une atmosphère insolite à Brières, le domaine leur avait beaucoup plu, à Maurice et à elle. Jean-Rémy y était très attaché, Renée s'y épanouissait. De quoi pourrait-on se soucier ? Mademoiselle Guyet était une vieille fille un peu trop romanesque et Bernadette une paysanne superstitieuse. Les âmes simples voyaient des mystères là où l'expérience leur faisait défaut. « Dès le printemps, songea Yvonne Fortier en regagnant la sortie du magasin, j'irai faire un séjour dans la Creuse. Renée va sur ses huit ans, il est grand temps de lui inculquer quelques manières. Et je saurai convaincre Jean-Rémy de me la confier lorsque le moment des études sérieuses sera venu. »

Mais, tandis qu'elle se glissait à l'arrière de la Daimler dont Julien tenait la porte ouverte, l'image désagréable du père Firmin attaqué par des loups revint à la mémoire de la vieille dame. « Pourvu, pensa-t-elle, que mademoiselle Guyet n'évoque pas ces horreurs devant Renée ! »

27

Aller récupérer Madeleine au commissariat de police de Kensington était bien la dernière chose que Valentine désirait. Au troisième mois de sa grossesse, la jeune femme était fatiguée, nauséeuse, et ne quittait sa maison que pour assister aux récitals de Robert. Tout à son bonheur d'être bientôt père, son amant ne la quittait plus. Il avait retrouvé ses mots tendres, imaginait de touchantes attentions. Le cauchemar dû à lady Asaph semblait avoir pris fin.

L'après-midi de mars était froid et pluvieux. Valentine lisait *Fermina Marquez* au coin du feu quand le téléphone avait sonné. Peu amène, une voix d'homme lui annonçait qu'une des émeutières qui avaient saccagé le matin même les vitres des résidences d'éminents hommes politiques, dans la lubie furieuse d'obtenir le droit de vote pour les femmes, avait communiqué les coordonnées de sa belle-sœur habitant Londres. La dénommée Madeleine Fortier ne serait relâchée que si elle venait se porter garante et versait une caution. Tout délai provoquerait une immédiate incarcération. « J'arrive », avait soufflé Valentine.

Revoir Madeleine dans de telles circonstances était embarrassant. La trouverait-elle abattue ou survoltée ? Allait-elle la garder à Londres ou la réexpédier à Paris ? Devait-elle prévenir Raymond ? Il fallait que la police lui explique d'abord la gravité du cas. A la TSF, elle avait écouté un reportage sur cette nouvelle vague de violence des suffragettes sans y prêter une attention particulière, loin d'imaginer que sa belle-sœur y serait impliquée. Avait-elle été entraînée par sa vieille amie de pension ou sa nouvelle protectrice ?

Maintenant que Valentine avait fait le choix d'avoir un nouvel enfant, de donner une famille à Robert, la vie désordonnée et provocante de Madeleine lui semblait incongrue. A quoi ses excès la mèneraient-ils ? Elle-même était mal placée sans doute pour prêcher la sagesse, mais de ses erreurs elle avait su tirer au moins quelques bonnes leçons.

— Quelle chance inespérée d'avoir une belle-sœur londonienne ! La perspective de croupir à la Tour de Londres ne me tentait guère.

En dépit du ton ironique, Valentine décela aussitôt une grande tension chez son amie. En quelques mois, Madeleine avait beaucoup changé. Maigre, nerveuse, vieillie, ses admirables yeux verts étaient cernés de bistre. Valentine avait payé la caution et s'était engagée à faire embarquer sa belle-sœur dans le premier bateau en partance pour la France. Très clairement le commissaire avait fait comprendre que la présence de madame Fortier en Angleterre était indésirable et que, compte tenu de l'honorabilité de sa famille, le jugement se ferait par contumace. Avant de faire relâcher la prévenue, il avait communiqué à Valentine le nom de quelques avocats, la pressant de prendre contact au plus vite avec l'un d'entre eux.

— Je ne m'attendais pas à te revoir en tant qu'inculpée, avoua Valentine en s'installant dans le taxi qui les attendait devant le commissariat. As-tu perdu la tête ?

Le rire agressif de Madeleine alerta la jeune femme davantage encore. Quelque chose en elle semblait détraqué.

— Tu es toujours la bonne Valentine, bien élevée, élégante et distinguée, railla Madeleine. Tu crains les scandales et fais de ton mieux pour donner à tes vices un air convenable. Moi, je les exhibe pour heurter les imbéciles.

— Mais tu es bien contente de me trouver quand les choses tournent mal, n'est-ce pas ?

Madeleine se rejeta sur la banquette de cuir, regardant vaguement les rues détrempées par la pluie. Elle était épuisée et avait envie que Valentine la laisse tranquille. Qu'avaient-elles en commun désormais ? Rien de ce qui concernait son amie, la musique, la peinture, les gens cultivés, les belles conversations, ne la touchait plus. Après des années de refoulement et de bravades, elle avait basculé dans un autre monde, celui des opprimés, des révoltés, des femmes violentées et spoliées. Sans être heureuse, au moins n'avait-elle plus de mépris pour elle-même. Colette lui ressemblerait. Elle allait l'arracher à Raymond, la détacherait des mille petites vanités auxquelles la fillette était si ridiculement attachée, lui montrerait le monde tel qu'il était, et non comme une poignée de bourgeois le rêvaient.

— Tu passeras la nuit à la maison, déclara Valentine. Demain, je louerai une voiture qui t'emmènera à Douvres.

Rose servit du thé, des petits sandwichs coupés en triangle.

— Je préférerais un verre de rhum, pria Madeleine. J'ai besoin de me requinquer.

Enveloppée dans le peignoir de Valentine, elle s'était blottie dans un gros fauteuil au coin de l'âtre. Dénouée sur ses épaules, la masse de ses cheveux roux se cuivrait sous la lumière des flammes. En dépit de son arrogance, Madeleine laissait deviner une grande fragilité, des émotions refoulées qui agitaient ses mains, les coins de sa bouche d'un tremblement imperceptible.

— Tu n'as pas renoncé à l'alcool, à ce que je vois.

— Ai-je échappé à un tribunal pour comparaître devant un autre ?

— Ne prends pas cet air revêche. Je suis là pour t'aider. Ce que j'ai à te dire ne sera pas long.

— Je n'ai nulle envie de savoir ce que tu penses de moi. Comment pourrais-tu me juger ? Nous avons pris toi et moi des chemins diamétralement opposés. Ta vie est organisée, feutrée, sans états d'âme excessifs ni remords trop cuisants. On te voit, discrète et attentive, au premier rang de l'orchestre, le regard extatique devant ton pianiste mondain.

— Tu te méprends, coupa Valentine. J'ai à me battre chaque jour pour mériter Robert et le garder.

— Tu n'as jamais su assumer tes choix.

— Je les accepte pleinement. En septembre,

Robert et moi aurons un enfant. Je suis enceinte de trois mois.

Madeleine eut un rire moqueur.

— Ainsi tu fais un nouveau petit Fortier à Jean-Rémy, car tu n'es pas divorcée à ce que je sache !

Valentine décida de garder son calme, sa belle-sœur n'était pas dans un état normal. Avidement, Madeleine avala la moitié du verre de rhum, puis le reposa sur la table d'un geste saccadé.

— Mis à part tes attaques à coups de pierre contre les fenêtres d'hommes politiques, où en es-tu ?

L'alcool ragaillardissait Madeleine. Elle ferma les yeux, inspira profondément.

— Donne-moi mon sac, veux-tu ? Je vais m'allumer une cigarette.

Le bout incandescent brillait dans la pénombre du petit salon. L'odeur lourde de l'opium se mêlait à l'arôme léger du tabac blond.

— La vie n'est pas facile, murmura Madeleine.

— Pourquoi t'ingénies-tu à la compliquer ? Tu as un mari plutôt tolérant, une ravissante petite fille, autant d'argent que tu peux en souhaiter !

— Te rends-tu compte de ce que tu me cites en modèle ? Et moi ? N'ai-je pas droit à un épanouissement qui ne soit pas le prolongement de celui d'autrui ? J'ai souffert pour trouver ma voie, j'ai subi l'épreuve du feu et me suis pas mal endurcie.

— Je n'ai pas cette impression.

— C'est que tu m'as mal observée. Je n'ai que peu en commun avec la Madeleine d'autrefois. Si j'avais alors cette volonté puérile et désordonnée de provoquer ou d'agacer, c'était pour mieux me faire accepter. Je n'avais pas comme toi la chance d'être née parmi les blasons, ni comme Raymond dans un berceau d'or massif. Mais je n'avais pas compris alors le prix que le monde exigeait de ceux qu'il consentait à tolérer. J'avais la naïveté d'espérer rester moi-même au milieu des gens chics et en vue, de pouvoir me passer mes coups de tête et de cœur tout en conservant mes privilèges. Mais j'ai perdu mes illusions et décidé de tout envoyer promener.

— Y compris les hommes.

— Surtout eux. C'est à Brières, si tu veux tout savoir, que j'ai réalisé à quel point ils me répugnaient. En Jean-Rémy, j'ai vu un lâche, agressif comme tous les poltrons, une chiffe molle ; en Raymond, un jouisseur qui, sous une apparence de matamore, n'est qu'un béni-oui-oui, une sorte de parasite. Fortier il est né, Fortier il mourra. Ton père était aussi infatué de lui-même que stupide ; quant au mien, je préfère ne pas en parler.

— Tu ne penses pas ce que tu dis ! Quand je t'ai connue, tu affichais des mœurs plutôt légères et ne repoussais pas les avances de ces messieurs. Les moins désirables comme Sebastiani avaient leurs chances.

— J'avais des comptes à régler, même au prix de ma déchéance. Mais l'amour m'a toujours semblé une illusion. Les hommes ont des instincts, les femmes des émotions.

Une giboulée frappa les carreaux. Du jardin qui prolongeait la maison de brique montait une odeur de buis mouillé. La tête appuyée contre le rebord de son fauteuil, Valentine se taisait. Les paroles acides de Madeleine la dérangeaient, elle aurait voulu trouver quelques arguments pour défendre les hommes, mais aucun ne lui venait à l'esprit. Sur la cheminée, la pendule sonna cinq heures.

— Avec les femmes, je n'ai aucun rôle à jouer, rien à prouver, je peux être moi-même, poursuivit Madeleine.

— Comment peux-tu supporter les caresses de cette grosse femme que tu prétends aimer ?

— Lucie Dubosque ? Il y a plus de passion, de

générosité et de bonté en elle qu'en tous les hommes que j'ai connus.

— C'est une exaltée !

— Une altruiste. Elle a tout sacrifié pour la foi qu'elle met en la race humaine et ses capacités de progrès.

— Quels propos verbeux ! railla Valentine.

— Est-ce la décadence qui t'attire ?

Les yeux de Madeleine brillaient. Elle avait achevé son verre de rhum et semblait à nouveau prête au combat. Mais Valentine ne savait plus si elle avait envie de prolonger la discussion. Son amie avait raison, un monde les séparait désormais. Elle avait mis dans l'amour sa raison de vivre, chaque homme était pour elle le seul de sa vie et les blessures qu'on lui infligeait n'avaient pas le pouvoir d'altérer cette force qui la portait, cette espérance, cette joie.

— Je cherche le bonheur, soupira-t-elle, et toi le plaisir.

— Je cherche à me libérer. Les hommes m'ont appris au moins une chose, à me cuirasser pour me défendre. En faisant un enfant à Robert pour mieux l'embobiner, tu t'aliènes un peu plus. J'ai avec Lucie une relation d'adulte. Tu es restée une petite fille.

— Oublions la rhétorique, supplia Valentine, et parlons-nous comme autrefois. Es-tu toujours mon amie ?

Le monde suggéré par Madeleine l'inquiétait. Elle avait grandi dans l'ambiance feutrée d'une famille un peu désuète, s'était mariée jeune à un homme qui ne remettait en question aucune règle sociale, un privilégié qui pouvait se permettre d'écrire des vers au fond d'un délicieux château, puis elle était devenue la maîtresse d'un artiste raffiné à qui toute idée de modernité était étrangère. Mais elle n'ignorait pas que le monde changeait à une vitesse alarmante. La Russie, la Chine, les Balkans étaient au bord de la tempête, la classe ouvrière se faisait agressive, les Bourses de Berlin, de Paris, de Londres étaient nerveuses et les fortunes les plus solides, comme celle des Fortier, pouvaient s'écrouler en un instant. Etait-elle armée pour affronter ce monde nouveau en gestation ? Valentine n'aimait guère y songer.

— As-tu vu la pièce de Sacha Guitry ? interrogea-t-elle. On en dit beaucoup de bien. Paris me manque, je l'avoue, et j'espère que Robert y retournera bientôt. Te souviens-tu de nos fous rires boulevard de Courcelles, des déjeuners chez Michaux-Chenard, du bal où tu m'as présenté Peter Groves ?

— Et notre expédition dans le Midi, enchaîna Madeleine. La tête que faisait Sebastiani quand je lui ai déclaré que sa bouche m'attirait !

Valentine se pencha, s'empara de la main de sa belle-sœur.

— Tu m'as toujours épatée et irritée. A côté de toi, je me sentais un peu godiche. Je t'enviais.

— De quoi donc ? J'aurais donné n'importe quoi pour posséder ta classe, ton charme, ta culture.

Valentine secoua la tête. La vie était incohérente.

Robert allait rentrer d'un moment à l'autre. Elle farderait la vérité et tous trois passeraient une soirée factice que chacun ferait semblant d'apprécier. Le lendemain matin, la voiture qu'elle avait retenue viendrait chercher Madeleine pour la conduire à Douvres. Et si elle l'accompagnait jusqu'en France ? Cette simple pensée la désorienta. Mieux valait que Madeleine et les questions douloureuses qu'elle soulevait disparaissent au plus vite.

— Je me souviens que tu aimes les huîtres et le champagne et ai demandé qu'on nous en serve ce soir. C'est un jour de fête puisque nous nous sommes retrouvées. Ensuite, tu partiras avec tes révolutionnaires pour Dieu sait où tandis que je resterai aux côtés de Robert et mettrai son enfant au monde. Nous nous sommes aimées tout de suite, puis jugées. Il est temps de nous pardonner et de nous accepter.

Une question qu'elle n'avait jamais osé poser à son amie tracassait Valentine.

— Aurions-nous pu nouer toutes les deux la relation que tu as avec Lucie ?

Madeleine sourit à peine, serra fort la main de sa belle-sœur dans la sienne.

— Quelque chose de beaucoup plus fort nous lie l'une à l'autre. Mais oui, nous aurions pu partager cela aussi. Embrasse-moi.

La mer était grise avec des crêtes d'écume sur des vagues courtes et brusques. De chaque côté du port, les plages étaient désertes. Les grosses barques de pêcheurs tirées sur la grève ressemblaient à des monstres marins échoués. L'air sentait le varech et le poisson.

Avant d'embarquer, Madeleine s'immobilisa. Elle était lasse. La soirée passée auprès de Valentine et de Robert, leurs attentions et la gaieté des conversations lui avaient remis au cœur un poison qu'elle croyait avoir éliminé pour toujours. N'en auraitelle jamais fini avec son passé ? L'image tranquille d'une Valentine enceinte choyée par Robert dans la jolie maison de Grosvenor Square revenait sans cesse à son esprit. La jeune femme se détourna. Une angoisse lui serrait la gorge et, comme à Brières, le froid l'envahissait tout entière. « Je croyais avoir achevé mon combat, pensa-t-elle, peut-être ne fais-je que le commencer. »

28

La vue de Raymond qui l'attendait à la douane fit sursauter Madeleine. La traversée avait été pénible et elle se sentait nauséeuse, peu disposée à affronter une scène.

— La police anglaise m'a prévenu, annonça-t-il pour couper court à la gêne des retrouvailles. Je pense que nous avons à parler sérieusement, toi et moi.

— Nous nous sommes déjà tout dit. Tu aurais pu t'épargner la peine de faire cette longue route.

La mâchoire serrée, Raymond s'empara du sac de sa femme. Sa patience était à bout et il allait enfin crever l'abcès, demander le divorce, la garde de Colette. Madeleine n'avait plus sa place au milieu des Fortier. Sa mère elle-même, qui si longtemps avait défendu sa bru, en convenait. Raymond et Colette s'installeraient place Saint-Sulpice. Cahin-caha, la famille se réorganiserait.

La pluie frappait les carreaux de la Chenard et Walker qui longeait des vallons, des pâturages cernés de haies où disparaissaient des poules effrayées par le bruit du moteur, de grosses fermes précédées d'avenues plantées de pommiers encore dépouillés de leurs feuilles.

— J'espère que tu réalises le gâchis que tu as occasionné, reprocha enfin Raymond d'un ton glacial.

L'émotion de Madeleine s'était dissipée, lui rendant un calme méprisant.

— Si tu avais un tant soit peu de perspicacité, tu commencerais par te juger toi-même. Mais le grand, le puissant Raymond Fortier préfère se pavaner au milieu des compliments de ceux de sa caste. As-tu parlé une seule fois avec un de tes ouvriers ? As-tu lu ce que des hommes généreux ont écrit sur le prolétariat ? T'es-tu seulement promené dans certains quartiers de la banlieue parisienne ?

— Ta sympathie pour la misère humaine m'amuse ! J'aimerais te rappeler les fortunes que tu as gaspillées en futilités depuis notre mariage. Un pactole pour ton cher prolétariat ! Et qui paye tes voyages lorsque tu vas à Vienne te laisser endoctriner par des bolcheviques ou à Londres fracasser les vitres du chancelier de l'Echiquier ? Le méprisable Raymond Fortier ! Tu n'as jamais su gagner un seul centime.

— Tu es mesquin ! siffla Madeleine.

Raymond donna un coup de volant brusque pour éviter un chien de berger qui se jetait sous les roues de la voiture en aboyant, le poil hérissé. De gros nuages criblaient le bitume d'une averse furieuse.

— Qui es-tu en vérité ? poursuivit Madeleine d'un ton méprisant. Un garçon qui a hérité de la fortune de son père et s'en fait gloire.

— Ce que je suis ? s'exaspéra Raymond. Un type qui s'échine du matin au soir pour faire tourner une entreprise où travaillent deux mille bougres qui ont autre chose à faire que de lire tes ouvrages philosophiques à la noix de coco ! Les entreprises Fortier les nourrissent, les soignent, leur paient une retraite, éduquent leurs enfants, dotent leurs filles, pensionnent les veuves.

— Quelle différence avec un propriétaire d'esclaves ? railla Madeleine. Ces pauvres gens t'appartiennent corps et âme. Tu achètes jusqu'à leur dignité.

Une insurmontable exécration contre sa femme s'empara de Raymond. Certes, le moment n'était pas le bon pour annoncer sa ferme résolution de divorcer, mais le lendemain au plus tard il dicterait ses conditions : une rente confortable contre sa disparition totale et définitive. Sa tendresse de mère ne pouvant être niée, le contrat stipulerait un droit de visite en terrain neutre : bien que Jean-Rémy n'eût pas encore donné sa réponse, il avait pensé à Brières.

La voiture traversait Abbeville. Sans mot dire, Raymond l'immobilisa devant un restaurant, ouvrit la portière pour laisser sortir Madeleine. Même dans les moments difficiles, son père lui avait appris à rester maître de lui. Un patron qui perdait ses moyens se discréditait définitivement aux yeux de ses employés. Sa nature bouillonnante et sentimentale lui avait rendu la tâche malaisée, mais il y était parvenu.

Durant le repas, la jeune femme sembla perdue dans ses pensées et Raymond mangea en silence.

— J'emmène Colette à Vienne avec moi, annonça enfin Madeleine alors que la serveuse apportait le café.

Raymond absorba une gorgée du liquide amer, s'essuya la bouche sans se presser.

— Nous verrons cela.

Le calme de son mari inquiéta soudain Madeleine. Le mal de mer lui avait interdit tout alcool durant la traversée et Raymond, n'ayant pas commandé de vin, elle se sentait nerveuse. Comme elle reposait maladroitement sa tasse, un peu de café se répandit sur la nappe.

— Te voilà prise de tremblements éthyliques. Il faudra te faire soigner, persifla Raymond.

La brusquerie avec laquelle Madeleine se leva entraîna à terre la nappe avec les tasses, verres et assiettes. Chacun dans la salle avait arrêté de manger.

Madeleine, qui se sentait au bord de la syncope, dut s'appuyer à la table.

— Fais-moi servir un verre de cognac, supplia-t-elle.

Tandis que la serveuse ramassait les débris de la

vaisselle en bougonnant, la jeune femme se rassit. Où pouvait-elle aller ? L'ombre de Raymond lui barrait la route, l'ensevelissait. Mais elle l'enverrait au diable, et pour toujours.

— Deux cognacs ! commanda Raymond.

Avec le même calme imperturbable, il posa ses coudes sur la table, tirant sur un fin cigare dont il soufflait la fumée en rejetant un peu la tête en arrière. Madeleine l'observait. Il était beau, de cette beauté voyante, sensuelle qui l'avait tant attirée autrefois, élégant, résolu. Mais plus qu'un complet étranger, il était devenu un ennemi, quelqu'un dont elle voulait se venger en le blessant à mort.

Par les fenêtres du salon de l'appartement de la rue Raynouard, Madeleine apercevait l'immense perspective où Paris se découvrait en lignes grises et bleutées. Avec enthousiasme, elle avait choisi cet appartement et l'avait aimé. Maintenant était venu le temps de le quitter. En début d'après-midi, un commissionnaire était venu prendre sa malle et celle de Colette. Le lendemain, toutes deux prendraient le train pour Vienne où elles résideraient un certain temps. Lucie assurait avoir déniché une maison charmante dans un quartier tranquille. Deux intellectuels russes proscrits y étaient déjà hébergés en attendant de passer en Angleterre. Raymond rentrerait vers six heures. Elle avait préparé le petit discours qu'elle lui débiterait aussitôt Colette endormie. Un moment, elle avait été tentée de filer en douce avec sa fille, mais y avait renoncé. Raymond avait le bras long, et les chances étaient grandes qu'elle soit arrêtée à la frontière pour enlèvement d'enfant. A petits pas, la jeune femme fit le tour de l'appartement, regardant les papiers peints à motifs de lys et de tulipes stylisés qu'elle avait choisis avec bonheur, les tentures des fenêtres de sa chambre en soie rayée jaune et noir, les paravents japonais, le lit et les deux fauteuils de Majorelle. Son départ serait un adieu au luxe, à tous les raffinements de la vie. A Vienne, elle vivrait simplement, mais enfin en harmonie avec elle-même.

— Monsieur vient de rentrer, annonça la bonne. Dois-je servir le dîner à sept heures trente ?

Madeleine se tint aux montants du lit et ferma les yeux. Les vertiges la reprenaient. Lucie avait raison, elle irait consulter un médecin, tenterait une fois encore d'arrêter de boire. Loin des Fortier, ce serait plus facile.

— Faites d'abord dîner Colette, je vous prie. Nous attendrons huit heures, Monsieur et moi.

— Nous avons à parler, annonça Raymond dès que Madeleine pénétra dans le salon. Inutile d'user de circonlocutions, notre ménage a hélas dépassé ce stade. Des décisions auraient dû être prises depuis longtemps et j'ai été faible de les remettre.

— Tu as raison, approuva Madeleine, la conclusion de notre mutuelle erreur s'impose.

— Divorçons. Tu auras assez d'argent pour vivre tes excentricités, t'acheter tes doses d'alcool et de drogue, entretenir tes concubines. Je garde Colette.

Le visage de Madeleine se décomposa.

— Colette part demain avec moi, siffla-t-elle. Nos malles sont déjà expédiées.

Raymond s'était dressé, le regard fou. Un instant, Madeleine crut qu'il allait la rosser. Elle recula d'un pas, son dos rencontra la console où s'épanouissait un bouquet de jonquilles dans un vase d'opaline qui se fracassa sur le parquet.

— Si tu touches à Colette, je te fais boucler chez les timbrés ! Un docteur de mes amis a constitué un dossier sur toi, il en contient plus qu'assez pour te faire interner.

— Colette partira avec moi, martela Madeleine. Tes menaces ne me font pas peur. J'ai dépassé le stade où le puissant Raymond Fortier m'impressionnait.

La violence avec laquelle Raymond s'empara de son bras lui fit pousser un léger cri.

— Tu vas rassembler tes affaires et partir immédiatement, m'entends-tu ?

Madeleine essaya de se dégager, mais la main de Raymond lui broyait le bras.

— Tu n'as pas le moindre droit sur ma fille !

— Je les ai tous. Quel juge confierait une fillette de sept ans à une mère alcoolique, opiomane, anarchiste et lesbienne par-dessus le marché !

Chaque mot prononcé par Raymond atteignait Madeleine en plein cœur. Il avait choisi les plus brutaux, ceux qui humiliaient. Pas un instant elle n'avait été une mauvaise mère. Puisque Raymond voulait faire couler le sang, il allait en être éclaboussé des pieds à la tête.

— Tu n'as aucun pouvoir sur Colette parce que tu n'es pas son père.

Raymond la lâcha. Elle recula promptement, prête à se protéger. Mais, comme pétrifié, son mari ne bougeait pas.

— Tu mens, murmura-t-il.

— Après t'avoir refilé des terrains non constructibles, ton cher ami Sebastiani a engrossé ta femme.

Le regard de Raymond transperçait Madeleine.

— Demande à Valentine, elle était là, insista-t-elle. C'est elle qui nous a rabibochés. Toi et moi étions un peu en froid à cette époque, t'en souviens-tu ? Je lui avais confié cette ambassade afin que tu puisses faire un père convenable.

Tout de suite, Madeleine regretta son ironie, mais Raymond l'avait mise hors d'elle. Maintenant elle voulait s'en aller, respirer. Toute cette fange l'écœurait.

Semblant remonter le fil de ses pensées, Raymond ne bougeait toujours pas. La jeune femme aperçut des larmes dans ses yeux.

Colette tira le drap sur elle et resta immobile, les paupières grandes ouvertes sur la tache lumineuse de la veilleuse qui s'arrondissait au plafond. De toutes ses forces, elle tentait de percevoir un bruit mais l'appartement était maintenant silencieux. D'un geste furtif, la fillette essuya les pleurs qui coulaient sur ses joues. La terrible scène de ses parents l'avait terrifiée. Venue embrasser son père sur la pointe des pieds, elle s'était pétrifiée derrière la porte du salon. Sa mère avait cassé le joli vase bleu, elle hurlait. Menaçant, son père semblait près de la battre. Et le lendemain, elle devrait le quitter pour longtemps, suivre sa maman dans un endroit qu'elle détestait d'avance.

Colette serra les dents. A retenir ses sanglots, la poitrine lui faisait mal, elle avait l'impression qu'un poids terrible la broyait tout en laissant son esprit libre et léger s'échapper, comme la petite lumière diffusée par la lampe. Elle ne voulait pas partir avec sa mère mais se désespérait de ne plus la revoir. La fillette ferma les yeux. Le visage de sa maman dans le salon faisait peur, celui de son père exprimait un terrible chagrin. Que lui avait-elle dit pour lui faire autant de mal ? Elle aurait voulu se lever, courir se réfugier entre ses bras, se laisser consoler par lui, mais si elle se montrait, sa mère pourrait s'emparer d'elle et la faire sortir de l'appartement. « Elle peut aussi venir me prendre lorsque je dormirai », s'alarma-t-elle.

La fillette sauta sur ses pieds, regarda par la fenêtre. La rue était déserte, nulle voiture ne stationnait devant la porte. Mais ce silence après la violente scène de tout à l'heure était anormal. Il se tramait quelque chose.

En hâte, Colette enfila ses bas, sa robe qu'elle ne put boutonner, un paletot, passa les jolies petites bottines d'agneau glacé que sa mère lui avait achetées à Londres. Elle allait se réfugier chez sa bonne-maman place Saint-Sulpice. Là-bas, elle serait en sécurité.

Marcher de la rue Raynouard à la place Saint-Sulpice ne faisait pas trop peur à la fillette. Lorsqu'elle s'y rendait en voiture chaque semaine, le chauffeur longeait la Seine, remontait la rue de Rivoli et passait un pont en face du palais du Louvre. C'était tout droit ensuite. Mais les voleurs d'enfants dont lui parlait sans cesse la bonne ? Les fous qui poursuivaient les petites filles ? Colette hésita, sur le point de renoncer, quand la perspective de son départ si proche la décida soudain. Elle attrapa son chapeau sur une étagère, noua le ruban et sortit sans faire de bruit.

Vêtu d'une robe de chambre et encore à moitié endormi, Simon descendit l'escalier au deuxième coup de sonnette. Il était minuit. « Pourvu que ce ne soit pas une mauvaise nouvelle », dit-il.

Deux policiers se tenaient derrière la porte, encadrant Colette barbouillée de larmes.

— Mademoiselle Colette ! s'exclama le vieux valet. Comment est-ce possible !

— Nous avons trouvé cette enfant seule près des Tuileries, annonça l'un des policiers. Elle nous a donné votre adresse.

Déjà la fillette s'accrochait en sanglotant au domestique.

— C'est la petite-fille de madame Fortier, expliqua-t-il.

— Si elle a des parents, vous feriez bien de leur téléphoner, conseilla le policier. Il n'est pas impossible que le commissaire veuille leur parler demain. Bonne nuit !

Yvonne avait fait chauffer du lait, extirpé de son armoire de toilette une bouteille d'eau de fleur d'oranger. Peu à peu, les sanglots de la fillette s'apaisaient. Lorsque les deux policiers l'avaient interpellée près des grilles des Tuileries, elle avait cru mourir de frayeur.

— Ne t'inquiète pas, mon ange, répéta la vieille dame, tu ne retourneras pas rue Raynouard. Je vais téléphoner à ton papa et tout s'arrangera.

Le récit de Colette avait bouleversé Yvonne. Ce qui se passait chez son fils était bien pire qu'elle ne l'avait imaginé. Madeleine prête à enlever l'enfant pour l'emmener à Vienne chez sa concubine ! C'était révoltant.

— Tu resteras avec moi. Nous allons bien nous entendre, toutes les deux.

Blottie contre sa grand-mère, la fillette ne pleurait plus mais de gros hoquets soulevaient encore sa poitrine.

— Maintenant, murmura Yvonne en lui caressant les cheveux, tu vas te mettre au lit et dormir jusqu'à demain. Aimes-tu le chocolat et les brioches ?

Raymond, d'un pas résolu, alla jusqu'à la chambre de Madeleine, poussa la porte. La jeune femme semblait sommeiller.

— Colette s'est enfuie, annonça-t-il aussitôt. La police l'a trouvée à minuit errant dans les rues et l'a amenée chez maman où elle veut rester. J'y vais, mais auparavant je m'arrête au commissariat pour faire placer deux agents place Saint-Sulpice. Colette a fait le choix de vivre avec sa grand-mère et son père. Tu as perdu.

Madeleine se dressa sur un coude. Le regard de Raymond était dur comme de l'acier.

— Avec son père, répéta-t-il. Tu as bien compris. Demain Julien viendra te chercher pour te conduire à la gare. Il aura des ordres.

29

— Ce n'est pas une dérobade, maman, seulement le besoin de m'éloigner quelque temps pour me reprendre. Ce voyage sera en outre profitable à nos entreprises. La construction à New York est en pleine effervescence, on parle aussi de projets importants en Floride. Je veux flairer tout cela et peut-être y participer.

Yvonne Fortier soupira. La décision prise par son aîné d'entreprendre un voyage outre-Atlantique lui semblait un peu hâtive. Colette en serait perturbée. Mais elle la respectait. Après les horreurs que lui avait fait subir Madeleine, il était bien compréhensible que Raymond cherche à se changer les idées. Et sa curiosité du marché américain pouvait en effet être bénéfique. Tout marchait au ralenti en France et les perspectives d'avenir n'étaient guère roses : course aux armements, tensions politiques, grèves, l'horizon semblait bouché pour un moment.

— Colette sera choyée à la maison, assura-t-elle. Ecris-lui, envoie-lui des câbles, et tout se passera bien.

— Et si nous partions ensemble ? hasarda Raymond.

— Dans une semaine ? M'imagines-tu comme l'oiseau sur la branche ! Tu as toujours les illusions de la jeunesse, mon chéri. Je doute qu'il y ait trois cabines convenables à bord de ton bateau. N'oublie pas qu'il s'agit d'un voyage inaugural.

— Alors la prochaine fois, convint Raymond. J'ai promis à Colette que je l'emmènerai en Amérique.

La révélation de Madeleine l'avait foudroyé. Tout d'abord, il s'était vu au bord du désespoir. Mais sa passion pour la fillette lui avait rendu la raison. Nul n'avait le moindre pouvoir sur la force de ce sentiment-là. Madeleine ne la lui ravirait jamais. Lorsqu'il l'avait quittée rue Raynouard pour se rendre auprès de Colette et de sa mère place Saint-Sulpice, elle l'avait longuement dévisagé. Ses yeux verts avaient un éclat menaçant.

— Je te hais, avait-elle affirmé. Tu paieras cher ce que tu es en train de me faire. Colette ne sera jamais à toi.

Dans l'ambiance calme et parfaitement réglée de la vieille maison, Colette avait retrouvé sa joie de vivre mais le souvenir de sa mère l'arrêtait souvent au milieu d'un jeu ou d'une lecture. Elle en avait reçu une tendre lettre que sa bonne-maman lui avait lue et y avait aussitôt répondu sous la dictée de son père. Avec patience, il lui avait expliqué qu'une séparation était nécessaire. Très fatiguée, sa maman devait se reposer. Aussitôt guérie, elle reviendrait à Paris.

— Elle ne se mettra plus en colère ? avait interrogé l'enfant. Elle ne cachera plus des bouteilles dans son placard ?

— Non, assurait Raymond. Elle sera tout à fait rétablie.

Le matin de son départ pour Le Havre, Raymond

décida de réveiller sa fille couchée dans la pièce que l'on nommait la « chambre Empire », et qui avait été la sienne lorsqu'il était enfant. Elle était tapissée d'un papier à rayures vertes et blanches et meublée d'un secrétaire, d'une commode, d'un prie-Dieu, d'un lit et d'une paire de fauteuils datant de l'époque Napoléon Ier. Une jolie pendule carillonnait les heures. Colette avait rassemblé là ses poupées et leur garde-robe, une petite vaisselle fleurie, ses livres, une statuette de la Vierge de Lourdes, une autre de sainte Colette offertes par sa bonne-maman.

Assis sur le rebord du lit, Raymond contempla un long moment la fillette qui dormait, tentant de retrouver sur son visage une ressemblance avec Sebastiani. Blond vénitien, accentuant la délicatesse de porcelaine du teint, les cheveux frisés s'étalaient sur l'oreiller. Du bout des doigts, Raymond les caressa. Colette était désormais son seul et peut-être dernier amour. S'attacher à nouveau à une femme, avoir foi en elle lui semblait incertain. Pour longtemps encore, l'ombre de Madeleine le hanterait.

Sous la caresse, la fillette ouvrit les yeux et, d'un geste spontané, noua ses bras autour du cou de son père en habit de voyage.

— Tu m'emmènes ?

Il la serra contre lui, posa un baiser sur les boucles qui encadraient le front.

— Pas aujourd'hui mais la prochaine fois, je te l'ai promis.

Un sourire aux lèvres, la petite fille se laissa cajoler. Elle aimait la force de son père, sa moustache douce qui piquait pourtant un peu, son odeur de vétiver.

— Rapporte-moi une surprise.

— Tu l'auras.

Raymond serra une dernière fois Colette contre lui.

— Sois sage et gentille avec ta bonne-maman. Je te la confie.

Avec intensité, l'enfant regarda son père s'éloigner. Il allait beaucoup lui manquer.

— Tu peux compter sur moi, papa. Je ne la quitterai jamais.

Le papier bleu tomba aux pieds d'Yvonne Fortier. Le choc la laissait assommée. Sans souffrance encore, elle gardait les yeux clos comme pour se ramasser en elle-même, se barricader, laisser l'ennemi dehors. Le feu mourait dans la cheminée du petit salon où Simon était venu apporter le télégramme sur un plateau d'argent.

Dans la maison, tout était muet. Colette jouait au Luxembourg avec Céleste. Julien et Simon étaient dans la cuisine.

Une image atroce traversa l'esprit d'Yvonne Fortier : elle vit son aîné immergé dans l'eau glacée en train de se noyer et se leva d'un bond, éperdue. Elle devait tout de suite parler à Jean-Rémy, entendre sa voix.

Le téléphone sonna longtemps, ce fut Bernadette qui prit la communication. Monsieur chassait la sarcelle sur le Bassin des Dames. Il était parti en barque au lever du jour. Aussitôt de retour, il rappellerait.

Yvonne resta un moment le récepteur à la main. Bourdonnant sans relâche, une grosse mouche battait les murs tapissés d'un papier à fleurs. Elle la suivit des yeux et recula soudain. Un instant, elle eut l'horrible impression que c'était l'âme de Raymond venue lui dire adieu.

Valentine se sentait si mal qu'elle dut rester assise pendant la lecture de l'Evangile. L'annonce de la mort de Raymond, le voyage en bateau de Southampton au Havre où elle imaginait à chaque instant le naufrage du *Titanic*, les souvenirs de ses amours avec son beau-frère dans l'été radieux de Brières ajoutaient aux incessants malaises de sa grossesse.

En dépit de l'avis défavorable de Robert, elle avait voulu assister aux obsèques. Il avait été un beau-frère, un amant, un ami, elle ne pouvait pas ne pas lui dire adieu. Quelques bancs devant elle, ce qui restait des Fortier s'était rassemblé : sa belle-mère, Jean-Rémy, Colette. Madeleine n'était pas venue. Avait-elle seulement été prévenue ?

L'église était comble. Les pompes funèbres avaient dû rajouter en hâte au fond de la nef des chaises de location dont l'éclat doré jetait une touche incongrue dans la solennité sinistre de la cérémonie. Une lettre à la main, le prêtre montait en chaire.

— Avant de vous adresser quelques mots, mes chers frères, annonça le curé de Saint-Sulpice, je tiens à vous lire la lettre que madame Fortier vient de recevoir d'un rescapé du *Titanic*. Elle en dira plus sur Raymond Fortier que toutes les oraisons.

Chacun retenait son souffle.

Madame,

Aussitôt débarqué à New York, je veux remplir une mission, sacrée à mes yeux, celle de vous rapporter les derniers moments de monsieur Fortier. J'ai eu la chance de nouer avec lui des liens d'amitié durant ce court et fatal trajet qui s'acheva pour Raymond au large de Terre-Neuve. Il m'avait parlé de vous, de son enfant, de son frère avec grande affection, évoquait le moment proche où il vous amènerait à New York pour vous faire découvrir, ainsi qu'à sa fille, le Nouveau Monde. J'aimais sa sincérité, sa lucidité, son optimisme, je respectais ses qualités de chef d'entreprise, j'admirais le parfait homme du monde. Alors que l'alerte était donnée après la terrible collision et que les matelots rassemblaient femmes, enfants et passagers de première classe dans une totale confusion, votre fils a refusé d'embarquer afin de laisser sa place à une fillette voyageant en troisième classe. Il a pris lui-même l'enfant dans ses bras, l'a embrassée et lui a souhaité de vivre heureuse. J'étais de cette dernière chaloupe et j'ai vu Raymond Fortier sur le pont, très digne dans son gilet de sauvetage tandis que nous nous éloignions. Il a fait un geste de la main puis allumé un cigare et s'est détourné.

Peu de femmes, madame, peuvent s'honorer d'avoir eu un tel fils. Je tire ma fierté quant à moi d'avoir été, même brièvement, son ami.

Jean-Rémy s'empara de la main de sa mère qui pleurait en silence. Pâle dans ses vêtements noirs, Colette ressemblait à une fleur fragile qu'un souffle pouvait coucher.

— Viens ce soir place Saint-Sulpice, proposa Jean-Rémy. La maison est trop vaste maintenant.

Valentine secoua la tête. Le vent d'avril secouait les voiles de deuil, une fine poussière se mêlait aux gouttelettes arrachées à la fontaine. Les chevaux attachés au corbillard étaient prêts à se mettre en marche vers le cimetière du Montparnasse.

— Je loge avec mon beau-père Gaston chez une vieille tante, répondit Valentine. Ce n'est guère le moment d'imposer ma présence à ta mère.

— Alors, voyons-nous demain. Je veux te parler de Renée.

Valentine se sentait trop bouleversée pour s'accrocher à la moindre dignité. Revoir Jean-Rémy, sa belle-mère, leurs anciens amis lui avait remué le cœur.

— Déjeunons ensemble, consentit-elle.

Gaston de Langevin les avait rejoints. Le glas qui

sonnait depuis la fin de la messe l'obligeait à élever la voix.

— Je suis bien aise de vous voir réunis, mes enfants, assura-t-il en serrant la main de Jean-Rémy. Ma pauvre Antoinette doit se réjouir du haut du ciel.

Valentine eut un sourire triste. Gaston ignorait qu'elle était enceinte de Robert.

Alors que le glas sonnait toujours, le cortège s'ébranla. Impressionnés par le harnachement des chevaux, badauds et artisans, vitriers portant leur matériel sur le dos ou rémouleurs s'arrêtaient. La place se vidait. Sous la voûte, deux prêtres se tenaient encore, prêts à clore la marche du convoi.

— Je rentre rue de Rennes, souffla Valentine à son beau-père. Je ne tiens plus debout et m'effondrerais au cimetière.

— Tu es bien pâle en effet, admit-il. Sans doute est-ce l'émotion d'avoir retrouvé ton mari.

Sans répondre, Valentine regarda s'éloigner Jean-Rémy qui menait le deuil, marchant le premier derrière le corbillard que précédait la cohorte des prêtres et enfants de chœur. Chaque coup de sabot résonnait sur les pavés dans le cahot des roues. Valentine se détourna. Elle n'avait pas plus la force d'accompagner son ancien amant jusqu'au cimetière que celle de se rendre à Brières pour embrasser sa fille. Ce qui restait des Fortier la rejetait, comme si, désormais, ils se gardaient d'elle. Elle avait fait le malheur de Jean-Rémy puis celui de Raymond. De cette puissante famille, Renée, sa fille, était la seule descendante.

Au Grand Véfour, Jean-Rémy avait retenu un cabinet particulier. Un peu embarrassés, Valentine et lui se faisaient face, cherchant dans les yeux de l'autre des traces de leur ancienne affection.

— Parle-moi de Renée, demanda enfin la jeune femme.

Jean-Rémy extirpa une photographie de son portefeuille. Avec étonnement, Valentine découvrit une grande et forte fillette coiffée d'un chapeau de paille qui souriait à l'objectif, une bêche à la main.

— Elle adore jardiner, expliqua Jean-Rémy d'une voix douce. Tout un carré du potager lui appartient. Renée sera une terrienne, comme moi.

— L'envoies-tu à l'école du village ?

— J'ai engagé une institutrice très qualifiée. Renée étudie bien.

— J'en suis heureuse, murmura Valentine

Une grande tristesse lui serrait le cœur. Elle ne reconnaissait plus son enfant. Dans trois ans, quatre ans au plus, Renée serait une jeune fille, et elles resteraient à jamais des étrangères.

— Parle-moi de Brières, demanda-t-elle en rendant le portrait. J'y pense souvent.

— Plus qu'à ta famille ?

Valentine fronça les sourcils. Elle n'avait pas la force aujourd'hui de se défendre ni de se justifier.

— Nous faisons tous partie de Brières, expliqua-t-elle, toi, moi, Renée, les Dentu, les Genche, le père Marcoux, tous.

— Puisque tu évoques les Dentu, commenta Jean-Rémy d'un ton qu'il s'efforçait de rendre léger, Paul est à Paris pour étudier le droit. Peut-être l'as-tu vu dans l'église. C'est un gentil garçon, sérieux.

— Et Bernadette ?

— Toujours la même. Dévouée et crédule. Il n'y a pas longtemps, alors que je partais tirer le gibier d'eau, je l'ai trouvée au lever du soleil devant le Bassin des Dames, immobile comme une souche, avec à la main un petit miroir et une bougie allumée. Comme je lui demandais ce qu'elle faisait dehors à une heure aussi matinale, elle m'a déclaré être venue écouter les Dames qui avaient un message à lui transmettre. Puis elle s'en est allée.

— Quand était-ce ?

— Le jour du printemps.

« C'est étrange », pensa la jeune femme. Ce même jour, tôt le matin, elle avait écrit à Bernadette une lettre qu'elle avait déchirée, trouvant finalement ridicule de se confier à une domestique sachant à peine lire. Elle lui avouait sa nostalgie de Brières, son désir secret d'y revenir.

Un serveur apportait un plateau d'huîtres, le sommelier une bouteille de vin dans un seau d'argent.

— Pour te faire plaisir, j'ai commandé un déjeuner de fruits de mer, annonça Jean-Rémy.

Valentine était stupéfaite. Elle avait claqué la porte au nez de son mari pour suivre un amant et ils se retrouvaient six ans plus tard comme de vieux amis dans le restaurant élégant et feutré où ils venaient souvent dîner autrefois.

— Es-tu heureux ? demanda-t-elle.

L'étroite robe noire faisait paraître Valentine plus fragile encore et sous le chapeau de deuil la masse des cheveux blonds semblait plus lumineuse.

— Je pense souvent à toi.

— Ne dis pas cela, supplia Valentine. Nous ne sommes pas ensemble aujourd'hui pour remuer le passé.

Jean-Rémy se força à sourire. Après la mort tragique de Raymond, retrouver sa femme était une émotion qu'à peine il pouvait supporter. Ses doutes, entretenus par ses multiples hésitations, l'empêchaient de se départir d'un semblant d'orgueil ou d'un humour triste qui restaient ses seules protections. Mais la décision qu'il avait prise était irrévocable. Soudain Valentine eut un élan vers cet homme qu'elle avait aimé et qui souffrait. Elle prit sa main, la garda dans la sienne.

— Tu es malheureux, je le sais, mais je ne suis pas toujours très heureuse, moi non plus.

Elle comprit qu'il allait pleurer et lâcha sa main. Le soleil entrait par la haute fenêtre encadrée de lourds rideaux de velours damassé et jouait sur le lit de varech où les huîtres étaient disposées.

— Le temps passe, chuchota-t-elle, qui efface tout.

— Les cœurs vieillissent-ils ? interrogea Jean-Rémy.

Le sentiment d'irréalité qui avait gagné Valentine en entrant dans le restaurant s'accentuait. Robert, sa maison de Londres, jusqu'à l'enfant qu'elle attendait faisaient partie d'un autre monde. Parviendrait-elle à s'y réintégrer ? Elle aimait Robert mais, depuis sa trahison, leur amour exceptionnel avait pris une forme ordinaire. Et cette normalité la consternait. L'enfant venu au monde, il faudrait engager une nourrice, assurer un train de maison, renoncer aux voyages impromptus. Robert et elle deviendraient des parents. Elle devait avoir le courage de tourner une page pour commencer autre chose.

Valentine prit une huître et commença à manger. Jean-Rémy l'imita.

— Que vont devenir les entreprises Fortier ? interrogea-t-elle pour camoufler son trouble. Vas-tu devoir en prendre la direction ?

— Je n'y connais rien. Je suppose que maman va se résoudre à vendre. Malheureusement l'économie tourne au ralenti et les éventuels acheteurs auront des exigences avant de conclure un marché. Mais, Dieu merci, maman n'a pas à se faire de souci, elle sera à l'abri du besoin jusqu'à la fin de ses jours.

— Et toi ?

— Avec les revenus de la ferme, Brières me coûte peu. Et je vis simplement.

— Je suppose que tu as cessé d'écrire ?

Jean-Rémy se servit de vin. Dans la lumière qui entrait par la haute fenêtre, le liquide prenait des reflets d'ambre.

— Je termine un roman historique sur les Templiers dans la Creuse. La bibliothèque de Guéret possède d'importants documents.

La tête un peu penchée, Valentine écoutait. Cent fois, elle avait cru en l'élan créateur de Jean-Rémy, cent fois, elle avait été déçue.

— Je te souhaite bonne chance.

— Il y a quelque chose que tu n'as pas compris, Valentine. Je ne tiens aucun compte de l'opinion de mes semblables. Ma vie, mes ambitions personnelles et mes rêves m'appartiennent, et je suis moins prêt que jamais à me torturer pour tenter de deviner ce que mes concitoyens aiment ou désirent. Mon but est de faire l'expérience de la création, non d'en recueillir les fruits. On les paie trop cher et ils sont souvent bien acides. A Brières, je jouis du moment qui passe, de l'éveil des oiseaux, du crépuscule sur le Bassin, d'un matin brumeux, du rire de Renée. Voilà la vie. Les satisfactions de vanité n'apportent qu'amertume lorsqu'elles sont à l'état de souvenirs et l'on se rappelle les plaisirs dans la douleur.

Valentine ferma à demi les yeux. Jean-Rémy avait raison. L'idéal pour lequel elle avait tout sacrifié, vivre sa vie avec passion, se décomposait. Elle avait follement aimé et, aujourd'hui, elle se demandait si elle croyait encore à l'illusion des aspirations du cœur et de leurs parfaites satisfactions.

30

Le bureau de poste étant comble, Valentine renonça à expédier un télégramme à Robert lui annonçant qu'elle regagnait Londres aussitôt. Elle avait promis à son beau-père de passer quelques jours avec lui en Normandie, mais une immense lassitude l'avait décidée à y renoncer. Le déjeuner avec son mari l'avait remuée. Prétextant des courses à faire, elle s'était levée tout de suite après le dessert. Jean-Rémy n'avait rien tenté pour la retenir.

Dans le train la menant au Havre, Valentine pensa à Raymond, au matin où ils étaient devenus amants sur la berge du Bassin des Dames, à leurs rendez-vous rue Duphot, au rapide déclin de leur liaison. Jeune mariée, Raymond l'agaçait, elle sentait son ironie et avait tenté sans succès de lui tenir tête. Etait-elle devenue sa maîtresse pour le dompter comme elle avait dominé Jean-Rémy ? Lui avait-elle présenté Madeleine pour une raison précise ? Tout semblait avoir un sens bizarre. Si elle n'était pas devenue une Fortier, serait-il encore en vie ? « Je divague », pensa-t-elle.

Le train traversait un bois où des rejets sauvages fleurissaient déjà, longeait des vallons où paissaient des bestiaux. Le soir venait. A côté de Valentine, une vieille dame somnolait, entrouvrant parfois les yeux pour jeter un rapide coup d'œil à travers la vitre avant que sa tête ne retombe contre la paroi du wagon.

La perspective d'être à Londres ne procurait pas à Valentine la joie qu'elle en espérait. Les mois à venir allaient l'arrondir encore, rendre lente et pénible sa vie quotidienne. Robert avait le projet de fonder sa propre académie de musique. A trente-six ans, il ne montrait plus le même enthousiasme à courir le monde avec son piano et, bientôt père, désirait s'enraciner quelque part. Valentine avait décidé de temporiser. Elle était devenue la maîtresse d'un vagabond de génie et se retrouver la femme d'un maître de musique sédentaire la désorientait. L'arrivée du train en gare du Havre l'assombrit un peu plus encore. Des familles se regroupaient sur le quai, de jeunes enfants tendaient leurs bras, des maris enlaçaient leurs femmes. A droite, à gauche, des porteurs poussaient des charrettes remplies de lourds bagages. « Que fais-je ici ? » pensa-t-elle. Le souvenir de Brières, de sa terrasse au crépuscule, dans l'odeur des tilleuls et des roses, sous le fourmillement des étoiles qui commençaient à percer le ciel et la lune montant derrière le Bassin des Dames, lui donnait envie de pleurer.

Le soir, elle fit une courte promenade au bord de la mer. Une brise fraîche levait des rubans d'écume sur la ligne verdâtre de l'eau. Valentine pensa à Robert, à la joie qu'ils éprouveraient de se retrouver. Mais, en dépit de ses efforts, la perplexité fugace, indéfinissable, qui l'habitait depuis les obsèques de Raymond ne parvenait pas à se dissiper.

Rose était seule à la maison. Ahurie de fatigue, Valentine lui tendit son manteau, son chapeau, ses gants, tandis que le chauffeur de taxi laissait choir la valise sur le pas de la porte.

— Où est Monsieur ? s'enquit-elle.

— Monsieur est parti voici deux jours en voiture avec William. Il ne m'a pas dit où il allait. Madame a mauvaise mine, veut-elle que je lui prépare du thé ?

— S'il vous plaît. Servez-le-moi dans ma chambre.

Cette absence sans explication l'inquiétait. Si Robert avait accepté à la dernière minute de donner un concert ou une causerie en province, il lui aurait téléphoné à Paris pour solliciter son avis. Par ailleurs, s'il était parti rejoindre une femme, aurait-il emmené son chauffeur ?

L'après-midi ensoleillé jetait une lumière gaie sur les murs recouverts de soie sable où étaient accrochées quelques toiles de jeunes artistes cubistes découverts par Valentine dans des galeries d'avant-garde. Mais le dessus-de-lit parfaitement tiré, l'absence de Robert rendaient inhospitalière cette chambre que la jeune femme d'habitude chérissait.

— Monsieur avait-il beaucoup de bagages ? demanda-t-elle à Rose qui entrait un plateau entre les mains.

— Une valise, Madame.

— Sa serviette de partitions ?

— Je n'ai rien vu, Madame.

Valentine regretta ses questions. Il était inutile de faire naître la suspicion dans l'esprit de la bonne. Dans quelques instants, elle vérifierait par elle-même.

Le thé lui fit du bien. Elle allait prendre un bain, se changer avant de se lancer sur les traces de Robert. S'il était parti rejoindre Caroline, elle le découvrirait bien vite. Un amour aussi merveilleux que le leur ne pouvait s'achever autrement que par une dramatique rupture. Comment imaginer des rancœurs, de mesquines scènes ? Elle avait dans ses espérances amoureuses de plus nobles aspirations.

En enfilant sa robe de chambre, Valentine s'attarda devant son miroir. Son ventre s'arrondissait, sa poitrine avait pris une nuance bleuâtre qui, en dépit de sa plénitude, lui conférait une certaine fragilité.

Le bébé commençait à bouger, elle sentait des

picotements, de vagues fourmillements semblables au léger contact de pattes d'araignée. Elle avait oublié avoir ressenti ces manifestations de la présence de Renée. En réalité, sa fille n'avait jamais vraiment existé pour elle. Elle était venue trop tôt ou trop tard, sans être désirée. La fillette l'avait bien senti car jamais elle n'avait eu pour sa mère les puérilités affectueuses et charmantes des jeunes enfants. Et cependant, elle aimait Renée à sa façon.

Valentine s'installa sur le lit recouvert de satin, s'empara du téléphone.

— Lady Asaph n'est pas à Londres, répondit le valet de chambre avec un accent royal.

— Mais je lui ai parlé il y a trois jours seulement.

— Lady Asaph est partie avant-hier, Madame.

— Où puis-je la joindre ?

— Lady Asaph ne m'a pas laissé d'adresse, Madame.

Dans le vestiaire de Robert, Valentine vérifia chaque pièce de vêtement. A l'exception d'un smoking, sans doute destiné aux dîners en tête à tête, il n'avait emporté que des tenues de campagne, une paire de grosses chaussures de marche, une robe de chambre à motifs chinois et deux pyjamas en soie. Ce n'était pas la garde-robe qu'il aurait choisie pour se rendre à un concert en province. Quant à la possibilité d'un week-end chez des amis, elle était plus qu'improbable. Leur situation conjugale les tenait à l'écart de la société londonienne et, mis à part les Gingham et leur anticonformisme éclairé, nul ne poussait les relations au-delà de la stricte politesse. A tout hasard, Valentine les appela. Le maître d'hôtel exprima ses regrets. Ses patrons étaient sur la Côte d'Azur pour un mois.

Dès le lendemain, Valentine envisagea la possibilité d'un proche départ. Si ses soupçons étaient confirmés, elle bouclerait ses malles et rejoindrait la Normandie où, dans la sérénité du château de son beau-père, elle réfléchirait et pourrait se reprendre. Reconstruite dans l'enthousiasme de la passion, sa vie s'effondrerait à nouveau et elle n'avait nulle idée du but qu'elle se donnerait alors. Avec un enfant sans père, tout serait difficile. Mais il n'était pas question qu'elle plie.

Dans l'après-midi, la jeune femme se força à faire quelques pas dans Hyde Park, paré de milliers de jonquilles, narcisses et pensées rassemblés en massifs. Les forsythias et cornouillers étaient en fleurs ainsi que de grands tulipiers ouvrant leurs corolles mauves et roses. L'air était doux, le ciel couvert. Valentine s'assit sur un banc, regardant vaguement passer des cavaliers, d'élégantes jeunes femmes portant des ombrelles colorées, des nurses poussant d'aristocratiques landaus. Sans cesse, ses pensées revenaient à Robert. Pourquoi détruire pour une femme vaniteuse et sotte l'idéal exceptionnel qu'ils avaient choisi, partagé, nourri depuis tant d'années ? Ce n'était pas l'infidélité en elle-même qui la meurtrissait, mais la dépréciation d'un amour unique qui les hissait au-dessus du commun des mortels. Ce qui arrivait à la plupart ne pouvait leur advenir. Robert avait tout empoisonné. De courts moments, comme une bouffée d'air frais, l'espoir la regagnait : Robert était parti travailler à la campagne. Il adorait l'Ecosse et, la croyant en Normandie pour une semaine, pouvait fort bien préparer son prochain récital sur un piano de location face à la mer.

La nuit tombait. Valentine se leva. Il lui semblait qu'en quelques heures ses six ans d'amour fou étaient entrés en agonie.

William ouvrit la portière, s'empara du sac de voyage de son maître et sonna à la porte d'entrée.

— Madame est rentrée depuis trois jours, chuchota Rose tout excitée. Elle n'a pas l'air contente !

Aussi vite qu'il le pouvait, le chauffeur revint vers la voiture d'où Robert venait de descendre.

— Madame a avancé son retour, déclara-t-il avec la dignité dont jamais il ne se départait. Rose semble penser qu'elle est inquiète.

Le sang de Robert se glaça. Il avait prévu une marge de sécurité de quarante-huit heures afin de reprendre sa routine et d'accueillir Valentine dans une ambiance sereine. Caroline Asaph l'avait invité dès le départ de sa maîtresse. Elle tenait à lui présenter un poète français de passage à Londres, autour duquel elle organisait un souper. Il y retrouverait beaucoup d'amis, avait-elle assuré, et elle-même qui s'attristait d'une apparente désaffection impossible à comprendre. La voix avait un accent troublant, il se sentait un peu seul et avait accepté.

Le dîner avait été charmant. On l'avait assailli de questions sur la mort tragique du beau-frère de la délicieuse Valentine Fortier lors de l'incompréhensible drame du *Titanic.* Chacun avait son anecdote. On suggérait que le capitaine Smith avait commis une lourde erreur en choisissant la route d'été ; un des convives qui avait traversé l'Atlantique sous son commandement affirmait qu'il était autoritaire et arrogant, un autre exactement le contraire ; la faute venait, prétendait-il, de la White Star Line et de ses ambitions de décrocher le ruban bleu. Un vice-amiral à la retraite avait insinué qu'en isolant les caissons envahis par l'eau, Smith avait fait une bévue : déséquilibré, le bateau s'était enfoncé par la proue.

Robert, qui avait l'intention de prendre congé dès le dessert afin d'éviter tout tête-à-tête, n'était parti qu'à trois heures du matin, après quelques moments fiévreux dans son boudoir. Caroline lui avait arraché la promesse d'une escapade. Il avait refusé le château écossais trop peu discret et s'était décidé à profiter d'une ancienne proposition de lord Gingham qui possédait dans le Devon un manoir rarement occupé. Il avait demandé les clefs au maître d'hôtel qui avait prévenu le personnel afin que tout soit prêt pour l'arrivée des voyageurs. Robert s'était bien gardé de donner la moindre explication et le maître d'hôtel n'en avait pas demandé.

Robert, à qui deux jours de solitude pesaient déjà, était parti le cœur joyeux. Il n'était pas mécontent aussi de s'émanciper, de rompre pendant une semaine les contraintes imposées par Valentine. Lorsqu'il la retrouverait, il ne l'en aimerait que davantage. Pouvoir inverser les rapports de force ne lui déplaisait pas. Quoi qu'en pensât Valentine, sa décision était prise, il allait fonder son académie de musique et espacer les concerts. L'argent se trouverait. Il avait envie de former de jeunes talents, d'offrir à des artistes débutants la possibilité de conduire leur carrière avec passion et audace comme il avait eu la chance de pouvoir le faire.

— Je vais rejoindre Madame dans un instant.

Il avait besoin de quelques instants pour monter une histoire acceptable. Chez les artistes, vérité et mensonge se noyaient dans le flou de leur imagination et il lui était arrivé maintes fois d'exprimer une chose fausse pour embellir une terne réalité ou la présenter avec plus d'esthétisme.

En se lavant avec application le visage et les mains, Robert se dérida. La vérité était toute simple. Il était parti seul chez lord Gingham afin d'y travailler en paix. Qui pourrait prétendre le contraire ? Le vieux lord et sa femme étaient sur la Côte d'Azur et leur maître d'hôtel n'avait pas la moindre connaissance de la présence de Caroline. Il doutait que la vieille bonne à moitié sourde qui ouvrait et fermait les volets de la maison du Devon et la cuisinière un peu simplette sachent se servir d'un téléphone.

Calmement Robert descendit l'escalier, poussa la porte de la bibliothèque. La partie était serrée. Que Valentine soupçonne qu'il avait rompu sa promesse et revu Caroline, un maelström se déchaînerait aussitôt. A une semaine seulement d'un concert de charité qu'il donnait en présence de la reine, il ne pourrait y faire face.

Assise derrière le bureau de Robert, Valentine écrivait une lettre. En l'apercevant, elle posa la plume et sourit. A plusieurs reprises, elle avait répété son rôle et le connaissait parfaitement. Si Robert mentait, il serait trop heureux de sa bonne humeur et abaisserait sa garde. Alors elle attaquerait.

— Quel bonheur de te revoir ! se réjouit-elle en avançant vers lui. J'ai été si déçue de trouver la maison vide en rentrant de voyage.

— Comment aurais-je pu deviner que tu avancerais ton retour ? J'étais parti me reposer à la campagne, travailler en paix mon récital de Covent Garden.

Leurs lèvres s'effleurèrent. Ils ne se quittaient pas du regard.

— Ce n'était pas une mauvaise idée, admit Valentine. Mais tu aurais pu me prévenir.

— Où donc, mon Dieu ? Tu m'avais dit que Gaston n'avait pas le téléphone.

— Je pensais à un mot.

— Le courrier met une semaine, parfois plus.

— Tu as peut-être raison, admit Valentine d'un ton serein. Je m'inquiétais seulement. Tu n'avais rien dit à Rose, pas laissé la moindre adresse. Cela ne te ressemble guère de disparaître ainsi.

Robert s'énervait, elle le voyait à son sourire un peu contracté, au regard dont la gaieté semblait soudain factice.

— Je n'avais pas disparu, ma chérie, j'étais parti travailler dans le Devon.

— Dans le manoir des Gingham ?

— Précisément. Je suis passé demander les clefs au maître d'hôtel et, avec William, nous sommes partis à la découverte de la campagne anglaise.

Valentine soupira.

— Dommage de ne pas m'avoir attendue. Après les horribles moments que j'ai passés en France, j'aurais été heureuse de t'accompagner. Mais nous irons un jour, n'est-ce pas ?

— C'est promis.

— Et maintenant, proposa Valentine, dînons. Rose a servi.

Tandis que Robert se rafraîchissait, Valentine avait été jeter un coup d'œil dans leur chambre. William n'avait pas encore défait le sac de voyage. Elle n'y avait trouvé aucune partition. Puis elle avait pris le téléphone et appelé Caroline Asaph. Une femme de chambre lui avait répondu que lady Asaph venait tout juste de rentrer de voyage et se reposait.

— J'ai beaucoup réfléchi à ce projet dont nous avons maintes fois parlé, annonça Robert. Je veux ouvrir cette académie Robert de Chabin.

— C'est une porte de sortie.

— Pas du tout, ma chérie. Avec l'enfant qui va naître, nous aurons besoin de rentrées régulières, d'une maison à nous. A mon âge, il faut savoir organiser ses activités.

Valentine posa sa fourchette.

— N'ai-je pas déjà attiré ton attention sur les difficultés financières de ce projet ? Nous n'avons aucune fortune.

— J'ai une idée. Es-tu prête à m'aider ?

Valentine ne répondit rien. Il se pouvait qu'elle fût partie dès le lendemain.

L'oreille aux aguets, Rose apportait un jambon en gelée, une tranche de fromage de Chester.

— Mon idée est excellente, s'enthousiasma Robert. Tu possèdes encore la moitié de Brières, n'est-ce pas ?

Valentine sursauta.

— En effet.

— Eh bien, débarrasse-t'en. Contrains Jean-Rémy à vendre ou à te la racheter. La somme dégagée sera suffisante pour acheter un local agréable. Je me charge du reste.

— Jamais je ne me séparerai de Brières !

Le ton glacial rabattit l'enthousiasme de Robert. Sans doute avait-il mal choisi son moment.

— Nous en reparlerons après mon récital. Je veux que la reine me trouve sublime. Ce sera un grand moment pour nous deux. Une apothéose.

— Je penserais plutôt à un avortement.

Robert soupira. Rien ne le déprimait plus que les esclandres.

— Tu me sembles bien nerveuse, ma chérie. Es-tu souffrante ?

— En un instant, tu me déçois plus qu'en six ans de vie commune.

— Tu devrais aller te coucher, conseilla Robert.

Il était sur des charbons ardents. Valentine possédait sans doute des preuves de son infidélité, mais lesquelles ? Elle était ailleurs, fourbissant ses armes pour le hacher menu. Les femmes étaient sadiques. Il aurait préféré de clairs reproches à cet air buté, ces mots cassants. Et elle prétendait qu'elle l'aimait !

— Tu as tué notre amour, continua Valentine en

regardant Robert droit dans les yeux. J'espérais que nous formions toi et moi un couple que rien ne pouvait désunir parce que nous nous aimions, nous respections, nous comprenions. Je découvre soudain que tu ignores tout de moi. Tu partages ta vie avec une inconnue, et cette évidence est terrible à accepter.

— Tu n'as pas le droit de dire cela ! s'exclama Robert.

Il avait peur maintenant. Que deviendrait-il si Valentine le quittait ?

Il posa sa main sur celle de sa maîtresse.

— Calme-toi et parlons.

— Nous parlons.

Avec brusquerie, elle retira sa main, jeta sa serviette sur la table.

— Retournez à la cuisine, ordonna-t-elle à Rose qui pénétrait dans la salle à manger. Nous ne prendrons pas de dessert.

— Alors, vas-y ! s'écria Robert. Dis-moi ce que tu me reproches. De m'être absenté quatre jours sans te prévenir ? Tu étais en France et n'avais pas le téléphone. De vouloir fonder une académie de musique ? Bien sûr, c'est un projet qui vient de moi et qui, par conséquent, te déplaît. Tu m'as beaucoup inspiré, conseillé, aidé, et je t'en remercie chaque jour, mais ton amour est trop possessif. Il m'étouffe et nuit finalement à mon art. Sans lui, je n'existe plus. Tu me reproches de ne pas te connaître, me connais-tu ? Je t'ai donné tout ce que j'étais capable d'offrir à une femme. Ne m'en demande pas plus.

Blême, Valentine se leva, voulut sortir, mais Robert s'empara de son bras, l'obligeant à lui faire face.

— Ne me touche pas ! siffla-t-elle.

Les émotions submergeaient Robert.

— Je suis désolé, murmura-t-il. Pardonne-moi.

— De trahir une parole donnée, de vouloir brader ce à quoi je tiens le plus ? D'être un pleutre ?

Robert lâcha le bras de Valentine et s'adossa au mur. Son regard s'arrêta sur la lampe d'opaline posée sur la desserte autour de laquelle dansaient des insectes éphémères attirés par la lumière. Leur patience obstinée, leurs dérisoires efforts pour survivre ressemblaient à ceux des hommes.

— Ne nous insultons pas, je te prie, supplia-t-il. Pense à notre enfant.

— En te croyant assez fort pour devenir père, tu t'es surestimé, mon chéri. Tu veux porter le monde sur tes épaules, mais tu es faible et inconstant.

— Je suis un artiste.

— Tu es un exécutant. Jamais tu n'as créé d'œuvre personnelle et tu n'en créeras jamais parce que...

Valentine s'interrompit, le souffle court. Elle avait été trop loin, mais le mal était déjà si grand qu'ils ne pouvaient l'un et l'autre souffrir davantage.

Robert avait fermé les yeux. L'humiliation qu'il ressentait lui donnait le désir fou de s'installer devant son piano, de s'envoler avec la musique loin du bourbier où Valentine le tirait.

— Je ne suis pas parfait, c'est certain, chuchota-t-il, mais tu as en toi l'esprit du mal. Ton amour est un poison qui paralyse et tue. Pourquoi veux-tu mon malheur ? Que t'ai-je fait ? Que t'a fait Jean-Rémy ? Au bord de ton Bassin des Dames, voici presque sept ans, je t'ai prise pour une fée, mais je me trompais. Tu es une sorcière.

Maintenant Robert dévisageait Valentine, figée dans la lumière de la lampe qui éclairait son visage. Il discerna la ligne méchante de la bouche, le regard dur. Il devait se protéger, l'empêcher de lui nuire.

— Séparons-nous pour quelque temps, jeta-t-il.

— Demain, je serai partie. Tu m'as traitée de sorcière, permets-moi de donner à ce mot son meilleur sens. Jamais personne n'a pu me soumettre et jamais personne ne me dictera ma conduite. Si tu sais déchiffrer les partitions avec génie, tu ignores ce qui se passe dans mon esprit et dans mon cœur. Je ne t'accuse de rien, la vie a décidé pour nous.

— C'est un caprice, Valentine ! balbutia Robert. Tu es ma femme, nous allons avoir un enfant.

— Je vais avoir un enfant, Robert, mais ce précieux héritier que tu voulais si fort, jamais il ne sera à toi.

31

— L'archiduc François-Ferdinand et l'archiduchesse Sophie viennent d'être assassinés à Sarajevo ! s'exclama Jean-Rémy.

Bernadette avait servi le café sur la terrasse. A deux pas de ses parents, assise sur un pliant, Renée lisait, tandis qu'accroupi sur les cailloux de l'allée, Jean-Claude manœuvrait une voiture de pompiers miniature.

— L'Europe est au bord de la guerre, je le crains, observa Valentine. Quel malheur !

A peine avait-elle retrouvé un semblant d'harmonie à Brières que de nouvelles difficultés risquaient de la déséquilibrer. Jean-Rémy, Emile Genche mobilisés, le poids du domaine et de la ferme reposerait entièrement sur ses épaules. Elle était trop fragile, mal remise d'un accouchement qui avait failli l'emporter. Jean-Claude était né à Brières avec un mois d'avance. Et les ennuis s'étaient succédé, il tétait mal, ne poussait pas. Dix fois, elle avait cru perdre ce petit être qui ressemblait si fort à Robert. Agé de deux ans maintenant, il semblait mieux se porter, mais restait d'une constitution fragile, sujet aux convulsions. Avec l'égalité d'humeur qui avait exaspéré Valentine autrefois, Jean-Rémy s'était résigné à accepter cet enfant portant son nom. Les reproches qu'elle était prête à subir n'étaient pas venus. Lors de son arrivée dans la Creuse, fiévreuse, exténuée, à peine avait-il semblé surpris. Mais Renée, pourtant bouleversée par le retour de sa mère, s'était vite rebellée, fuyant tout contact physique, transformant ses tentatives de dialogue en lutte sourde ou conflit ouvert que mademoiselle Guyet ne faisait qu'envenimer. Et lorsque Valentine avait proposé de mettre la fillette en pension, Jean-Rémy s'y était opposé d'une manière absolue. Jamais Renée ne quitterait Brières.

— Il y aura de fortes oppositions, nota Jean-Rémy. Les socialistes sont antimilitaristes et on dit que Jaurès prépare une manifestation populaire massive contre toute intervention armée.

— Si une guerre convient à nos dirigeants, elle aura lieu et toutes les bonnes intentions du monde n'y pourront, hélas, rien. Crois-tu que les Genche ont envie de mourir pour la Serbie ?

Jean-Rémy replia son journal. L'idée d'une mobilisation générale ne l'inquiétait pas outre mesure. Il avait eu lors de l'hiver précédent une fluxion de poitrine qui, associée à son âge et à ses charges de famille, le laisserait probablement dans ses foyers. Mais beaucoup de jeunes gens du village partiraient et la vie deviendrait difficile. Les déboires avaient fini par rendre Jean-Rémy insensible au tour imprévisible que pouvaient prendre les événements. Réfugié dans les rêves, son amour pour Renée et Brières, il refusait de se laisser troubler par le monde. Le retour de Valentine ne l'avait pas ému autant qu'il l'avait imaginé et le secret de sa vengeance le laissait presque indifférent. Sa femme était revenue, abolissant le temps passé loin d'elle. Il n'attendait plus rien. Tout suivait un cheminement inexorable, comme un destin sur sa lancée, désormais immuable.

A petites gorgées, Valentine acheva son café. Chaque jour, elle s'étonnait du poids de la fatalité qui pesait sur elle. Suivant les exigences de ses passions, elle avait voulu vivre des émotions violentes, secouer la société, les conservatismes, se donner corps et âme, et elle se retrouvait à son point de départ, emprisonnée dans son domaine.

A plusieurs reprises, elle avait été visiter le père Marcoux. Ses propos, pourtant prudents, l'avaient troublée. Il y avait bien à Brières la clef d'un mystère que ni le prêtre ni Bernadette, en dépit de multiples pressentiments, ne parvenaient à décrypter.

— Des défunts pourraient hanter ce lieu, avait suggéré le curé.

— Vous croyez donc aux âmes errantes, mon père !

Le prêtre avait haussé les sourcils.

— Je crois à l'Invisible, à des réalités que mes pauvres yeux ne peuvent percevoir. Nos sens sont si limités, mon enfant ! Souvent, voyez-vous, j'ai l'intuition fulgurante que nous sommes dans l'illusion en ce qui concerne notre monde. La mort nous délivrera de ces carcans.

— Les trépassés ne vont-ils pas au paradis ou en enfer ?

— Ce qui a vécu vit toujours. La forme matérielle va et vient, mais l'âme est immuable, avait murmuré le père Marcoux.

Avec le curé, Valentine avait fouillé les archives paroissiales et retrouvé l'acte de décès de Pierre-

Henri de Morillon, mort par noyade en 1815 dans l'étang dit du Bassin des Dames dépendant du château de Brières. « En dépit de certains propos suggérant que le comte s'était ôté la vie, le père Henri Carrière a autorisé l'inhumation religieuse », mentionnait le document.

— Où est la tombe ? avait interrogé Valentine.

— Nul ne le sait. Sans doute le corps a-t-il été exhumé lorsque la comtesse a vendu ses terres. Elle aura voulu ensevelir son fils là où elle allait.

— Sait-on ce qu'elle est devenue ?

— Elle était d'origine creusoise par sa mère. Il faudrait établir son arbre généalogique.

— Sa famille était fort connue. N'était-elle pas une Foulque ?

— Elle semblait être la dernière descendante de la branche aînée. Si vous voulez mon avis, la comtesse de Morillon ne vous livrera pas le secret de Brières. Son époux, peut-être, son fils sans doute, mais l'un comme l'autre ont péri avant de pouvoir mettre par écrit les découvertes ou impressions qui auraient pu nous mettre sur la voie. Une fatalité les en a empêchés. Sur certains hommes qui ont croisé par hasard le destin de Brières ou que Brières a attirés, il semble que pèse une malédiction.

— Raymond ! avait murmuré Valentine.

— Et le père Firmin Gautier mangé par les loups. Un prêtre savant dans les sciences sataniques, un exorciste réputé, dur et certainement exalté.

— Que suggérez-vous ?

— Il y aurait dans votre domaine une force primitive, je pourrais dire païenne, que certains hommes auraient tenté de détourner ou d'étouffer. Cette force mise sous le boisseau n'est pas morte. Voilà tout ce que je peux proposer.

— Je vais coucher Jean-Claude, décida-t-elle. Il doit mourir de fatigue.

Plus Valentine avait souhaité profond le fossé la séparant de Robert, plus son attachement à leur enfant s'était intensifié. Jean-Claude était la preuve qu'elle avait vécu une passion unique sur laquelle elle conservait, à travers lui, un droit exclusif. Avec ses cheveux bouclés, ses grands yeux noirs, le petit garçon était le portrait de son père. D'ordinaire calme et rêveur, il avait de violents et imprévisibles accès de colère. A plusieurs reprises, il s'était échappé du parc par la petite porte donnant sur les champs et on l'avait retrouvé un soir au village où il avait été recueilli par Marie-Thérèse Le Bossu. Depuis, la porte restait fermée à clef.

Renée leva les yeux de son livre et vit s'éloigner Valentine sa main serrant celle de Jean-Claude. Une fois pour toutes, elle avait décidé de cloîtrer en elle ses émotions, de n'entretenir avec cette femme qui l'avait abandonnée sans regret pendant six années qu'un strict minimum de relations. Avec satisfaction, la fillette avait constaté que son père faisait chambre à part et lui gardait un amour exclusif. Mais son attachement pour Jean-Claude la préoccupait et elle faisait son possible pour les détacher l'un de l'autre. Un jour, afin de lui porter malheur, elle avait pu introduire une chouette dans sa chambre puis, en proie aux remords, s'était lancée à la poursuite de l'oiseau. Terrorisé, le petit garçon avait été pris de convulsions et Bernadette l'avait réprimandée. On n'ouvrait pas la porte au diable si on ignorait comment le maîtriser. Il fallait maintenant que toutes deux, agenouillées à minuit vers l'ouest, fassent tinter une clochette, un cierge dans la main droite, pour rappeler les anges protecteurs.

Comme Jean-Rémy somnolait, Renée posa son livre et dégringola les marches de la terrasse pour gagner le parc. Juin épanouissait les églantines des ronciers, les gueules-de-loup, pensées et marguerites que le jardinier tentait de rassembler en massifs. Autour des tilleuls longeant l'allée, une multitude d'abeilles, de guêpes et de mouches bourdonnaient. Envahi par les rejets, le sentier menant au Bassin des Dames ne laissait plus au promeneur qu'un étroit passage où la lumière tamisée par l'inextricable désordre de la nature se faisait verdâtre. Le silence feutré, l'allure fantasmagorique des arbres morts envahis de plantes parasites suggéraient d'invisibles frontières que Renée ne craignait plus de franchir. Avec Bernadette ou seule, elle avait exploré chaque pouce des berges. A droite du sentier, sur un espace d'une vingtaine de mètres carrés, le sol sableux, stérile, faisait penser à une maladie inguérissable rongeant la terre. Bernadette, qui le nommait « le cercle du diable », refusait de le fouler, prétendant que ses pieds lui brûlaient chaque fois qu'elle s'en approchait de trop près.

Au bord du bassin, la fillette s'immobilisa, déboutonna sa robe, ôta sa chemisette, son jupon, ses bas de coton. Le soleil brillait au-dessus des salicaires et des joncs, se glissait sous les rejets des saules qui effleuraient la surface de l'eau où dansaient des libellules.

Précautionneusement, Renée pénétra dans l'eau froide. C'était un rite qu'elle avait adopté tout enfant lorsque les adultes la blessaient trop fort ou que des émotions mal réprimées lui mettaient la mort dans l'âme. L'eau du bassin la débarrassait de ses peines. Lorsqu'elle glissait sur ses jambes, sur son ventre, peurs, angoisses, ressentiments s'évanouissaient. Elle communiait avec l'eau, s'imprégnait de l'odeur de la vase et des herbes molles qui s'enroulaient autour de ses pieds. Souvent Renée tentait d'imaginer les Dames, fermant si fort les yeux qu'elle croyait entrevoir leurs légères silhouettes, entendre leur murmure. Enfant, elle les avait suppliées de la rendre jolie puis avait renoncé, certaine désormais que les Dames n'exauçaient pas ce genre de souhait. Que voulaient-elles ? Que tentaient-elles de lui apprendre ? Renée n'était pas encore parvenue à le découvrir, mais elle ne les craignait pas.

Joignant les deux mains, Renée puisa de l'eau, se lava le visage. Un jour, comme l'affirmait Bernadette, elle serait à son tour la Dame de Brières et régnerait sur le domaine. De toutes ses forces, elle tenterait de lui redonner vie pour y entendre des rires d'enfants. Elle y élèverait des bêtes, en ouvrirait les portes au monde. Sa mère avait jeté sur Brières un sort qu'elle lèverait. Jamais personne n'y serait plus abandonné ni malheureux.

Quoique Jean-Claude fût endormi, Valentine resta songeuse assise à côté du petit lit. Jamais elle n'avait écrit à Robert, pas une fois ouvert ses multiples lettres. Dans les journaux, elle lisait de temps à autre que le célèbre pianiste Robert de Chabin donnait un concert à Amsterdam, à Bruxelles ou Lisbonne. Sans doute avait-il renoncé à son académie pour courir à nouveau le monde. Il était redevenu un errant, un déraciné. Le soleil caressait les cheveux bruns et bouclés de Jean-Claude. Tout était silencieux au-dehors. Par l'interstice des volets se glissait l'ombre des nuages. Une légère brume de chaleur estompait la perspective de l'allée, dissimulait sa chère statue de Diane. Quand, à bout de forces, elle était arrivée à Brières, Bernadette lui avait résumé les six années de son absence : la mort tragique du père Tabourdeau, brûlé vif dans une grange où il avait cherché abri pendant un orage, trop soûl probablement pour se sauver à temps, l'effondrement de la gloriette sous une bourrasque, la naissance de deux filles chez les Le Bossu, la réussite de Paul Dentu à sa première année de droit, les trois années de grande sécheresse où les sources s'étaient taries et les trois étés de pluies diluviennes où les serpents avaient envahi le parc et nageaient dans l'étang : des événements ordinaires qui effaçaient les grandes passions.

Jean-Rémy replia le journal et inspecta le ciel. Les jours à venir seraient beaux et les Genche pourraient commencer la fenaison. L'orge et l'avoine poussaient bien et la récolte du lin, qu'il avait substitué au chanvre dont les cours s'effondraient, semblait prometteuse. A nouveau, il pensa à la probable perspective d'une guerre. Grèves, mouvements sociaux se succédaient en Europe et sa mère se félicitait d'avoir vendu dans d'honnêtes conditions les entreprises Fortier. Yvonne restait à Paris avec Colette dans le vaste hôtel de la place Saint-Sulpice. La mort de Raymond et la disparition de Madeleine l'avaient beaucoup vieillie, mais elle se forçait à vivre normalement pour l'amour de sa petite-fille. Elles vivaient l'une pour l'autre, entourées de photographies et des reliques du passé. A maintes reprises, il avait invité sa nièce à Brières mais, ne serait-ce pour quelques jours, Colette refusait de quitter sa grand-mère. Expédiée à Paris, Renée avait vite demandé à revenir chez elle. Elle y étouffait. Le regard de Jean-Rémy s'arrêta sur la fenêtre de la chambre de Jean-Claude dont les volets étaient clos. Quoique sa grand-mère refusât de le connaître, que Renée ne lui témoignât pas d'affection, il s'attachait à cet enfant fragile qui lui ressemblait, finalement. Comme lui, il était un solitaire, un mal-aimé, quelqu'un sur lequel pèserait lourdement la vie.

32

Jour et nuit, l'artillerie allemande tirait au mortier de 420, arme capable d'anéantir jusqu'aux abris bétonnés. L'obus avait explosé à quelques mètres et une gerbe de boue recouvrit les corps accroupis au fond de la tranchée... Du revers de leur manche ou avec le bas de leur pèlerine, les hommes s'essuyèrent le visage. Les rats avaient tout envahi, guettant chaque miette de nourriture, se faufilant entre les corps assoupis. On pouvait entendre le crissement de leurs griffes sur les objets métalliques. Le compagnon de Robert de Chabin parvint à allumer une cigarette et la lui tendit. Robert avait la fièvre, ses mains tremblaient.

— Tu penses encore à ton piano ! se moqua-t-il.

Robert haussa les épaules. Depuis qu'en rêve il avait parlé de son piano, ses camarades le brocardaient. « Voilà le piano du grand Chabin », raillaient-ils quand les canons allemands recommençaient à tonner.

Un instant, Robert observa ses mains. Pourrait-il encore jouer après la guerre ? Lui obéiraient-elles ? La fumée pénétrant dans ses poumons lui fit du bien. La tête lui tournait. Il pensait à l'odeur des cigarettes à l'eucalyptus que fumait Valentine, à leur chambre londonienne qui en était restée imprégnée bien après qu'elle fut partie. Partout il l'avait cherchée avant de songer à Brières.

En vain, il avait écrit, expédié des télégrammes. Jamais elle n'avait répondu. Alors il avait repris sa vie errante, allant de ville en ville, d'hôtel en hôtel, acceptant avec une même indifférence adulations ou critiques. Valentine l'avait trop possédé pour qu'il puisse se libérer d'elle. Du reste, il n'avait plus envie de liberté.

Sa mobilisation l'avait presque soulagé. A nouveau, il n'aurait plus de décisions à prendre, de choix à faire, de malles à boucler. Les premiers mois n'avaient pas été trop durs. Puis on avait expédié sa division à Verdun.

— On va nous envoyer en renfort au Mort-Homme, annonça son compagnon, un jeune homme blond. Les boches ont l'intention de le prendre d'assaut.

Robert ne répondit pas. Au Mort-Homme, ce serait encore les obus, les gaz asphyxiants, rien d'autre que ce qu'ils subissaient depuis cinq semaines. Il semblait que la pluie et le feu ne cesseraient jamais de s'abattre sur eux.

— Tu sais à quoi je pense ? interrogea le jeune homme. Aux petites Parisiennes sur les Champs-Elysées, à leur parfum, leur regard effronté. J'aimerais m'asseoir sur un banc pour les regarder passer. Je me dirais : « Celle-là, peut-être. » Avant, je n'osais pas, mais quand la guerre sera finie, je n'aurai plus peur de rien.

— Il paraît que la vie là-bas est presque normale : cinémas, théâtres...

Le fracas d'un obus couvrit sa voix. « ... concerts... », acheva Robert pour lui-même.

Le lendemain à l'aube, les lignes allemandes lancèrent les gaz. Les vents étaient favorables et l'épaisse fumée jaune montant des tranchées se coula vers les premières lignes françaises.

— Les masques ! hurla l'adjudant.

Fébrilement, Robert chercha à dénouer la boucle qui retenait son masque à gaz. Comment des doigts aussi agiles sur un clavier pouvaient-ils être à ce point maladroits ! La nappe avançait. Il s'énerva et réussit enfin à dégager le masque, le plaqua sur sa figure, cherchant à l'attacher. Debout, il tâtonnait.

— Couche-toi ! ordonna l'adjudant. Ils tirent.

Une douleur fulgurante jeta Robert au fond de

la tranchée. Le haut de son bras droit n'était plus qu'une bouillie sanglante.

Autour de Robert, des blessés plus gravement atteints râlaient. Un jeune garçon ayant perdu les deux yeux était devenu fou et se balançait sans cesse sur le rebord du fauteuil où une infirmière l'installait chaque matin. Robert observait son corps fragile aller d'avant en arrière, d'arrière en avant, et une amertume insoutenable l'envahissait. Le chirurgien ne lui avait rien dissimulé : il ne pourrait plus donner de concerts, tout juste pianoter pour son seul plaisir. Pendant deux jours, Robert avait eu envie de se tuer, puis l'image de Valentine avait réinvesti sa mémoire. Il allait la rejoindre. Elle seule saurait comprendre son désespoir et le partager. Et il découvrirait son fils, ou sa fille, cet enfant dont il ignorait jusqu'au prénom et qui, au cœur de ses souffrances, l'avait empêché de sombrer tout à fait. Si elle le repoussait, alors il s'ôterait la vie sans plus hésiter.

L'après-midi, quand le soleil se montrait, l'infirmière permettait à Robert de faire quelques pas dans le jardin. Il restait un moment sur un banc à fumer une cigarette qu'il tenait de sa main valide, creusant des sillons dans les graviers du bout de ses chaussures. Quand les souvenirs devenaient trop douloureux, il se levait, regagnait sa chambre. La nuit, Robert sentait le corps de Valentine blotti contre le sien. Quelle folie l'avait poussé vers Caroline Asaph ? Quelle malédiction ? Jamais il n'avait aimé cette femme.

Expédiée d'un hôpital de Châlons-sur-Marne, la lettre portait son nom en lettres majuscules maladroitement tracées. Valentine songea à un enfant et ouvrit l'enveloppe. Des merles sautaient d'une branche à l'autre d'un tilleul le long de l'allée de Diane où le soleil jouait. Débordant de la cime du mur du potager, on voyait la mousse blanche des pommiers et des poiriers plantés en espalier. Valentine déplia la lettre, un rectangle de papier bon marché que la plume avait troué à maints endroits.

La jeune femme sentit battre son cœur. Au moment où toute angoisse, toute vaine espérance se retirait d'elle, Robert resurgissait dans sa vie ! A Brières, elle s'enracinait comme une plante. Obstinée à ne pas mourir en dépit des bourrasques, de l'absence de lumière, elle s'agrippait, revivait. Jamais elle n'aurait cru pouvoir être heureuse à nouveau mais son domaine, les bras de Jean-Claude autour de son cou, l'affection bourrue de Bernadette, l'amitié des Dentu et du père Marcoux, jusqu'à la présence de Jean-Rémy et de Renée, lui redonnaient peu à peu le goût de vivre.

Bouleversée, Valentine se dirigea vers le Bassin des Dames, s'assit sur une souche. Il y avait quelque chose d'étrange entre l'immobilité paisible de l'étang et la brûlure causée par la lettre, son pouvoir destructeur. De l'autre côté de la rive, la lumière de l'après-midi tremblait entre la surface de l'eau et la ligne verte des bosquets. Valentine hésita. Sans la lire plus avant, elle pouvait déchirer le carré de papier, revenir au château, reprendre les activités monotones de sa vie quotidienne. Mais Robert l'appelait, son ombre rôdait autour d'elle, la forçant à poursuivre sa lecture.

> A la suite d'une blessure à Douaumont, fin mars, j'ai perdu l'usage de mon bras droit. Ma carrière est fichue, mes rêves se sont envolés. Ce que les autres appellent fierté ou sens de l'honneur me semble aujourd'hui dérisoire. Seule tu me restes. Tu es mon ultime souffle de vie. Je te demande pardon. Tu as été ma lumière, mon seul amour. Te le dire enfin me donne l'illusion d'avoir

la vie devant moi. Il faut être un peu fou pour écrire de tels mots mais, si je n'avais pas cette folie dans le cœur, que me resterait-il ? Dans la maison de repos où je survis, le temps s'est arrêté. Seul brise le poids des interminables minutes le fracas des engins de guerre qui montent au front. J'aimerais m'asseoir devant un piano pour me mesurer à lui avec ma seule main. Mais j'ai peur jusqu'à la nausée. Si tu m'acceptes à Brières, mes souffrances auront un sens. Te souviens-tu que j'ai toujours cru au destin ?

La lettre à la main, Valentine resta immobile à contempler la surface de l'eau. Chaque détail, un bref éclair de lumière, un minuscule insecte, une bulle légère montant du fond de l'étang, s'y détachait avec précision. Y compris ce qu'elle avait cru jusqu'alors impossible, revoir Robert, tout était passager, rien n'avait d'importance. Brières lui ferait une place en attendant qu'il découvre un nouveau sens à sa vie. Mais il ne pouvait pas habiter au château, elle ne pouvait demander à Jean-Rémy l'impossible. Avec Emile et Bernadette, elle aménagerait un ancien pavillon de métayer qui servait de remise, au fond du parc. Avant d'accueillir Robert, elle y ferait installer un piano, une bibliothèque. La vie était surprenante. Les hommes qu'elle aimait et avait fait souffrir revenaient vers elle, comme s'ils désiraient à leur insu vivre jusqu'au bout leur douloureuse relation. Mais Robert ne serait pas un père pour Jean-Claude qui portait le nom des Fortier.

« Une araignée qui tisse sa toile », songea Bernadette en observant Valentine accrocher une gravure au mur de la maisonnette. La servante était intriguée d'avoir eu cette pensée. Elle connaissait à peine Robert de Chabin mais, plus que l'homme qui n'avait guère d'importance à ses yeux, la fascinait le signe : un insecte prêt à se faire dévorer.

— Voilà, décida Valentine. C'est parfait maintenant.

Sa décision prise, la lettre expédiée, elle attendait Robert sans angoisse. Avec la passion, elle se rendait compte que ses ressentiments s'étaient éteints aussi. Exaltants ou tristes, les moments qu'ils avaient partagés s'estompaient dans sa mémoire.

Bernadette rangeait dans le buffet de la cuisine quelques verres et assiettes. Tous les hommes du village étant au front, avec beaucoup de mal, on avait dégotté au bourg voisin une veuve qui n'avait pas de terres à cultiver ou d'échoppe à tenir. Chaque jour, elle viendrait entretenir la maisonnette, blanchir le linge et préparer les repas de Robert.

— La maison est bien humide, nota Bernadette. Il se pourrait qu'il y ait un cours d'eau souterrain. Il faudra faire venir le sourcier.

— Pourquoi donc ?

— Monsieur Robert serait tourmenté par le monde des esprits, bons ou mauvais.

— Combien de petits secrets as-tu encore, ma bonne Bernadette ? s'amusa Valentine.

— Les secrets, Madame, ne sont pas dans les mots ou dans les gestes, mais dans les cœurs. Le vôtre les connaît tout aussi bien que le mien.

Les mains de Valentine qui tendaient un châle sur la causeuse s'immobilisèrent. La veille, elle avait croisé le père Marcoux sur la route le long du cimetière. « Passez demain me voir au presbytère, mon enfant, avait-il demandé, j'ai quelques petits faits intéressants à vous relater. » Elle comptait s'y rendre le déjeuner achevé.

D'un revers de main, le père Marcoux épousseta le seul fauteuil de la modeste salle où il se tenait et prenait ses repas. L'hiver, un poêle à bois le chauffait ; l'été, Berthe, la bonne, ouvrait les trois fenêtres donnant sur une courette et le jardin. Une table, quatre chaises paillées, un fauteuil capitonné de style Napoléon III offert par une paroissienne et un buffet de pin composaient le mobilier. Au fond, une porte donnait sur la chambre, une autre sur la cuisine, où vivait Berthe avec ses deux chats.

— J'ai reçu une très intéressante lettre d'un de mes amis, le père Houri, excellent historien à ses heures et féru de surnaturel, annonça tout de suite le curé. Un verre de noyau ?

Valentine réclama de l'eau. Elle avait marché du château au presbytère sous un soleil déjà chaud.

— Pour une raison qu'il soupçonne être liée à une superstition, le lieu-dit les Bruyères où le comte de Morillon a édifié votre château sur les ruines d'une métairie brûlée probablement avant le quinzième siècle avait été craint par les villageois durant plusieurs générations. Il semblerait que des sabbats de sorcières s'y soient déroulés pendant le haut Moyen Age. Le père Houri ne possède pas de preuves écrites car, comme vous le savez, nos archives communales ne remontent pas en deçà du quinzième siècle. Mais la Creuse était région de sorcières. Plusieurs de ces malheureuses furent brûlées entre le treizième et le quinzième siècle aux confins du Berry dans des bourgs assez chanceux pour avoir conservé quelques annales.

Après la chaleur du chemin, Valentine frissonna. Elle posa son verre, jeta sur ses épaules la veste de toile qu'elle avait déposée sur le dossier d'une chaise.

— La guerre rend les recherches malaisées, continua le père Marcoux, et nous devrons sans doute en attendre la fin pour en savoir davantage.

Ce qui m'intrigue, c'est la relation qui semble exister entre les fées, les Dames et ces sorcières. C'est étrange, inhabituel, car les unes appartiennent au paganisme, les autres à une chrétienté mal comprise.

— Il s'agit de femmes, nota Valentine.

— C'est cela. Voilà leur lien, mais il est peu convaincant. Le genre féminin compte aussi d'honnêtes ménagères, des mères dévouées, des ribaudes, des saintes. Celles-là ne semblent pas concernées.

— Sorcières et fées ont pris naissance dans l'imaginaire des hommes.

— Pensez-vous aux mâles ? Mais c'était de préférence des femmes qui les vénéraient ou les craignaient. Il semble qu'il s'agisse d'un monde essentiellement féminin, une sorte de domaine sacré.

— Les sorcières comme les fées n'ont jamais existé !

— Le Mal existe, hélas, et Satan rôde toujours parmi nous. Cette terrible guerre qui massacre nos jeunes gens n'en est-elle pas la preuve ?

— Je vois Brières comme un refuge, s'insurgea Valentine. Vos histoires de sabbat ne me convainquent pas. Pourquoi ces femmes auraient-elles choisi pour s'unir au diable un étang peuplé de fées ? Puisque nous voici dans les superstitions et l'irrationnel, eh bien, allons jusqu'au bout, mon père.

— Ne vous emportez pas ! Je n'ai pas affirmé qu'il y ait eu des cérémonies sataniques à Brières, je vous rapporte une légende, s'amusa le curé.

Valentine se contraignit à sourire, mais ce mot de sabbat l'avait bel et bien alarmée. Il suggérait un monde de méchancetés, de maléfices, qui lui donnait la chair de poule. Avec le temps, elle avait adopté les Dames de l'étang, s'adressait à elles à travers les eaux verdâtres. Pourquoi lui suggérer des faces grimaçantes, des êtres velus s'accouplant aux sorcières ? Et le loup ? Etait-il une vision symbolique, comme elle l'avait cru, ou une créature diabolique ?

— Ainsi Brières a été un lieu déserté des hommes pendant de longues années ? Mais les prêtres auraient très bien pu vouloir terroriser les villageois afin de décourager le culte des fées, insinua-t-elle.

— C'est possible. Bien que dans maintes paroisses ce culte se soit prolongé jusqu'au seizième siècle sans qu'aucune autorité religieuse n'y ait vu de réel danger pour la foi. Alors pourquoi Brières ?

— Bernadette m'a confié qu'enfant, en dépit des directives de ses parents qui prétendaient le domaine maléfique, elle se glissait souvent dans le parc avec son frère Emile. A l'époque, il était pratiquement revenu à l'état sauvage. Elle a prétendu avoir découvert qu'une ou plusieurs Dames invisibles y régnaient et qu'un grand chien sauvage y avait élu domicile. D'autres visiteurs s'introduisaient dans le domaine, braconniers, pauvres hères ou malandrins en fuite. Ils ne s'y attardaient guère. Quelque chose, affirme Bernadette, les effrayait. Un jour, elle découvrit une chouette clouée sur une des portes des écuries. J'en ai vu les restes de mes yeux voilà quelques années.

Le père Marcoux acheva son verre de noyau et prit son temps pour répondre. Brières était un lieu étrange où, pour rien au monde, il n'élirait domicile.

— De nos jours encore, les pratiques de sorcellerie sont courantes dans notre région. Les paysans y ont recours pour se défendre lorsque tout autre moyen leur semble impossible ou improbable. J'entends en confession des choses qui vous stupéfieraient. En achetant Brières, vous avez hérité de son passé. Si réellement le lieu-dit fut témoin de cérémonies sataniques, cela ne signifie pas qu'il soit maudit. J'ai émis tout à l'heure l'hypothèse que ce site semblerait avoir un rapport privilégié avec les femmes, être une sorte de sanctuaire féminin où le Bien, les fées et le Mal, les sorcières ne feraient qu'un.

« La Vie et la Mort », pensa Valentine. Une fois de plus cette image lui venait à l'esprit à propos de Brières. Vie et Mort, deux termes féminins exprimant la fatalité humaine.

— Pourquoi Brières ? interrogea-t-elle.

Valentine n'attendait guère de réponse. Comme l'affirmait Bernadette, la réponse était déjà en elle.

— Là est son secret, murmura le prêtre. Le connaîtrons-nous un jour ?

33

Robert de Chabin n'abusait guère de l'hospitalité offerte par Valentine, vivant terré chez lui, ne sortant que pour se rendre chez le père Marcoux qui fermait les yeux sur le scandale de sa présence à Brières. Par l'épreuve qu'il imposait à cet homme souffrant, Dieu avait lavé son péché.

Les fusils et le chien étaient prêts. Jean-Rémy gagna la terrasse. L'aube se levait, jetant une lumière laiteuse sur l'allée où sautillaient des merles. L'intérêt pour la chasse montré par Robert avait soudain modifié la situation. D'abord hostile, Jean-Rémy avait fini par tolérer, puis, peu à peu, par accepter l'occupant de la maison des métayers. Aujourd'hui, le moindre de ses retards l'impatientait.

Enfin la mince silhouette apparut dans l'allée. Robert marchait un peu voûté, son bras blessé pendant inerte le long de son corps. Même s'il ne se plaignait jamais et refusait toute compassion, Jean-Rémy se doutait qu'il souffrait. Muré chez lui, il jouait interminablement de sa main valide et Jean-Rémy devait admettre son courage.

Jusqu'à l'étang, Jean-Rémy et Robert marchèrent sans mot dire. Le soleil faisait scintiller la surface de l'eau dans la lumière du petit matin. Mobilisé, le jardinier avait été remplacé par un galopin du village et les mauvaises herbes, les arbrisseaux déjà jaunis par la fin de l'été envahissaient l'allée. Une couleuvre, qui se chauffait au soleil, se glissa sous un fourré.

— La Roumanie est entrée en guerre. Les Autrichiens vont avoir du fil à retordre, commenta Jean-Rémy.

Robert ne répondit rien. Ne serait-ce qu'évoquer la guerre lui donnait la nausée.

Liées l'une à l'autre par une corde, les deux barques étaient recouvertes de rosée. Robert pensa encore une fois à la boue des tranchées, au nuage jaune des gaz rampant vers eux, poussé par le vent. En dépit de la protection du masque, quelques particules de ce poison avaient sans doute pénétré ses poumons car une toux douloureuse le harcelait. Sa carrière brisée, la présence d'un fils qui l'appelait « monsieur » et celle d'une Valentine désormais inaccessible hantaient sa solitude. Des mots d'amour lui revenaient en mémoire, des ovations. Parfois, il avait un éblouissement : il se voyait sur l'estrade, assis à son piano devant une foule élégante qui attendait en silence. Ses doigts se posaient sur les touches. Ou bien il pensait à Valentine, à son corps souple, à sa toute-puissante présence. « Je ne t'abandonnerai jamais », avait-elle maintes fois promis. Elle avait tenu parole. La maisonnette était accueillante, la vue du piano, de la bibliothèque l'avait ému. « Tu es chez toi, avait prononcé Valentine en lui ouvrant la porte. Brières t'attendait. »

— Cette nuit, j'ai entendu des oies sauvages, prononça Robert en désarrimant une des barques.

Des guêpes bourdonnaient que le chien tentait de happer au vol. Jean-Rémy ouvrit la musette qu'il portait en bandoulière, en extirpa un morceau de pain bis.

— Avez-vous eu le temps de déjeuner ? s'inquiéta-t-il.

Sans hâte, Renée se dirigea vers la salle d'étude où l'attendait mademoiselle Guyet. En ouvrant ses volets, elle avait observé son père et Robert de Chabin qui empruntaient le sentier menant au Bassin des Dames et, une fois encore, un sentiment d'animosité s'était emparé d'elle. Après lui avoir volé sa mère, Robert de Chabin accaparait maintenant son père. Même s'il déployait de grands efforts pour l'apprivoiser, allant jusqu'à lui proposer des leçons de piano, elle haïssait cet intrus. Pourtant, il lui arrivait de s'approcher en silence de la maisonnette pour écouter sa musique, d'imaginer qu'il jouait pour elle en secret. Les notes qui s'envolaient par les fenêtres entrouvertes grisaient la fillette. Puis, soudain, elle se raidissait et, la gorge serrée, faisait demi-tour.

Si, de temps à autre, sa mère invitait Robert à déjeuner ou à dîner, elle ne faisait jamais le moindre pas dans le parc à son côté. La fillette lui en voulait presque. Manquait-elle à ce point de cœur pour oublier si vite ceux qu'elle avait prétendu aimer, et comment pouvait-elle espérer qu'il lui conservât un peu de tendresse ?

Imitant sa sœur en tout, Jean-Claude affichait lui

aussi un grand mépris pour Robert de Chabin, ôtait sa main de la sienne lorsqu'il tentait de la prendre, s'essuyait ostensiblement la joue après un baiser. Renée s'amusait parfois à effrayer le petit garçon. Robert était un enchanteur pouvant le transformer d'un coup de baguette magique en rat ou en crapaud. S'il vivait terré au fond du parc, c'était que la nuit il se couvrait de poils et courait les bois comme une bête. Tout ce que la mémoire de la fillette avait gardé depuis sa plus tendre enfance surgissait pêle-mêle en images affreuses qui terrorisaient Jean-Claude. Une nuit, éveillée par les hurlements de son fils, Valentine était accourue à son chevet. L'enfant avait parlé de Robert qui, tapi derrière l'armoire, attendait qu'il soit endormi pour le dévorer. Valentine l'avait interrogé. « Qui colporte de telles absurdités ? Renée », avait avoué Jean-Claude entre deux sanglots. Le lendemain, la fillette avait été enfermée dans un cabinet noir que Jean-Rémy, lui-même, avait verrouillé. « Un jour, je me sauverai de Brières et vous ne me retrouverez jamais ! » avait-elle hurlé derrière la porte.

En attendant son élève, Blandine Guyet taillait des crayons. Une année encore, et elle quitterait la Creuse. Cette perspective lui était fort agréable. Depuis le retour de Valentine Fortier et l'arrivée de Robert de Chabin, elle y étouffait.

L'atmosphère de Brières avait changé du tout au tout, une tension s'était installée, comme à la fin d'une pièce de théâtre, lorsque approche un dénouement tragique, et elle n'avait nulle envie d'y assister. Ces gens-là étaient fous pour accepter une situation aussi perverse. Le mari trompé, l'amant abandonné, la femme murée dans le silence, tout était immoral, insalubre, et la vieille demoiselle était scandalisée que le père Marcoux continuât à fréquenter les Fortier comme si de rien n'était. Elevés dans une telle ambiance, les enfants auraient le plus grand mal à s'en sortir. Renée était devenue sombre et acerbe Quand elle l'interrogeait, la fillette secouait la tête. Rien de ce qui était si bien avant n'existait plus. Elle détestait sa vie. « Si vous voulez votre indépendance, conseillait l'institutrice, étudiez. » Renée se plongeait dans les livres. A quatorze ans, elle avait passé avec succès son certificat d'études. Le père Marcoux lui donnait les leçons de latin et de grec, Jean-Rémy, de littérature et de philosophie.

De la salle d'étude, Renée entendit des coups de feu, l'aboiement aigu de son épagneul. Dans un coin de la salle, près du poêle à bois, le vieux Beau Minou sommeillait. Depuis le jour du retour de Valentine, il se réfugiait dans des coins obscurs de la maison et refusait qu'elle l'approche.

— Nous allons travailler la géographie et l'histoire ce matin, annonça l'institutrice. Avez-vous étudié les guerres napoléoniennes comme je vous l'avais demandé ?

— J'ai détesté cette époque. Ce despotisme, cette force brutale...

— L'Empire était peut-être le fruit d'une agressivité collective procédant de la Révolution.

Le vent déplaçait les ombres sur le parquet de chêne. Une grosse mouche vrombissait. « Où est maman ? pensa Renée en ouvrant son livre d'histoire. Dans sa chambre ? Au potager avec Bernadette ? Dans le parc avec Jean-Claude ? » La savoir si proche et si lointaine était déchirant. Un jour, elle aurait la force de lui jeter au visage tous ses ressentiments. Peut-être commenceraient-elles alors à pouvoir se parler. Quant à s'aimer, ce n'était probablement plus possible.

Afin que son institutrice ne puisse deviner ses pensées, Renée baissa les yeux. Lorsqu'elle la devinait triste, la vieille demoiselle se croyait obligée de prononcer quelques mots de réconfort. Elle parlait de Dieu, de pardon, cherchant des termes qui ne soient point trop indulgents cependant pour Valentine. Quand elle se permettait de juger sa mère, Renée la détestait. Elle seule en avait le droit.

Les aboiements de Loulou qui revenait de la chasse troublèrent à nouveau Renée. Au carrefour de la grande allée, Robert de Chabin, comme d'habitude, partirait d'un côté, son père de l'autre, jusqu'au jour où son ennemi parviendrait à s'imposer dans la maison et y prendrait ses aises. Pourquoi son père le tolérait-il ? Il se déconsidérait un peu auprès d'elle par cette lâcheté. Elle, qui l'avait adulé sans restriction, doutait désormais parfois de lui et une multitude d'infimes griefs qu'elle avait crus effacés de sa mémoire lui revenaient avec acuité : son humeur sauvage et sarcastique fermant à tous, hormis quelques intimes, les portes de Brières, sa nonchalance qui l'avait fait renoncer à tout souci d'élégance, une indulgence proche de la faiblesse envers les Genche qui en profitaient pour le manœuvrer à leur guise. Et aujourd'hui sa propre femme et un homme détestable le bafouaient sans qu'il ne fasse rien pour leur résister.

— Votre père sera ici dans un instant pour vous faire réciter *Les Trophées,* fit remarquer mademoiselle Guyet. Vous allez le surprendre et il sera fier de vous.

« Quand Loulou est tombé dans le puits, songea Renée, papa n'a rien tenté parce qu'il avait peur. C'est Emile qui a sauvé mon chien. »

La pendule posée sur la cheminée sonna midi. Renée entendit dans le couloir les pas familiers. Comment pouvait-elle nourrir de telles pensées ? Elle aimait son père plus que tout au monde.

« C'est la faute de maman et de Robert de Chabin », se répéta-t-elle. Lorsqu'elle allait au cimetière avec Bernadette, celle-ci ne manquait jamais de lui chuchoter : « Doucement, n'oublie pas que tu marches sur des âmes. » A Brières, les mauvais esprits n'étaient pas ensevelis.

Sous des apparences trompeuses, ils hantaient le domaine, mais elle savait qui ils étaient.

Avec peine, Robert ôta sa veste et ses bottes. Chaque geste était un défi qu'il avait appris à relever, une bravade contre le destin s'acharnant à l'anéantir. En vaquant laborieusement à quelque tâche, il s'immobilisait parfois. Faisait-il un cauchemar ? Allait-il s'éveiller dans sa jolie maison de Grosvenor ? Tout s'était désintégré. Mais un jour, il regagnerait Valentine. Elle l'aimerait encore comme autrefois et elle s'arracherait pour la seconde fois à Brières pour le suivre.

De sa main valide, Robert empila quelques bûches dans la cheminée de briques, froissa du journal et gratta une allumette. Valentine l'avait prié à dîner et il voulait auparavant se reposer. La chasse l'exténuait et l'humidité de l'étang réveillait dans son bras droit des douleurs lancinantes. Mais se rapprocher de Jean-Rémy lui était nécessaire. Il l'avait sous-estimé. Durant le temps qu'ils avaient vécu ensemble, Valentine, qui n'en parlait jamais, avait bel et bien considéré son mari comme un allié, un recours possible. Quand il imaginait un simple entêtement destiné à le fragiliser, cette incompréhensible fidélité était la vraie raison qui avait empêché le divorce. Pour reprendre Valentine, il devait devenir l'ami de Jean-Rémy. Combien de temps aurait-il à le supporter pour arriver à ses fins ? Robert s'en moquait. La tragédie qu'il avait vécue lui ôtait toute impatience. Mais l'indifférence de son fils le rongeait. Le conquerrait-il un jour ?

Parfois le désir de partir, de quitter à jamais Brières, Valentine et Jean-Claude, s'emparait de lui. Il pourrait rejoindre Versailles ou se rendre en Argentine retrouver sa mère. La guerre finie, il recevrait une pension, survivrait en donnant des leçons de piano. Il s'attacherait peut-être à une autre femme, en aurait un enfant. Mais ces vagues désirs l'abattaient davantage encore. Il les ruminait en tisonnant son feu, troublé par ces horizons qu'il savait, au plus profond de lui-même, inatteignables. Alors qu'autrefois ses doigts couraient sur les notes, il jouait aujourd'hui sa vie au fond de ce parc. Un défi l'y attendait, beaucoup plus difficile à relever que l'exécution parfaite d'une sonate. A Brières, il était face à lui-même. Lui qui n'avait connu que des triomphes devrait peut-être affronter la défaite.

34

— Restez quelques jours avec nous, proposa Yvonne Fortier, Colette s'en réjouira !

Madeleine était si amaigrie et vieillie dans ses habits informes qu'à peine la vieille dame avait-elle reconnu sa belle-fille, debout sur le pas de sa porte, trempée par l'ondée d'avril.

— Merci, murmura Madeleine. Je n'ai nulle part ailleurs où aller.

L'air consterné, Simon s'empara de la veste usée, du chapeau bosselé.

— C'est bon de vous revoir, madame Madeleine,

déclara le vieux maître d'hôtel. Nous n'avons pas eu tant d'heureux moments ces derniers temps.

Incapable de répondre, Madeleine hocha la tête. L'émotion de se retrouver place Saint-Sulpice, de revoir sa belle-mère entourée de visages bienveillants, lui nouait la gorge. Nerveusement, elle se mordit les lèvres, tenta un sourire.

— Je ne resterai pas longtemps, ma mère.

Dans l'hôtel de la place Saint-Sulpice, rien n'avait changé. Les mêmes rideaux de velours damassé pendaient aux fenêtres des grand et petit salons, la même commode provinciale était surmontée d'un trumeau que le temps avait piqué, mais le papier jaune s'était décoloré, chaises et fauteuils inutilisés étaient regroupés désormais autour d'une table volante où étaient disposées des statuettes en biscuit. Tout était doux et triste.

— Servez-nous du thé, Simon, voulez-vous ? demanda Yvonne. Nous le prendrons dans ma chambre.

Yvonne hésita un instant, puis ouvrit les bras et serra Madeleine contre elle. Les larmes lui montaient aux yeux en pensant à Raymond, au temps où son fils, sa bru et leur fillette venaient chaque dimanche déjeuner place Saint-Sulpice.

— Colette va bientôt rentrer du collège et nous dînerons à la fortune du pot, annonça-t-elle pour rompre l'émotion. La guerre rend tout bien difficile. Depuis que Julien a été mobilisé, je n'ai plus que Céleste et mon fidèle Simon pour me servir.

A pas pesants, Madeleine monta l'escalier derrière sa belle-mère.

— N'avez-vous aucune valise ? s'étonna Yvonne

— Un sac seulement. Depuis trois mois, je n'ai pas dormi quatre nuits au même endroit. Avant le dîner, j'aimerais prendre un bain.

— Et je vous donnerai quelques vêtements propres.

« Les temps ont bien changé, pensa Yvonne Fortier. Comment mon pauvre Maurice les aurait-il supportés ? » Mais les rudes secousses de la vie l'avaient contrainte à s'adapter. A bientôt treize ans, Colette l'y aidait.

Avec avidité, Madeleine but sa tasse de thé, dévora une poignée de biscuits.

— Je suis à jeun depuis hier, avoua-t-elle. On ne sert plus rien dans les buffets des gares.

— Tout est à l'abandon, approuva Yvonne. Mais l'entrée en guerre des Etats-Unis devrait hâter la fin de ce terrible conflit. On parle déjà de centaines de milliers de morts.

— Ceux qui envoient ces jeunes gens à la boucherie seront jugés par l'Histoire.

Yvonne soupira. L'instinct d'agression et le patriotisme faisaient partie de la nature humaine. Ne pouvant partager les convictions socialistes de sa belle-fille, elle était bien décidée à n'en pas discuter.

— Oublions la guerre pour un moment, décida-t-elle. D'où arrivez-vous ?

— De Suisse, où maints révolutionnaires russes attendent de rentrer chez eux. C'est exaltant.

— Vous avez toujours été une révoltée, ma petite Madeleine. Mais depuis le premier jour où vous êtes entrée ici, je vous ai acceptée telle que vous étiez. La vie n'a pas été tendre pour vous et vous n'avez guère rendu facile celle des vôtres, mais la flamme qui brûle en vous m'a toujours étonnée et souvent remplie d'admiration. Si mon pauvre Raymond et vous vous étiez compris, ensemble, vous auriez fait de grandes choses.

— Comment va Colette ? l'interrompit Madeleine.

Elle était revenue à Paris pour sa fille. Quoique convaincue désormais d'être incapable de l'élever, elle l'aimait avec passion.

— Colette est ravissante, mais c'est une écorchée vive. La moindre contrariété l'irrite ou l'enferme en elle-même, au point qu'elle refuse de parler des heures durant. Elle adore la mode, les chiffons, rêve de dessiner des robes plus tard.

— Parle-t-elle de moi ?

— Parfois. Elle vous admire. Ce que vous faites, aucune des mères de ses camarades ne le ferait. Elle a hérité de votre esprit rebelle. Mais lorsque vous la verrez, ne l'effrayez pas avec des récits trop extravagants. N'oubliez pas qu'elle est toujours sur un fil, entre révolte et besoin d'amour. Si elle vous aime, elle peut se montrer dure.

— Je suis ce que je suis, murmura Madeleine. Il faudra bien un jour qu'elle m'accepte.

Simon débarrassa le plateau, alluma les lampes, tira les rideaux. Madeleine jeta un regard autour d'elle. Alors que le monde était en train de préparer une révolution qui bouleverserait l'ordre établi, ici rien ne changeait. Au milieu de ce silence, de cette paix, il semblait même à la jeune femme que les enthousiasmes et les luttes qui avaient occupé entièrement ses dernières années n'avaient été qu'illusions.

— Et Valentine ? interrogea-t-elle.

Yvonne eut un léger sursaut, comme si le simple énoncé de ce prénom la heurtait.

— Elle est revenue à Brières et à présent son amant l'y a rejointe.

— J'ai entendu dire que Robert de Chabin avait été grièvement blessé.

— Blessé ou pas, Jean-Rémy n'avait pas à lui ouvrir sa porte. Cette indignité me heurte au plus profond de moi-même.

La voix de la vieille dame tremblait. Madeleine s'empara d'une de ses mains, la serra entre les siennes.

— Vos belles-filles ne vous ont causé que des chagrins. Vous ne le méritiez pas.

— Je ne méritais surtout pas que mon dernier fils ridiculise le nom des Fortier.

— Jean-Rémy a toujours été amoureux de Valentine. Lorsqu'elle est partie avec Robert de Chabin, il l'a attendue, c'est tout.

— Cette femme a envoûté Jean-Rémy. Il a reconnu l'enfant adultérin qui porte mon nom !

« Heureusement que Raymond s'est tu ! » pensa Madeleine.

Le dîner s'achevait. D'abord sombre, presque hostile, Colette s'était déridée et s'adressait à Madeleine d'un ton courtois. Cette femme amaigrie dont les yeux verts la sondaient ne l'effrayait plus. Après cinq années, commençait-elle à pardonner ? De sa fuite dans la nuit, de la mort de son père, longtemps la fillette avait tenu sa mère pour responsable. A l'école, elle prétendait être orpheline, inventant une Madeleine stoïque restée aux côtés de son mari lors du naufrage du *Titanic*. Ses parents s'adoraient et avaient refusé de se quitter, préférant mourir main dans la main. Pleines d'admiration et de sympathie, les fillettes recherchaient sa compagnie. En régnant sur elles en héroïne, Colette avait fini par trouver son sort moins triste.

— Ta grand-mère m'apprend que tu t'intéresses à la mode, remarqua Madeleine.

Colette s'appliqua à couper un morceau de bœuf en gelée. Elle avait grande envie d'évoquer ses rêves, mais répugnait à les exhiber aussi vite.

— Bonne-maman t'expliquera.

— Je voudrais que tu m'en parles toi-même. Vois-tu, j'ai consacré une bonne part de ma vie à apprendre aux femmes que le pouvoir des hommes sur elles était injuste, qu'elles devaient s'émanciper. Je serais fière que ma propre fille s'impose dans un métier où là aussi les hommes croient régner en maîtres.

— Mes idées me semblent différentes des tiennes, rétorqua la fillette. Bonne-maman me dit que tu aspires à une société où tous les gens seraient gris, ennuyeux, je désire, moi, que les femmes soient éclatantes et joyeuses.

— La beauté est dans le cœur.

— Vraiment ? ironisa Colette.

Madeleine renonça à argumenter. Elle avait froid, était à bout de forces. Aussitôt dans sa chambre, elle avalerait un verre de gin et prendrait un peu d'opium. Son rêve de retrouver son enfant, de la serrer entre ses bras s'était évanoui. Elle devait étouffer ce chagrin comme elle s'était affranchie des autres. Colette ne lui appartenait plus et resterait une Fortier.

Yvonne, qui sentait monter l'orage, détourna la conversation.

— Lucien Guitry monte une pièce à la porte Saint-Martin. Je compte y amener Colette. Resterez-vous assez longtemps pour nous accompagner ?

— Je repartirai après-demain. Un congrès des soviets se prépare à Moscou. Je dois participer aux préparatifs.

— Que vont devenir le pauvre tzar et sa famille ! soupira Yvonne.

— Ils seront écartés légalement du pouvoir et pourront gagner le pays de leur choix. Le peuple n'est ni violent, ni injuste.

Simon apportait un plat de gâteau de riz aux fruits confits, une assiette de langues de chat.

— Colette va faire sa communion solennelle au mois de mai, annonça Yvonne. Faites-lui le plaisir d'y assister.

Colette allait s'insurger, mais un regard de sa grand-mère l'en dissuada. La fillette observa les mains de sa mère qui ne pouvaient rester en place, les longs doigts aux ongles courts. Il lui semblait qu'ils exprimaient quelque chose de très différent de son regard, une grande vulnérabilité, une sorte d'appel au secours. Mais c'était trop tard, beaucoup trop tard pour y répondre.

— Maman a certainement d'autres projets, bonne-maman, se contenta-t-elle d'assurer d'une voix égale.

— Je pourrais revenir à Paris si tu le veux, avança Madeleine.

— Et en profiter peut-être pour aller te recueillir sur la tombe de papa ! Sais-tu seulement où il est enterré ?

Colette entendait battre son propre cœur. Elle aurait voulu contraindre sa mère à réagir, la voir se cabrer, pleurer ou la réprimander. Mais Madeleine restait impassible, lointaine.

— Je n'ai appris que tardivement la mort de ton père, expliqua-t-elle doucement. Personne n'avait cru bon de m'en informer.

Madeleine sentait la chaleur de l'alcool l'envahir, et avec elle un brouillard léger commençait à estomper les aspérités de la vie. Yvonne lui avait attribué l'ancienne chambre de Raymond, celle où il avait grandi. Sans doute avait-il rangé ses affaires dans la grande commode de noyer, fait ses devoirs sur le bureau Empire dont le cuir vert était arraché par endroits. Sur les vitres de l'unique fenêtre, il avait dû appuyer son front, regarder vaguement les prêtres aller et venir en songeant peut-être à une femme désirée.

Simon avait déposé le gros sac de maroquin havane, dernier survivant des fastes d'antan, sur un tabouret tapissé de satin cramoisi. Tout dans cette maison lui rappelait un passé qu'elle regrettait soudain comme si elle recommençait à l'aimer.

Tout habillée, Madeleine s'allongea sur le lit recouvert d'un couvre-pieds de soie matelassé. Elle allait fumer deux ou trois cigarettes et ensuite se moquerait de tout, retrouverait le désir de vivre pour elle-même, aurait l'illusion de croire en ses rêves et d'échapper enfin à la fatalité.

Colette ferma les yeux. Des images de sa petite enfance investissaient sa mémoire : son père la promenant dans les jardins du Trocadéro, la douceur de sa moustache dans son cou quand il l'embrassait, sa mère caressant ses cheveux en chantant de vieilles berceuses tonkinoises. Elle entendait sa voix douce, un peu rauque, près de son oreille, les mots aux intonations aiguës qu'elle ne comprenait pas et qui lui semblaient chargés de mystère. C'étaient ses souvenirs les plus anciens, les plus précieux, ceux d'un temps révolu. Plus tard, elle travaillerait dur pour imposer ses idées, ouvrirait peut-être sa propre maison de couture, mais elle désirait rester célibataire. Pas de famille pour souffrir, pas d'enfants qui puissent pleurer dans leur lit après les querelles de leurs parents, aucun de ces faux-semblants de bonheur qui crèvent comme une bulle au moindre souffle. Dehors des aboiements se répondaient. Colette pensa à Loulou, à Renée. Sa cousine avait des projets bien différents des siens. Elle voulait passer son baccalauréat, s'occuper de botanique, reprendre en main ses terres de Brières. Leurs ressentiments envers leurs mères les rapprochaient, mais Renée avait toujours un père qui la chérissait et cet avantage levait en Colette un sentiment douloureux, presque ombrageux.

D'un revers de main, Colette essuya ses larmes. Elle aurait pu se lever, aller frapper à la porte de la chambre de sa mère, la laisser la prendre dans ses bras, la supplier de ne plus repartir. Peut-être l'exaucerait-elle. Elle s'installerait place Saint-Sulpice, toutes trois seraient heureuses. Colette s'imagina marchant dans une allée du Luxembourg entre sa bonne-maman et sa mère élégamment vêtue, ses superbes cheveux cuivrés relevés en un joli chignon. Tout au bout, près du manège qu'elle aimait tant enfant, son père les attendrait. Colette discernait ses traits réguliers, sa bouche aux lèvres bien dessinées sous la moustache brune, les épaules carrées qui semblaient pouvoir supporter le monde. Il souriait, ouvrait les bras et Colette lâchait la main de sa mère pour courir vers lui. Elle l'aimait à en mourir et c'était lui qui était parti.

Colette se leva, alla jusqu'au cabinet de toilette et s'aspergea le visage avec de l'eau froide. Les miroirs de la coiffeuse renvoyaient l'image d'une adolescente pâle aux boucles blond vénitien, comme un reflet toujours plus lointain, immatériel. Colette tendit le doigt pour le toucher. Peut-être n'était-elle rien d'autre que ce reflet, peut-être allait-elle se dissiper, disparaître, pouvoir s'envoler, échapper à Madeleine, à son amour qui l'appelait si fort et auquel elle était décidée à ne pas répondre.

35

En remontant l'allée à côté de Robert, le fusil en bandoulière, Jean-Rémy ressentit une étrange sensation d'angoisse. La matinée d'avril était superbe cependant, et la partie de chasse s'annonçait prometteuse. Rapatrié du front pour une blessure à la cuisse, Emile Genche avait repris en main l'entretien du parc et embauché un parent du père Marcoux, lui aussi invalide de guerre. Les allées avaient été dégagées, permettant la chasse au gros gibier qui abondait. L'air absent, comme de coutume, Robert cheminait, mais Jean-Rémy avait la certitude qu'il le guettait. « Manigancerait-il de m'éliminer pour reprendre Valentine ? » pensa-t-il. Mais ce soupçon était ridicule. Robert désirait qu'on lui fiche la paix. C'était un homme fini.

— J'ai pensé à vous hier en apprenant la mort de Claude Debussy, prononça-t-il d'une voix indifférente.

Robert ne répondit rien et Jean-Rémy s'écarta d'un pas. Il ne pouvait pénétrer le cœur de Robert de Chabin sans risque. Une dangereuse complicité les liait l'un à l'autre que chaque jour rendait plus équivoque. Sa propre lâcheté ne l'humiliait pas. Lequel des deux surveillait l'autre, et qui dirigeait le jeu sinon lui-même ?

— Emile a aperçu hier un couple de sangliers pas très loin d'ici, nota-t-il. Ils doivent gîter aux alentours.

Robert dégagea le fusil de son épaule. Après d'inlassables efforts, son bras blessé parvenait maintenant à soutenir l'arme. Les longs doigts fins se posèrent sur le canon parfaitement poli.

— Il suffit de savoir attendre, murmura-t-il.

— Je sais que tu aimes le lilas, déclara Valentine en pénétrant dans la maisonnette. Celui-là embaume.

Le soleil qui la frappait de dos auréolait les cheveux blonds maladroitement rassemblés et fixés par des peignes d'écaille.

— Tu es toujours aussi belle, murmura Robert.

Tandis qu'elle disposait les branches dans un vase, Valentine était consciente du regard posé sur elle. Ce qui l'avait attachée à Robert, comme à Jean-Rémy ou à Raymond, ne ressemblait pas à de banales amours. « Les Dames ne règnent à Brières ni par la volonté de Dieu ni par celle du diable, avait affirmé un jour Bernadette. — Alors de qui ? s'était étonnée Valentine. — La leur », avait répliqué la servante.

Mais depuis quelque temps, Bernadette était réticente à évoquer le monde fantastique où elle s'était plu à entraîner Valentine, Renée et Solange. Comme si elle devinait l'approche d'un danger, elle semblait même en avoir peur. Dès la nuit tombée, elle ne sortait plus de la maison.

— Ce matin, j'ai abattu un sanglier du premier coup, se vanta Robert.

Valentine se retourna. En face d'elle se tenait un être sombre prenant plaisir à la brutalité et se complaisant, tout comme Jean-Rémy, dans un monde clos hanté par l'échec.

— C'est la preuve que tu vas mieux. Tu vas pouvoir enfin quitter Brières pour donner suite à tes vieux projets, enseigner le piano.

— Partirais-tu avec moi ?

— Je n'ai plus rien à te donner.

— Si je partais sans toi, quel intérêt aurait mon existence ? insista Robert. Tu veux me persuader que tout est fini entre nous, et moi, je suis certain qu'il nous reste le plus important à vivre.

Sans se presser, Valentine déposa le bouquet de lilas sur le piano. Depuis longtemps, elle s'attendait à ces revendications.

Robert était tout proche et Valentine recula d'un pas, comme pour apprécier l'effet de la brassée de fleurs mauves sur le bois blond du piano.

— Je ne quitterai plus Brières.

Elle était sur le pas de la porte quand Robert la saisit par le bras.

— En voulant nous tenir à ta merci, Jean-Rémy et moi, tu lies ton sort au nôtre. Toi qui avais l'ambition de régner sur le monde des arts, tu te retrouves au fond de la Creuse dans un domaine qui semble ne pas vouloir lâcher ses proies. Je te propose d'en partir aussi vite que possible, et pour toujours. Tu avais aimé l'Argentine, nous pourrions nous y installer, commencer une nouvelle vie.

Le soleil déclinait, ne parvenant plus à dissiper l'humidité. Sur le sol pourrissaient les dernières feuilles brunies par l'hiver. Valentine ferma un instant les yeux. Un mot et elle quittait Brières pour suivre Robert au bout du monde.

— Tes projets sont des leurres.

Robert lâcha le bras de Valentine. Peut-être avait-elle raison. Il était fou de rêver encore.

— Si nous sommes condamnés à croupir ici, murmura-t-il, alors redeviens ma maîtresse.

— Par dévotion envers notre passé ?

— Par amour.

— L'amour est une folie que nous avons dépassée.

Une corneille poussa un cri rauque. Tout autour de la maisonnette, le bois se refermait, les coupant du monde extérieur. Valentine songea à une tombe. Comme des proies, elle avait acculé Jean-Rémy puis Robert à Brières, les empêchant de s'en évader. Et Robert parlait d'amour sans se douter qu'ils étaient tous pris au piège.

Valentine éprouva le besoin de marcher jusqu'au Bassin des Dames. Elle en voulait à Robert de la tourmenter. Aujourd'hui, elle n'avait plus besoin de personne pour trouver son accomplissement. Restait l'homme qu'elle avait aimé. Robert devant son piano, les regards des femmes posés sur lui, Robert dans leur salon de Grosvenor jouant pour elle, Robert à Montevideo sur la plage, Robert interviewé, photographié, adulé, et elle, à quelques pas, contemplant son œuvre, l'adorant.

L'étang reflétait les rayons du soleil couchant. Valentine se pencha. Pourquoi cette étendue d'eau avait-elle ce pouvoir de fascination ? L'odeur de la vase et des herbes mouillées évoquait de lointaines réminiscences, comme si ces sentiers gardaient le souvenir d'événements depuis longtemps passés, d'une tragédie qui, bien qu'elle n'en eût pas connaissance, faisait partie intégrante d'elle-même.

A force de volonté, Robert de Chabin était devenu un redoutable fusil. « Un homme peu ordinaire, songea Jean-Rémy en se servant un verre de porto, peut-être moins chiffe molle que je ne le pensais. »

L'alcool, allié à la chaleur de l'âtre, le réchauffait. Il avait dû épauler Emile qui brûlait des branchages et l'humidité du soir l'avait glacé. Renée était venue le rejoindre un instant, mais ne s'était pas attardée. Depuis sa petite enfance, elle éprouvait envers le feu une peur panique. Jean-Rémy soupçonnait Bernadette. Dieu merci, avec l'âge, Renée ne prêtait plus guère attention aux élucubrations de sa nourrice. A près de quarante ans, Bernadette ne partait plus avec elle dans le parc faire les longues promenades dont elles revenaient les joues empourprées, sûres d'avoir vu l'empreinte du passage d'un loup, senti des odeurs de soufre là où poussaient des campanules sauvages. Mais, l'esprit marqué par ces excentricités, Renée avait parfois des jugements bizarres que mademoiselle Guyet n'était pas parvenue à redresser. Sa fille croyait au surnaturel, à l'immobilité du temps et au retour des âmes. Elle y croyait en sage, en terrienne, sans les naïvetés de Bernadette ni les envolées poétiques de son père. Renée avait lu l'*Ode au Bassin des Dames* et *Le Roi des cerfs*. « Trop joli pour être vrai, papa, avait-elle décidé de son ton sérieux. Loin d'être sublimes comme tu les décris, les démons, les fées, les sorcières sont ordinaires, présents en chacun de nous. Ils vont et viennent selon les cycles de la vie, comme l'ombre et la lumière suivent la course des nuages. »

Jean-Rémy alluma un fin cigare. Les volutes de fumée estompaient le visage rose et blond du portrait, donnant l'impression qu'un être évanescent s'y manifestait pour lui seul. Sous la robe légère, l'artiste avait suggéré la poitrine ronde, la taille mince, la courbe des hanches. Comment avait-elle offert ce corps délicieux à Robert de Chabin, avec quelle ardeur, quelle science, quelle passion ? Jamais il n'avait eu l'impression qu'elle se donnait à lui tout à fait. Même dans les premiers mois de leur mariage, elle était restée tendre, d'une sensualité douce, jamais triomphante. Par amour, il s'était adapté à elle, réfrénant des désirs qu'il craignait être mal interprétés, jouant à l'amant modeste et caressant, s'y identifiant finalement, jusqu'à haïr ce qui pouvait sembler grossier et étouffer ses fantasmes. Lorsque Valentine l'avait quitté, à peine faisaient-ils encore l'amour. Robert avait-il réussi là où il avait échoué ? Imaginer une Valentine voluptueuse et libre jetait en lui un malaise proche de la souffrance. Jean-Rémy se détourna du tableau. Si Robert avait triomphé à une époque, aujourd'hui la victoire était sienne. Le pianiste adulé, l'homme adoré, vivait de sa charité dans une maisonnette délaissée par ses métayers, tenu à distance par une Valentine de plus en plus insondable, sphinge d'un royaume de déchus qui avait donné et repris aux Chabin Jean-Claude, désormais seul héritier mâle des Fortier.

36

Madeleine plongea l'unique serviette dans la cuvette remplie d'eau tiède qui servait de lavabo et s'épongea le visage. Le miroir de la chambre de l'hôtel de Prague où elle séjournait reflétait son visage mince, ses yeux cernés de bistre, sa bouche ourlée de fines ridules et sa chevelure encore longue, épaisse, aux reflets de cuivre et d'or. Du regard, la jeune femme chercha la bouteille de vodka achetée la veille. Déjà aux trois quarts vide, elle gisait sur le sol à côté du lit. « D'abord un café », décida-t-elle.

La nuit avait été affreuse, une fois encore. Les mêmes cauchemars peuplés de démons qui la traquaient et la violaient, les mêmes images insupportables d'elle écartelée, pénétrée par des membres velus, la bouche pleine de terre, le sang ruisselant de son nez écrasé, de son sexe martyrisé. « Trop d'alcool, trop d'opium, avait diagnostiqué un médecin consulté quelques jours plus tôt. Vous êtes malade, madame, très malade. Il faudrait vous faire hospitaliser. »

Madeleine passa la langue sur ses lèvres. En s'investissant corps et âme dans la révolution russe, elle s'était leurrée. Là où elle avait espéré une immense générosité, un noble idéal, elle découvrait une brutalité sanguinaire, des intérêts particuliers, une grossière avidité de pouvoir. Le massacre du tzar et de sa famille lui avait donné la nausée. Ne pouvait-on pardonner ? Tout était-il ressentiment et vengeance ? Sans doute les bolcheviques se sentaient-ils menacés, mais eux qui s'affirmaient différents des hommes de l'ancien régime n'avaient pas agi autrement. Le soleil montait, jetant ses premiers rayons à travers l'unique fenêtre donnant sur une rue étroite. Sur un réchaud à alcool, Madeleine se prépara du café au malt, le but d'un trait. Dehors, les premiers passants allaient et venaient. La jeune femme gardait l'oreille aux aguets. Si quelqu'un venait se saisir d'elle pour l'amener à l'asile, elle sauterait par la fenêtre.

En cherchant ses vêtements des yeux, Madeleine ramassa la bouteille de vodka. Elle devait sortir, contacter l'homme dont on lui avait remis l'adresse à Kiev. Il fallait avertir Fanny Dora Kaplan que sa mission d'assassiner Lénine était approuvée par les socialistes révolutionnaires, qu'elle devait agir au plus tard à la fin du mois d'août. Après Lénine, on éliminerait Ouritski, le commissaire à la Sûreté, et on tenterait de redresser la barre pour éloigner la Russie du mirage totalitaire.

Ensuite elle réfléchirait à un asile possible. N'ayant plus la force d'affronter l'hostilité de sa fille, elle avait abandonné l'idée de regagner Paris pour demander à sa belle-mère de l'accueillir. Elle voulait oublier, dormir, s'enfoncer dans l'absence. De plus en plus souvent, Madeleine pensait à Brières. Valentine ne la repousserait pas. Mais elle ne pouvait ni télégraphier ni écrire. Il fallait prendre seule une décision, choisir un itinéraire difficile qu'elle n'aurait peut-être pas la force de suivre jusqu'au bout. Sur le front de l'ouest, les forces allemandes s'effondraient. Les Américains progressaient jusqu'à la vallée de la Meuse. Madeleine devrait descendre au sud, gagner la Suisse avant de rejoindre la Creuse, un interminable voyage.

Des deux mains, Madeleine s'efforça d'ajuster

son chapeau. « Je trouverai bien quelque chose à grignoter sur mon chemin », décida-t-elle. La faim ne la travaillait plus guère, elle devait désormais se contraindre pour s'alimenter.

De gros camions bâchés passaient dans les rues, soulevant une poussière âcre. Madeleine rabattit sur sa bouche un pan de la mousseline qui enveloppait son chapeau et tourna le coin de la rue. La lumière la blessait. « Il faut que je me reprenne », pensa la jeune femme. Mais un poids trop lourd pesait sur ses épaules, celui de la solitude, de l'amertume, de la maladie. Madeleine s'appuya à un mur. Elle sentait la nausée monter du fond de sa gorge, la sueur mouillait son cou, sa poitrine. « Ma mission accomplie, je partirai pour Brières, prononça-t-elle à mi-voix. C'est ma dernière chance. »

— Si vous me permettez, Renée, je vais vous raccompagner.

Germaine Dentu hocha la tête en signe d'approbation. Depuis que son fils travaillait à l'étude avec son père, il n'avait guère de distractions. Mobilisé, il s'était battu trois mois au front avant d'être réformé pour myopie. Raoul, qui vieillissait, avait été soulagé de se décharger sur son fils. Quelques années encore et il lui laisserait tout à fait la responsabilité de l'étude pour jouir d'une retraite méticuleusement planifiée.

— Je suis venue à bicyclette.

— Je la pousserai, ne vous inquiétez pas, assura Paul.

Germaine embrassa la jeune fille. Elle s'était attachée à Renée et, quoique son Paul fût nettement plus âgé qu'elle, la vieille dame se prenait à penser qu'un jour peut-être...

Les possibilités de rencontre n'étant pas nombreuses aux alentours, beaucoup de jeunes gens préféraient s'expatrier, s'installer à Limoges, Châteauroux ou même Paris, et les jeunes filles rêvaient d'un prince charmant citadin. Renée n'était pas belle, mais intelligente, sensible. Elle l'avait vue naître et la considérait presque comme sa fille. Si la vie l'avait meurtrie, un solide équilibre, des racines profondément enfoncées à Brières, des soutiens fidèles l'avaient aidée à surmonter de difficiles moments. La fuite de Valentine avait consterné les Dentu. Comment une femme si charmante, si distinguée, pouvait-elle se conduire ainsi ! Mais Jean-Rémy avait réagi en grand seigneur. Jamais une plainte ni une critique. Il semblait que Valentine ne fût jamais partie, qu'elle continuât à régner sur Brières comme si de rien n'était. Et l'impossible s'était produit. Elle était revenue, avait repris sa place au château, avait renoué sans l'ombre d'une gêne avec ses anciens amis, et tout le monde lui avait finalement pardonné. Et quand le séducteur avait rappliqué, sa légende, la pitié qu'il inspirait avaient arrêté les médisances. Chacun s'était bousculé un peu moralement pour l'accepter. D'ailleurs, si Jean-Rémy Fortier lui ouvrait sa porte, pourquoi être plus royaliste que le roi ? Robert de Chabin avait donné chez les Dentu un petit concert où s'étaient retrouvés les rescapés des environs. Avec sa seule main valide, il était quand même parvenu à enchanter. Mais cette famille extravagante était un exemple scabreux pour une jeune fille, et plus tôt elle se marierait, mieux elle se stabiliserait.

— Envoie-moi Bernadette, demanda-t-elle à Renée, je lui donnerai deux ou trois sacs de tilleul et quelques pots des confitures de mirabelles que ton papa adore.

— Maman m'a rapporté que vous aimeriez être pensionnaire à Limoges pour préparer votre baccalauréat et je vous approuve. Les périodes de séparation sont difficiles mais nécessaires.

Des ronciers surchargés de mûres déjà rabougries par les pluies d'automne longeaient le chemin de terre allant du village au château. Très haut dans le ciel, de minces nuages s'étiraient. Une caille jeta un cri.

— J'ai changé d'avis.

Comme chacun de ses gestes, la voix de Renée était brusque. Grande, assez forte, large d'épaules, elle semblait un peu empêtrée d'elle-même.

— Je ne peux laisser papa seul, continua-t-elle sans regarder son compagnon.

— Mais monsieur votre père n'est pas seul, objecta Paul.

— Si, murmura Renée. Très.

Le soleil couchant cuivrait ses cheveux noirs. Paul, qui était timide, l'observait à la dérobée. Il n'osa insister. Ce qui se passait à Brières ne le regardait pas. Bien sûr, comme ses parents et tout le village, il s'étonnait de la situation qui y régnait. Mais qu'en pensait réellement Renée ? Il ne se sentait pas le droit de l'interroger.

— Peut-être changerez-vous d'idée lorsque la guerre sera finie, hasarda-t-il pour ne pas rompre la conversation. Un armistice est sur le point d'être signé.

— Ne parlons pas de la guerre, voulez-vous ? coupa Renée. J'aime avoir l'illusion qu'il existe un peu de bonheur quelque part. Savez-vous ce qui se passe à Paris ? Maman parle des pièces que Sacha Guitry écrit pour Yvonne Printemps, de films américains, d'une mode nouvelle où les femmes exhibent leurs mollets.

Paul éclata de rire.

— On n'évoque guère ce genre de sujets à

l'étude ! Et les journaux de Paris n'arrivent plus dans la Creuse.

Renée s'immobilisa. Depuis son enfance, elle ne cessait d'imaginer une vie où les êtres s'aimeraient, se respecteraient, éprouveraient du bonheur à vivre ensemble.

— Votre travail est-il intéressant ? interrogea-t-elle.

— Mon père compte sur moi, les clients ont besoin de mes bons offices, cela suffit, je suppose.

Renée regarda le ciel. Pour ne pas s'enliser comme Paul dans un avenir sans surprises, elle devait avoir le courage de partir. Son père n'était peut-être qu'un prétexte, après tout. Ce qui la retenait à Brières ne ressemblait-il pas davantage à la détermination d'agir différemment de sa mère, de s'en démarquer ?

— Partir, rester, quelle importance ! jeta-t-elle d'un ton bourru. De toute façon, je passerai le baccalauréat et étudierai ensuite la botanique. Je pense que l'on peut tenter autre chose dans la Creuse que la culture du chanvre et l'élevage des cochons.

La petite porte donnant sur le parc s'ouvrait à quelques pas. Renée s'empara de la bicyclette, positionna les pédales. Le soleil avait rougi son visage, ses cheveux mal rassemblés en catogan se dispersaient sur la robe de coton grège sobrement coupée.

— Merci de m'avoir raccompagnée, jeta-t-elle en enfourchant son vélo.

Paul la regarda s'éloigner. Il aurait voulu gagner la confiance de Renée mais, quoiqu'ils se connussent depuis l'enfance, il gardait envers elle une certaine timidité. Elle était si secrète, si vite ironique et même agressive. Parfois, elle semblait avoir plaisir à le voir, et parfois sa présence paraissait l'excéder.

Cinq heures sonnaient au clocher. La brume allait bientôt monter de l'étang, de ce Bassin des Dames qui envoûtait les femmes de Brières. Le jeune homme fit demi-tour. Il n'aimait guère ce château silencieux aux volets souvent clos. Le parc un peu étouffant que la forêt envahissait le mettait mal à l'aise.

Renée appuya sa bicyclette contre un arbre et, à pas de loup, se dirigea vers la maisonnette des métayers. Souvent la jeune fille s'y rendait, traversant le fouillis de végétation, pour surprendre quelques bribes de musique ou s'étonner du silence, un silence si total qu'on aurait pu croire mort son occupant. Si elle avait été un homme, Renée aurait été tentée d'extérioriser sa haine en provoquant un duel, une bagarre, quelque chose de fort et de définitif qui éliminât à jamais Robert de Chabin. Une multitude d'oiseaux nichaient dans les buissons qui cernaient le cottage. Beau Minou y rôdait souvent à la tombée du jour, quand ils regagnaient l'abri de l'inextricable enchevêtrement des arbrisseaux sauvages et, plus d'une fois, était rentré au château une dépouille sanglante dans la gueule.

— Beau Minou vient hanter monsieur de Chabin, avait décrété un jour Bernadette. Il est le messager du châtiment.

— Quel châtiment ? s'était insurgée Renée. Robert de Chabin s'incruste à Brières et jamais nul ne l'en chassera.

Longtemps Renée resta immobile sous une des fenêtres du cottage, retenant son souffle. La nuit allait venir, avec ses ombres humides, le crissement des insectes, l'absence de vent sur l'étang.

La jeune fille se haussa sur la pointe des pieds. Les rideaux n'étaient pas tirés, mais la pénombre noyait déjà la pièce qui servait de salon, de bureau et de salle à manger. Tout d'abord elle ne vit rien que la silhouette du buffet, celle de la table et de ses quatre chaises, du piano poussé tout au fond. Il n'y avait pas de feu dans la cheminée, aucune lampe allumée. Tout semblait arrêté, suspendu dans le temps. Et, soudain, Renée discerna Robert à genoux, la tête entre les mains, sur le prie-Dieu paillé. Elle s'approcha encore. Sur une étagère devant lui était posée une statuette de la Vierge de Lourdes, la même en plus petit que celle trônant dans le jardin de Germaine Dentu, au milieu d'un parterre de lierre poussiéreux, celle que Solange lui avait proposée comme maman lorsque la sienne l'avait abandonnée. Le long voile bleu ressemblait à la robe que portait Valentine sur le portrait du salon ; le sourire indéchiffrable, distant, était le même, un sourire hypocrite s'était-elle souvent convaincue lorsqu'elle détestait trop sa mère. Pourquoi Robert priait-il ? Demandait-il pardon à Dieu ou le suppliait-il de lui rendre son amante ?

Le soleil avait disparu. Oppressée, Renée se détourna. Elle devait partir, se sauver de Brières, et tout se dissiperait. Elle oublierait les odeurs des sous-bois, les jeux de lumière et d'ombre sur l'étang, le mystère de la maison avec ses chambres toujours closes, ses escaliers secrets, ses volets que les rafales automnales faisaient battre, la magie du grenier où nichaient les chouettes. Peut-être oublierait-elle aussi les histoires de Bernadette, de Bel Amant le loup, des Dames du Bassin qui revenaient de siècle en siècle pour que justice leur soit faite et le sentiment de totale indépendance qui s'imposait aussitôt franchi le mur du parc. Mais même si elle s'enfuyait au bout du monde, Renée savait que ces souvenirs resteraient incrustés en elle comme une inguérissable blessure et que, tôt ou tard, elle reviendrait à Brières.

37

Valentine s'installa dans la salle d'attente de la gare où un vieux poêle à charbon répandait une approximative chaleur, vérifiant sans cesse la pendule, guettant le moindre mouvement des voyageurs. Toute la nuit, elle avait pensé à Madeleine. La lettre de son amie ne laissait aucun doute. C'était une femme en bout de course qui venait se réfugier à Brières, un être désemparé n'espérant plus rien de la société des hommes. Côtoyant quelques campagnards en tenue du dimanche qui, eux aussi, patientaient dans la salle obscure, Valentine était assaillie de souvenirs : Madeleine radieuse dansant avec Raymond lors du bal des Natansson, le soleil éblouissant sur ses cheveux roux dans les vignes de La Croix-Valmer à côté de Sebastiani, l'odeur d'iris de ses fourrures, de sa peau lorsque sa bouche la frôlait, les yeux verts contemplant sa Colette avec tant d'amour. Elle avait peur de la revoir.

Le train était enfin annoncé. Valentine se leva, saisit son manchon de castor. Habillée chez Poiret, elle portait une robe et un manteau en drap beige et noir qui découvraient la cheville, soulignaient la taille et tombaient souplement sur les hanches. L'aisance matérielle que Jean-Rémy lui rendait ne la grisait pas pourtant. Elle faisait simplement partie d'un style de vie abandonné et retrouvé, comme les marches à pied dans la campagne, les jours de pluie au coin du feu, les verres de liqueur de noyau dégustés chez le père Marcoux en causant d'archéologie et de vieilles légendes. Seule la présence de Robert au fond du parc donnait une réalité au passé. Régulièrement, il parlait d'un prochain départ. Son père était mort et la maison de Versailles, vacante, pourrait l'accueillir avant qu'il ne la vende pour se constituer une rente. Quelques leçons de piano la compléteraient. Parfois il osait dire « nous », l'associant à ce fade avenir. Mais ses espoirs tenaces l'inquiétaient. Robert était un passionné. Qu'était-il prêt à tenter ? Quelles idées fixes remâchait-il dans la solitude de son cottage ?

D'un pas décidé, Valentine gagna le quai. Dehors le froid sec donnait à la lumière une transparence métallique éblouissante. Tout au bout des rails, un jet de vapeur montait. Des enfants s'approchaient de la voie, tendant le cou. Les paquets rassemblés, on s'embrassait, se souhaitait bon voyage. Comme les autres, le regard de Valentine scrutait l'horizon. La machine émit un long coup de sifflet. Déjà des porteurs s'avançaient.

Madeleine s'empara de son sac de voyage et désigna à un porteur deux valises entassées dans le filet. Elle avait peur de se mettre à pleurer, de s'effondrer, de se montrer à Valentine sous l'aspect humiliant d'une demi-clocharde, d'une épave. Fébrilement elle chercha le flacon de gin caché dans la poche de son manteau, en absorba les dernières gouttes. Depuis la veille, elle n'avait mangé qu'une poire à moitié blette négociée à un marchand ambulant en gare de Romorantin.

Le soleil sur le quai l'éblouit. Avec anxiété, elle chercha des yeux sa belle-sœur tandis que le porteur patientait, les deux valises empilées sur un diable.

— Te voilà ! s'écria Valentine.

Mis à part la merveilleuse chevelure rousse, il ne restait rien de la Madeleine d'antan. Ne sachant que dire, Valentine ouvrit les bras. Madeleine était frêle sous le méchant drap du manteau ; on sentait les épaules, les bras décharnés.

— Te sens-tu bien ? s'inquiéta-t-elle.

— Ça va aller. J'aimerais boire un café.

La respiration un peu sifflante consterna Valentine, mais elle se reprit, arbora un sourire confiant.

— Allons à la buvette. Emile nous attendra dans la voiture. De cocher, ce brave garçon s'est converti en passable chauffeur.

— Emile Genche ?

Madeleine se souvenait de son sourire ironique, de la peur qu'il lui avait inspirée lors de son unique passage à Brières. Mais aujourd'hui, elle était trop lasse, trop désabusée pour craindre quiconque.

Dans la buvette d'où s'exhalaient des effluves de renfermé, d'eau de vaisselle et de mauvais café, il faisait trop chaud.

— Tu me trouves bien changée, n'est-ce pas ?

— Juste un peu fatiguée, mais tu vas te reposer à Brières.

— Je suis venue y mourir.

Valentine se força à sourire. Les mots de bienvenue qu'elle avait préparés ne parvenaient pas à passer ses lèvres. Madeleine la fixait sans bouger, mais ses paupières, les coins de sa bouche étaient agités d'incontrôlables frémissements. Une grosse femme déposa deux tasses en faïence blanc et bleu, une cafetière à l'émail écaillé, un pot de lait.

Avec des gestes attentifs, presque maternels, Valentine servit sa belle-sœur.

— Tu vas guérir, retrouver ta Colette, notre chère belle-mère qui t'adore.

— Colette me hait et Yvonne ne peut rien faire pour m'aider. Peut-être me croit-elle déjà morte. Depuis deux ans, je n'ai donné aucune nouvelle.

Madeleine tenta de saisir sa tasse, mais sa main tremblait trop. Elle n'osa risquer de la renverser.

— Partons, balbutia-t-elle. On étouffe ici.

— Il faut faire venir le docteur Lanvin, décréta Valentine. Madeleine est très mal.

— Lanvin ne pourra rien. Ta chère belle-sœur est tout simplement au dernier stade de l'alcoolisme et de l'intoxication par l'opium.

Jean-Rémy n'avait pas réagi lorsque sa femme lui avait imposé Madeleine à Brières. Ceux qui, pendant si longtemps, l'avaient tenu pour quantité négligeable venaient aujourd'hui gratter à sa porte. Quelle importance avait la présence chez lui d'une épave de plus ? Il avait organisé sa vie en toute indépendance, en maître absolu.

— Là n'est pas la question ! s'insurgea Valentine. Madeleine est malade, il faut la soigner. Ne penserais-tu qu'à tes petites satisfactions ?

Jean-Rémy se raidit. Le temps était révolu où Valentine pouvait se permettre de le maltraiter.

— Tu vas bien m'écouter, Valentine. J'ai toujours jugé notre belle-sœur à moitié folle et le temps me donne raison. Tu te plais à récupérer les loques que sont devenues tes anciennes affections ? Parfait. Je les accepte même si leur présence m'inspire plus de pitié que d'aversion. Mais il y a Renée et Jean-Claude qui n'ont pas à subir une promiscuité aussi lamentable. J'exige que Madeleine se fasse aussi invisible que possible. Je ne veux pas la voir rouler ivre morte sur le plancher devant les enfants, ni découvrir une seule cigarette d'opium dans la maison.

— Tu préserves ta minable existence comme s'il s'agissait d'un trésor et t'accroches à des valeurs qui ne signifient rien, s'exaspéra Valentine. Mes enfants seront plus généreux, je l'espère. Tout le monde se fiche de notre bonne réputation. Voilà bien longtemps qu'elle s'est envolée en fumée ! Robert, que tu traites de loque, est un artiste de génie et Madeleine une femme étonnante à qui la société n'a pas donné sa chance.

Madeleine avait dû dormir longtemps car le soleil pénétrait dans la chambre par les interstices des rideaux de cretonne. Elle ne reconnaissait rien autour d'elle, n'avait aucun souvenir. En hâte, elle sauta hors de son lit, entrouvrit les rideaux. Devant elle une allée toute droite perçait la futaie bordée de haies dépouillées par l'hiver, d'arbustes décharnés où sautillaient des rouges-gorges. Un chien aux longues oreilles flairait un buisson.

— Valentine ! appela-t-elle.

Mais personne ne répondit, rien ne bougeait. A pas lents, Madeleine fit le tour de sa chambre. C'était celle qu'elle avait occupée lorsqu'elle était venue annoncer à Jean-Rémy que sa femme le quittait. La commode ventrue, le chiffonnier en marqueterie, le prie-Dieu recouvert de velours vert capitonné, le fauteuil Voltaire n'avaient pas même été changés de place. Par la grille du calorifère, une maigre chaleur se répandait. Tout était en ordre. Elle ne voyait ni valises, ni sac de voyage. L'un après l'autre, Madeleine entrouvrit les tiroirs du chiffonnier, ceux de la commode. Ses effets y étaient rangés. Quelqu'un avait même déposé de la lavande enfermée dans de petits sachets de mousseline. D'une main nerveuse, elle chercha son flacon de vodka. Si elle n'en prenait pas une gorgée tout de suite, les diables allaient revenir tournicoter autour d'elle avec leurs horribles grimaces, leur sexe tendu, leurs ricanements insupportables. Mais la petite bouteille d'argent cerclée de cuir, dernier cadeau de Raymond, avait disparu. Madeleine se précipita au cabinet de toilette, vida fébrilement les tiroirs de la coiffeuse, jeta sur le sol les flacons enfermés dans l'armoire à pharmacie puis, s'affolant, revint dans la chambre, répandit par terre en vrac la lingerie si soigneusement rangée, les bas, les mouchoirs, les gants, avant de s'élancer vers l'armoire à glace pour en extirper ses pauvres robes, une veste de ratine, un manteau élimé. Ses effets gisaient par terre pêle-mêle. Au bord des larmes, elle les fouilla encore.

— Qu'est-ce qui te prend ? Es-tu devenue folle ?

La voix dure de Valentine fit sursauter Madeleine. Elle se retourna.

— Qu'a-t-on fait de mon flacon en argent ?

— Il n'y a dans cette maison ni vodka, ni gin. Il faudra t'y habituer.

— Alors, je vais me laisser mourir.

— Tu es revenue à Brières pour vivre. Je suis prête à t'aider. Range tes affaires et rejoins-moi à la salle à manger. Le petit déjeuner y est déjà servi.

Madeleine ne bougea pas. Ses yeux verts avaient un éclat terrible.

— Mets de l'ordre et habille-toi, répéta Valentine. J'ai déposé une robe correcte sur le pied de ton lit.

— Merci pour ta charité, mais je ne la mettrai pas. Je suis ta parente pauvre désormais, une ivrognesse dépenaillée qui te fait honte. Il faudra bien que tu l'acceptes et que tu t'y habitues.

Valentine approcha d'un pas, tendit la main, caressa avec douceur la masse de cheveux roux.

— Calme-toi, mon ange. Personne ne te veut de mal ici.

Madeleine fit un bond en arrière. Elle était trop blessée pour supporter le moindre signe de tendresse. Et si sa belle-sœur lui interdisait tout alcool, elle irait en acheter à la buvette du village

— Puisque tout le monde chasse, je vais me joindre à vous, décida Madeleine. A la campagne, il faut savoir se montrer de bonne compagnie.

Elle avait absorbé trois verres de vin et, après

quelques jours de repos, se sentait presque bien. La table joliment dressée, les candélabres, et la présence de convives qui avaient fait toilette ressuscitaient une gaieté factice qui faisait briller ses yeux, teintait de rose sa peau blafarde.

Valentine faisait un effort pour ne pas rabrouer sa belle-sœur. Mal maquillée, la fièvre aux joues, Madeleine riait avec hystérie et parlait d'un ton haut perché. Les lèvres pincées, Jean-Rémy ne soufflait mot, mais Robert, comme attisé par cette femme malade, se répandait en discours suaves. Le regard serein, Renée écoutait sa tante, et Valentine connaissait sa fille assez bien pour déceler dans son silence attentif une certaine fascination. Seul le petit Jean-Claude semblait mal à son aise, effrayé par cette femme décharnée, blême, aux cheveux de flamme. A peine osait-il la regarder, les yeux fixés sur son assiette où refroidissait un morceau de tourte aux pommes de terre. Sans un mot, Bernadette passait les plats.

L'après-midi, Valentine avait entraîné Madeleine dans le parc. L'impression d'étouffement que celle-ci avait ressentie si fort autrefois s'était atténuée. Au bord du Bassin des Dames, le vent poussait de minces vaguelettes qui venaient mourir sur la berge.

— Le souffle des Dames, avait chuchoté Valentine. Quand bien même les regards des hommes ne les perçoivent pas, elles sont là.

— Tes Dames me semblent bien sadiques, s'était moquée Madeleine. Vois à quoi elles nous ont réduites !

— Elles m'ont offert la paix.

— La paix ? Tu es une âme sombre, Valentine, une prédatrice. Regarde autour de toi. Qu'as-tu fait de Jean-Rémy, de Raymond et de Robert de Chabin ?

Quoique la chambre fût douillette, les draps fraîchement repassés, Valentine ne parvenait pas à trouver le sommeil. Se pouvait-il que, loin d'avoir laissé les forces de l'amour conduire sa vie, comme elle l'avait cru, elle eût patiemment organisé la souricière où viendraient tomber ses amants ? De toutes ses forces, elle tentait de se souvenir des mots d'amour qui l'avaient bouleversée, de frémir encore aux caresses reçues. Mais Jean-Rémy, Raymond, Robert n'étaient plus en face d'elle que des silhouettes indécises. Avait-elle imaginé le frôlement de leurs bouches sur son corps, la tendresse un peu éthérée de Jean-Rémy, la sensualité brutale de Raymond, l'érotisme compliqué et fragile de Robert ?

Longtemps Renée resta debout devant la fenêtre, le regard perdu dans la nuit. Sa tante Madeleine exerçait sur elle une grande séduction. Certes, elle était à moitié folle, mais elle avait su conserver la force d'un rêve qui, quoique brisé, donnait encore à son regard un charme magique. Elle au moins avait tenté de vivre. Bien qu'on ne lui ait fait aucune confidence, Renée, au fil des conversations, avait appris l'itinéraire de sa tante. Ses idéaux, âprement combattus par son père, lui semblaient généreux. Faire prévaloir l'intérêt général s'imposerait tôt ou tard. Madeleine avait de la noblesse. La passion et l'amour fou inspiraient à la jeune fille de la répulsion ; à l'image de sa mère, ils n'étaient que mensonges. Sa laideur, qui l'avait désolée quelques années plus tôt, lui paraissait aujourd'hui le garant de sa liberté, une particularité octroyée par le hasard dont elle tirerait parti. De temps à autre, elle recevait des nouvelles de Colette. A quinze ans, sa cousine parlait déjà d'amourettes, de soupirants, des efforts qu'elle faisait pour les capter et les retenir. Mais elle non plus ne désirait pas le mariage, voulant consacrer son existence à une profession choisie depuis toujours : dessiner des robes, ouvrir sa propre maison de couture, imposer aux femmes les goûts vestimentaires d'une autre femme. Sa grand-mère déjà convaincue, Colette abandonnerait ses études à la fin de l'année scolaire pour apprendre son métier : dessiner, couper, coudre, ourler, broder. Si elle voulait régner, il lui fallait pouvoir accomplir les tâches les plus humbles qu'elle exigerait des autres. Elle y était prête.

Renée sentait le froid la gagner. Le poêle à bois allait s'éteindre et bientôt la chambre serait glaciale. Au loin, un hibou ululait. Brières n'effrayait pas la jeune fille. Protégée, instruite par Bernadette, elle avait grandi au milieu de ses mystères et de ses secrets. Depuis des siècles, c'était un refuge ouvert à certains, fermé à d'autres par le décret de forces invisibles. La veille de l'arrivée de sa tante Madeleine, Renée avait enfin cru apercevoir Bel Amant. Couché sur la berge du Bassin, le museau entre les pattes, il semblait guetter : lorsqu'elle s'était approchée il avait disparu, comme happé par les eaux. Mais peut-être s'était-elle trompée et la forme allongée n'était-elle qu'un tronc d'arbre mort voilé par la brume. A Brières, les réalités étaient incertaines. Seule l'âme humaine y avait une vérité, simple et brutale.

38

Avec impétuosité, Renée poussa la porte de la chambre de Bernadette.

— Regarde ce que j'ai déniché !

A genoux au pied du modeste lit de fer recouvert d'un jeté en laine multicolore qu'elle avait mis des années à crocheter, Bernadette disait ses prières du soir. Au fil des ans, la pièce qu'elle occupait au second étage du château s'était enrichie de ses trouvailles ou modestes héritages : un bouquet de mariée sous un globe de verre, une paire de chromos représentant des scènes de bal au temps de Louis XV, la statuette en biscuit d'un chat, un petit jésus de cire obèse et blond couché sur un vrai matelas bourré d'une paille poussiéreuse, une série de calendriers soigneusement empilés sur l'unique étagère où trônaient des photographies de Solange et de Renée enfants. Sa fille allait bientôt épouser un jeune homme d'un village voisin, solide garçon héritier d'une petite ferme. Pour décider la famille, un peu réticente, à accepter pour bru une enfant naturelle, Jean-Rémy Fortier avait consenti une dot et Valentine offert le trousseau.

Renée tendit une feuille jaunie recouverte d'une mince écriture tracée à l'encre violette.

— Où l'as-tu trouvée ?

— Coincée derrière la boiserie de mon cabinet de toilette. Par hasard, j'en ai aperçu un coin. J'ai pris une épingle et j'ai tiré.

L'air préoccupé, Bernadette se remit sur ses pieds.

— Ce sont deux pages d'un journal intime, expliqua Renée.

La jeune fille était surexcitée. Le texte déchiffré avec peine lui faisait encore battre le cœur.

Bernadette s'était laissée tomber sur le bord du

lit. Eclairé par la lampe à pétrole, son visage rond, à peine marqué de rides, exprimait une vive inquiétude. Dehors, le vent soufflait en bourrasques, soulevant des tourbillons de brindilles et de feuilles mortes.

Mercredi 13 février 1815

L'abbé Laurence est venu tantôt faire sa visite à Brières. Il portait sous le bras un livre qu'il m'a offert avec beaucoup de grâce. « J'ai hésité, m'a-t-il avoué, à porter cet ouvrage à votre connaissance mais votre légitime curiosité sur le passé de Brières m'en a finalement convaincu. Vous êtes, madame la comtesse, une excellente chrétienne et saurez, par conséquent, trier le bon grain de l'ivraie. Certains passages sont à proprement parler inspirés par Satan mais maints autres par la foi la plus pure et la plus véritable. Ce sera à vous de juger. Mais ne manquez pas de prier car vous pourriez concevoir à la lecture de cet ouvrage des craintes qui seraient injustifiées. Dieu, aidé de Ses saints anges, protège Ses enfants de tout mal, ne l'oubliez jamais. »

J'ai posé le livre sur ma table à ouvrage et nous avons fait notre habituelle partie de lansquenet. L'abbé est resté pour souper. Pierre-Henri l'a entrepris sur les rumeurs qui commencent à circuler sur un possible retour de Napoléon. Raccompagné par Basile, l'abbé Laurence n'est parti qu'à la nuit tombée. Prudence m'a couchée et j'ai commencé la lecture du livre.

Jeudi 14 février 1815

Chaque page me coûte. Il me semble qu'une bête s'est introduite dans la maison et me traque. Je la sens. Elle rôde, elle m'attend, ou plutôt non, c'est quelqu'un d'autre qu'elle guette. Prudence m'a apporté mon chocolat et m'a habillée. Elle m'a regardée avec beaucoup d'insistance Bien qu'elle ne sache pas lire, j'ai caché le livre sous mon matelas.

J'ai voulu marcher jusqu'au Bassin des Dames pour voir par moi-même. D'abord, je n'ai aperçu qu'une surface grise, des buissons rabougris par l'hiver, un vol de sarcelles. Sachant qu'il me fallait de la patience, je me suis assise sur un tronc et j'ai fini par les découvrir. Leur peau avait la couleur de la cendre, de leurs yeux vides coulait de l'eau verdâtre et, cependant, elles avaient un regard qui interrogeait, jugeait, transperçait. Rassemblant ce qui me restait de courage, je me suis penchée sur l'étang, mais c'est mon propre visage que j'ai vu reflété. Mes cheveux étaient mangés par le feu, ma figure ridée, flétrie, desséchée. Une vaguelette m'a effacée, je suis partie en courant.

La fin du livre est insupportable. L'abbé est diabolique de me l'avoir offert. Ce soir, je le brûlerai.

Après le souper que j'ai pris en tête à tête avec Pierre-Henri, le livre avait disparu ! Prudence, pressée par moi de questions, m'a plus tard avoué qu'elle l'avait rangé dans la bibliothèque. Je lui ai trouvé, comme à tous les Tabourdeau, le regard plus fourbe qu'à l'habitude. Pierre-Henri est en danger. Mon Dieu, protégez-le.

La voix de Renée tremblait. Les yeux fixes, la bouche entrouverte, Bernadette écoutait.

— Elles sont donc toujours autour de nous, murmura-t-elle.

— Qui, elles ?

— Les forces du Mal.

— La comtesse de Morillon, car il s'agit d'elle, sans aucun doute, évoque des femmes, des sortes de noyées malfaisantes. Seraient-ce des sorcières ?

Bernadette semblait perdue dans de profondes réflexions. Renée voyait ses pieds qui battaient le sol, ses mains jointes comme pour une prière.

— Pas des sorcières, assura-t-elle. Simplement la personnification de la Vengeance. Ceux qui ont fait souffrir connaîtront à leur tour les tourments, les imprécateurs seront maudits, les justiciers verront leur propre condamnation.

— Tu dis des bêtises ! Comment le pauvre Pierre-Henri de Morillon aurait-il pu faire à ces femmes le moindre mal ? Il revenait tout juste d'exil avec sa mère.

— Et le comte de Morillon, son père ? Et l'abbé Firmin Gautier quelque temps plus tard ? Le livre devait livrer d'autres noms, d'autres faits. Le Bien et le Mal sont si bien imbriqués qu'il faut beaucoup de courage et de patience pour les démêler.

Les feuillets à la main, Renée allait et venait dans la chambre. Le monde merveilleux de Brières, plein de poésie et de rassurantes références païennes, prenait aujourd'hui une figure repoussante.

— Me cacherais-tu quelque chose ?

— Rien, ma Renée. La comtesse a certainement brûlé le livre. Il ne nous reste plus que l'intuition de ce qui a été et le pressentiment de ce qui sera.

D'un geste familier, Renée rassembla ses cheveux épars, ajusta le ruban qui les retenait tant bien que mal.

— Que pouvait craindre si fort Angèle de Morillon ? Que ces noyées s'emparent de son fils ?

Promptement Bernadette se signa.

— Le Bassin des Dames contemple ce qui se passe, reflète la couleur des jours et des nuits, mais il est immuable. Les âmes des Dames y reposent. Quelles Dames ? Pourquoi ? Je l'ignore. Ce que je sais, c'est que le fantôme d'un loup apprivoisé rôde sur ses berges comme si ses maîtresses bien-aimées y reposaient.

— Il est apparu à maman avant ma naissance, et à moi la veille de l'arrivée de ma tante Madeleine.

— Bel Amant aime les Dames de Brières et les protège. Il semble rivé à leur destin.

Renée s'était assise à côté de Bernadette. Les feuillets dont la découverte l'avait tant excitée l'effrayaient maintenant.

— Nous prendrons deux bougies blanches qu'aucun vent ne peut souffler, une fiole d'eau bénite qu'aucun feu ne peut assécher, une poignée de terre pure de toute souillure pour mettre les habitants de Brières sous la protection des Dames.

Dommage que nous ignorions leurs noms, nous aurions eu alors le pouvoir de les contraindre. Sans eux, nous ne pouvons que les implorer.

— Ils devaient être inscrits dans le livre, hasarda Renée. Ne peut-on faire parler les morts ?

— L'univers est habité d'esprits de toutes sortes, bons et mauvais, de myriades d'images figées dans le temps. Celui qui les libère pour les animer à nouveau excite l'ouragan, éveille la tempête. Ni toi ni moi ne sommes assez savantes et assez fortes pour l'oser.

— Qui t'a appris tout cela ? chuchota Renée.

— Je suis née avec ce savoir. Il appartient à Brières et c'est toi qui en hériteras. C'est la raison sans doute pour laquelle tu as trouvé ces feuillets. Un jour, tu en sauras plus que moi.

Il était près de minuit. Tout le monde dormait, Jean-Claude dans la chambre proche de celle de sa mère où l'on laissait toujours un peu de lumière, Jean-Rémy seul dans ce qui avait été autrefois le lit conjugal, Madeleine tout au bout du couloir, enfermée dans la nuit de ses cauchemars, Robert au fond du parc, ressassant ses amertumes et son bonheur perdu, jouant au piano parfois, dans les ténèbres, des mélodies d'une grande beauté, comme un dernier appel.

Sous la pluie fine, la surface de l'étang était grise. Côte à côte, les deux barques bougeaient imperceptiblement. On entendait le croassement d'une corneille, l'appel criard d'un colvert.

Agenouillées devant les bougies fichées dans la vase, les deux femmes gardaient le visage tourné vers l'eau. Bernadette avait prononcé des mots étranges que, sans omettre une syllabe, Renée s'était appliquée à répéter, pénétrée par le langage incantatoire, le balancement des corps, la lumière tremblante des bougies, le silence et l'odeur de l'eau dormante, le mystère. Là était le domaine des Dames et, pour les rejoindre, il fallait s'y abîmer. Les yeux baissés comme si elle évitait de regarder la surface de l'eau, Bernadette jetait maintenant une poignée de terre et le contenu du flacon d'eau bénite. Ressemblant à une délicate toile d'araignée, des ridules s'élargissaient. Renée n'osait bouger. Un mot trop haut ou un geste déplacé romprait le charme. Elle entendait le souffle de Bernadette, le bruit léger de la pluie sur les feuilles mortes, voyait le brouillard entre les troncs des saules, mais tout semblait lointain, comme venant du fond des temps, du fond de sa mémoire.

— Elles ne répondent pas, chuchota Bernadette.

La lumière des bougies se faisait ténue. Renée se redressa.

— Peut-être n'existent-elles pas.

La jeune fille continuait à fixer la surface de l'eau. De toutes ses forces, elle avait souhaité découvrir le signe qui ne viendrait sans doute jamais. La pluie tombait plus dru, on entendait le faible soupir du vent étirant la brume à travers les ronciers et les herbes aquatiques, comme un rideau entre les deux femmes et l'autre côté du monde.

— Partons, décida Renée.

Elle se retourna. A quelques pas, emmitouflées dans leur pèlerine, sa mère et Madeleine les dévisageaient. Leur regard avait une expression sévère et un peu triste.

— Que faites-vous là ? interrogea Valentine d'une voix pleine de reproche. Rentrez immédiatement ! Renée va attraper la mort au bord de cet étang. (Puis d'une voix plus douce :) Chaque question a une réponse qui vient en son temps. Il faut savoir attendre.

— Vous avez toutes l'esprit dérangé, ma parole !

railla Madeleine. Des cierges, un charabia incantatoire adressé à des fées ! A quand les bacchanales ou les sabbats ?

Tôt le matin, elle avait retrouvé sa belle-sœur dans la cuisine. Sans qu'elles l'aient vraiment décidé, une impulsion les avait poussées à voir l'aube se lever sur le Bassin des Dames.

— Pourquoi tout tourner en dérision ? reprocha Valentine.

Madeleine éclata de rire. La pluie ruisselait sur la pèlerine caoutchoutée, mouillait le chapeau de feutre à large bord où était plantée une plume de faisan. Elle avait les épaules un peu voûtées, la peau couleur de cendre.

— Les âmes qui n'ont pas accompli leur destin sur cette terre ne peuvent s'envoler, assura soudain Bernadette. Voyez-vous, madame Madeleine, ce n'étaient pas des fées que Renée et moi invoquions tout à l'heure, mais ces âmes errantes, afin qu'elles trouvent la paix.

— Quelle sottise, ma pauvre Bernadette ! Réfléchis un peu et tu comprendras que cet étang n'abrite rien d'autre que des grenouilles, des larves et quelques poissons. Ce sont tes superstitions, tes craintes du surnaturel, ta foi naïve que tu projettes dans ce Bassin. Il ne reflète que ta crédulité, ma fille.

— Le père Marcoux m'a offert un joli album après le catéchisme, se réjouit Jean-Claude. Veux-tu le regarder avec moi ?

Sur le point d'envoyer promener son petit frère, Renée fit un effort sur elle-même pour sourire. Trop souvent elle se débarrassait de lui sous un quelconque prétexte et la plupart du temps le regrettait. Jean-Claude l'adorait. Ses marques d'affection, timides mais constantes, l'agaçaient et l'attendrissaient. Quoique ce petit frère revenu à Brières dans le ventre de Valentine touchât son cœur, elle refusait de le montrer. Quand Jean-Rémy prenait le petit garçon sur ses genoux ou l'emmenait se promener dans le parc, comme il l'avait fait si souvent avec elle autrefois, la jalousie rouvrait d'anciennes blessures : l'abandon de sa mère, sa solitude, ses rancœurs, et elle avait l'envie brutale d'arracher la main de Jean-Claude de celle de son père.

— Cinq minutes seulement, j'ai à travailler avant le dîner.

Radieux, Jean-Claude s'installa à côté de Renée. Il remarquait bien les efforts de sa sœur pour lui accorder un peu d'attention, lui offrir quelques miettes de son temps, et craignait sans cesse qu'elle changeât d'avis.

— Lis-le-moi, s'il te plaît.

A sept ans, il déchiffrait encore difficilement ses lettres, maintenu dans un état de presque ignorance par Valentine qui le trouvait de santé trop fragile pour fournir des efforts réguliers. Comme s'adressant à un bambin, Bernadette et elle disaient : « Petit Clo », ou : « le petiot », et les colères de Jean-Claude qui s'en irritait les faisaient rire.

— *Conte véridique de Valentin et Orson*, lut Renée.

La première page était ornée d'une belle image où l'on voyait un roi portant diadème tenant sur ses genoux deux bébés joufflus, eux aussi couronnés d'or. Renée poursuivit :

— « Valentin et Orson étaient fils jumeaux d'un empereur. Lorsqu'ils étaient encore bébés, on les mit un jour dans un jardin jouxtant une vaste forêt... »

— Que veut dire jouxtant ? interrogea Jean-Claude.

— A côté, tout proche. Si tu m'interromps encore une fois, je ferme le livre.

Jean-Claude se recroquevilla sur le canapé. Ses cheveux noirs et bouclés encadraient un visage mince, trop pâle, éclairé par des yeux noisette un peu dorés, les yeux de Valentine. Il riait peu, parlait toujours à voix basse, comme s'il craignait d'être rabroué.

La pluie cascadait le long du toit, ruisselait hors des gouttières, noyant les orangers en pots que le jardinier n'avait pas encore rentrés.

— « ... et l'on constata au bout d'un certain temps qu'Orson avait disparu. En fait, il avait été enlevé par une ourse qui avait perdu son petit mais personne n'avait été témoin de l'enlèvement. Après des recherches infructueuses, tout le monde pleura sa mort et Valentin fut élevé comme le seul héritier du trône. Pendant ce temps, Orson grandissait parmi les ours, en homme des bois.

« Pourtant Valentin n'avait jamais totalement cru à la mort de son frère et, arrivé à l'âge adulte, il se mit à sa recherche. Il ne savait pas où le chercher, mais il vit par hasard un chemin traversant la forêt. Le chemin était très long et désert et il n'en avait pas atteint le bout au crépuscule. Il s'installa donc pour la nuit et fut bientôt attaqué par un ours énorme et féroce. Mais avant qu'il ait pu le tuer ou être tué, un cri étrange partit d'un fourré d'où émergea un homme des bois. Il tint à l'ours un langage que ce dernier sembla comprendre et qui l'apaisa. Bien entendu, l'homme des bois, c'était Orson. Peu à peu, les deux frères découvrirent leur ressemblance et Orson recouvra sa dignité de prince. »

Songeuse, Renée posa l'album illustré.

— Explique-moi, chuchota Jean-Claude.

La jeune fille ferma à moitié les yeux. Une émotion proche de la tristesse lui serrait le cœur.

— L'auteur veut dire que même si on est rejeté dans les bois, traité comme une bête, à l'intérieur de soi on reste quand même un prince.

— Mais si Valentin n'avait pas retrouvé son frère, il serait toujours une bête, n'est-ce pas ?

— Il n'a jamais été une bête. Ce que Valentin, qui est son jumeau, lui permet de retrouver, c'est sa dignité. Chacun doit rentrer en possession de son héritage, même s'il faut attendre longtemps.

— Si Orson vivait dans les bois de Brières, est-ce qu'il me ferait du mal ?

Une impulsion miséricordieuse poussa Renée à tendre la main pour caresser les cheveux bouclés. La réponse qui lui était spontanément venue à l'esprit l'horrifiait.

— Je ne sais pas. L'histoire dit seulement qu'il a protégé Valentin, son jumeau, son double, parce que seul Valentin pouvait lui rendre sa dignité perdue.

39

— Je dois vous avouer ce que j'ai sur le cœur, déclara Bernadette d'une voix résolue. La présence à Brières de monsieur Robert fait grand tort aux enfants. Renée est de plus en plus rebelle ; quant au petiot, il pourrait se poser des questions qui le chambouleraient. Il adore monsieur Jean-Rémy.

Valentine était seule au salon, tournée vers le parc où verdissaient les premiers buissons. Depuis longtemps elle était perdue dans ses pensées, essayant de trouver une issue aux conflits qui empoisonnaient Brières.

— Robert de Chabin ne cause aucun trouble, il

vit en reclus et ne se montre que si on l'en prie. C'est ma belle-sœur qui pervertit tout.

Madeleine l'émouvait mais l'irritait. Agressive, amère, déchue mais toujours présente, elle ne lui permettait aucun faux-semblant. Liées l'une à l'autre dans les moments triomphants de leurs vies, elles restaient soudées dans les échecs et la solitude. Madeleine était son ombre maléfique, comme un miroir déformant renvoyant une effrayante caricature, son double dont la présence l'empoisonnait. Hormis Bernadette et Renée, sa belle-sœur haïssait tous les habitants de Brières, Jean-Rémy en particulier dont elle sentait le mépris. Tout d'abord, elle avait fait mine de l'ignorer puis, son tempérament fougueux ayant pris le dessus, elle s'était acharnée à lui jeter des allusions blessantes. Jean-Rémy ripostait avec une méchanceté lucide et froide. La veille, imbibée d'alcool, Madeleine s'était cabrée contre le mot « racaille » prononcé à son intention et avait giflé son beau-frère devant Renée et Jean-Claude.

— Sa place est à Brières, Madame.

— Je ne sais plus. Les enfants n'ont pas à supporter le spectacle d'une telle déchéance.

— Les enfants ont supporté beaucoup de choses, Madame. Renée vous a vue partir alors qu'elle n'était qu'une petite fille et vous a vue revenir enceinte, six ans plus tard. Enfin monsieur Robert s'est installé. S'il a été blessé, il n'est pas malade et peut se débrouiller seul.

— Robert de Chabin restera.

La servante acheva de remplir l'écuelle de l'épagneul. Valentine l'observait. Elle avait tort de malmener Bernadette. Tout ce qu'elle savait ou devinait avait de l'importance. Elle seule allait au-delà des apparences, donnait un sens à ce qui semblait ridicule ou fou. Mais renvoyer Robert était impossible.

Avec avidité, Loulou lapait sa soupe. Valentine se pencha, caressa les oreilles soyeuses.

— Il y a une partie de chasse prévue demain autour du carrefour des Petites Chapelles. Ne lui donne pas à manger le matin.

Pensive, Bernadette s'essuya les mains à son tablier. Elle se souvenait qu'autrefois les braconniers évitaient cet endroit. On prétendait que, dans des temps immémoriaux, le diable y donnait des sabbats et qu'il y rôdait toujours. Mais pour parler, il fallait être écoutée, et Valentine Fortier ne voulait plus rien entendre.

L'après-midi était embrumé. Tout était gris le long des allées. Les gonds de la grille qui ouvrait sur le chemin du village grincèrent lorsque Valentine la poussa.

— Avec ses bons conseils, ta Germaine m'assomme, jeta Madeleine. Tu ne me traîneras plus chez les Dentu.

Valentine contint sa colère. Tout ce qu'elle tentait pour distraire Madeleine se retournait contre elle. Gentiment mais fermement, elle allait demander à sa belle-sœur de se faire hospitaliser à Guéret afin de tenter une énième cure de désintoxication.

— Personne ne trouve grâce à tes yeux.

Madeleine s'immobilisa. Sa silhouette un peu cassée se découpait sur les labours où se posaient des corneilles.

— Elle a un esprit de femme de chambre, toujours l'oreille aux aguets des médisances.

— Mieux vaut se faire plaisir avec des ragots que de s'abrutir de cognac ou de gin !

L'expression mortifiée de Madeleine fit pitié à Valentine.

— Tu n'aimes plus personne, observa Madeleine

d'une voix sourde. On a l'impression que tu t'adresses à des morts.

Au bord du chemin, les couleurs vives des primevères perçaient la brume. Des souffles d'un vent tiède caressaient les branches des noisetiers.

— L'amour a été ma seule raison de vivre.

Dans l'allée menant au château, Emile Genche avait installé un banc de planches rustique que de minces rejets de platanes et de hêtres entouraient déjà.

— Asseyons-nous, pria Madeleine. Je ne me sens pas bien.

D'un geste spontané, Valentine ôta sa cape, en entoura les épaules de sa belle-sœur.

— Nous prendrons du thé en rentrant.

— Comme dans l'appartement du boulevard de Courcelles, te souviens-tu ? Lise arrivait avec son plateau, le regard en dessous, craignant je suppose de nous découvrir dans les bras l'une de l'autre.

— Te rappelles-tu son expression quand elle nous a trouvées allongées sur mon lit en train de fumer ?

Madeleine baissa la tête. Tout tournait autour d'elle. Ce qui lui restait de vie devenait vertige.

— Je n'ai jamais su si tu avais aimé Raymond, chuchota-t-elle.

— D'une certaine façon, oui. Il m'a appris le plaisir physique. Jean-Rémy était trop nerveux et timide, sans défense. Raymond était généreux. Il est devenu un ami fidèle, un beau-frère attentif.

— Et un mari impuissant à me comprendre. Il m'avait fait mille promesses, une vie loin du clan des Fortier, des voyages, des fêtes. Il n'en a tenu aucune.

— Et quelle promesse lui avais-tu faite ?

— Celle de l'aimer toujours.

— C'était absurde, murmura Valentine.

— Pourquoi ? Tu prétends n'avoir eu que

l'amour comme ambition et n'as jamais su aimer. Qu'attendais-tu des hommes ?

— Qu'ils soient prêts à mourir pour moi !

Le ton ironique parvint à arracher un sourire à Madeleine. Valentine faisait penser à un serpent caché dans un buisson de fleurs.

— Et toi ? interrogea Valentine.

Madeleine serra la pèlerine autour de ses épaules. Elle se souvenait du regard des hommes, avides de la séduire pour prendre leur plaisir sur elle, de leur charme persuasif, de leur cruauté. Les silences de Sebastiani, la politesse mondaine de certains, le brutal égoïsme des autres. Les femmes qu'elle avait aimées avaient eu plus d'honnêteté. Un soir cependant, dans les rues de Prague, elle avait croisé un inconnu. Il lui avait souri. Ensemble, ils avaient bu un thé et marché sous la pluie. Il s'appelait Ernst. Pour la première fois depuis longtemps, elle avait désiré un homme. « Je veux garder le souvenir de ces instants de bonheur, avait-elle murmuré. Si nous devenions amants, je ne pourrais que vous décevoir. L'amour meurt dans le désir assouvi. » Sans insister, il s'était éloigné.

— Un homme qui, seul avec moi sur une île déserte, me changerait en oiseau.

Madeleine éclata de rire. Une larme avait coulé, délayant le khôl dont elle cernait ses yeux.

— Nos filles s'en tireront mieux que nous, j'espère ! plaisanta Valentine.

— Je parierais le contraire. Nous les avons marquées à notre tour. Maillon après maillon. Jusqu'où, jusqu'à quand ?

— Jusqu'à ce qu'un prince charmant rompe le charme et nous rende à la vie, se moqua Valentine.

— Toujours tes jolis mots ! La vie, j'ai tenté de la prendre à pleins bras, mais elle m'a brisée. Et regarde-toi ! Tu es une femme vieillissante et seule. Les deux hommes que tu tentes de retenir comme une mante religieuse ne sont plus que des ectoplasmes. Tu n'as pas même le courage de t'en défaire. Quant à ton propre fils...

— C'est toi qui partiras, coupa Valentine. Nul ne souhaite plus ta présence ici.

Une peur atroce serra la gorge de Madeleine. Autour d'elle, le vide devenait total.

Dans l'air déjà doux de mars flottait une odeur de pin et de terre mouillée. Côte à côte, Jean-Rémy et Renée marchaient en tête. Robert et Madeleine les suivaient, traversant des champs de fougères encore brunies, des broussailles qui s'accrochaient aux vêtements, aux oreilles frisées de Loulou.

En accord avec Valentine, Jean-Rémy avait pris sa décision. Madeleine allait quitter Brières. Sa voix rauque et perçante, ses colères, son agressivité, jusqu'à ses réactions affectives larmoyantes l'exaspéraient. Il décelait dans cette femme une violence destructrice, un ressentiment personnel à son égard qui lui faisait peur depuis leur première rencontre dans le petit salon de Valentine, boulevard de Courcelles. Elle nuisait à Renée et Jean-Claude, les déconsidérait dans le voisinage. La veille au soir, alors que Madeleine sirotait son verre de gin au coin du feu, il n'avait plus ménagé ses mots. Elle avait une semaine pour plier bagage. Une chambre l'attendait à l'hôpital de Guéret où elle serait bien traitée par un médecin de ses amis. Mais si elle mettait de la mauvaise volonté à obtempérer, deux infirmiers viendraient à Brières lui passer une camisole et l'embarqueraient de force. Des étincelles au fond des yeux, Madeleine l'avait écouté sans broncher. Les flammes qui crépitaient accentuaient les reflets cuivrés de sa chevelure. Elle avait posé son verre, rejeté la tête en arrière dans un geste de fierté dérisoire.

— Pour me faire taire, il faudrait que vous me tuiez, et vous n'avez pas assez de couilles pour en arriver là.

Puis, comme une princesse prenant congé, elle s'était levée.

— Nous chassons demain matin de bonne heure, je vais me reposer. Bonsoir.

Valentine avait tenté un geste amical, mais Madeleine l'avait écartée avec méchanceté.

— Ne prends pas cet air contrarié, ma chérie. Je suis fatiguée de ton hypocrisie. Regarde ce que tu as fait de ceux qui t'ont aimée : ton mari est un fantoche complaisant, un artiste raté, ton amant un lâche, un parasite sans la moindre décence, moi une épave. Serais-tu la mauvaise fée de Brières ? Toutes ces histoires fantastiques qui me faisaient rire autrefois me donnent aujourd'hui la chair de poule.

— Je t'interdis... !

Madeleine avait eu un rire amer.

— Tu n'as rien à m'interdire. Nous sommes liées. Là où tu es, je suis aussi.

Cette scène avait empêché Jean-Rémy de dormir et il avait été sur le point d'annuler la partie de chasse. Mais l'air frais, l'exercice physique lui feraient du bien et Renée se réjouissait tant d'étrenner son nouveau fusil. Sans rechigner, elle pouvait abattre des kilomètres sous la pluie, rester à l'affût sur l'étang au lever du soleil quand passaient les oiseaux migrateurs, elle sifflait le chien de deux doigts entre les lèvres, appréciait le vin chaud et la saucisse sèche à l'heure du petit déjeuner. Un jour, sa fille tirerait Brières de son sommeil. Là où il n'avait su que noircir des cahiers, épier le gibier et attendre l'impossible, elle planterait du blé et des pommiers, élèverait du bétail, exploiterait la forêt. Ce qui resterait de lui tiendrait en deux livres, quelques contes, un roman interrompu et un amour brisé.

Devant son air sombre, Renée n'osa adresser la parole à son père. Après le dîner, quelque chose de grave avait dû se passer, une de ces épouvantables scènes qui se répétaient de plus en plus fréquemment. Robert avait été congédié, Jean-Claude et elle expédiés dans leurs chambres. Sa mère avait un air bizarre, moitié contraint, moitié agressif, son père ressemblait à la statue du Commandeur. Seule sa tante Madeleine restait égale, indifférente et sarcastique, avalant son gin à petites gorgées, le regard ailleurs.

Le carrefour des Petites Chapelles n'était plus très loin. Aux bruyères avaient succédé des bois puis la forêt, avec ses éboulis de rocs entre lesquels se glissaient des langues de brouillard. De temps à autre, la jeune fille se retournait. A quelques pas, leurs fusils cassés sur l'avant-bras, Robert et Madeleine suivaient sans un mot. Madeleine portait un chapeau de cuir ceint d'une écharpe verte nouée sous son menton, un ample imperméable laissant découvertes ses bottes. Elle avait l'air plus gaie que de coutume. Renée la trouvait belle. Un jour, elle trouverait le courage d'avouer à sa tante qu'elle l'aimait, qu'elle était prête à l'aider.

Loulou s'arrêta, humant le vent, et Renée se pencha pour caresser son chien. L'air saturé d'humidité l'oppressait. Chacun se taisait. Cette partie de chasse n'avait pas la bonne ambiance habituelle des grandes battues de fin d'hiver organisées par son père.

Levée à l'aube pour préparer du café aux chasseurs, Bernadette avait tenté de les retenir. On annonçait un épais brouillard. Un simple mot et elle envoyait Emile prévenir les rabatteurs de rentrer chez eux. Personne n'avait pris la peine de lui répondre.

Un pâle soleil commençait à se glisser dans la chênaie, semblant ouvrir une route. La jeune fille sentait l'odeur de son père qui marchait près d'elle, une odeur de tabac hollandais et de lavande. C'était l'odeur de son enfance, de la sécurité, de l'amour absolu.

A peine Robert de Chabin s'apercevait-il de la présence de Madeleine à côté de lui. Il ne voyait que Jean-Rémy Fortier. Jamais, il en était sûr, Valentine n'avait aimé son mari. Seuls son orgueil et son besoin de bravade l'entêtaient dans le choix absurde de ne pas pardonner. Qu'avait été sa liaison avec Caroline, comparée aux souffrances qu'il avait endurées : l'abandon de la femme qu'il aimait, la privation de son enfant, la guerre, sa blessure ? S'il lui avait fait du mal, cent fois il avait payé ses fautes.

Madeleine trébucha sur une souche. Il avait pour cette femme le plus grand mépris et, tout comme Jean-Rémy, la redoutait. Parfois, elle venait jusqu'au cottage, tentait de lier conversation, parlait de Vienne, de Prague, de Moscou qu'elle avait aimés et où lui-même avait donné tant de concerts. Elle proposait de faire du thé, s'incrustait. Ses yeux verts lui faisaient penser à ceux d'un reptile.

A quelques pas de Madeleine, un écureuil sautait de branche en branche. Un moment, elle le suivit des yeux. Le pelage roux apparaissait et disparaissait comme un feu follet, une flammèche brillant devant elle, un appel. Elle s'arrêta, scruta le sommet d'un pin. Mais l'écureuil avait disparu. Elle était seule.

Un chevreuil, deux marcassins avaient été abattus. Avec les rabatteurs, les chasseurs partagèrent un pâté en terrine, du pain, une tranche de gâteau creusois aux noisettes, burent un vin acide. D'un geste, Madeleine avait écarté la bouteille. Son regard avait rencontré celui de Jean-Rémy. Il avait esquissé un sourire ironique et haussé les épaules.

En fin de matinée, la brume s'était épaissie, les rabatteurs conseillèrent de rentrer. Des corbeaux croassaient dans le silence feutré de la forêt. On entendait au loin le bruit d'un ruisseau qui cascadait.

Jean-Rémy perçut un craquement de branches écrasées et, tandis que le reste du groupe restait à l'affût, pénétra seul dans le taillis. Un instant, il resta aux aguets, immobile, cherchant du regard un sanglier ou un chevreuil, mais il ne vit qu'un écureuil roux qui volait de branche en branche. A son côté, Loulou, le dos arqué, les oreilles basses, semblait terrorisé.

Un coup de feu claqua qui le fit se retourner vivement. Il chancela et vit Valentine qui, dans sa robe bleue, jaillissait de l'étang.

40

Par la fenêtre du salon, Valentine regardait vaguement tomber la pluie.

— Le facteur vient de passer, annonça Robert.

— Une lettre de Renée ?

Depuis juin où elle annonçait sa réussite en deuxième année de biologie, sa fille n'avait envoyé aucune nouvelle. Tout l'été, Valentine l'avait espérée à Brières. Sans doute avait-elle préféré poursuivre ses vacances à Dieppe avec sa grand-mère et Colette. Dans un an, Renée serait majeure et exigerait peut-être de voir le testament de son père. Mais que pourrait-elle tenter contre elle ? Il y avait d'autres urgences. Brières manquait cruellement d'argent. Une partie de la toiture était à refaire, un chauffage moderne devait remplacer l'antique calorifère à bout de souffle. Robert, les poumons rongés par les gaz, déclinait et les Genche se préoccupaient bien davantage de leur propre lopin de terre que de la ferme. Seule Bernadette restait fidèle, acceptant de travailler contre des gages dérisoires. Elle n'avait pas prononcé un mot lorsque, trois mois après la mort de Jean-Rémy, Robert avait emménagé au château, mais Valentine devinait sa réprobation. Le jour même, Bernadette avait quitté sa chambre pour s'installer chez sa fille. Arrivée à l'aube, elle partait aussitôt le dîner desservi, sans chercher la moindre conversation. Seules les visites du père Marcoux apportaient un peu de gaieté. Valentine raccompagnait le vieux prêtre jusqu'à la petite porte du parc et bien souvent au-delà, jusqu'au cimetière.

Dès le départ des gendarmes qui avaient conclu à un accident de chasse, Madeleine s'était évaporée, ne laissant nul mot d'explication derrière elle. Sa chambre était nette, le lit défait, elle n'avait oublié qu'une photographie d'elle en robe tonkinoise datant probablement de son enfance à Hanoi, ses magnifiques cheveux épars sur ses épaules. Elle souriait d'un air mutin à l'objectif, sa main dans celle d'une Asiatique qui ressemblait à une vieille sorcière. Valentine avait fait encadrer la photo qu'elle avait mise sur son bureau entre celle prise dans les vignes de La Croix-Valmer et un portrait qui datait du dernier déjeuner de Noël place Saint-Sulpice. Très élégante, Madeleine portait un joli chapeau, une robe ravissante. C'était cette photographie que Valentine avait choisie pour illustrer l'image mortuaire de sa belle-sœur. Avec Colette, elle avait composé le simple texte l'accompagnant :

Souvenez-vous dans vos prières de Madeleine Bertelin, née à Hanoi le 18 octobre 1878, morte à Paris le 24 avril 1921 à l'âge de quarante-deux ans.

« J'ai passé des mois tristes, des nuits pleines d'angoisses, mais consolez-vous avec moi, vous qui m'avez été chers, j'ai quitté ce monde de misères pour une éternité de paix. »

Sainte Catherine de Sienne.

Et plus bas :

Elle aimait les humbles, les opprimés, les proscrits. Elle a ouvert son cœur à ceux que le monde oubliait et, pour cela, il lui sera beaucoup pardonné.

Madeleine reposait au cimetière de Brières. Un mois après son départ, Valentine avait reçu un appel téléphonique de l'hôpital de l'Hôtel-Dieu. Une femme simplement connue sous le nom de Madeleine venait de succomber à une cirrhose du foie. Sans aucun papier lorsqu'elle avait été admise, on n'avait trouvé qu'un numéro de téléphone inscrit sur un feuillet glissé au fond de la poche de son manteau. Etait-elle une parente, une amie ? Et dans ce cas, prenait-elle la responsabilité de l'inhumation ?

Avec Yvonne Fortier, Colette et Renée, Valentine avait accompagné sa belle-sœur à sa dernière demeure. Quelque chose de plus fort que leurs ressentiments avait un court instant réuni les dernières Fortier. Yvonne avait consenti à coucher à Brières. Toutes quatre, elles avaient suivi à pied le modeste convoi jusqu'au cimetière où les attendait le père Marcoux. On avait enterré Madeleine tout près du mur, dans une concession nouvellement acquise par Valentine. Dès le lendemain, les dames Fortier se séparaient. Renée n'avait pas manifesté le désir de prolonger son séjour et Valentine ne le lui avait pas demandé. Le soir de leur départ, seule avec Robert, Bernadette et Jean-Claude, Valentine avait compris que sa vie la rattrapait. Les choix faits autrefois devaient être assumés. Nulle échappatoire n'était plus possible.

— « Adolf Hitler a tenté un putsch à Munich. La situation semble complexe en Allemagne », lut Robert à haute voix après avoir déplié le journal. Le gouvernement va probablement devoir démissionner, fit-il remarquer. Tout cela n'est pas de bon augure pour l'avenir.

— Quel avenir ?

Valentine avait l'impression d'avoir eu un amant surgi de son imagination, d'avoir vécu une passion nourrie de rêves. Mais il lui restait un grand respect pour le compagnon blessé, l'homme fin et digne qui jamais ne se plaignait.

— Je souhaite seulement qu'il n'y ait pas une autre guerre.

— Rien ne franchit les grilles de Brières.

Valentine se leva. Elle allait faire travailler Jean-Claude qui l'attendait dans la salle d'étude. Avec enthousiasme, elle lui apprenait l'histoire de l'art, de la musique, l'anglais, un peu de géographie. Robert lui enseignait le piano, dont il jouait déjà honorablement, l'espagnol, l'histoire, et le père Marcoux complétait son éducation par un peu de latin et de catéchisme. A onze ans, le garçonnet restait fragile, victime à la moindre contrariété de crises nerveuses que Bernadette avait appris à calmer à l'aide de valériane. Craintif, paniqué par l'eau, il n'approchait qu'avec réticence du Bassin des Dames et refusait d'apprendre à nager. La mort de Jean-Rémy, suivie du départ de sa sœur, avait fait de cet enfant émotif, peu sûr de lui, un être totalement introverti. Chaque phrase qu'il prononçait semblait lui coûter un effort. A côté de Renée secouée de sanglots, il avait assisté, les dents serrées, à la messe funéraire de celui qu'il croyait être son père, refusant durant les condoléances tout témoignage physique de tendresse. Valentine avait préféré ne pas intervenir.

Resté seul, Robert de Chabin posa le journal. Depuis la mort de Jean-Rémy, il avait l'impression d'être en sursis.

— Je ne peux rien promettre, avoua le docteur Lanvin, seulement préconiser beaucoup de repos, une alimentation saine, le moins de contrariétés possible. Il y a un abcès dans le poumon gauche et probablement une tuberculose avancée. Nous commençons à progresser dans l'étude des méfaits du gaz moutarde mais quant à soigner ceux qui l'ont inhalé, la science est pour l'instant impuissante.

Comme tous les voisins des Fortier, Lanvin était atterré par les événements qui s'étaient succédé ces dernières années à Brières et évitait de venir au château. D'ailleurs, Valentine n'invitait plus personne. Elle semblait avoir fait le choix de vivre tapie au fond de sa demeure avec son ancien amant qui, quoique l'enquête ait conclu à l'accident de chasse, pouvait fort bien être le meurtrier de son mari. Dieu merci, Renée avait eu le courage de se sauver. A vingt et un ans, elle venait de passer avec succès ses premiers examens de biologie et envisageait d'étendre ses études à la botanique.

— Si la condition du malade empirait, téléphonez-moi aussitôt, chère amie.

Lanvin baisa la main que Valentine lui tendait. A quarante-quatre ans, en dépit d'un visage trop mince, presque émacié, de l'expression fiévreuse de son regard, elle était encore belle. Sa robe en simple crêpe de laine fluide mettait en valeur l'élégance de sa silhouette, découvrait ses chevilles racées.

Lanvin hésita :

— Savez-vous que lorsque, jeune médecin, je venais à Brières, j'étais secrètement un peu amoureux de vous ?

Valentine esquissa un sourire.

— Vraiment ?

Quoiqu'elle ne crût guère aux compliments de Lanvin, ils lui faisaient du bien. Le goût de plaire demeurait en elle, l'illusion qu'un grand amour pouvait encore l'emporter. Le printemps précédent, elle avait fait un saut à Paris pour embrasser Renée et voir l'exposition de Georges Rouault à la galerie Duret. Quelques hommes l'avaient dévisagée. « Pourrais-je aimer encore ? » s'était-elle demandé. Dans une nouvelle robe de chez Patou, elle avait dîné avec Peter Groves, de passage à Paris. A moitié chauve, son ancien soupirant avait les dents jaunies. Il était devenu un vieux garçon ratatiné aux idées conservatrices qui, en faisant semblant de la courtiser, se conduisait un peu ridiculement. Dans sa torpédo, ils avaient fait un tour sur les Champs-Elysées. Valentine ne reconnaissait plus le Paris de sa jeunesse. A dix heures, il avait voulu finir la soirée chez lui.

— Vous n'en avez pas réellement envie, Peter. Moi non plus. Ne remuons pas les vieux souvenirs, avait-elle plaisanté.

Comme toujours, Peter s'était résigné. Peut-être ne se reverraient-ils plus. Ce qu'ils avaient partagé s'était aussi désintégré.

Valentine regagna le chevet de Robert. Dans le silence et la solitude, tout un passé resurgissait, ses fiançailles, son mariage, l'acquisition de Brières, l'enthousiasme que la carrière débutante de Jean-

Rémy avait soulevé en elle, les déjeuners de Michaux-Chenard, sa liaison avec Raymond, puis Madeleine, leur amitié gaie, sensuelle et destructrice, Robert et la naissance d'une passion. La perception qu'elle avait de sa féminité et du potentiel d'amour qu'elle pouvait offrir avait été sa raison d'être. Robert l'avait qualifiée un jour de « diabolique ». Pourquoi ? Parce qu'elle aimait trop l'amour ? Les mots étaient chargés de fausses émotions. Des détails fugitifs, comme l'odeur d'un corps, un échange de regards, une larme, une bouffée de joie et la violence du plaisir, ne s'exprimaient pas.

— Nous ferons ensemble quelques pas dans le parc cet après-midi, murmura-t-elle à Robert, il fait si beau aujourd'hui !

— Que t'a dit Lanvin ?

— Tu vas mieux. Il faut croire en la vie.

— Croire en la vie...

Certes, il y avait cru. Et comme il l'avait savourée ! Harmonie du corps et de l'esprit avec Valentine, harmonie de ses émotions les plus intimes lorsque ses doigts volaient sur le clavier. Bonheur absolu de la musique.

L'été torride l'avait éprouvé. En octobre, crachant le sang, il s'était alité pour ne plus se lever. Valentine s'efforçait de sourire. Elle avait le pressentiment que les châteaux de cartes qu'elle avait si patiemment édifiés s'effondraient les uns après les autres.

— Puccini m'aura précédé de peu dans la tombe, murmura-t-il.

Cinq heures sonnaient à la pendule posée sur le manteau de la cheminée. Il allait bientôt faire nuit. A pas lents, Valentine fit le tour de la chambre qui avait été celle de Raymond lorsqu'il était venu à

Brières, étudiant chaque objet sur lequel le regard de son beau-frère s'était aussi posé : un joueur de flûte en bronze, une paire de chandeliers anglais, un coffret à liqueurs, quelques livres rongés par l'humidité.

Robert semblait sommeiller. Sa tête, au visage encore très beau, reposait sur l'oreiller. Quoique parsemés de fils blancs, les cheveux restaient drus et bouclés.

— Approche-toi, demanda-t-il soudain d'un ton haletant.

Valentine revint vers le lit. Robert la regardait avec un mélange d'humilité, de fierté et de peur.

— Tu as été la seule femme que j'aie aimée. M'épouseras-tu avant que je meure ?

— Pourquoi me le demander ? balbutia-t-elle.

— Tu porteras mon nom. Plus tard, Jean-Claude le prendra.

Valentine gardait les yeux fixés sur le crucifix que Bernadette avait suspendu au-dessus du lit. Dieu lui demandait des comptes. Serait-elle punie si elle se dérobait encore ?

— Nous en reparlerons.

— Cela fait tant d'années que j'attends. Nous ferons venir une pianiste. Elle jouera pour nous la *Pavane pour une infante défunte,* en souvenir du jour où nous nous sommes connus.

Valentine ferma les yeux. Jamais elle n'avait pressenti que l'amour puisse prendre une forme aussi triste.

— J'ai une question à te poser auparavant qui est essentielle. Est-ce toi qui as tiré sur Jean-Rémy ?

— Nous avons tiré ensemble, Madeleine et moi.

— Alors, vous êtes deux à l'avoir tué.

— Ni l'un ni l'autre ne l'a tué. C'était un accident. Il y avait une bête dans le taillis, un chevreuil ou un sanglier.

« Un loup », pensa Valentine.

Cette image ambigüe d'une bête, qui protégeait ou châtiait, convenait finalement aux zones d'ombre enfouies au plus profond de son être et dont elle ne pouvait émerger sans se remettre cruellement en cause.

Valentine venait d'annoncer à Bernadette sa décision d'épouser Robert de Chabin et la spontanéité de sa protestation la dérouta.

— Ne faites pas cela, Madame, je vous en supplie. Vous avez beaucoup de loyauté, et de bravoure aussi. En vous épousant sur son lit de mort, monsieur Robert veut que survivent les Chabin. Si vous cédez, Jean-Claude sera en danger. Laissez la fatalité s'accomplir.

— Qu'est-ce que tu insinues ? s'irrita Valentine.

La pianiste, une dame âgée vêtue d'une robe de soie parme, les paupières fardées de bleu, achevait la *Pavane.* Le père Marcoux s'avança. Au fond de la chambre se tenaient les trois Dentu, le docteur Lanvin et sa femme, et enfin Jean-Claude, perdu dans un costume de marin acheté à Guéret. Debout au côté de Robert, alité, Valentine portait une simple robe de lainage beige qui découvrait ses chevilles. Sur le chapeau cloche de feutre sable était attachée une des dernières roses du jardin. La veille, ils avaient été légalement unis.

— Approche, demanda-t-elle à Jean-Claude d'une voix douce.

D'un signe de tête, le jeune garçon refusa. Jamais il ne pardonnerait à sa mère. Trois jours plus tôt, il avait été à la poste téléphoner à sa grand-mère Fortier, l'implorant de venir le chercher pour qu'il retrouve Renée. Mais elle était restée indécise, la voix indifférente, presque hostile. Pourquoi sa bonne-maman ne l'aimait-elle pas ? Pourquoi Bernadette le tenait-elle à distance ? Pourquoi Renée l'avait-elle abandonné ? Pourquoi le père Marcoux avait-il toujours un peu de pitié dans la voix lorsqu'il s'adressait à lui ?

— Que les hommes ne séparent pas ce que Dieu a uni, déclara le prêtre.

Robert laissa sa tête retomber sur l'oreiller. Valentine lui appartenait.

— Je voudrais être un moment seul avec ma femme, demanda-t-il d'une voix à peine audible.

— Je vous rejoins dans un instant au salon, assura Valentine.

Elle raccompagna ses hôtes jusqu'à la porte de la chambre et revint auprès de Robert.

— Tu m'appartiens à jamais, murmura-t-il.

Jean-Claude, qui allait quitter la pièce, s'immobilisa. Une force plus grande que sa volonté le retenait.

Robert observait sa mère avec intensité.

— Tu es ma femme et nous avons un fils. A sa majorité, jure-moi que tu lui apprendras que j'étais son père.

D'un revers de main, Jean-Claude essuya les larmes qui coulaient sur son visage. Dans la pénombre, Robert ressemblait à un oiseau blessé et sa mère à un prédateur qui le regardait mourir.

— Je ne l'ai pas vu depuis ce matin, Madame.

— Cherche-le. Robert est au plus mal.

Valentine sortit sur la terrasse. Le vent de novembre, doux et humide, levait des envolées de feuilles mortes. Quoiqu'elle ait peu d'espoir d'y trouver Jean-Claude, la servante se dirigea vers le Bassin des Dames. Les nuages matinaux se dissipaient, la surface de l'étang reflétait une lumière bleutée. Abandonnées depuis la mort de Jean-Rémy, les deux barques étaient remplies d'une eau noirâtre où pourrissaient des débris végétaux. Le Bassin était muet ce matin ; nulle odeur, aucun bruit, pas même un cri de corneille, juste cette lumière plate et froide qui faisait peur.

Bernadette se détourna. « Si les Dames ne s'y trouvent plus, où se cachent-elles ? Parmi les vivants ? » s'inquiéta-t-elle.

Son cœur s'emballa. Le petiot était en danger.

Elle imagina les légères ridules qui avaient dû se former sur l'eau quand le corps de Pierre-Henri de Morillon s'y était englouti. Le feu purifiait, l'eau éteignait le feu. « Saints anges gardiens, pria Bernadette, protégez-le ! » Aussi vite qu'elle le pouvait, la servante se hâta vers le verger qui jouxtait le jardin potager. Des ronces s'accrochaient à son châle, au bas de sa jupe, une odeur lointaine de fumée se mêlait à la senteur de l'herbe mouillée, aux fades effluves plus moelleux des feuilles pourrissantes.

Le verger était désert. Quelques poires blettes s'accrochaient encore aux branches, des petites poires dont les cochons se régalaient. Il sembla à Bernadette qu'un rayon de lumière se posait sur le mur du potager. Le soleil n'y pénétrait pas encore. Choux, salades, poireaux et la dentelle légère des fanes de carottes étaient couverts de rosée. Du pied du mur montaient le parfum du thym et de la marjolaine, l'odeur âcre du compost. De la haie de framboisiers et cassis qui séparait les plans d'épinards des carrés d'oseille s'envola un geai aux ailes bleutées. Lentement Bernadette se dirigea vers la maisonnette où le jardinier serrait ses outils. Le vent agitait les branches des deux lauriers-sauce qui l'entouraient, faisait onduler les herbes folles qu'Emile n'avait pas jugé bon d'arracher. Bernadette poussa la porte.

Valentine prenait sa tasse de thé debout dans le salon, le regard tourné vers le parc. En dépit de sa fatigue, elle tenait à se vêtir avec élégance, à se coiffer soigneusement. La veille au soir, par hasard, elle avait retrouvé au fond d'une malle la robe bleue qu'elle portait sur le portrait peint, vingt années plus tôt, devant le Bassin des Dames par un artiste de Limoges. Une robe fluide comme de l'eau, une robe d'ondine. Cédant à une impulsion, elle l'avait revêtue.

En l'apercevant, Bernadette s'immobilisa. Son cœur battait si fort qu'à peine elle pouvait parler. Aujourd'hui, elle savait.

— Je reviens du potager, Madame, prononça-t-elle enfin. Je cherchais le petiot et il n'était nulle part. Alors, j'ai poussé la porte de la cabane et ce que j'ai vu, Madame, mon Dieu... je n'ai pas de mots pour le dire.

« J'ai tué mon enfant », se répéta Valentine.

La nuit était très avancée. Une pâle lueur se glissait à travers les rideaux de la bibliothèque où reposait Jean-Claude. Au premier étage, Robert dormait. Personne n'avait eu le courage d'apprendre au mourant la terrible nouvelle. Une fureur s'était tout d'abord emparée de Valentine. Qui lui voulait autant de mal ? Depuis longtemps, elle aurait dû faire vider et curer cet étang maudit, y planter des arbres, l'effacer de la surface du monde pour que cessent ses maléfices. A côté d'elle, Bernadette restait prostrée.

— Elles ont pris Jean-Rémy, et maintenant Jean-Claude, prononça Valentine à voix haute. Demain, ce sera le tour de Robert.

La servante leva les yeux.

— Vous leur avez ouvert les portes de Brières, Madame.

— Si je t'avais écoutée, Bernadette, Jean-Claude aurait pu être sauvé.

Valentine posa sa tête entre ses mains. Tout était obscur, incompréhensible. Après l'amour venait la mort, comme une vengeance.

Le jour se levait. Le père Marcoux et le menuisier n'allaient pas tarder. Bernadette tira les rideaux. Une clarté douce se répandit dans la pièce où Jean-Claude paraissait sommeiller. Le regard de sa maîtresse effrayait la servante et elle évitait de le rencontrer. Jamais elle n'avait vu chez un être humain l'expression d'une telle désespérance.

— Je vais faire du café, chuchota-t-elle.

Les lèvres de Valentine remuaient-elles ? Bernadette avança, tendit l'oreille.

— Comme Angèle de Morillon, je devrai quitter Brières pour toujours avec Jean-Claude, murmura-t-elle.

— Pour aller où, grands dieux ?

— Qu'importe, je ne suis plus chez moi nulle part.

— Vous savez bien que monsieur Jean-Rémy n'avait pas le pouvoir de vous chasser d'ici. Son testament n'est qu'une feuille de papier, rien de plus. La réalité de Brières est tout autre.

— Il a tenté de m'éliminer, jeta soudain Valentine avec rancœur, et encore une fois il a perdu, parce que sa chère fille déteste Brières désormais. Je serai la dernière survivante ici.

— Il n'empêche que mademoiselle Renée vous rejoindra.

De petits nuages couraient dans le ciel. A l'horizon, le soleil teintait la forêt d'une belle lumière d'automne.

— Ma fille est une Fortier.

— Renée reviendra, s'entêta Bernadette. Peut-être pas dans les années qui viennent, mais elle comprendra un jour qu'elle ne peut vivre ailleurs.

En dépit de sa douleur, de sa lassitude infinie, Valentine gardait une attitude fière qui stupéfiait Bernadette.

— Avec elle, le malheur reviendra donc ici.

— Nul ne le sait, Madame. Les Dames ne vous ont pas livré tous leurs secrets.

Lieu-dit Les Bruyères — hiver 1388.
Village de Brières — printemps 1901.
Château de Brières — automne 1924.

Du même auteur :

LE GRAND VIZIR DE LA NUIT
Prix Fémina 1981
L'ÉPIPHANIE DES DIEUX
Prix Ulysse 1983
L'INFIDÈLE
Prix RTL 1987
LE JARDIN DES HENDERSON
(Gallimard)

LA MARQUISE DES OMBRES
UN AMOUR FOU
Prix des Maisons de la Presse 1991
ROMY
(Olivier Orban)

LA PISTE DES TURQUOISES
LA POINTE AUX TORTUES
(Flammarion)

LOLA
L'INITIÉ
L'ANGE NOIR
(Plon)

LE RIVAGE DES ADIEUX
(Pygmalion)

Composition réalisée par JOUVE

IMPRIMÉ EN ALLEMAGNE PAR ELSNERDRUCK
Dépôt légal Édit. : 13253-07/2001
LIBRAIRIE GÉNÉRALE FRANÇAISE - 43, quai de Grenelle - 75015 Paris

ISBN : 2 - 253 - 14987 - X ⊕ 31/4987/9